单田芳自选集

努尔哈赤

单田芳 著
单瑞林 整理

中国工人出版社

图书在版编目（CIP）数据

努尔哈赤 / 单田芳著；单瑞林整理 .—北京：中国工人出版社，2013.12
（单田芳自选集）
ISBN 978-7-5008-5705-1
Ⅰ.①努… Ⅱ.①单… ②单… Ⅲ.①长篇历史小说—中国—当代 Ⅳ.①I247.5
中国版本图书馆 CIP 数据核字（2013）第 303214 号

努尔哈赤

出 版 人	李庆堂
责任编辑	宋 杨
责任校对	赵贵芬
责任印制	黄 丽
出版发行	中国工人出版社
地 址	北京市东城区鼓楼外大街 45 号 邮编：100120
网 址	http://www.wp-china.com
电 话	（010）62350006（总编室） （010）62005039（营销出版部） （010）82075934（社科文艺分社）
发行热线	（010）62005049 （010）62005042（传真）
经 销	各地书店
印 刷	北京市密东印刷有限公司
开 本	710 毫米×1000 毫米 1/16
印 张	20
字 数	380 千字
版 次	2014 年 7 月第 1 版 2018 年 9 月第 4 次印刷
定 价	32.00 元

目 录

第一回

仙女下凡英雄出世
平息争端部落合一

要说起清朝的历史，就不能不说它的开山始祖——努尔哈赤。努尔哈赤是个顶天立地、了不起的君王。要了解满族的历史，还得从努尔哈赤的祖先说起。

蒙古族建立大元王朝，从元世祖忽必烈开始，一共持续了九十七年。而后是大明朝，统治了二百七十六年。之后就是清朝，清朝是满族建立的，从头至尾加到一起，一共统治了二百九十六年。

如果不算努尔哈赤、皇太极，从顺治进北京开始，算到溥仪倒台为止，一共统治了二百六十七年，这时间不算短了。满族在中国历史上做出了卓绝的贡献，它一共有一千万人口，在世界上来说，也是个很大的民族。据史料可查，这个民族原来不叫满族，叫女真族。女真族再往上说，好像在唐尧虞舜的时候，就有这个民族。他们都分散在东北的长白山一带。

说起女真族来，还有一段神话，您不信，问满族老年人，他们都能诉说有关他们民族起源的传说。这是一个美丽动人的故事。据说，很早很早以前，天上来了三位仙女，大姐叫恩库仑，二姐叫正库仑，老三叫佛库仑。可能这三位仙女在天上待着烦闷了，思念人间，想看看花花世界，就偷着到了人间，飘落到东北长白山附近。放眼一看，这个地方是风光秀丽，景色宜人。她们非常高兴，就游荡了不少日子。这长白山上有一个最好的池，叫天池，池水非常透明清澈，还有点儿香味。三位仙女贪恋这池水，时逢六月，天气炎热，看看周围无人，便宽衣解带，下水嬉戏起来。玩累了，姐仨便躺到一块巨石上，在这儿晒太阳。

单说这三仙女佛库仑，叫太阳晒得迷迷糊糊，非常惬意。突然正在这个时候，从头顶上飞来一群喜鹊，其中有一只喜鹊嘴里叼着个红果子，溜圆锃亮，大小好像我们现在吃的大樱桃，就见这个喜鹊飞到了佛库仑仙女的上头，把嘴一张，那鲜果“吱！”就落下来了，正好掉到佛库仑身边。佛库仑顺手就捡了起来，往掌心上一托，哎哟！红得怎么这么可爱，凑近鼻子一闻，芬芳宜人，她情不自禁地把这颗红果就含在嘴里。

与此同时，她俩姐姐发现了，恩库仑、正库仑就问三妹：“你刚才往嘴里放的是什么东西？”

“啊！”佛库仑刚想解释，坏了！这一张嘴吸气不要紧，“嘟！”果子进肚子里去了，想掏也掏不出来了。

“坏了！我，我把这果子吃了！”

“唉！吃了就吃了吧，没有什么毒就好。”

就这样，这件事情过去了，三姐妹穿好了衣服，继续游玩。佛库仑吞了这颗果子之后，肚子就日渐隆起，一天比一天大，这女人就怀了孩子了。无夫而孕，好说不好听，这事儿把她大姐二姐急得什么似的。

“这，这可惹了祸了！怎么回天庭，到了天上怎么交代？三妹哟，你可急死我们了！”

佛库仑就说：“二位姐姐，你们要有事，赶紧回天上，把我留下，给我告个假，找个其他的理由。等我把这孩子生完了之后，我再回天庭。”

她俩姐姐一听，只好如此。就这样，恩库仑、正库仑先回了天庭，把老三给留下了。这孩子真难产！一日两，两日三，光阴如箭，日月如梭，整整怀了十三个月，终于把这孩子给生下来了。佛库仑怀着孩子的时候就想好了：生下来就把他给掐死，不能留着。

等孩子生下来，她一看，是黑胖的一个大小子，粗胳膊大腿，大手大脚巴丫子，长得平头正脸，五官相貌十分端正。自己身上掉下来的肉，下不了手了，佛库仑喜欢得不得了啊！这孩子生下来就会说话，生下来就会蹦，满地直跑，没过几天，随风长，就长成了堂堂六尺之躯。佛库仑就更喜欢了，把孩子抱到怀里头，亲切地对他说：“孩儿啊，我给你起个名字啊，你别忘了，你叫布库里雍顺。”

布库里雍顺就问：“娘，那我爹是谁呀，我姓什么呢？”

“哎，你呀，就姓爱新觉罗吧。”

布库里雍顺点头答应，母子俩相依为命，又过了一阵，佛库仑觉得不回天庭不行了，只好忍痛离开了儿子。临行之时，佛库仑告诉儿子：“大丈夫志在四方啊！你要好好地生存，好好地干，一定要干出一番事业！”

交代完了，佛库仑走了，就剩下布库里雍顺。这长白山一带，树木交杂，杳无人烟，多出猛兽和飞禽，水里还有鱼，布库里雍顺就靠着打猎捕鱼为生。他天生臂力过人，对掐的树，一下就能连根拔起；千斤巨石，毫不费力就能举过头顶。而且人也相当聪明，在长白山生活了几年，他开始觉得枯燥无味，这里连个人都见不着。布库里雍顺心想：我娘说得好，我要干一番事业，在这儿怎么能行？这世界太小了，我得往远处溜达溜达。

天池旁边有一条河，布库里雍顺就采集树枝，天天地编，编了一条船。坐在船上顺流而下，离开长白山。漫无目的地随波逐流，走哪儿算哪儿。这一路上走了好几个月，看了无限的风光。

单说这一天，这条河呀，走到头了，这船也没法走了，布库里雍顺弃舟登岸。到了岸上一看，这地方，跟自己那出生地也不太相同，一马平川，远处是山，这风光有点儿奇特。他迈开大步往前走，走着走着，突然听见眼前不远有喊杀之声，有武器的撞击声，人们的厮打声、叫骂声，他觉得有点儿好奇，打生下来到现在，没见过这个。他赶紧登高眺望，离着他不远，有几百人正在一起格斗，也分不清谁是谁非。地上躺着不少死了的和伤号，死的甭说了，那伤号抱着伤口，连哭带号，其他的人继续打着。有拿着刀枪棍棒的，有拿着石块和农具的，有赤手空拳搂抱在一起的。

布库里雍顺哪能不管呢！他赶紧从山坡上跑下去，来到斗殴的人群前边，高声喊喝："呀呔！别打了！别打了！"

他这一喊，没人听，因为什么？打得都红了眼睛！几百人的喊杀声，远远超过他的声音。布库里雍顺一看没有效果，着急了，一挥手，拔起一棵树来，拿这棵树当武器，上头还带着枝枝叶叶。他就冲进人群，也不管谁对谁不对，他就扫开了！

"别打了！别打了！"

"哗啦哗啦！"

这把大扫帚一扫，就倒下一片。由于布库里雍顺的干预，几百人都停下了，心说：这是哪位呀？从哪儿来的？拿树当武器，够邪乎的啊！

械斗停止了。两方面人分得挺清，一部分站到左面，一部分站到右面，正好布库里雍顺站在他们中间。布库里雍顺一看他们都不打了，把这树放下，叉着腰就问："哎，你们是干什么的？平白无故在这儿动手，这是为什么呢？"

他这话这些人都听得懂，其中站到左面的，有个上年纪的，说上年纪也不超过五十岁，个儿不怎么高，看来是个头人。这人拎着把大刀，捋着胡须，上下打量布库里雍顺，只见这年轻人，身高过丈，膀大腰圆，腰大十围，跟一尊铁塔相似，五官相貌长得十分端正，瞳孔放光，声似巨钟。就感觉这个人来历不凡！这上年纪的首先把刀收了，冲着布库里雍顺一抱拳，"壮士！要问起来，不怪俺们，我先报个名字，我叫黑狼。看见没？顺我手指的方向看，前头不远就是我们的山寨，叫黑家寨，我这边的人都是我的弟兄和族人，我们世世代代靠着打猎为生，今儿个我的子孙截获了不少的獐狍野鹿，正往寨子里运的时候，遇上他们了。你看见我对面这些人不？他们沿路抢劫我们的胜利品，我们能答应吗？我领人过来辩理，他们不容分说，以武力解决，我们只好也以武力抵抗！就这样，我们斗在了一起。”

“好了！你别说了！哎，我说这老头儿说的对不对？你们谁是领头的？过来说说！”

那面的人站出来一个年轻的，说年轻也不太年轻，三十岁挂零，个儿也不矮，但是赶不上布库里雍顺，比他能矮着一头吧。小伙子长得也挺棒，拿着一条铁棍，往前走了两步，跟布库里雍顺说：“方才黑狼说得一点儿不假！我报个名儿，我叫巴图鲁，我们住在前头不远，也是一个寨子。我们为什么抢夺他们的东西呢？因为三个月之前，我手下的族人也打了不少獐狍野鹿，被老黑狼领人给劫去了。今儿个我们是为了报仇，所以才劫他！您说谁有理？谁没理？”

“你叫巴图鲁？我看这样吧，人活在天地之间，应当和平共处。像你们这样终年厮杀，何日是了啊？有道是冤仇宜解不宜结呀！是这个理儿吧？今儿个让我赶上了，你们赏给我个脸，就别打了！从今往后你们都是朋友，你看怎么样？”

“你？”巴图鲁看了看他，“你是谁？”

“我叫布库里雍顺，姓爱新觉罗。”

“你哪儿来的？”

“长白山天池来的。”

“我说布库里雍顺，你说得有道理，但是凭什么我们就听你的呢？凭什么呢？”

“凭什么，凭着我说得有理！另外，凭着我这理，如果谁听了，谁就是我的朋友，谁不听谁就是我的仇人！我要站到朋友这一边对付仇人！”

“噢，看方才你拿着棵大树，你是有两下子！朋友，这样吧！你呀，露一手，我们的人全服气了，你就算我们的头领。就听你的！你看怎么样？”

“好嘞！一言为定！我说老黑狼，方才巴图鲁说的话，你听见没？”

“听见了！”

“我要露出一手惊人的，你听我的吗？”

“听！自然是听！”

“好嘞！”

布库里雍顺一回头，离着不远处，有块巨石，这块巨石就是二十来个棒小伙子也不一定能举起来。再看布库里雍顺，大步流星来到这块巨石的近前，把腰带子勒了一勒，四肢活动活动，然后双臂攒力，搬住这块石头的棱角，丹田一较劲，“唉唉！起呀！起！”就把这块巨大的石头举过头顶。打仗的双方不看则可，这一看，都吓得麻了爪了！心说：这是人吗？这是神呀！就这块石头，不定有几万斤！他能举过头顶，说明他的力量得有多大呀？所以这些人“呼啦啦”，全都跪下了，仗也不打了，异口同声，要奉布库里雍顺为头领，听他的指挥。

布库里雍顺笑呵呵把石头放回原处："各位请起，各位请起！哈哈。"

老头儿黑狼说话了："我的寨子就在眼前，请英雄到我寨子之中待茶！巴图鲁，从今之后咱也是朋友了，今儿个我请客！各位弟兄，就请到我寨子里去吧！"

就这样，双方打扫完战场，高高兴兴拥着布库里雍顺就到了黑狼寨。黑狼寨的老百姓一听，今儿个遇上天神了！携老带幼出来看新鲜。一看，可不是？布库里雍顺在人群里一站，是高人一头，爹人一臂，显鼻子显眼的那么高大英俊！从这儿之后，大伙儿公选，选布库里雍顺做他们的头人，奉为贝勒。这贝勒呀，就是大领导大头人。所以他牢牢地坐上贝勒的交椅，将这两族的人合在一起了，上千口子，从此服从他的指挥。

自从布库里雍顺坐上这把交椅之后，运用他的智慧，进行了明确的分工。他说："咱们上千口子，没组织没纪律可不行！一部分耕种，一部分打猎，一部分修城池，咱就在这儿安基立业！"

第二回

服双方黑狼寨发展
遭强人巴图鲁负伤

布库里雍顺降服了巴图鲁和黑狼，这两大族群，上千口子人，拿他当作神明，奉为贝勒。此后，布库里雍顺就住在黑狼寨，他发挥自己的智慧，把上千口子人做了明确的分工，成立了三支牛录，就是三支队伍，由巴图鲁、老黑狼和另一个叫阿斯敏的人分别领导着。

由巴图鲁领导的牛录干什么呢？专门到外头行围打猎，什么獐狍野鹿，猛虎豹子啊，逮什么打什么，这个能增加收入，因为兽皮非常值钱，肉还能食用。由于巴图鲁年轻，又有两下子武功，他适合做这个角色。他带的人马都是年轻的，体力棒和精力足的小伙子。

而老头黑狼上了年纪了，叫他守堆。这老黑狼守堆干什么？耕种锄刨，种玉米呀，种高粱，种豆子，农业的活交给他，他领导这支人都是上了点年纪的，也是适合精耕细作，养个猪啦、鸡啦、鸭啦。

那么第三队牛录干什么呢？保卫城寨，维持治安。余下的妇女们在家里养活孩子。这一明确分工不要紧，小小的黑狼寨是迅速地发展！三年的时光，地盘就扩大了好几倍！周围用石头修了个圆形的堡子城。布库里雍顺给起了个名字，叫卧垛里城。这是城的雏形啊！它名叫城，跟咱们想象那城有区别，它无非拿石头垒的，或用土和泥砸夯，就是那么个土围子。但就这样，它就有了安全的保障了，东西各有两座寨门，把道路平整平整，供人们出入，交通也方便。

三年的时光，打猎有收获，种地大丰收，苞米棒子一尺多长，那冬瓜都有石盘大小，种什么，什么大丰收。三年里，积累了许多许多财富，家家户户都过上了好日子，一个个是欢天喜地。布库里雍顺呢，每天动脑筋为大家想好主意，出好点子，吞并了周围许多的村落，这势力一天大似一天。原来他接手的时候，人口刚超过一千，经过这三年繁衍生息，再加上吞并的其他村寨，人口已经过万了！就当时来讲，过万的大城寨很少。他在这一方是独树一帜！因此布库里雍顺的名字也传出很远很远，都知道这儿有一座大城，叫卧垛里，四方来投奔的人是络绎不绝！

单说这年的四月，巴图鲁领人行围采猎，出去一个月没回来，布库里雍顺有点儿着急。按照往年呢，早该回来了，今年怎么去了那么长的时间？会不会发生什么事啊？他正想的时候，有人跑进来报信儿："报贝勒！可了不得了！巴图鲁出了事了！"

"啊？"布库里雍顺一愣，还没问怎么回事呢，就见外面人影一晃，"呼噜呼噜！"进来二三十号，中间抬着巴图鲁。再看巴图鲁，脑袋也破了，浑身是血，左边这条腿都"当啷"了，叫人给打残废了！再看巴图鲁手下这些弟兄，一个个，多少都挂了点儿彩，衣服不整，狼狈不堪。布库里雍顺起身离座，来到巴图鲁近前："我的好兄弟，究竟出了什么事了？"

"咳咳，贝勒爷，大事不好啊！我们叫人家给欺负了！"

"不要着急，我马上找人给你看伤啊！你慢慢地对我说。"

把土大夫给找来了。那会儿虽然科学不发达，但治这个刀伤的药还是有的，包扎完了，让巴图鲁坐到炕上，布库里雍顺挨着他，详细询问。这巴图鲁一五一十，才告诉大家。原来这次打猎，也是大丰收，他领着弟兄们行围采猎，打了三只熊，十只狍子，二十只梅花鹿，什么山鸡、野鸭子无数！装了五车往回运，在往回走的路上，他心里还高兴：见着我们贝勒，他不定得怎么高兴呢！乡亲们不定多高兴！

眼看离着寨子卧垛里不太远了，突然之间，从西北方向杀出一伙人来，能有五百来号，各拿刀枪。而且这些人论个头，论臂力，都超过巴图鲁的人。巴图鲁手下就二百来人，敌众我寡呀！对面来的这伙人，不容分说，上来就抢！当然巴图鲁不答应了！就这么，双方发生殴斗。这一打不要紧，他这二百来人是死伤大半！东西全被人家抢走了。巴图鲁死战，结果脑袋身上全受伤了，眼巴巴瞅着人家翻越大山，逃之夭夭，他算死里逃生，跑回卧垛里。等巴图鲁讲述完这经过，两旁的人，"嗷"一声，全翻了车了。

"贝勒，我们咽不下这口气！跟他们拼了！"

"对！跟他们拼了！赶紧敲钟集合，把这帮王八蛋撵上，扒了他的皮！支好了大锅把他们都煮了！"

刹那之间，院里院外全是人。别看布库里雍顺年轻，可脑瓜冷静，他想问问这伙人究竟是什么来路啊？不弄清楚了，想报仇，上哪儿报去？他就问巴图鲁："知道这伙人是从哪儿来的吗？"

"当时不知道，东西叫他们抢去了，我不甘心，派了个精明的弟兄在后头跟着。结果翻过布库里山，找到一个地方，探听明白了。闹了半天他们是八虎城寨的人！"

“八虎城寨离咱这儿有多远？”

“有一百五十里。”

“噢！知道他们的头人是谁吗？”

“哎呀！他们这个族啊之所以叫八虎城寨，是因为有八只虎。”

“怎么个八只虎呢？”

“头一个，他们老当家的叫坐山虎。他有五个儿子都叫开山虎，他媳妇儿是母老虎，他还有个女儿叫夜叉虎，一共八只虎，所以叫八虎城寨。这些人可不好惹！论实力，比咱们大得多呀！不知道咱什么地方得罪了他们，他们突然袭击，抢了咱们的东西，伤了咱们的人。”

“噢！一百五十里，八虎城寨。”

布库里雍顺还没拍板作决定，人们“嗷”一声，回去取来刀枪棍棒。

“贝勒爷，领着我们上八虎城寨，跟他们完不了！血洗八虎城！给咱们死去的弟兄报仇雪恨！走啊！”

“走啊！”

“站住！忙什么？君子报仇十年不晚，大家先冷静。”

大伙儿一听贝勒爷发言，谁也没敢动，当头的一言九鼎。布库里雍顺思谋良久，最后拍了板了：“我说巴图鲁兄弟，你好好地养伤，这件事情交给我处理啊！黑狼老弟，您带人紧守城寨，我带着八名弟兄，我要亲自拜会八虎城寨！”

“您带着多少人马去？”

“八个人就够了。”

巴图鲁一听，把脑袋晃得跟拨浪鼓差不多：“贝勒爷，不行啊！您可千万不要轻敌啊！那八虎是最不讲人情的，而且人多势众。据我所知，他手下的人比咱们多得多！您一共不到十个人，去了不是白送死吗？非吃亏不可！”

“哎！我没这个把握，我能去吗？大家尽管放心，我胸中自有良策！废话少说，按我的话去做！”

一百五十里，催马就到，转眼间，布库里雍顺并八名弟兄就来到八虎城寨。离老远就看见了，八虎城寨建在半山坡上，也是个圆形的石头城，看样子也是两座城门，坐北向南，城门楼高大，外面还挖着沟。再往石头城上一看，有人来回地巡逻。

他们紧往前走，不多时就到了北门城楼的下头。那城上的巡逻哨兵跟他们面对面，看得清清楚楚。城上的人一看，高声喊喝：“站住！哪来的？再往前来，我们就不客气了！”

说着，“唰！”把弓箭都准备好了。布库里雍顺在马上一抱拳：“弟兄们，不要误会！我是卧垛里城寨来的，我叫布库里雍顺。我来拜会你家城寨的寨主，希望各位给通报一声。我没有敌意，如果有，我就领兵带队来了。看看我们，统共不到十个人。”

“我说，你叫布库里雍顺？好嘞！你稍候片刻，不要轻易前进！”

说着话，报信的人到里边送信去。单说这八虎，这老头子是当家人叫坐山虎，正在厅上看几个儿子抢回来的好东西，院里院外堆积如山啊！他非常非常高兴。正在这时，有人来送信来，说：“老当家的，可了不得了！人家找上门来了！卧埃里的贝勒，叫布库里雍顺，领着人已经到了城外了！人家提出来要拜会您！”

“啊？他带来多少人马？”

“我们数了数，有九个人。”

“九个人？不对吧！九个人来干什么？”

“他说来拜会您来了，说没有敌意，那意思呢，想跟咱交个朋友。”

“胡说八道！我认识他是个老几？我能跟他交朋友？待我观看！”

这老头不相信，亲自登上城楼往外眺望。一看，真就九个人九匹马，为首的一匹大黑马，马鞍桥上端坐一个人。一瞅这个人威风，黑黪黪的面皮，四方大脸，浓眉阔目，长得跟铜金刚铁罗汉差不多少！手里面寸铁没拿，就拿着把鞭子，后头是几个年轻人。看这意思，的确不是来攻打八虎城的。这老头子就喊了一声：“哎，我说下面的，你是哪来的？”

“噢！老人家，我是卧埃里的贝勒，我叫布库里雍顺。”

“你来干什么？”

“老人家，我呀，来拜会您老人家！想跟您交个朋友！”

“废话！我不认识你，交什么朋友？”

“老人家，您在城上，我在城下，说话诸多不便呢！老人家，能不能允许我到城中一谈？”

“这个？哼哼，我说布库里雍顺，你想进我的八虎城，你就没想一想，你还出得去吗？换句话说，你就不怕死吗？”

“老人家，我要怕死我就不来！来了，我就不怕死！我相信我诚心来拜会您老人家，您总不至于对我下毒手吧？”

“这……好！够条汉子！如此说来，你稍候片刻！”

老头儿下了城，回到大厅，马上召开一个会议。老头儿宣布：“看来，来者不善，善者不来！这布库里雍顺看来不是个善茬子，他浑身上下都是胆，领着几个人就敢来八虎城。而且他主动要求要进城来谈，我无法拒绝了，你们说应该怎么办？”

他大儿子说话了："爹，这有什么说的？叫他进来，准备刀斧手。他只要迈进咱家的门槛，高喊一声，就把他剁成肉馅！不就全解决了吗？"

"那样于理不合吧？最好还是听他说些什么，说完之后再打定主意，刀斧手要准备，不过看我的眼色行事。没我的话，任何人不准贸然行动！"

他二儿子说话了："爹，那么啰唆干什么？您老讲话了，来者不善，善者不来！您想想，没有前因哪来后果，我们这些胜利品哪来的？不是抢他们家的吗？他明明是要账来了，没安着好心呢！咱跟他有什么好谈的？有什么朋友可交的？就是一个字，'杀！'爹您下决心吧，我大哥说得对！"

他那几个儿子一听，不住地点头："爹！大哥、二哥说得对，干脆准备吧！把他放进来，'嘁哧咔嚓'一剁，不就完了？而后您交给我们一支人马，血洗卧垛里山寨！那儿的东西，男女老少，不都是咱的了？咱也扩大了地盘，壮大了人马。这摆在眼前的好事，您犹豫什么。"

正在这么个节骨眼上，打后厅转过一个年轻的女子，这女孩儿长得还不错呢！在这深山老林当中，那真长出一朵花来！五官清秀，但是身体很健壮，这正是老城主的宝贝女儿叫富察，老城主五个儿子，一个姑娘，所以他偏心眼，对这姑娘富察，爱如掌上的明珠啊！家里的事，她当一半的家。发生这么大的事，后寨的人都知道了，富察姑娘也来了，听她哥哥跟她爹议论这个事。她赶紧出来："我说几句，大哥二哥说得不对，还是咱爹说得对！人家来了，没带兵将，这叫先礼而后兵，起码来说，人家没有敌意。人家的东西被咱抢了，人家来问个究竟，也合常理，我们何故把人家骗进城池，二话不说，就把人家杀了？显着我们太没有度量了！爹呀，我同意您的说法，应当开城门，以礼相待，听听这布库里雍顺怎么说？如果能接受，我们就接受。接受不了，再动武也不迟啊！"

"哈哈，我的宝贝姑娘！你们听听，连你妹子你们都赶不上啊！就依你！开城门把他请进来。"

他几个儿子准备了五十名刀斧手，埋伏在两厢。这时布库里雍顺早就下了马了，把马匹交给手下的仆人，昂首挺胸进了城。走进大厅，这老寨主是居中而坐，五个儿子、富察姑娘都站在两旁，手下的彪形大汉，一个个是怒目而视。这哪是进城寨？跟进阎罗殿差不多少！但是布库里雍顺不卑不亢，往上一抱拳："老人家，不才布库里雍顺，给您老问安了！"

"免了免了！远来者为客，请坐吧！"

有人搬过一个大木墩，布库里雍顺坐下了。这老头看了看，够条汉子！就这一堆这一块，说话声音洪亮，二目如灯，他从心往外那么崇敬！就说这小女儿富察，站在她爹的身后，不看布库里雍顺还则罢了，这一看，心里就热热乎乎的。还没等说话呢，就趴她爹耳边上轻声嘀咕："爹，我看这人不错！"

"哎，你什么意思？"

"爹呀！还用我把话说透吗？就是您最关心的事情，现在我看送到眼前了！这不是天作之合吗？"

"瞧！嘿！"老头儿一听，心里头高兴，闹了半天，老天送上门一个好女婿！

第三回

冤仇化解女真一族发展
家中逆事努尔哈赤出走

姑娘十分了得！别看年纪不大，弓刀石马步剑是样样精通！老头儿爱如珍宝一样，重大的事情都让她参与。她一看见布库里雍顺，芳心就一转个儿，产生了爱慕之心，就要以身相许。什么原因呢？因为老头儿就这么个宝贝姑娘，轻易舍不得往外嫁，保媒的人多得是，每一年几乎是车拉船载，但全被老头儿拒绝了。就算老头儿答应了，姑娘也看不上！这姑娘跟她爹娘表示过："女人嘛，嫁汉嫁汉，穿衣吃饭，男婚女嫁，天经地义的事。但是我找的这个夫君，必须是个顶天立地的男子汉！否则的话，我绝不嫁！"

老头儿心里头有数，心说：上哪儿找顶天立地的去？恐怕呀，这孩子的婚姻危险呀！唉，没想到今儿个机会来了！

这姑娘早就对布库里雍顺有个耳闻，听说有个小伙子是天神下界，统一了许多部落和村寨，成为大贝勒，搞得是轰轰烈烈呀！今儿个一见，果不其然！从这个人堂堂仪表就能看出，他非是等闲之辈，姑娘是一见钟情，心里头发烧啊！就跟她爹把这话递过去了，说："我爱上这个人了。"

老头儿一听，那怎么办？就得顺从女儿啊！老头儿点了点头，表面上仍不露声色，稍微清清嗓音："布库里雍顺！"

"在！"

"你再重复一遍，你此次到了八虎城寨，所为何故？"

"老人家，我说不止一次了。我希望化干戈为玉帛，咱们携起手来合作，不要再争杀械斗了。"

"我可以答应你的要求。但有一个条件，你也得答应。"

"老人家，有话请讲。"

"我且问你，你成家没有？"

"没有，我现在依然是光身一人。"

"好，这就是我的女儿富察，我打算把她许配给你，你们结为夫妻。

你要答应了，你就是我们八虎城寨的贵客！咱还打什么仗？不知道你愿不愿意？”

布库里雍顺看这姑娘，要说如花似玉，那不能，但是在许多女子当中，像她这样的也不多见。布库里雍顺赶紧跪倒：“岳父大人在上，小婿这厢有礼了！”

“哈哈！起来起来！哎呀，我太高兴了！贤婿免礼！”

挑良辰，择吉日，布库里雍顺把富察姑娘接到了自己的城池，打这儿之后，双方相安无事，互通有无。小两口这感情非常好。这布库里雍顺就打下基础了，此后有了儿子，有了孙子，有了重孙子，一代一代往下繁衍生息。过了不知多少代，最后爱新觉罗氏传到一个人身上，叫猛哥帖木儿，全名是爱新觉罗·猛哥帖木儿，就是布库里雍顺的后代，这个人也不是个善茬子，他有卓越的组织能力，也善于骑射，在他的领导下爱新觉罗氏迅猛发展，已经占有大大小小二十多个城寨，猛哥帖木儿的盛名也远扬在外。

这时候中原当皇上的就是永乐大帝，正好是永乐元年。永乐是朱元璋的四儿子，他继承了大明朝的江山之后，想一统大明的江山，叫四方安定。他十分关心国家大事，特别是东北地区，经常派人打听消息。为了使海疆宁静，他招抚四夷，那时候他们管少数民族叫夷，那汉人是高高在上的。永乐大帝也怕这个边境不安定，有人向他奏报，说是东北长白山一代有女真族，形成了大小许多部落，其中比较有名气的叫猛哥帖木儿，这人很了不起。永乐皇帝十分高兴，降旨召见：“我要见见此人！”

半年之后，猛哥帖木儿奉旨进京。第一次进中原，到了金銮宝殿，猛哥帖木儿都吓傻了！一看，好嘛！这中原这个城池这么大，人口这个集中，买卖这个兴旺，那比起塞外来，天壤之别呀！再一见着皇上，更傻眼了！永乐大帝高高坐在龙椅之上，群臣排列在两厢，一个个都是紫袍金带。在猛哥帖木儿的心目中，永乐大帝也是神，当下便趴伏在地。永乐帝为了安抚他，说的话十分好听，先问了问：“家住在什么地方？你祖宗三代都是干什么的？你们的生活怎么样？”打听完了之后，赐酒宴，最后告诉猛哥帖木儿：“在北京好好转那么儿圈，也溜达溜达，休息休息。”还赏给他不少的绫罗绸缎、金银器皿，最后加封他为建州卫都指挥使。赏赐一颗银印，这官可不小！宁古塔、长白山周围从此命名为建州卫。猛哥帖木儿就当上了明朝的官员，都指挥使。如果说他过去是个头人，是个贝勒，没人承认，顶多你户大人多。可现在，名正言顺，受了皇封了！猛哥帖木儿感恩不尽，连连地磕响头，高高兴兴回到建州。其他部落的人一听说明朝的大帝加封他建州卫的都督？纷纷来降，也上这儿入伙来，猛哥帖木儿的实力是越来越大。

自从猛哥帖木儿做了都督之后，一代一代往下传，传给他六世孙叫觉昌安，这觉昌安也了不起，继承先人的遗志，依然是建州卫的都督。到了这会儿，地盘扩大了，人口也多了，管不过来。请示了朝廷之后，把建州卫分成三卫，什么前卫和右卫，以建州卫为中心，每个卫都加封了个都督。但是大都督依然是觉昌安，他的疆土不断地扩大。

觉昌安有五个儿子，分别都成立了家庭，每个儿子管理一座城池。其中他四儿子叫塔克世，跟他爹觉昌安差不多少，说打就打，性情暴躁，到了觉昌安晚年的时候，年老体衰了，就把都督这颗印传给四儿子塔克世。这塔克世不辜负他爹，经常领着人不断地扩张土地。再有一点呢，说建州有三卫，那么其他的人都服吗？不是这样的。除了塔克世建州卫和前卫、右卫之外，像什么海西女真，东海女真，虽然都是女真人，却不服塔克世的管束，经常引兵来犯，争夺权力，因此这个仗一年四季也不断，大仗小仗总在打，几乎每天都在死人。

单说塔克世，那时候是一夫多妻制，打一场胜仗，就娶个媳妇。因此塔克世有好几房夫人，没名分的不说了，有名分的就有仨。先说他的正妻，就是大福晋，姓喜塔喇氏，名字叫娥木齐，给他生了仨儿子。侧妃叫李佳氏也给他生了个儿子。还有个继室，就是他小老婆叫纳喇氏，也给他生个儿子，所以这塔克世共有五个儿子一个女儿。

正印夫人喜塔喇氏给他生的这仨儿子当中，最了不起的就是长子努尔哈赤，他还有两个兄弟分别叫舒尔哈奇、雅尔哈奇，这是一母所生。李佳氏给他生的是木尔哈奇，那个继室纳喇氏给他生的是巴亚拉。

大儿子努尔哈赤，与众不同，个儿高，但不苟言笑，心里头有数，嘴不往外说，因此他母亲、他父亲，对他十分疼爱。家有长子，国有大臣，将来长大成人，这都督印肯定是努尔哈赤的了！努尔哈赤从小就受宠爱，这孩子有出息，能够自力更生，骑马、射箭、干苦活，他都一个人冲到前头去，从来没那些娇惯的毛病。因此从小到大，身体十分强壮。

结果好景不长，在努尔哈赤十岁那一年，他的生母喜塔喇氏暴病而亡，母亲死了，他母亲生的这仨儿子就成了孤儿了。后来这塔克世就把纳喇氏升到正室，成了大福晋了，掌管了内政大权。但这个人心术不正。她希望自己儿子巴亚拉能够继承都督，那样儿子有势力，当娘的也跟着沾光！可是现在看这个形势，努尔哈赤是老大呀！那将来有一天，肯定他继承都督印。因此，她为这个事睡不着觉。

于是她无中生有，老在塔克世都督面前说努尔哈赤的坏话，也捎带着那俩孩子，一个舒尔哈奇，一个雅尔哈奇，说："这仨孩子不听我的话，还骂我，说一些很难听的话。我简直受不了他们那个气！"

塔克世这个人也有毛病，耳软心活，别看他是个英雄，英雄也有弱点，他听他这老婆的！老婆一说这话，他信以为实了，也不查查真相，抓过努尔哈赤来，是非打即骂。有时候一罚跪，就跪一天；有时候罚他们哥仨不吃饭，一饿就饿两天。这仨孩子在家里受的那个气就甭提了！

有一次塔克世征战回来，进屋还没等坐稳当呢，这纳喇氏又进谗言："我说，对努尔哈赤你管不管？你出门在外呀，他就成了小都督了！对我这个后娘是非打即骂，你看看我胳臂上的伤！"

其实这伤是她自己做的，她却说是努尔哈赤打的。塔克世一听，这还了得！以小犯上，才十来岁的小孩子，就如此刁蛮，这要长大成人，连我这爹你也不摆在心上了！这还了得！

他喝了点酒，借着酒劲，把刀拽出来，非要把努尔哈赤给砍了不可。努尔哈赤一看，可害了怕了！爹爹喝醉了，浑身是嘴我也难以争辩！怎么办呢？不能吃眼前亏，越过短墙，跑他爷爷那儿去了。他爷爷就是觉昌安，老头子身体不太好，经常在家里头吃药养病。

"爷爷救我！爷爷救我！我爹非杀我不可！"

"为啥呀？孩子。"

"哎呀！我冤枉啊！全是我这继母给说的坏话。"

觉昌安听完之后，不住地长叹："家门不幸啊！塔克世，塔克世啊！你挺聪明个人，净办糊涂的事！虎毒都不食子，你这当爹的怎么能杀你儿子呢？他能犯什么大法呀？充其量是一个十岁的孩子！"

当爷爷的疼孙子，把努尔哈赤留到自己的身边，觉昌安说："这样吧，我呢，劝劝你爹，我现在老了，也不是都督了，你爹有时候也不听我的话呀！我豁出老命要保护你！"

第二天，觉昌安拄着拐棍来见他儿子塔克世。这塔克世酒劲虽过，余怒未消，但在他爹面前他还是十分恭顺："爹，您身体不好，您怎么来了？"

"塔克世啊，长话短说吧！你是不是要杀努尔哈赤啊？"

"啊？您怎么知道的？这么说，这个小畜生跑到您那儿避难去了？"

"咳，我都听说了，孩子就在我那儿呢。"

"我非宰他不可！"

"你敢！塔克世，你眼里要有你这爹，你能不能给我个面子，饶过这孩子吧！漫说没有那些事，即使有，他毕竟是个孩子，他懂什么呢？虎毒不食子呀！”

“爹呀，这是个祸害！留着他，早晚酿成大祸！爹，我可以饶他不死，但是我这个家里头不能容他！你说他跟继母经常这么闹，我心里也不安静，您也得答应我，把他撵出山寨，从今以后，我的建州没有他，断去父子之情！要这样我答应，不这样我不答应，恕孩儿不孝！”

“这……咳！”

觉昌安一听，家门不幸，父子不和，出此逆事，只有把努尔哈赤赶出门外！

第四回

避淫威三兄弟隐居山林
斗黑熊老齐头巧逢恩人

觉昌安和孙子感情非常好，但事到如今，也只好如此了！觉昌安拍着努尔哈赤的头，叫他的乳名。

“憨子，苦命的孩子，爷爷保护不了你了！人老了，不中用了，我不是都督了，说话不算数。孩子，离开建州城去吧！去另谋生路。你到了外面好好去闯荡，要长志气，干一番事业。等你爹的气消了，你再回来，好吗？”

可是，他爹塔克世还有一个无理的要求：“你一个人走不行，你把你俩弟弟全给我带走！”

努尔哈赤才十岁，他俩弟弟才多大呀？真是强人所难！但努尔哈赤虽然小，但心很硬，点了点头：“行！我带走。”

同时呢，努尔哈赤也提了一个要求，他身边有一条大黑狗，这个黑狗从小跟着努尔哈赤长大的，有深厚的感情。努尔哈赤走到哪儿，它跟到哪儿，形影不离。努尔哈赤提出来：“这大黑我得带走！”

“行！带走带走！”

他爷爷觉昌安给他一些钱，钱也不多，亲自把他们送到建州城外，拍着努尔哈赤的头：“孩子保重，好好照顾俩兄弟啊！我盼望有一天你回来。”

“爷爷您放心吧！我绝不辜负爷爷的希望。我们不但要活下去，还要好好地活下去，我要把我俩弟弟抚养成人！”

“好孩子！爷爷相信你，因为你是爱新觉罗的后代！孩子，保重。”

老头儿哭着回去了。努尔哈赤带着俩弟弟，牵着大黑狗，夹着简单的行李，兜里揣着不多点银子，就启程了。哪儿去？没目标。世界之大，没有他们的安身立命之所呀！努尔哈赤就像戴着蒙眼，瞎撞，反正往前走吧！离开建州城越远越好！走到天黑了，就找个大树底下，哥仨偎依到一起，让大黑狗卧在脚下凑合一宿，天亮了再往前走。

努尔哈赤一手好箭法，出门在外，弓箭得带着！射杀一些小动物，然后想法烤熟了，他们好充饥。渴了，找个山沟沟、找个水洼，就喝个饱。一站一站地往前走，也不知走出多远来，也不知眼前叫什么地方，来到一片茂密的森林。周围全是大山。哥仨找了个宽敞的地方，亲自动手扎了个马架子，这马架子是最简单的房子了，尖顶，越往下越宽。弄了点儿草，铺到里头就当被褥，晚上就宿到马架子里头，大黑狗在外头巡风放哨，连人带狗，等于四口人。

一开始，舒尔哈奇、雅尔哈奇天天抹眼泪，努尔哈赤就劝他们："有哥哥在，亏不了你们！咱这不也挺好吗？没人管咱了，咱也不挨打了，也不受气了，该吃吃！该喝喝！"

舒尔哈奇就说："哥，日久天长了，不得把咱饿死？"

"兄弟，你放心！有哥哥在这儿，缺不了你们吃喝，全有我呢！"

努尔哈赤嘴是这么说，也身体力行啊！兄弟小，他把他俩放到马架子里，让他们哪儿也别去。白天努尔哈赤就到处去打猎，哪回回来也不空手！大型野兽打不着，那什么兔子了、野鸡了，这种东西还是不空手的。吃了肉，皮也全攒起来，攒多了好卖钱呢！一晃，就在这儿混了一年挂零。这一年多，锻炼得努尔哈赤是非常坚强！什么叫穷人的孩子早当家？不经风雨，不见市面的人，多咱也没出息！在这一年多的时光，努尔哈赤爬山越岭，吃大苦，耐大劳，受的那个罪就甭提了！夏天，烈日炎炎，蚊子叮，虫子咬，他也能呼呼睡大觉！冬天滴水成冰，东北长白山一带那可冷得要命！往往到零下四十几度，他也照样呼呼睡得着！三个人一条狗就这样相依为命。

这天，努尔哈赤牵着大黑，照样出去行围打猎，临走之时，告诉俩兄弟："你们看家，千万别离开这儿，以防野兽把你们伤着！"

"哎哎！"

这小哥俩儿别看不大，也长见识了，手里边都握有武器，好防身呢！他俩就这样巴巴地盼哥哥早点儿回来。努尔哈赤这一走，哪有野兽上哪去，哪危险上哪去，钻深山老林，爬大山险岭，也不知道走出多远去！今儿个偏赶上倒霉，日头快往西边转了，再待会儿，天就黑了，两手空空，什么也没打着。努尔哈赤有点儿犯愁啊！心说：这回去，我俩弟弟都饿着肚子呢！我们吃什么？今儿这野兽都跑哪儿去了？连小兔子也没影，连只鹰也没有，这，这怎么办呢？

他正坐在山坡上犯愁，突然之间，他就发现这大黑突然俩耳朵竖起来了，毛都奓奓起来了，努尔哈赤一看，就知道有情况："大黑，怎么了？"

这狗也不叫，机警的眼睛睁得挺大，目视前方，努尔哈赤趴到地上，侧耳细听，最后听见了，好像很远的地方，有人呼救的声音。

"救命！救命啊！"

难道有什么人遇上什么野兽了？或者是遇上强盗了？努尔哈赤马上站起身

来，不顾一切下了山坡，顺着声音就跑。大黑紧跟着他，往前跑了二里路，大黑突然不跑了，前爪一竖，把头昂起来，“汪汪汪汪！”

努尔哈赤顺着大黑的声音，往前头仔细观看，闹了半天遇上一只黑熊！这黑熊又叫黑瞎子，这家伙个儿可不小！上秤称一称，没有五百斤也差不多少！就见它前爪伸得挺高，后爪戳到地上，像人似的在那儿站着，正围着一棵树直转。努尔哈赤往树上一看，几乎到了树尖顶上了，有一个人双手抱着树梢，树梢来回直颤。就是他喊救命。那黑瞎子这玩意儿，要看上人，那人能好得了吗？那人把嗓子喊得都没声了，不知喊了多长时间了，还喊呢：“救命！救命！”

努尔哈赤一看，人命关天，我焉有不救之理？但是他听大人说过，黑瞎子这玩意儿可厉害！即便它肠子都流出来了，它把肠子塞吧塞吧，塞肚子里，它也得追你。不把你整死，它不罢手！漫说是人，据说连老虎都惧它三分！它那熊掌，能有几百斤的力量。“啪！”这一下能把你打个脑浆迸裂，大块的石头都能拍断！努尔哈赤光听老人讲过，今天距离这么近，从来没有过。他能说一点儿也不害怕吗？汗毛都竖起来了，浑身上下全都是鸡皮疙瘩，但又不能见死不救。到了现在，他不顾一切了：“大黑！冲！”

这狗也害怕，但是主人下了命令了，没办法。再看这大黑，是摇头摆尾，“汪汪汪！”一边叫着一边奔黑瞎子就冲下去了。但是这狗不傻，离着黑瞎子两丈来远，不敢过去了，就围着黑瞎子转悠。这大狗熊本来想吃树上那个人，回头一看，嗬！发生了意外的情况！它把树上那个人就放弃了，扭回头来，举着两个大熊掌奔大黑就扑来了。大黑灵巧，转身就跑，黑瞎子不舍，拧身就追。努尔哈赤利用这个机会，把弓箭就准备好了。他是个神射手，百发百中，但是遇到这种情况，他也紧张，手有点儿发颤，心说：我这一箭不能命中，我、大黑全活不了！这黑瞎子它不怕死啊，把肠子塞肚子里还跟你干！这，这箭我射它什么部位合适呢？又一想：算了，我射它的眼睛！眼睛要瞎了，什么也看不见，就好对付了。

想到这里，对准前拳一松后手，“啪吱！”一箭射出去了。真准！正射中了黑瞎子左眼睛，“噗！”这下捅进去，那个疼劲，受得了吗？就见那黑瞎子，“嗷”一声蹦起来多高！在地上翻了几个滚，脸上那血就淌下来了，还有一只眼。

紧跟着，努尔哈赤瞄准了，“啪！”又一箭，又射到右眼上，两只眼睛全给它射瞎了。黑瞎子失去了方向了，光“嗷嗷”叫，拿俩大熊掌瞎拍，对掐的树都叫它打折了，发了疯一样，就地转圈。过了一会儿，没劲了，努尔哈赤一看，机会到了。

“大黑！冲！”

他把大刀拽出来了，人也进攻，狗也咬，双力夹攻，连砍了数刀，终于把这黑瞎子给砍死了。踢了踢，不动了，努尔哈赤这汗呢，像流水似的往下淌，浑身都湿透了！一屁股坐到地上累得是上气不接下气，正这时候，树顶上那个人下来了，哎呀！这个人呢，两条腿都软了，也是半天没说出话来！一看黑瞎子死了，这人心放下了，来到努尔哈赤近前："哎呀！恩公啊！多谢你救命之恩呐！请受我一拜！"趴地上就磕头。努尔哈赤顾不得旁的，赶紧过来把他搀起来："别这样别这样！"

这人一听努尔哈赤话音，仔细一看，啊！小孩儿！你看这块头不小，看这五官相貌，这孩子超不过十五岁去！一个孩子这么勇敢，能打死黑熊，把我给救了，这真是奇迹啊！

"小恩公，你别客气！你要不是赶上，我就得叫黑瞎子把我舔了！你不是我的恩人，谁是呀？哎呀！多谢多谢！来来，咱坐这儿好好唠扯唠扯！我那儿还有个包，有水，还有吃的，咱俩边吃边谈！"

努尔哈赤也饿了，再看这个人一转身，去不多时，拎个包回来了。打开都是烤熟的肉还有一葫芦酒，再三再四，让努尔哈赤吃。努尔哈赤也真饿了，没客气，"吨吨！"喝了几口酒，吃了两块方肉，也给大黑喂了一块。这个人这才问："小恩公，叫什么名啊？"

"我叫小憨子。"

"小憨子？还有别的名吗？"

"我大名叫努尔哈赤。"

"哦，我呢，就叫你小憨子吧，这好记。我说憨子老弟，你家是哪儿的？"

"我是建州的。"

"建州的，家还有什么人呢？"

"我……"

努尔哈赤不能说实话，他非常聪明，心说：我家里有名有姓，我爹，建州卫的都指挥使，那我要一说这个，他还得问："你爹那么大官，你怎么跑这来了？"太啰唆了，干脆隐瞒实情。努尔哈赤就编了个瞎话："我是建州城的普通老百姓，我爹我娘全不在了，就剩下我们哥仨相依为命。我靠着打猎为生，人走家搬，走到哪儿住到哪儿，就这么的，我到了这地方了，我都不知道这是什么地方叫什么名！"

"可怜呐！这么说，父母都没了，老人都没有？"

"都没有了。"

"咳！不幸啊！我呢，自我介绍一下，我姓齐，原本不是本地人，我是山海关内，山东人。我爷爷那辈，就带我们到了东北了，我爷爷也不在了，我父亲也不在了，我也是光身一个人。由于生活困难呢，连个媳妇儿都没有，今年我四十五岁了，我比你大得多，你呢就管我叫老齐头就得了！”

“哦！原来如此！”

“我说憨子老弟，你不说还有俩弟弟呢？现在何处？”

“我带着他们出来不方便，在山坳那面呢。”

“这样吧，老弟，你要愿意的话，咱交个朋友，谁让你是我的恩人？你把你俩弟弟全接来，搬到我那儿去住。人多力量大，也热闹，我得报答报答你！”

呀！努尔哈赤求之不得呀！因为这块人迹罕至，见着一个人，就特别的亲热。他一看，自称姓齐的这个人，也挺热心，这不是缘分吗？因此就同意了。他回去把俩弟弟也接来了。老齐头挺高兴：“小恩公啊，你们都是我的恩公！哥仨儿真是苦命人啊！这样吧！你们再费点劲，帮着我把这黑瞎子弄到我家去。”

“行行行！”

这么大个猎物，能扔吗？且不说熊掌，熊肉也能吃，熊皮也值钱啊！四个人一只狗，费了九牛二虎的劲，总算把这五百来斤的大黑瞎子弄过山冈，弄到了老齐头家。老齐头家也非常简单，用石头码了个简单的院墙，里边有个大马架子。等进了院，把黑瞎子放下，老齐头挺热心：“到里边看看，里边看看！”

努尔哈赤哥仨进来一瞅，那马架子比我们那儿强多了！挂着不少的兽皮，里面有不少肉，都是烤熟了的，在那堆着。这个地方条件艰苦，还管什么卫生不卫生啊？能吃口东西活着就算不错了！

老头说：“坐坐坐！到了这儿了就是家！一会儿咱们动手，收拾收拾，给你们哥仨找个安身之地！”

“谢谢！谢谢！”

简短说，他们越处越亲热，越处越近乎。努尔哈赤就问：“我说老人家，您就靠着打猎为生吗？”

“咳！不光打猎，还得靠着采集山货。”

“山货是什么意思？”

“你看你！全不懂吗？比如春天、秋天，进深山老林去采药，去挖棒槌。棒槌懂吗？人参呢！要挖着一棵好山参，那可值了银子了！到抚顺城去换现钱，缺什么，再买什么东西。另外小的咱也得划拉呀！什么山里的榛子、松子、蘑菇，有什么，就采集什么。攒到一定的时候，我就去卖去。哎，这回你们来了好了！我也有做伴的了，我领你们到抚顺城去开开眼！”

第五回

认义父三兄弟安定
遇山神小英雄得宝

俗话说：山重水复疑无路，柳暗花明又一村。一点儿都不假！这努尔哈赤遇上贵人了！老齐头是个热心人，又感谢努尔哈赤救命之恩，有什么说什么，尤其看这仨孩子可怜，无父无母，拿他们就当成自己的孩子，教给他们怎么进深山老林去挖棒槌、怎么采榛子、怎么采松子，等等。

光阴如箭，是日月如梭呀！一转眼就是三年。三年的时光，过好日子，转眼即逝；要过苦日子，就觉得相当漫长。在这三年当中，努尔哈赤这个儿蹿起来了，满身上下都是黑疙瘩肉，两臂一晃，要多大的劲儿，有多大的劲儿！他俩弟弟也蹿高了不少。有一天努尔哈赤给老齐头跪下了，说："根据您的年纪，我有个要求，您就是我义父，我就是您干儿子，咱们两家真正合为一家！"

老齐头一听，乐得都找不着北了："哎哟，那好吗？那，那行！孩子，我就收你这个义子干儿。"

"干爹请上，我给干爹磕头！"

他这一磕头，他俩弟弟也跟着磕头，那大黑直摇尾巴，围着人来回直转。别看它不会说话，心里也高兴！老齐头儿今天特别特别高兴，亲自下厨烤的肉，他们又吃又喝。闲暇的时间，老齐头就带着努尔哈赤进大山，这玩意儿一走，就不是一天，努尔哈赤把俩兄弟留在家看家，又把大黑留下，他叫大黑保护俩兄弟。临走前嘱咐它："你听话啊！我几天之后才能回来，你保护这俩小主人。他们是我弟弟，如果保护不好，我不答应！听见没有？"

大黑是恋恋不舍呀！它不想离开主子。但是主人的话又不敢不听，别看这大黑是一条狗，但特别的聪明！主人的意思它全都懂！

努尔哈赤跟着老齐头进了大山了。经常和他们一起进山的还有其他几个人。这八个人都有外号，真名叫什么,谁也不清楚。这领头的叫铁牛，第二个叫大头，那几个人的名字更有意思了！一个叫奔得木、一个叫木得奔，一个叫嘣葫芦把，一个叫把葫芦嘣，一个叫僧三点，一个叫点三僧。这八个人也都是附近的山民，靠着进山采药挖棒槌活着，时间长了，这不就有感情了。这天老齐头就说：“我说八位兄弟，我有个要求，这是我干儿子，叫憨子，这孩子非常好。他还有俩兄弟在家，我出门在外，总是不放心，你别看我今年不到五十岁，我感觉到老了，翻山越岭十分的困难。一到冬季，我这腿就疼，我打算把憨子委托给八位，你们带带他，传授传授他经验，不知道意下如何？”

这铁牛一听，嘬了嘬牙花，“这我……”

“怎么？兄弟，有什么为难的吗？”

“唉，我说老人家，咱有什么说什么。咱交情归交情，这憨子毕竟是个孩子，你别看个头挺大，但没有什么经验。你说跟我们入伙了，万一有点儿闪失，出了点儿差错，我们负不起责任！”

“我说几位呀，你们放心！不会叫你们担责任的！这就是他的命！我说句难听的话，假如说遇上危险了，或者翻山越岭，出了差错了，怪他命短，跟你们毫无关系！我以人格担保。”

“行！有您这句话就可以！另外他毕竟是个孩子，他缺少经验呢！你看我们哥八个，不管收入多少，均摊匀散，我们平分。可他是个孩子，你说他这个……”

“噢，我明白了。你的意思是说，怕他分一份，你们吃亏。这好办！你看能给他多少，就给他多少，他跟你们主要是学些经验。”

“您看他占半拉份怎么样？我们分一个，他分半拉，这样分派，您看着公平吗？”

“行！憨子听见没，你分半拉份。”

“行！我愿意！”

把这事就讲开了。有时候进山老齐头就不参加，腿疼，在家里头照顾那俩孩子，努尔哈赤就跟着这八个人进了深山老林。因为家里有人了，弟弟有人照顾了，努尔哈赤没有后顾之忧，一心就跟他们进山。时间长了，铁牛等人发现，这憨子不简单！不次于成年人。而且这个人吃苦在前，享受在后，从不计较分多分少，就是分点儿东西，不管路多远，他也送回去，孝敬他干爹。另外他胆子还特大。比如说挖棒槌，这东西长的地方缺德！特危险！上不去人，它长那儿。不是悬崖峭壁，就是山尖，一不小心摔下去，粉身碎骨。而且有些地方那都是峻岭绝壁，根本这人就上不去！腰里得拴着绳子，不拴绳子，不带着保险，手一滑落，命就保不住了！每当这个时候，努尔哈赤是一马当先，不让那八个人去：“我去冒这个风险。”

这玩意儿也太感人了！所以这八个人愿意把经验都传授给努尔哈赤。时间不长，努尔哈赤就积累了许多进山挖棒槌的宝贵经验。有那么一天，他们拉了个马架子，白天累了一天，晚上休息。突然之间，外头刮起风来了，这风还特殊。“呜呜！呼啦啦！呜！”风里头带着一股腥臊的味道。这铁牛，经验丰富，一扑棱，坐起来了，赶紧把那几个人全叫了起来。

“坏了！山神爷来了！”

山神爷是什么？老虎！努尔哈赤在外头闯荡这么多年了，从来没遇上过老虎，今天一听山神爷老虎来了，也有点儿紧张。他就看着铁牛怎么办？这铁牛就说：“各位呀，按照山里的规矩，老虎是山神爷，万万不能得罪！它老人家一来，肯定是有事啊！按照咱山里的规矩啊，咱把帽子全摘下来，往外扔帽子。”

努尔哈赤不明白呀：“扔帽子它就走了吗？”

“不是，比方说它把谁的帽子给叼走，谁就得做出点牺牲。换句话说就是给山神爷做点心了！那、那没办法呀！这一切都是天定的。咱不扔帽子，山神爷可不走啊！弟兄们、憨子，做好准备，把帽子都摘下来，这也是老人留下的规矩。”

他们在这马架子里，往外扔帽子。头一个，就这铁牛，把帽子扔出去了，老虎嗅了嗅，没动。第二个大头，把帽子扔出去，老虎嗅了嗅，也没动。到努尔哈赤这儿，努尔哈赤把帽子扔出去了，心“噔噔”直跳，老虎叼谁的帽子，谁就得做老虎的点心，那命就保不住了！没想到，老虎嗅了嗅，把努尔哈赤的帽子给叼起来，转身就走了。铁牛在里头看得清楚：“孩子，咳！命由天定！山神爷把你帽子叼走了，你就得做他的点心啊！孩子，去吧！这、这不是谁对不起谁的事，这是山神爷这么安排的！走吧！你要不走，山神爷一发脾气，咱谁也活不了！”

努尔哈赤心头一凉：完了完了，不能因为我败坏规矩呀！但随后把胸脯挺了起来：“行！命由天定，我跟着走！我叫山神爷把我吃了，命该如此！各位再见吧！见着我干爹，把经过说一说，他和我的两个兄弟，还求各位关照，我走了！”

努尔哈赤是义不容辞，跟着老虎走了。漫漫黑夜，铁牛几个人眼泪掉下来了：山神爷，你怎么跟这憨子过不去？挺好个孩子，糟践了！完了！这一去不能回头啊！这见着老齐头一说，他不定多难过呢！可是着急、哭，解决不了问题。

单说努尔哈赤，仗着胆子跟着这老虎，相距能有五十多步远，有时候这老虎还回过头来看看，跟来没跟来，一看跟来了，放心了，还往前走。天在似亮似不亮的时候，老虎是踪迹不见，努尔哈赤一扑棱脑袋，心说：我眼花了？看了看，天快亮了，老虎放过我了？山神爷开恩了？知道我命苦，把我饶了？怎么没影了？

果然，他仗着胆子，又往前走了一程，发现他的帽子在地上呢。他把帽子捡起来，扣到头上。这一说，没事了，我可以回去了，那我就回去吧！转身刚要走，这才发现，他正站在深山老林的绝壁之上，往下一看，是云雾缭绕，什么时候走到这么高？他不知道，因为太紧张了，心说：妈呀！怎么这么高？一脚蹬空下去，就得把我摔成面糊了！这，这是什么地方？

他不敢走了，坐到一块石头上定定神，开始回忆：我晚上走的哪条路？我能不能找回去？那心就乱成一个麻了。这时候天亮了，他冷不丁一回头，往那山尖上一看，那是什么那是？怎么那么绿呀？绿得那个好看！他好奇，仗着胆子爬到近前一看，每个绿叶的上头顶着一朵鲜红的小花。凭着经验，人参！一棵、两棵，哎哟！大大小小十八棵人参全集中长到这了！那挖棒槌不定多少个月，多少日子！要挖着一棵好棒槌，那就发财啦！要说集中起来这么多人参长到一起，没有过！简直都把他乐疯了！揉揉眼睛仔细辨认，没错！是棒槌！努尔哈赤趴到地上磕响头，心里在想：山神爷给我指点迷津，这不是要吃我，不是拿我做点心，而是给我引路啊！

"哎哟！山神爷我谢谢你！山神爷，我太谢谢你了！"

他赶紧从兜里一伸手，把红线拿出来了，给每个棒槌上头系条红线。传说你要不系住了，那棒槌就跑了，再也找不着了！这东西非常神秘。系好了红线，留好了记号，他一看这地方，我没个走错了！便辨了辨方向，顺着原路找啊找啊，一天一夜，果然找回来了。那铁牛几个人啊，没走，光在屋里甩大鼻涕。

"完了！憨子算完了！"

"哎呀！看我们打猎的这个结果，谁也好不了！生在这个世上，为什么要受这个苦？见着老齐头，得怎么说？"

"大叔，我回来了！"

"啊？谁呀？憨子！"

"憨子！"

八个人同时跳起来，走出马架子一看，谁也没说话，十六颗大眼睛瞪得溜圆！上一眼下一眼，打量努尔哈赤，最后大头说话了："憨子，你是人啊？还是鬼啊？你是死得冤枉？"

"哎呀！说的什么呢？我什么事都没有，我回来了！"

"山神爷没吃你？"

"没有！不但没吃我，山神爷大发慈悲，还把我领到一个好去处！是这么回事……"努尔哈赤将自己的奇遇简单地讲述一遍。

八个人一听，不相信，一起扑棱脑袋："你做梦吧？哪有那种事？"

"不信我领你们看看去！"

"那好，你先歇歇，歇歇腿，喝点儿水，吃点儿东西，攒足了精神把我们领去。"

一切就绪了，努尔哈赤在前头引路，这八个人拿着工具在后头跟着，登上悬崖峭壁。努尔哈赤用手一指："看，是不是？"

"这、这、这……"

铁牛等众人到了近前一看："哎哟我的妈呀！真是棒槌！这个儿小不了，这是千年参啊！宝贝啊这是！"

谁也没动手，先趴到地上磕了一顿响头，祷告了半天，这才下手挖出十八棵人参，那简直就乐疯了！这铁牛就说："憨子，我今年不到四十，净在大山里头打转悠，我挖的参也不在少数，但都跟这参没法比呀！这是宝贝！罕见的珍品！咱发大财了！发大财了！哈哈，发财了发财了！憨子你呀，是福星高照啊！哎呀，我们得怎么谢谢你！"

八个人过来，把努尔哈赤抬起来，抛起多高，又接住，又抛起来，又接住，九个人搂在一起，乐得眼泪都下来了，是胜利而归！

"不打猎了！不打了！不打了！别的都不值钱，就这十几棵人参，咱就发财了！"

"没说的！没说的！回去报喜！报喜！"

找谁报喜呀？找老齐头去了，见着老齐头，几人把经过一说，老齐头也乐疯了！一看眼前这十八棵参，当然，不是一般大，有大有小。就那大的，有一棵就了不得！数了数，一二三四五，五棵大的，这是意外之财啊！老头先发表演说，"感谢山神爷！感谢老天睁眼！咱们好好地庆贺庆贺！然后咱坐下，咱开个会研究，怎么办？这么值钱的东西，咱不能捂到手里头，上一趟抚顺城！除了俩孩子和大黑看家，剩下咱都去，卖个好价钱，回来好好享享福！"

"行！"

"同意！"

"赞成！"

努尔哈赤光听说过抚顺城，老齐头跟他提过不止一次，但从来没去过，那是他非常向往的地方。听老齐头说，抚顺城是汉人修的城池，小城不大，朝廷在那儿驻有重兵，汉人非常多。据说有三街六市，饭馆一家挨着一家，买卖一户挨着一户，他们所得这些东西，人参、貂皮、草药，拿到那儿的集市上可以换钱，可以换来需要的东西。唉，那要开开眼，简直到了天堂了！今天居然实现了！乐得一晚上没睡好觉啊！

到了第二天，几个人起身，努尔哈赤告诉俩兄弟："你们哪儿都不许去，好好看家，有吃有喝，把大黑给你们留下，听见没听见？"

俩兄弟点头："哥，早点儿回来，我们知道这回咱有钱花了，咱不必再受苦了！"

俩孩子、大黑看家，他们几个人结伴，就上了路了。努尔哈赤想得简单，结果一走，就十天的路程，吃饱就走，睡一觉就往前走，怎么这么远。

十天过后这一天，就看见了抚顺城，看见了那城垛口。

“那是城？”

“对！那就叫抚顺城啊！朝廷在那儿还有大官在那儿守把着。一会儿咱们就进城了，先到饭馆，咱饱餐一顿！”

第六回

卖山参众人发财
救老者英雄用智

这抚顺城，当时是明帝国统治，拿东北白山黑水地区当作偏邦外夷。为什么？中国地面太大了！鞭长莫及。怎么办呢？也设立几个州制。最大的州制就是辽阳州，当时的辽阳是东北文化、政治、经济的中心。在辽阳的管辖下，有沈阳城，有抚顺城。这个抚顺城不大，却驻着五千军队，新派来个总兵官叫李成梁。军队不多，衙门口不少！什么副将衙门、游击衙门、巡检衙门，都在这抚顺城集中。

在城东三十里，有个大集市，这集市每年开两次，规模庞大。春天是三月十五到月底，秋天是七月十五到月底，每集是半个月。那些少数民族，包括女真族、朝鲜族、蒙古族，还有部分汉人的猎户，都把猎获的东西拿到抚顺城做交易。

这抚顺城是以汉人为中心的地区，分两个市，一个官市，一个私市。官市就是朝廷举办的，交易的主要是马，这少数民族得向朝廷进贡。朝廷指定每一年要送多少马匹，除了进贡的之外呢，剩余的马匹可以进行交易。朝廷给规定了三个标准，上上马、上中马、下下马，并据此定价。比方说你送的是上上马一匹，检验合格了，朝廷给五石粮食、五匹布、十两纹银，另外还有赏赐。要送上中等的马呢，就递减，要下等的马，所得就微乎其微了。所以来的这些人呢，恨不能把自己的马匹都选中，这样便可获得朝廷的奖赏。集市结束之后，朝廷就在抚顺城大摆筵宴，赏酒赐肉，以示鼓励，等下次交易的时候，再带牲口来。这就叫官市。

私市设在抚顺城东关外三十里，是老百姓对老百姓的交易，像大山里的少数民族，打到的各种毛皮，什么老虎皮、黑瞎子皮、豹皮、狍子皮等等，另外还有山里的药材，最主要的就是人参，拿到这儿进行交易。看好了，双方讲价讨价，定下价钱。从元朝末年开始，这个集市一直非常兴旺，大家相安无事，处得很和睦，从来也没发生过其他的事情。这次努尔哈赤跟着老齐头来的就是这里，因为每年两次，机会难得。所以很多人赶这日子到这儿，做个小买卖，发个小财。什么说书的、唱戏的、打把式卖艺的、耍狗熊的、卖大力丸的，还有各种小吃，应有尽有！有些汉人呢，把家里珍藏的东西，也拿出来跟这少数民族进行交换，双方合适了，没得说，一手钱，一手货。少数民族对此也极感兴趣，因为他们什么都缺，就盼这集市换点粮食、布匹、家庭用具，比方说炊具啦，刀勺铲子，什么被褥鞋帽，他们都得上这儿来换。

努尔哈赤长这么大，没到过抚顺城，这回一进集市，眼睛都不够使唤的了！东瞅西看。哎哟！怎么这么多人？摩肩接踵，拥挤不动，这面也敲，那面也喊，非常新鲜，非常刺激。努尔哈赤这心呢，有点儿沸腾，乐得不得了，把大嘴一直就咧着。老齐头当向导，一边走一边跟他解释："看见这个没有，这是变戏法的。什么叫变戏法？你开开眼看看！"

呀！努尔哈赤也站到人群后头一看，明明那碗是空的，怎么他一翻个儿碗里就全是粮食？那坛子里头明明是空的，怎么拿那毯子一盖，就变了一坛子水啊？神了！看得他这个乐呀！

溜达了半天之后，该打店了。哪儿最便宜，住到哪儿，因为都挺穷苦。只是带来的东西，大家轮流看守，可不能丢了！在这个集市进行到第五天的时候，他们找着客户了，把这人参这一献，这几个客户就有点儿傻眼！这么大的参，实属罕见！要多少钱？讲价吧！老齐头做代表，讲啊讲啊，最后达成协议，由这个汉人全包下了，给的银子也不少，纹银二百两，五十匹布，又给了不少吃的，粮食给了两石。努尔哈赤觉得挺划得来我们也没成本，就在山上挖下来的，到这儿能换这么多银子，应该知足了。说实在的，努尔哈赤是个孩子，他不懂，这让这汉人捡了便宜了！就这点儿东西，一棵参就能换得来，何况二十多棵参！可他就觉得挺满意，达成协议了。

当天晚上，老齐头也挺兴奋。说实在的，赶了无数次集，也没发过这笔大财！虽然吃了点儿亏，但一下子挣这么多是从来没有过的，也高兴！他就把这银子分成了十二份，大伙儿围着看。老齐头说话了："我说铁牛啊、大头，你们都听着，憨子也在这儿呢。咱们十个人，为什么得分成十二份？因为这是憨子先冒险找到的棒槌，人家是首功一件！他要不发现，咱能挣来这么多钱吗？因此我建议他一个人拿三份，剩下咱们每个人都平均，每人一份，不知道你们愿意不愿意？"

这努尔哈赤一听："爹，别别别！那不好，咱来了均摊匀散，我不能要三份，那交代不下去！"

旁的人一听，同意赞成老齐头："憨子，你立了大功了！你要不发现这些棒槌，我们上哪儿得这些银子去？这一份我们就心满意足了，你理所应当得三份！”

这努尔哈赤推托不过呀，一个人得了三份，其他的人把自己分的东西都包好了。第二天上午，努尔哈赤没影了，老齐头有点儿担心，说：“这孩子哪儿去了？是不是看着这花花世界，他动了心了，跑哪儿玩去了？他挺老成，他应该不是那样的人！”

一直等到下午，努尔哈赤回来了：“干爹，我、我说各位，都出来看看，我送给你们的礼物！”

大伙儿深感意外，到了店房的外头一看，嚯！前面有十四高头大马，鞍鞯嚼环全是新的。老齐头傻了：“憨子，这，这是怎么回事？”

“干爹，我一个人不能得三份，我觉得于心不忍。可你们又不答应，昨天晚上我没睡好觉，我就盘算好了，特到马市上，买了十四马，每人一匹。你想，咱们走路多辛苦？马是脚力，就算我送给大家的纪念。干爹，您也上岁数了，不能光靠步行了，咱骑上这马回去，得多高兴啊！这是我的一份孝心。”

哎呀！大伙儿不住地点头咂嘴！没想到十几岁的孩子能这么讲义气！这一看，这孩子将来了不起！大伙儿非常高兴，再三致谢，把礼物收下了。

努尔哈赤选了一匹大黑马，这马他太称心如意了！因为他养的那条狗就是黑的，他喜欢黑色。他到马市上去买马，这匹大黑马见着他就拱他，天生的跟他有这个缘分！所以说努尔哈赤给这大黑马也起个名叫大黑，那简直是如获至宝一般！

马也有了，钱也挣了，老齐头一高兴：“我说各位呀，你们好不容易离开大山，咱把买卖也做得不大离儿了，我说咱到城里去玩玩！怎么样？都有钱了，咱们到那儿也花点银子，下下大饭馆子，那还有唱大戏的，你们也开开眼，听听戏！”

努尔哈赤没听说过：“干爹，什么叫戏？”

“戏呀，你一看就明白了！我也说不清楚，有意思透了！怎么样？”

“行行啊！”

这叫人逢喜事精神爽啊！大伙儿全同意了，把账结了。第二天早晨起来，骑着高头大马离开店房。其实少数民族都会骑射，骑马都是高手，上了马之后，高兴！老齐头在头前领着，努尔哈赤紧靠着老干爹，大头、铁牛众人在后头跟着，直奔抚顺城。这三十里路的两旁，除了庄稼就是野地，有的地方荒无人烟。谁都没想到，他们走出去不到一半的路程，按现在钟表来说，也就是早晨六点钟左右，就听前头喊：“救人呐！”

“你跑不了了！”

“乒乒！”

“哎哟！乒乓！”

“哎哟！”

怎么打起来了？努尔哈赤在马上一长身，手搭凉棚往对面观看。离着他们呢，也就是一百步开外，路边上停着一辆车，这车够讲究的，带篷车，有大牲口架的辕，车下面横着一具尸体，看那意思是车老板。那边二十来个人对付一个人，再看这个人，一边打一边呼救，嗓子都喊破了！而且这人还上了年纪，少说也得六十岁，胡须飘摆，帽子也打掉了，可能也受了点儿伤，后背前心有斑斑的血迹。就这个人，手中舞着一把大刀，左右拼杀，围着他的那二十来人都是彪形大汉，有的穿着裙子，还有的穿着坎肩，一看就是少数民族，不知道是哪儿来的，非要置当中这个人于死地。这人是边打边喊，努尔哈赤他们来得是正及时。

努尔哈赤看到眼里，跟他干爹说：“爹，这，这是怎么回事？咱可不能不管！”

“是啊！看来中间这老者有危险！”

“爹！你们等着，我过去！”

“憨子你还年轻！不行！”

“不不！来不及了！”

“嘚嗒嗒”，努尔哈赤这匹大黑马一溜风就冲到近前，那时候出门在外，谁身上都带着家把式，得防身呐！尤其他们大山里的人，那刀子攮子都随身带着，努尔哈赤身上也带着口大刀。他一伸手，把大刀拽出来了，高声喊喝，声似巨钟：“啊，呔！别打了！住手！”

这帮人就好像没听见一样，还接茬儿打。努尔哈赤灵机一动，又喊了一嗓子：“我们是官府的官人，前来抓差办案！”

这是吓唬那些人的。还真别说，这话真起作用了！一说官人，那二十来人回头一看，路上来了十来匹马，谁知道是不是官人？互相嘀咕了一阵，“扯呼！”钻进庄稼地，都给吓跑了。老齐头在后头听得真真的，心中暗想：憨子智勇双全，这孩子将来肯定有出息！

再说被围困的那个老者，一看人散了，一撒手，“噹啷！”把刀扔了，往地上一躺，背过气去了。努尔哈赤众人从马上赶紧跳下来，摇胳膊晃腿，进行抢救，一看这车上挂着个葫芦，里头有水，又给他灌了几口水，老头儿慢慢地缓过这口气来了：“哎呀！累死我了！”

睁眼一看，有十来个人围着他，为首的一老一少。这老的个儿不太高，挺强壮，再看这个年轻的，四方大脸，浓眉阔目，长得是仪表堂堂。老头儿明白了，这帮人把自己给救了！他强支撑着，扶着车辕站起来，掸了掸身上尘土，一抱拳：“各位恩公，我谢谢各位，是你们把老汉给救了吧！”

老齐头说话了："谁让这事我们给赶上了？那伙人让我们赶跑了，是你的仇人吗？"

"我也搞不清楚，我久住抚顺城，可能得罪了不少人呐！不知道什么原因，他们知道我今天到这儿，二十多口子想把我给杀了。幸亏你们来得及时，救命之恩，恩同再造！谢谢谢谢！"

努尔哈赤就说："您上了岁数了，既然有仇人，出门在外您得多加谨慎！"

"年轻人，你叫什么名？"

"我叫努尔哈赤，乳名叫憨子。"

"唉，我听你说话，舌头根子有点发硬，你是什么族？"

"我是女真族。"

"怪不得呢！模样长相也看出来了。我先自我介绍，老朽是汉人，我姓韩，我叫韩成，不怕你们笑话，年轻那会儿闯荡江湖，还有个小小的绰号，人们都管我叫大刀韩成。现在时过境迁了，老了，不中用了！我说这还有什么用？这几位也都是我的恩人。这样吧，你们救了我的命，不能白救，老朽得感谢啊！我就住在城关，请到我家里！无论如何也要到我家！"

老齐头就说："算了算了！谁让我们赶上了？天下人管天下事，这也不是特意为了救您来的，您就保重得了！您该干什么去干什么。"

"不不！不行不行！见着恩人，岂能失之交臂？受人点水之恩，需当涌泉答报，这是圣人留下的话。这么大的恩情，我能放你们走吗？无论如何各位赏脸到我家！哪怕我把凉水温热了，你们每位喝一口，我心里也安了，请到我家，请到我家！"

大伙儿一看情面难却，一瞅地上还有死尸。

"这？"

"咳！给我赶车的，也是我一个小徒啊！命苦啊！这样吧，麻烦各位把他弄到车上，你们都骑着马，一会儿就到我家了，我们想法给他安葬了。跟我一场也不容易，为了我，把命搭上了！"

就这样，老头上了车，自己赶着，边走边谈。大伙儿这才知道，大刀韩成的家是开把式场的，什么叫把式场？武术馆，教徒弟的，现在别看上了年纪了，也是威名远震，有一百多个弟子。老头儿今儿个也赶集去了，不为买东西，想开开眼，没想在返城的路上遇上仇家了！现在也不知道仇家是谁，别看仇家不知道是谁，可他遇上了努尔哈赤。

第七回

死中得活大刀韩成喜
拜师学艺努尔哈赤忧

老韩头这个人是热心肠，盛情邀请这十个人到他家做客。说话间就到了抚顺城城关里边。一进东门，有条街叫顺城街，头一家就是韩成家。努尔哈赤第一次进抚顺城。一看，这城池可不小！三街六市，街道也宽阔平坦。到了老韩家门首，他一看，有点儿发愣：这是他们家吗？怎么这么大？高大的门楼两座，一座是进人的，一座是进牲口的。这个院子能容纳大牲畜上百头！而且出来进去人流不断！

他们刚到大门这儿，从里边走出几个年轻人，都在二十岁往上，三十岁往下，穿得干净利落，当然都是汉人。看见大刀韩成，赶紧过来施礼，有叫师父的，有叫老爷子的。

"您回来了！"

"您身上怎么有血呀？"

"咳，没事没事，受了点儿外伤。我说你们往车上看看，我的车把式死了！咳，这些事以后再说吧！通知他的家属前来领尸。另外告诉账房，多多地给他开点儿钱，跟着咱们不容易啊！发生意外了。"

这边交代清楚，韩成便盛情把众人让进院里，努尔哈赤这眼睛不够使的了！一瞅，怎么这么大的院子？平平整整，宽宽敞敞，一色是沙土地。头层院子里靠着墙根两溜，都是刀枪架子，那上面刀枪剑戟、斧钺钩叉，镗镰槊棒，鞭锏锤爪，无一不全！硬弓、铁锁、石墩子，应有尽有。院里不少人正在练功，一看老韩头回来，纷纷过来施礼："师父，您回来了！"

"回来了，回来了！"

"这、这些人？"

"都是我的朋友，也是我的救命恩人。往里请！往里请！"

一直让到第三进院子，这院也挺宽大，放着养鱼缸，栽着花草。他们顺着甬路走进厅堂，再看这厅堂里头，那东西都锃明瓦亮，古玩、字画应有尽有。努尔哈赤像是到了一个陌生的世界，看不过来了！有些东西都不懂，也没见过呀！再看老韩头吩咐一声：“泡茶。”

有人把茶水泡上来，点心摆好了。老韩头就说：“这算到了家了啊！各位可千万别见外，你们是我的恩人，没你们的解救，我活不到现在！换句话说，这一切一切都是大家赏给我的，你们就心安理得地吃，跟家里一样一样的！”

刚说到这儿，韩成的老伴儿闻讯赶到了，带着丫鬟婆子。老夫妻一见面，老太太看了看：“哎哟！当家的，你咋的啦？怎么净是血呀！快点儿上点儿药，休息休息！”

“没事儿，我皮糙肉厚，这算得了什么呢？皮外伤，拉几个口子，碰几下，无所谓，你别大惊小怪的！我说老伴儿，你来得正好，我给你介绍介绍！”他把老伴儿领到努尔哈赤面前。

“看见没？这年轻人可是我的救命恩人，没人家的搭救，我早死多时了！成了乱刀之下的冤鬼，这是恩人！”

他把经过这一说，用手指着，挨个做了介绍。老太太也通情达理，千恩万谢，恨不能趴到地上给努尔哈赤一行人磕头，让努尔哈赤他们给拦住了。

“老人家，千万不可！千万不可！我们是偶遇，赶上了，焉有不管之理呀？”

“你们太客气了！我说老头子，别让恩公走了！”

“当然！我请恩公们到家里就这意思。你吩咐人，把后院那几间房子收拾出来，让各位休息！我说恩公们，这么办啊，咱有的话慢慢说，一半天你们也走不了，先下去休息，睡它一觉。晚上有夜宵，咱们彻夜长谈！”

努尔哈赤十个人进后院去了，人家人多好干活，屋子已经收拾得干干净净，被褥都是新的。努尔哈赤他们在山里住的是马架子、窝棚，有时候划拉划拉点草，铺到地上，这就过夜。睡这样的房间，这样的被褥，第一次！努尔哈赤瞅什么都新鲜，摸摸这，摸摸那。他们家祖宗三代都是都督，这都督跟明朝当官的那都督截然不同，你别看名好听，都是少数民族啊！所谓那都督府，只是比那马架子强点儿，但是也强不太多。要像老韩家这么讲究，没有！一个天上，一个地下，所以努尔哈赤瞅什么都新鲜。从小就受苦，没享受过这么安乐的环境，所以从心里往外美。他们洗吧洗吧，倒头便睡，这一觉睡到掌灯，大家都精神了。有人把净面水给打进来，大家漱了漱口，洗了洗脸。刚坐下，便有人进来请：“我们东家在大厅恭候，各位请吧！”

家人在前，努尔哈赤在后，铁牛、大头这些人在后头跟着，鱼贯而行，又走进大厅。一看，桌面摆的是丰盛的酒宴，努尔哈赤真没吃过！什么烧鸡扒鸭子，天上飞的、地下跑的、草窠蹦的、水里浮的，应有尽有！众人团团围坐，老齐头坐到上垂手，努尔哈赤坐到下垂手，其他众人依次而坐。韩成一看人都到齐了，心里高兴，众人这才发现韩成也上了药，包扎好了，又换了一套新衣服，脸上都起了宝色。尤其借着灯光，显得格外精神。

韩成举杯在手："各位呀，虽然咱们有的是汉人，有的是女真人，但坐在一起，就是一家人！为了报答各位救命之恩，我先敬大家一杯，特别是我这小老弟！"他指着努尔哈赤，"来！我敬你一杯！"

努尔哈赤站起来，一饮而尽，接下来是轮流敬酒。酒过三巡，菜过五味，老韩头又说话："各位呀，一回生，两回熟，你看在这路上，咱光顾了赶路了，这话说的有的清楚，有的不清楚。我上了年纪了，脑子不太好使，我打算重新再问一遍，我说小恩公，你叫什么名字？"

"我叫努尔哈赤，乳名叫憨子。您呢，就管我叫憨子就行了。"

"原来如此！你们家是干什么的？"

"我……"

努尔哈赤一想：说瞎话说到底，我不能说我父亲是做建州都督的！人家就得问呢，那你爹做那么大官，你怎么打猎呀？你怎么跑这来了？那话就多了！我还能跟人家说我受后娘的气？我爹心狠，没有办法我才离家出走，这不能说！家丑不能外扬！所以还是说的谎话："我自幼父母双亡，就剩我一个人了。为了吃口饭，才变成了猎户，多亏我老干爹给我帮忙，又认识了各位长辈，才有咱们这次巧遇。"

"噢，原来如此。"老韩头转身又对老齐头说，"咱俩谁大谁小，还分不出来，我今年六十有七，阁下是？"

老齐头一笑："要那么说，您是老哥哥，我今年六十有二！"

"那我真是大哥，老弟，请饮此杯！您是我的恩公！"

"您别这么说，别客气了！别把恩公恩公挂到嘴上，您要老这么说，我们都坐不住了。"

"那好了好了！我不客气啊！来！一醉方休！"

韩成这才自我介绍："各位，我呀，是汉人，祖籍在山海关内河北直隶省，屈指一算，到关外，也可以说是一辈子了吧！我是干保镖护院的。有一百来个徒弟，就靠着教他们这点儿学资，维持生活，但是集市上我也常去，也做点儿买卖补充。另外要有好差事我也进关，带着徒弟们给人家保镖，这一趟下来，也能挣点儿银子。反正逮着什么，我就干点儿什么。你要到抚顺城一打听，韩氏武馆，就是我们家。我们家这院大，有人管我们家叫韩家大院，一打听，没有不知道的！众位呀，私官两面我有不少的朋友，你们住几天，我把朋友请来，给你们介绍介绍，多个朋友多条路，多个冤家多堵墙，多认识点儿朋友，没有亏吃啊！将来就是我在不在这儿，你们有大事小事的，这些朋友都可以给帮忙！”

“那是那是，谢谢您了，谢谢您了！”

“一醉方休！”

到了半夜，这才席散，大家各自休息。第二天韩成又请客，这老头儿热心肠，真就请来几位朋友，有衙门口的，游击衙门的，总兵衙门的，搞文案的，带队的，把他们请来，给大家做了介绍。彼此这一介绍，话也就多了。努尔哈赤偷着问他干爹：“义父，咱啥时候走啊？不能老在人家家待着，你看，人家太热情了！天天陪着咱，净吃好东西，得多少钱呢？另外，我也挂念我两个兄弟，我打算回去。”

“我也是这么想的，行行行，明天我就提出来告辞。”

第二天吃饭的时候，老齐头提出来了：“老哥哥，多谢您的盛情款待！一眨眼三四天，我们于心不忍。昨天晚上，我们商量商量，打算回去了，今天呢，特为向您辞行！明儿个一早，我们就登程赶路。”

“别别！太匆忙了！着什么急啊？我说句话，你们别不爱听，漫说多你们十张嘴，就多一百张嘴，咱就坐在这儿吃，吃一年我也倒不了架！咱家有这钱！你放心吧，无论如何得住些日子！”

“不行不行，我们惦记家里，打算走。”

“哎呀，这样吧！我多了不留，再住三天怎么样？”

“三天，这……”

老齐头跟努尔哈赤一商量，盛情难却，又多住了三天。就是走的头一天晚上，努尔哈赤吃完了没事，到院里去溜达。一看院里头，几十个小伙子正在练武，有的是练单刀，有的练长枪，有的练三节棍，有的练七节鞭，有的练大刀。他就看入迷了，一边看着，一边喝彩，“真好看！真好！”

他正看着呢，韩成从后边来了，后边带着几个徒弟。韩成叫了努尔哈赤好几声，努尔哈赤全神贯注，没听见，老头儿最后拍了拍他的肩头：“我说憨子。”

“哎哟！老人家，对不起，我没听见。”

“没事没事，爱看吗？”

“太爱看了！”

“有意思不？”

“有意思极了！”

“喜欢吗？”

“太喜欢了！你看我也会两下武把式，我那叫瞎抡，像人家练这么好，我，我没见过。”

“哈哈！憨子，咱爷俩也有缘分，我特喜欢你。我不明白，你为什么这么着急要回家？如果有时间，你就住下好不好？咱爷俩儿呀，进一步再亲热亲热，愿意练武，咱家现成的！你就在这儿练武，好不好？弓刀石马步剑，你想学什么，咱这有什么，我亲自教给你！”

“真的？”

“那当然了！我还能骗你？”

“哎哟，这，老人家，这样可不行，说走就得走。我还有俩兄弟，我回去啊，把他们安顿安顿，安顿完了，我一心无挂了，我肯定回来，我回来练武来！”

正说着，老齐头一帮人也来了，一听这么回事，老齐头乐了：“我说憨子，要这么说，干脆咱们有个论道。这么叫恩公，麻烦。你不是想练武吗？干脆跪倒叫老师，韩老师就是你的老师，你就是他徒弟！你说这有多好？往后老师徒弟见面，多亲近呢！人家还手把手教给你武术，你看多好！”

“对呀！”

努尔哈赤多聪明，趴到地上就磕响头：“师父在上，受弟子三拜！”

“嘣！嘣！嘣！”

“孩子起来起来起来！我收了，我收了！来人！今天晚上大排筵宴，把你们的师兄弟全找来，我要举行收徒仪式！”

这天晚上，在这个院里排的桌椅，一二百人参加，举行了收徒仪式，热闹透了！努尔哈赤恭恭敬敬拜了师，打这儿之后，努尔哈赤就有了老师了，大家齐来祝贺。努尔哈赤乐得嘴都闭不上了！他跟老齐头说：“义父啊，咱还得回去，我把俩兄弟安排安排，恐怕今后您老人家就得费心呢！这俩弟弟就交给您了。”

“孩子，没说的，谁让我是你干爹呢！这有什么说的？应该的！应该的！”

这韩成就说：“我说憨子，这样得了！我放你回去，回去把你俩弟弟，把你的东西，都运到抚顺城来，往我家一住，你们哥仨还在一起。他俩都多大了？”

“他俩也不小了，都十来岁了。”

“那来吧！乐意练武，跟着一块练武，你就没有后顾之忧了！你别担心，吃喝我全包下了！”

努尔哈赤苦笑了一下：“那怎么好意思？一来，来好几张嘴，我还有一条大黑狗。”

“我也喜欢养犬呢，那也把它领来呗！一言为定，就这么定了啊！我说老弟啊，这事拜托你了，你把憨子带回去，把他俩兄弟带着，你负责给送来。咱哥俩儿也没处够，你再在我这住几天，缺什么少什么，你尽管言语一声，怎么样？”

“好好好！”

努尔哈赤还不答应，老齐头说了：“孩子，你好不晓事！这是老天爷给你机会，上哪儿找这样的好人去？不多见呢！机会难得，焉能错过？就听人家的吧！把弟弟带来，让他们也学学武功，有什么不好呢？你要觉得过意不去，等长大之后，有了出息，再孝敬你老师！义父还有件事，咱爷俩儿也没处够，我舍不得你呢！我老天麻地的，自己一个人，人走家搬，你不必担心。你要想我呢，有时候就去串串门，我想你呢，我也上这来串串门，咱们一年见几次面，在一块儿住些日子，不就结了吗？不能因小失大呀！”

言语之间达成协议了。第二天他们起身了，回去到马架子住了那么几天，又得起身回转！舒尔哈奇、雅尔哈奇，一听哥哥要带他们进城，高兴得不得了！晚上睡不着觉，大黑狗围前围后，形影不离。说话得算数，挑良辰择吉日，努尔哈赤要起身了。再看铁牛和大头，把那嘴噘得能拴头驴！努尔哈赤不明白怎么回事，这才问：“各位呀，你们究竟所为何故？”

第八回

苦学艺小英雄成器
讨叛逆明政府出兵

努尔哈赤要走，他这几个好朋友，什么铁牛啊、大头啊、奔得木、木得奔、嘣葫芦把、把葫芦嘣、僧三点、点三僧，掉眼泪了，五官皱得跟包子差不多。努尔哈赤就问："你们怎么了？"

"咳！我们舍不得你。你这一走，等于把我们魂给捎走了！你说咱们处的时间虽然不长，但我们觉得这个感情太亲密了！你要一走，我们是失魂落魄，舍不得。"

努尔哈赤也是重感情的人："那怎么办呢？"

"我说憨子，我们厚着脸皮提个要求，能不能带着我们去？我们哥儿几个商量好了，从今之后，跟你形影不离。你就当奴才那样养着我们！当然我们也不能白吃你，你看怎么样？"

"我说各位呀，言重了！你们原来有这个想法，怎么不说呀？"

"抹不开呀！这不动真格的了，我们没办法，才得说。"

努尔哈赤想了想："这样吧，既然如此，那就跟着我去吧！我厚着脸皮跟师父提一提，我看我师父那个人很慷慨，绝不会计较。再说了，你们身强力壮，也不白吃是不是？"

"就是啊！"

"行！收拾东西，咱们一起走。"

"哎哟！太好了！太好了！"

唯独老齐头，看着大家要走，"吧嗒吧嗒"，眼泪掉下来了。但老头儿下定决心，不愿意走，故土难离啊！老齐头说："憨子，去吧！汉人常说，大丈夫志在四方，不能做井底之蛙，你们年轻，出去练练。我这般年纪了，上哪儿去？混吃等死吧！再说这地方的一草一木，都跟我结下深厚的感情，我哪儿都不去了！想你们呢，我去串串门，看个新鲜，平时呢，有口吃的就算了。你们要想我，比如说有时间，就回来看看我。"

努尔哈赤挺心酸，心说：我们都走了，把老头儿给扔这儿，有点儿于心不忍。但是怎么劝，老齐头也不走。最后定好了，没办法了，老齐头依然住在原地，努尔哈赤带着弟弟和那些人起身赶奔抚顺城！

韩成一看，来了，老头儿眼睛都放光！一见面，努尔哈赤就说："师父，给您添麻烦！这几个人您都认识，他们舍不得我走，想要孝敬老师，您看……"

"别说了，别说了！原来我也有这个意思，就是没抹得开嘴，欢迎大伙儿来！如果愿意的话，都算我徒弟怎么样？"

"哎哟！师父在上，给师父磕头！"

"给师父磕头！"

努尔哈赤把俩弟弟舒尔哈奇、雅尔哈奇叫到近前，这得格外地介绍，这是亲兄弟。老头儿也非常高兴，摸着他们的脑袋："后生可畏，好啊好啊！哥仨儿在一起团聚，你哥哥没有后顾之忧了。孩子，长大成人之后，也不要忘了你哥哥对你们的感情啊！他真照顾你们！"

"是！"

"你们还小，不能算我的徒弟，平常乐意学什么就学什么，该吃饭吃饭，该玩玩。房间我给你们都准备好了，咱有的是房子，随便住！"

从这天开始，努尔哈赤他们就住下了，努尔哈赤开始学能耐。跟韩成、跟他原来这些徒弟们一接触，他是眼界大开！人家不仅武功比自己强，还都认识字。努尔哈赤不认得字，睁眼瞎！因此他暗下决心，有出息的人得有文化，我晚上少睡点儿觉，我得练字！为什么说努尔哈赤一天学也没上过，还有点儿文化，就是从韩成这儿打的基础。他想一天认一个字，一年就能认识几百字！他开始一见这汉文，脑袋都疼！这是方块字，特难记。但是他聪明，日久天长了，不会就问，不会就打听，这个也教，那个也教，因此不到一年，努尔哈赤就认识了不少字。一般书拿过来，什么《三国志》《水浒传》，他就能赖赖嘟嘟地念下来。除了学文化之外，努尔哈赤还练功夫，原来就是凭着身体棒，瞎抡，要多大劲有多大劲，那不行，得学习技巧。因此弓刀石马步剑是样样都有长进！他那俩弟弟一天也强似一天。

一转眼的工夫，就是三年。努尔哈赤已经到十九岁了，在这几年，学文化，学武艺，打下了扎实的基础。另外他住在韩成的家里，韩成好交朋友，士农工商，哪一行的朋友都有，大家到这儿串门，都认识努尔哈赤，通过这个关系，他交了许多汉人的朋友。了解了汉人的风俗、习惯、语言，长了这方面的知识。另外，私官两面，他也交了不少朋友。知识就是力量，朋友就是财富，此时的努尔哈赤跟刚来的努尔哈赤是截然不同！有学问了，眼界开了，也成熟了不少。

努尔哈赤不忘老干爹老齐头，每年都得回去住半个月，捎去不少生活用品，年年去。可是到十八岁那年，老齐头身体不济，是一命呜呼！老头儿死了，努尔哈赤痛断肝肠，给老干爹埋了。这是一件事。第二件事，努尔哈赤是被他爹给赶出来的，他做梦都想回家，所以，每一年都找人给捎信儿，请求他爹宽恕，能让自己回家。但是每一次都令他失望，每一次都遭到他爹的断然拒绝："当初我说过这话，我没你这儿子！你没有我这个爹！我活在世上，有三寸气在，你就休想回建州！"因此努尔哈赤始终没能如愿，只能是年呀、节呀，偷着掉眼泪。

除了这个事之外，努尔哈赤能在这儿白吃吗？他带来这么一大帮人，还有俩弟弟。因此他每年想方设法，进大山挖棒槌采药，打野兽，变卖之后孝敬老师，这样才心安理得。越这么来，感情越厚，越这么来，感情越近，老头儿拿他就当亲生的儿子一样！在他的面前是无话不谈，憨子长，憨子短。

这一天，他们家来个客人，姓孔，是总兵衙门的一个帖写。帖写就好像文书，往来的公事都是他起草。这老孔头跟韩成关系不错，经常来。因为他是个书生出身，手头不富裕，每次来了，老韩头都给他不少的钱，越处感情越近。衙门有些什么风声，他都上这儿叨咕来。这次他又来了，面露惊慌。老韩头挺热情，炒了几个菜，弄了两壶酒，款待孔先生，两个人是边吃边谈。努尔哈赤呢，是老韩头的眼中花，就让努尔哈赤在旁边陪着。努尔哈赤也愿意，给他们布菜敬酒。老韩头就问："我说孔先生，我怎么瞅你这么惊慌，有什么事吗？你尽管说！是缺钱、缺什么的？咱谁跟谁！我手头还行，你张嘴吧！"

"不不不！哎呀，韩老师啊，我没少花你的钱，我就想报答你。今天我来，不是为钱的事，是为打仗的事犯愁。"

"打仗？谁跟谁打仗？"

"嘿！您呢在天堂啊！您不了解外界的情况。这仗打得很凶！"

努尔哈赤一听，就注上意了，竖着耳朵听。韩成就问："那你说详细点儿，咱们唠闲嗑，谁跟谁打？"

"咳！这事怪就怪王杲，就他起的头！不价，怎么能呢？"

努尔哈赤心里就一翻个儿，他长大了，对许多人许多事，心里都有数。王杲这个人，他知道，跟他们家还沾亲戚，是宁古塔的都督。坏事坏到王杲身上？这我得打听清楚！所以努尔哈赤就插了一句话："老人家，王杲不是个都督吗？怎么跟他打仗？"

"咳！倒霉蛋！坏事就坏到他身上了！由于受他的株连，朝廷降旨，要动用大兵攻打建州卫！"

一句话说到努尔哈赤心上了，他有点儿坐不住了，脸也涨起来了，心也跳成一个儿了。这俩老头在这儿闲谈，没注意到他的表现。努尔哈赤心说：建州是我们家呀！是我爷爷、我爹住的地方，怎么祸及我们家乡去了？不行！这事非得问清楚！于是，便耐下性子听老孔头从头到尾，把经过讲述了一遍。

当时的整个社会情况，中央政府就是明朝的政权，皇上是万历皇帝。这明政权对周边照顾不过来，鞭长莫及。所以对东北白山黑水一带这些少数民族采取怀柔政策，你们只要听话，做买卖什么什么的都行，但是你们可不准闹事！闹事就派兵征讨！其实也不光明朝政权，哪个政府都是如此。偏偏的，东北净出事！这女真族，有建州女真、海西女真，还有东海女真，除了这三大系之外，还有大大小小的村寨上百个。他们平常互不服气，不是我打你，就是你打我，互相兼并，扩大领土，战争经常发生。明朝政府，对此是睁一只眼闭一只眼。

王杲这个人十分奸狡，而且武力过人，是个大野心家。自从他成事之后，兼并了周围二十几个城寨，他采取顺我者生，逆我者亡的政策，不听话的、反对他的就屠城，男女老少一个不留！格外残忍。常年的征杀，他是嗜血成性，就好像一头野驴，不服管束。他手下能有上万军队，都是那些村民，逼着人家当兵，打仗，谁也不敢不听！时间一长成气候了。明政府知道之后，禀报了万历皇帝。有人主张，派大兵征讨这害群之马，以防今后祸及朝廷。

“咳！”万历皇帝一摆手，“算了算了！他们都是些野人，给他点儿好处，他就满意了，不必派兵征讨了。朝廷也没那笔银子，干脆加封他个官吧！”

于是，就加封王杲为宁古塔的都指挥使，颁发他一颗银印。以为这样他就心满意足，对朝廷毕恭毕敬了。结果万历皇帝想错了，自从这个王杲坐上都指挥使之后，更加疯狂了！到哪儿都打着这个旗号：“我受了皇封了，我是二品大员，你们都得听我的！不听我的，我照打不误！”

因此平时跟他平起平坐的那些都指挥使，都怕他。人们私下里就议论，说：“这王杲见谁打谁，保不齐哪一天就打到咱的城寨，可怎么办呢？”他们都跑到建州卫，找努尔哈赤的爷爷觉昌安、父亲塔克世去问计。觉昌安说：“不至于，他再打也有分寸，他绝不敢碰咱们建州！这样吧，咱们也笼络一下他！”

于是，觉昌安派人跟王杲联系感情，也跟他处得不错，双方成了亲戚了。王杲的女儿许配给塔克世，那也就是塔克世第二位夫人，叫李佳氏。所以王杲打这个，打那个，他没打建州，日久天长了，明政府对他是越瞅越不顺眼。有一次，王杲亲自到明朝进贡，到了抚顺城，送来五百匹马。这是规定的，你既然是朝廷的臣，就得尽义务，每一年都得进贡，朝廷也给你一定的赏赐，你有困难，朝廷帮你解决，这是个例，谁也不能破坏。偏赶这年的验马官，是个贪官姓陈，谁到这儿来进贡，都得打他的溜须，给他递红包，才能顺利地过关。你不给他打点得满意了，他挑你的毛病！不是这不合格，就是那不合格，给你打回去！他也不了解这王杲是何许人也，王杲也没擂他这根胡子，心说：你小小的九品验马官，算个屁！我是堂堂的二品都督！

所以王杲也没打他的溜须，到时候一验马——不合格，把王杲进贡这些马给没收了。那王杲能干吗？一分钱不给，还给没收了。他一怒之下，把验马厅给烧了，把那姓陈的验马官给杀了。这下可惹了大祸了！不管怎么说，验马官是朝廷派去的，也是九品的官员，杀官如同造反！这个事情报到朝廷，万历皇帝大怒，心说：王杲啊王杲，朕对你不薄啊！原来你那个罪孽就够深重的，为了招抚你，朝廷封你为都指挥使、封你为都督，你不仅不感恩，相反地越加猖狂，这还了得！此人非除不可！

因此万历皇帝颁发旨意，兵部下达命令，命令抚顺城的总兵官李成梁派兵征讨。同时严令李成梁，此事必须成功，不准失败。成功了有奖赏，要不能成功，把你罢了官还要你的脑袋！李成梁领旨之后，有点儿犯愁了。你别看他是明朝的总兵，手下充其量就五千军队，还要保护地方的安全，还要派兵去征讨，哪儿有那力量啊？但是李成梁这个人可不是一般的人，在历史上颇有功绩。他是老谋深算，一想：我还得用老办法，借助他们的力量，打他们的人，我的军队就是作为后盾而已。那么利用谁呢？跟明政府关系最密切的就是图伦城的城主尼堪外兰，因为图伦城离着抚顺城挺近，所以跟李成梁的关系很默契。另外这个尼堪外兰对明政府也比较恭顺，也是个实力派，手下虽然没有一万人，也差不多少。李成梁心说：就借助他的力量消灭王杲！

第九回

灭反叛李成梁以夷制夷
捉敌酋王贝勒自我脱困

尼堪外兰实力雄厚，非常奸狡。总兵李成梁和他平时关系处得不错，于是李成梁摆了一桌酒宴，挑良辰，择吉日，把尼堪外兰给请来了。

尼堪不知道什么事，在酒席宴前就问：“总兵大人，有何吩咐？”

“没事，想你了，喝几盅，哥俩儿聊聊！”

尼堪心说：没那么回事！你我还不清楚？肯定有用我之处！尼堪接着一笑：“总兵大人，别开玩笑了！您肯定是找我有事，尽管吩咐，我愿效犬马之劳！”

“说得好！哈哈！我说尼堪呐，最近朝廷降旨兵部，发下令箭，要让我攻打王杲，灭他的族部，杀他本人。因为他太不像话了，敢杀官造反，实在恶劣之极！我打算请你帮帮忙，率你的部众配合官军，前去征剿，你可愿意？”

“哎呀，是这么回事啊！”

尼堪紧锁双眉，心里头盘算：怪不得请我吃饭呢！让我带兵去打王杲，那王杲可是一员猛将，而且实力雄厚，不仅兵多将广，就他本人来说，臂力过人，那不是好对付的！我要领兵去了，我得受多大的损失？这买卖划不来！尤其我又不是明朝的军队，我没这个必要去得罪人。

但是又不敢拒绝，他深知这李成梁是个狠角色！把他得罪了，他找个借口，就敢派兵打自己！尼堪嘬了半天牙花，低头不语。李成梁就问：“怎么啦？有难处，不愿意？”

“不不，总兵大人，我是这么想的。要说打旁人呢，我马上就答应，只是这个王杲，很难对付！”

“哈哈！你怕什么？不是还有官军吗？不是还有我吗？官军跟你协力进攻，你怕什么？你的背后还有强大的朝廷支持。你是代表官方！”

“是！不过，不过……”

“不过什么？你是不是有所求啊？你说吧！你有哪些要求？你尽管讲。”

“总兵大人，我积攒了这么多年，才有这点儿家当，人马也不算多，这一旦受了严重的损失，它这损失，这、这……”

“你看，你说实话不就得了？你怕受损失。你放心，要打了胜仗，灭了王杲，王杲那个宁古塔就归你了！你看好不好？城给你，人给你，牲畜给你，什么都给你，你扩大了领地，你怕什么？损失惨重，朝廷给你补！我给你补！人也行，马匹也行，金银也行！再者说了，我看宁古塔那地方，漂亮的大妞可不少，你是名利双收，外加美人啊！这买卖你划不来吗？你好好算算！”

“总兵大人，要诚如您所说，那没得说了！”

“好！你愿意发兵？”

“愿意！”

“好，咱可不是儿戏啊！今天吃完饭，你就回去马上点兵。三日之后，配合官军，咱马上就起程！耽误了，朝廷可不答应。此战必胜，可不准败了！要胜了，怎么都好。打败了，连我都担不了这个责任！你明白吗？”

“明白！只是大人我斗胆再问一句，朝廷能派多少军队？”

“这……我手下就五千人马，我还得留下大部分军兵，守卫边疆和城池，所以我就能抽调一千五百人。”

“太少点儿了！”

“那没关系，我再求求援，从辽阳再抽调一千五百人，我出动三千官军，够了吧。”

“那还差不多！再加上我本部的人马，能凑万八千人吧。行了行了，这就足足够用了！”

两个人吃着饭，把协议达成，尼堪就回去点兵。三日之后，浩浩荡荡，大军兵发宁古塔。多年不打仗了，尤其是这种大仗，老百姓得知消息之后，纷纷逃走，谁愿意卷到战火之中？

消息传到王杲的耳朵里了，王杲一听，拍案大骂：“李成梁！好小子！你敢来打我！最可恨的是尼堪外兰，有你什么事呢？你帮虎吃食，打明朝的溜须，好嘞！我叫你们知道知道王杲的厉害！”

他马上擂鼓升帐，做了部署，把城池增高增厚，挖好了掩体和工事，每天操练人马，严阵以待。

两军阵前这一开仗不要紧，王杲挺难对付，但架不住两路合击！李成梁那总兵不白当，运筹帷幄，白天的时候打完了，到晚上，他把尼堪外兰找来，告诉尼堪外兰：“如此这般，这般如此。”

尼堪外兰依计，晚上三更天开始，竖云梯爬城，偷偷地爬进宁古塔，把城门给打开了。明军和尼堪外兰的人，就杀入宁古塔。这下可坏了！进了院了！王杲措手不及呀！巷战开始了。别看他手下一万来人，这城池一破，手下人是离心离德，四散奔逃！最后王杲身边就剩下一百来人。他一看，东面、南面、西面都是官军和尼堪外兰的人，只有北面无人把守，他只得从北边跑了。家、财产，什么都不要了，逃命要紧。离开北门不到三里，就是大山，马也不能骑了，他就爬山而行，王杲跑了。这座城池打了两天就打了下来，进城之后，尼堪外兰大肆掠夺，什么东西都是他的，从金银财宝到女人，满载而归！李成梁答应过："只要打了胜仗了，都是你的！"

尼堪发了个大财，装了几千车，源源不断送到图伦城。这城他也占了。

要按理说，到此应该结束了吧？在庆功宴上这尼堪建议："我说总兵大人我担心呐……"

"担心什么？"

"这、这、这……"

"还担心什么？"

"王杲跑了，我虽然占了他的城池了，可这、这难以向朝廷交代！"

"是啊！你说他能跑到哪儿去？"

"不清楚，这大山一望无际，谁知他能跑到哪儿去？我说应当派人继续寻找，这是一。另外我还担心，王杲有儿子，你不能留着，留着就是祸害！"

"这我不清楚，他儿子是谁？"

"是阿太章京。"

"阿太章京在哪儿？"

"在古埒城。他儿子手下也有军队。古埒城也是一座坚城，比这儿还富裕！这老家伙留个心眼，他儿子在那儿驻守，他在这儿驻守，形成犄角之势，他儿子要听说他爹的城池叫咱占了，能善罢甘休吗？我的意思，咱分兵两路，一路去攻打古埒城，乘势追击，把他儿子杀了，斩草除根。另外一路再继续追捕王杲。"

"好主意！就这么定了！"

那怎么个分工啊？李成梁说："这样，我官军负责追剿王杲，你呢，辛苦辛苦，带着你的部众去打古埒城。脸已经撕破了，你还怕得罪人吗？不白打！古埒城打下来也归你！"

"那妥了！我一定办到！"

再说这个王杲，进了大山了，待的时间能长吗？一开始眯了几天，又缺水，又没有吃的。说打猎，他就带着一口防身的宝剑，弓箭一概都没有！而且那深山野林之中，净是猛兽，要遇上黑瞎子，遇上老虎，他就得玩儿完！特别是遇上狼群，九死一生！他整日是提心吊胆，眯了十天，实在眯不住了。王杲一盘算：官兵和尼堪的人肯定在追捕我，我得往远了跑！我上哪儿去呢？投奔谁呢？我儿子那儿，我肯定不能去，我儿子阿太章京也好不了！这，这……

唉，他想起来了，有个人叫王台，是他本族的一个哥哥。心说：我投奔我哥哥去！是亲三分向，怎么说他也不能见死不救！我哥王台把我收留了，等我缓过气来，从他手里借点儿兵，我再报仇雪恨！

王杲太惨了！一口东西都没吃着，砍了个树枝子当拐棍，翻山越岭走了一程又一程，跟个花儿乞丐相似。这一天就来到哈达城堡，来见王台。

王台都不认识他了："你是谁？"

"哥！你看看我是谁？我是王杲啊！我是你兄弟啊！"

"哎哟！你怎么变成这个样子了？快快快！洗洗澡，换换衣服。"

洗完澡换完衣服，摆上吃的，这王杲饥肠辘辘，拿手抓着就往嘴塞，这一顿好悬没撑死！吃饱了，有底了，这才长出了一口气："哥！完了！我完了我！我的宁古塔丢了，三妻六妾没了，金银财宝、奴隶等等，全都不存在了！我是一个人跑出来的。"

"为什么呢？"

"因为我把官兵给得罪了，他们勾结尼堪外兰，合击于我，有内奸把城门给打开，把我们给出卖了！乃至如此，你瞅瞅你瞅瞅！"

"兄弟啊，不是哥哥说你！你千不该万不该，不应该得罪朝廷的官人啊！咱惹不起人家，人家是朝廷，有皇上，你呀！白活呀！兄弟，下一步你打算怎么办？"

"我打算在您这儿藏些日子。哥，不管怎么说，咱是一个老祖宗，您不能见死不救！我也不能说老在您这儿待着，能不能借给我点儿军队？我要报仇。我要把宁古塔夺回来！"

"可以，我不帮忙谁帮忙？只是我的部队都在四方呢，我得发令，重新调集，这得需要一段时间。"

"得多长时间？"

"少说也得半个多月吧！你就安心住在我这儿吧！"

"哥，没人走漏消息吧？"

"怎么会呢？我离那儿多远呢，一半会儿，他们都不知道啊！不是没人跟踪你吗？"

"肯定没人！"

"那你就安心住我这儿吧！"

到了晚上，这王杲累坏了，吃饱了，也喝足了，沉沉入睡，什么都不知道了。后来睡着睡着，他觉得不得劲，怎么胳膊腿发麻呀？睁开睡眼他一看，灯火明亮，再看这王台站在他面前，左右全是刀斧手。他让人捆得像麻花一样，被勒得结结实实！王杲大吃一惊："哥！这咋回事？"

"嘿嘿！王杲啊，王杲！非是哥哥不念亲情啊！是你闯得这祸太大太大。你想想，背叛朝廷、你想造反，按照明朝的法律，造反者属于十大不赦之罪！得诛九族啊！你寻思寻思，可不是你死了就算了，你的亲戚一个都活不了！也包括哥哥我在内。我怎么敢收容你？我说借给你军队，我就招待你一顿饭，把你给放了，我脑袋也保不住！有道是：人不为己，天诛地灭呀！兄弟，别恨你哥，我也有老婆、有孩子，我也有老人，我不能因为你都断送了！这回呀，你全明白了，我就得把你打囚车装木笼，送到抚顺城交给朝廷处分！"

"你不是人！王台！你人面兽心！"

"把他嘴堵上！"

第二天，打囚车装木笼，王台亲自押送，把王杲送到抚顺城去了。那总兵李成梁正为这件事发愁呢！抓不着王杲，无法向朝廷交代，皇上怪罪下来，恐怕就得丢官罢职啊！正这时候，报事的进来了："报总兵大人！哈达城的城主大贝勒王台求见！还，还押着一个人，听说是把王杲抓住了，给您送来了！"

"啊？真的！"

"真的！"

"快快！请请！"

时间不大，王台进来了，双膝跪倒："总兵大人，小人罪该万死！我可不说大义灭亲啊！那、那个王杲自投罗网，跑到我的哈达城，被我给逮住，给您送来了！"

"请起请起！王台啊！王贝勒！你为朝廷立了大功，我必有重赏！不过我得看看，是真的还是假的，把他带进来！"

带进来什么？是抬进来的。因为那腿上一道绳子挨着一道绳子，王杲是猛将，形同猛虎，怕他跑了，所以，才五花大绑给抬进来的。李成梁看了看，像，他不敢确认，找来认识王杲的人确认。大家点点头："大人！一点儿不错，他就是王杲！"

"把嚼子摘了我问问！"

把嘴里塞的东西，嚼子，全都去掉了。李成梁倒背着手，围他转了三圈："你是王杲吗？"

"正是！正是你祖宗！"

"嘿！好小子，到了现在还敢发狂！你没想到你背叛朝廷，是个什么结果吗？"

“我早想到了！我宁愿死！”

“行了！有这句话足够了！王杲啊，我没权处置你，我充其量是个小小的总兵官。我得亲自把你押送到北京，我去献俘！哈哈！来人！把他押下去，严加看守！他想吃什么，给他吃什么，叫他做个饱死鬼！听我的命令，谁要放走了他，我抄他全家！”

王杲给押到死囚牢，押了不到十天，李成梁本想亲自送去北京，又一考虑：不行！抚顺城这块太重要了！我不能离开。他就派了个副将献俘，把王杲送到北京。据史料记载，在万历皇帝旨意下，王杲被杀，死得很惨。

第十回

救亲人父子发兵
劝旧主大将动情

“人不为己，天诛地灭”，王台就是这么个人，为了保住自己的性命和一家人的安全，把王杲给出卖了。为此，总兵大人李成梁设宴款待他，再三地表彰，说：“你呀，大义灭亲，为朝廷建立了功勋，我一定向皇上给你请赏！”

王台是千恩万谢，受宠若惊。李成梁这小子，很奸猾，他是别有用意的。话锋一转，又跟王台说：“我说你呀，还得为朝廷继续尽忠。”

“大人，您说我应该干些什么？”

“你率领着你的哈达部，配合着尼堪外兰，也就是图伦城的城主，去攻打古埒城，抓住那个阿太章京，还得把他彻底给消灭！”

“哎呀！”

王台倒吸了一口冷气：“大人，恐怕我的力量不足啊！再者一说呢，我已经把王杲奉献了，我再去打他儿子，似乎有点儿说不过去。”

“哈哈！王台呀，你呀！真是个糊涂人！你就没想一想，你把王杲给出卖了，王杲的儿子阿太章京能跟你完得了吗？他要知道是你把他爹给出卖的，他不得红眼吗？迟早要发兵向你问罪。当务之急，你必须斩草除根，永绝后患！再者一说了，你去打仗，不让你白打，我向朝廷给你请功，你不是名利双收吗？尼堪外兰不错，很懂道理，答应出兵了。你再答应出兵，你们两家配合着，如果把阿太给消灭了，你们俩把那城池就平分了，你是名利双收啊！这不是一件好事吗，你为什么难？”

“这……总兵大人，恐怕我的力量不足。”

“有尼堪外兰呢！再者说，你俩都不足，还有我呢！官军做你们的后援，本官做你的后盾。我叫辽阳副将出骑兵一千，给你帮兵助阵，你看怎么样？”

“那，那还差不多！好吧，既然如此，小将领命就是！”

“唉，这就对了！喝酒！喝完了酒之后，休息休息，近日就点兵出发。趁热打铁，迟则生变，懂吗？”

“我明白！”

说完之后，王台马上点兵配合着尼堪外兰，要出兵古埒城。

再说这个阿太章京，章京就是个官名，比贝勒小一级，他本名叫阿太。这阿太章京坐镇古埒城，这城虽然不大，但十分坚固，地形非常险要。多少年不打仗了，阿太章京过的小日子不错，谈不上兵强马壮，手底下也有一伙人。突然警报传来，他爹王杲叫王台给出卖了，身首异处，另外听说官军派尼堪外兰与王台合力，要攻打古埒城，他能不害怕吗？他又气又恨！痛哭了一场，“咣咣”跺脚。

“王台啊！王台！你可是我伯父啊！你怎么能做出这种没人性的事情来？我一定要给我爹报仇！”

阿太章京着急归着急，冷静地一想：不行！就我这弹丸之地，哪禁得住三路大军？哎呀，这……怎么办呢？

跟夫人一商量，他夫人是谁？努尔哈赤那个姐姐，亲叔伯的姐姐，是觉昌安心中的宝贝大孙女，这都是连着亲呢！夫人就说：“不行啊，赶紧请求救兵！让我叔、我爹、我爷爷赶紧发兵，前来救援。不这样，我们的城池难保！”

“夫人说得对！”

阿太章京一面命人紧守城池，一方面派快马告急赶奔建州。

再说建州方面，前方仗打得那么热闹，建州能不知道吗？人心惶惶，老百姓心也慌了！看来这建州也有危险呢！一旦打到这儿，怎么过日子？

不但老百姓心慌，建州的都指挥使塔克世，也就是努尔哈赤他爹，他发愁了！马上召集部下商量对策。于是他的心腹爱将，各城的城主，什么贝勒章京，有几十号一下子聚拢了，大家就议论开了。塔克世就问：“众位呀，怎么办？咱们建州能不能打仗？一旦打起来，咱怎么对付？”

这人多了，乱呛呛，说什么的都有。有一派人主张：“既然大兵来了，打呗！分一个你死我活！胜了咱就存在，败了算咱倒霉，就要决一死战！”

有一部分人不同意：“现在这个仗没打到建州，朝廷也没派兵来，咱无故地自找没趣！咱干什么？不必惊慌，看看形势再说。”

有的人说：“如果真打到建州来，凭咱的力量，恐怕抵挡不住。干脆就求和得了！答应点儿条件，给他点儿好处，让他一撤兵，也就完了。”

说什么的都有！塔克世举棋不定，就剩下晃脑袋嘬牙花：“这可如何是好？”

他方寸正乱。报事的跑来了，说：“阿太章京派来特使，要求见都督！”

“叫他进来！”

这特使进来跪倒在地，放声痛哭：“都督，大事不好啊！古埒城告急啊！尼堪外兰领着一支精兵，还有那王台，带了数千军队，加上大明朝的骑兵，三路大军要围攻古埒城。我家章京万分担心，派我前来告急！”

塔克世一听，脑袋“嗡嗡”直响。

“知道了，知道了！好好好，我们正研究办法呢，你先下去休息。”

看来事态紧急了，塔克世也不傻呀！心说：这古埒城离我这儿不远，古埒城要失守了，我这建州也保不住！欲加之罪，何患无辞啊？那朝廷想要收拾我，找个什么理由，它也能发兵啊！那阿太章京是我们家亲戚，说要灭九族，我们还跑得了吗？看来这个仗是非打不可了！这……本来我的兵力就不多，我再派出一部分救兵去，我这城池的人就更不够用了！

他正为难的时候，父亲觉昌安拄着拐杖来了，他也听着信儿了。觉昌安这老头儿心地善良，他最喜欢的俩人，一个是孙子努尔哈赤，另外就是嫁给阿太章京的这孙女，这大孙女不是塔克世的姑娘，是他大儿子李顿巴图鲁的姑娘，他喜欢，老福晋也喜欢，当年嫁给阿太章京，老夫人就不同意，结果扭不过觉昌安和塔克世，联了姻了。到现在出了事了，老夫人是又哭又闹，跟老头儿说：“你要不把我孙女给保护住，我就跟你没完！我先死给你看！”

觉昌安本来就着急，老伴儿这一闹，如同火上浇油啊！拄着拐杖到了前厅了，一看，嚯！人不少，正在开会议论呢！他问塔克世：“我说你们商量什么呢？”

“爹，您来得正好，我们正商量着如何保卫咱的城池，如何派兵去救阿太章京。”

“那怎么还不快派兵啊？打仗这东西啊，一步金一步银啊！晚了一步，黄花菜都凉了，快派兵吧你！”

“爹，您不知道，咱们手下人马不多呀！我派走一部分人，咱这建州城怎么办呢？”

“咳！顾不了那么多了！救我孙女要紧呐！这样吧，塔克世你要怕建州有危险，咱们分工。你领一部分人守家，我老头子领一支人马，前去救援古埒城！救我的孙女！来人！取我的甲胄来！”

“爹，您这么大岁数，身体又不好，您，您先消消气！”

“我不能等了！我再也不能等了！”

老头儿披挂整齐，挎好了腰刀，把拐杖也扔了：“教军场给我点兵！我带走一半人马。”

塔克世一看，他爹是老倔头，看样子玩了老命了！拦是拦不住了。塔克世一琢磨：能让我爹去吗？他去了有什么用？干脆一咬牙一跺脚：“爹呀！您等等，我陪您去！”

回过身来，他把大哥叫过来了。他大哥叫李顿巴图鲁，这人是个窝囊废，为什么他没坐上都督？怎么传给塔克世了呢？他远不如他四弟呀！李顿过来了：“老四，什么事？”

“大哥，事态紧急，那丫头可是你的女儿，我去救我侄女，我跟爹去！城池交给你了，你要好生守卫！”

“好好！交给我吧！恐怕我，恐怕我还不行，我跟老二共同守城吧。”

老二在旁边坐着，叫什么呢？叫厄尔衮，这老二不是个善茬子！一句话也没说，面色铁青，不知道考虑什么事情。这李顿就跟他说：“二弟，既然老四陪爹去了，咱俩守建州。”

“行！可以！”

留下一部分军队守建州，觉昌安和塔克世点兵三千五百人，急急地赶路，前去救援古埒城了。他们到了古埒城城外登高远望，往下一看，这古埒城三面环山，一面靠水，是个险要的地方。小城池不大，在高处看得清清的。结果迟来了一步，就见古埒城正东、正西、正南、正北，旗幡招展，被三路大兵团团围困！

“哎哟！”觉昌安在马上一晃头，“晚了一步！晚了一步啊！我说塔克世，你看怎么办？”

“爹，别着急，看这样，这仗没的打。官军呢，他们也就是刚来，咱们趁热打铁，一股冲锋冲进城去，踏破他的连营！”

“也只好如此了！塔克世，你给爹爹观敌瞭阵，我领人冲杀下去！”

“爹，用不着您呢！我干吗来了？您在后边督队，我打冲锋！”

这塔克世头顶铜盔，身挂铁甲，跨下马，掌中大砍刀，带了几百骑兵，“哗！”冲下山坡，正好在正东面。东面正是尼堪外兰的部队，他一到营盘前，尼堪外兰的人就喊上了：“不好！来了敌人了！”

尼堪外兰一听，赶紧领军队在阵前列队。这尼堪外兰细高挑、大个子、灰脸膛、方下巴、两只小耗子眼、两道大抹子眉、稀不棱登的有那么几十根胡须，但是这一穿戴上盔甲，也倒有几分的威风。尼堪外兰跨马抡刀，来到两军阵前，号令军兵压住阵脚。到了前边，他一看，都认识。能不认识吗？尼堪外兰觉得这心里不太得劲，什么原因？他原来是塔克世的部将，是人家爱新觉罗氏提溜他的耳朵，把他提拔起来的，后来他成了气候了，自己独立了。这，这是东家呀！想到这儿，心里有点儿发亏。但是光想过去的事，没有用了，尼堪外兰只好把心一横，拍马舞刀来到塔克世的马前，一抱拳：“对面是都督塔克世吗？”

塔克世眼珠子都红了！倒提着大刀，仔细观看：“嘿！你不是尼堪外兰吗？”

“正是属下！”

“属下？你还记得是我的属下呀！尼堪外兰，人面兽心之辈！当初你就是个普通的大头兵，我拽着你耳朵，把你提拔起来，你才有今日！没想到，你忘恩负义，帮虎吃食，胳膊肘往外拐、调炮往里揍！你是翻脸不认人！我说你这回领兵带队，你干什么来了？”

“我是奉命来攻打古埒城。”

“古埒城的城主，你知道是谁？那是阿太章京，是我们家的亲戚！我侄女就在城里呢，这些事你一字不知？”

“大人我才知，我过去一无所知。等大兵到这儿了，我一打听，才知道是这么回事，不价我早就攻城了！为什么按兵不动呢？我知道有这一层的关系。这个，都督啊，能不能听我说说肺腑之言？”

“你说吧。”

“都督，我这次出兵，也是被迫无奈呀！您想一想，朝廷降的旨意，我敢违背吗？李成梁的命令，我敢不听吗？我惹不起呀！他叫我发兵，我就得发兵，其实呢，就是走走形式而已。发自内心，我不打算真打呀！何况还有这层关系呢？您来得正好，咱这么办行不行？您先按兵别动，最好咱先别打，我呢去找找总兵李成梁，把咱们两家的关系跟他讲一讲，恳请他下令退兵。他要一退兵，对哪方面都有好处。如果真要交了手，闹翻了，后果不堪设想啊！”

塔克世听着，心说：这小子说的是真的是假的？是跟我演戏？

“尼堪外兰，你说话我有点儿不信。”

“都督，上有天下有地，离地三尺有神仙！我说话要嘴不对心，骗你老人家，我死在乱刀之下！车裂、马踩、水淹、火烧，我不得好死！”

这古人都迷信，最相信的就是发誓。塔克世一看这情况，转念一想，尼堪外兰大兵压境，没必要骗我呀！又有官兵做他的后台，如果他心真黑到底了，他说废话干吗！看来是真的。

“我且问你，你找李成梁去说，李成梁要不听怎么办？”

“不听那是他的事，我也退兵！我是不参与了。您就知道我是真心还是假意了！”

“那行！我现在急于进城看看我的亲人，能不能给我让一条路？”

“当然可以了！不过都督，这日头刚转到西边去，天还没黑，我要公开地让开一条道让你们进去，让李成梁知道了，可就麻烦了！这么办行不行？您先忍耐一时，天黑之后，您就在这路过，我肯定给您让开一条路，您就进古埒城！”

第十一回

甜言蜜语父子受骗
暗动刀兵城池失陷

听尼堪外兰如此一说，塔克世也不敢做主，圈回马来见他爹觉昌安。把这事给老头儿一说，老头儿点了点头："看来尼堪外兰不是个坏人呢！他也是身不由己，能做到这个份儿，也就不错了，就依他吧！"

天黑之后，点起灯了，塔克世在前，觉昌安垫后，他这人马夹在中间，又来到连营。果然尼堪的人马撤到左右两边，让开一条道，一刀一枪都没动，建州兵平安来到城下。城上有巡逻的守兵，一看来了军队，害怕了，把弓箭全准备好了，石头也准备好了。有人高声喝喊："什么人？再往前来，我们要开弓放箭了！哪来的？"

有军兵扬起头来就说："瞎了！自家人！我们是建州的军队，没看见旗号吗？老都督和都督都来了！"

"哟！可不是怎么的？救兵来了！救兵来了！"

有人到里边给阿太章京报信，这阿太章京连日来，连饭都吃不下去，净做噩梦，就盼着救兵，可盼来了！他登上城楼往下一看，可不是吗！连老头儿都来了！

"开城开城！"

城门开放，绞起千斤闸板，建州兵就进了古埒城。然后城门关闭，放下千斤闸来，拉起吊桥。阿太章京和他的夫人哭拜于地："爷爷！您可来了！叔叔您可来了！"

觉昌安是老泪纵横啊！拉起阿太章京，又把孙女给拉起来。孙女放声痛哭："爷爷，我做梦都想您！想我奶奶！"

"我也是啊，得着信我们就来了，风是风，火是火，连气都没喘呢！好在咱都见了面了，没事！孩子没事！放心！有爷爷在，有你叔叔在，确保平安无事！"

阿太章京也高兴了："里边请，里边请，请到府里头！"

张灯结彩，排下酒宴，塔克世就问："受什么损失没有？"

"没有，一场虚惊啊！我们把一切都准备好了，我们抱着必死的决心，城在人在，城不在人亡。正这节骨眼，你们来了。"

塔克世说："我见着尼堪外兰了，我们俩都讲好了，尼堪外兰发誓，要劝说李成梁退兵，但愿他说话能算数。"

阿太章京点头，这心"扑腾"放下了。

第二天有人报信，几路大兵全退了，真撤了！觉昌安不信，阿太章京也不信，登上城楼，打着凉棚，往四外一看，果然城外是空空如也！三路大兵一个都没剩！觉昌安在城头上磕了个头："谢天谢地呀！祖宗的神灵保佑啊！真是虚惊了一场。看来咱得感谢尼堪外兰呀！他说话真算数，肯定他跟李成梁讲了，李成梁同情我们，这才撤了兵。算了！没事了！没事了！"

大家乐得就甭提了！回到府里头，张灯结彩，鼓乐喧天，盛排筵宴祝贺。转过天来，尼堪外兰领着二十名亲兵，还有数十辆大车，拉着蔬菜、粮食，送来不少好东西。尼堪外兰叫城："开城啊！我是尼堪外兰，我要见老都督觉昌安和都督塔克世！"

有人到里面一送信，觉昌安一想：恩人来了，咱们过去把人看错了。要没有尼堪外兰哪有古埒城在？得好好款待款待！好好谢谢他！

吩咐一声："开城！"

尼堪外兰和二十名亲兵、数十辆大车，都进了城。塔克世亲自迎接，一看拉来这么多东西，就问这个尼堪外兰："我说，好朋友，你这是何意？"

"我怕城里边人着急呀！我为了表现表现，送来点儿薄礼，望都督笑纳呀！咱们把误会解释开了就得了。"

"哎呀！什么误会？你的表现就在这儿摆着呢！我谢你都谢不过来！里边请，里边请！好生款待！"

他们把车子先囤到东门，该卸货就往下卸货，二十名亲兵在那儿照顾着。众人把尼堪外兰当作神圣般，接进大厅，在酒席宴前，觉昌安、塔克世、阿太章京一个劲儿地感谢尼堪。尼堪外兰也不住地道歉："各位，这人心隔肚皮，做事两不知，你们误解我，这也是应该的。是不是？可是我这一解释，不就行了吗？说实话，李成梁不打算退兵，我呀，苦苦相劝，给他磕了好几个头，向他再三保证，他才答应退兵的。"

"那他没说啥条件吗？"

"条件当然是有，这次我进城来，见着老都督和都督，一个是解释误会，向你们赔礼道歉，另外呢我给捎来个话。"

"说，什么事？"

"李成梁啊，有点儿骑虎难下，您说这军队来了一次，兴兵动众，那朝廷能不知道吗？无缘无故退兵了，没法交代，不能自圆其说。后来我们两个人想了个主意，希望二位都督能答应个条件。头一个，你们写一个请罪的信，就说你们跟王杲毫无关系，王杲造反死了，罪有应得，你们也恨他，根本不存在替他报仇不报仇的事。你们这么做，朝廷对你们就不怀疑了；另一方面呢，你们答应年年进贡，岁岁来朝，选最好的牛羊马匹，贡献给朝廷，表示友好，俯首称臣，再下保证，永不作乱，朝廷对你们一百个放心，李成梁也有交代。这咱就占了主动。我觉得这条件不算苛刻，就是没这种事情，你不也得朝贡吗？您说是不是？"

"说得对！对极了！尼堪外兰，你可帮了大忙了！"

觉昌安就说："老贤侄啊，方才你开列的条件一点儿都不苛刻，我双手赞成！塔克世，你说呢？"

"爹，我也同意。行了！就按尼堪外兰说的办！请你上复李总兵，将来我们必有报答！"

"行了行了！这我也不为难了，我先告辞，把你们爷儿俩的意思跟李总兵讲一讲，这事就算落定了。"

觉昌安就说："着什么急啊？老贤侄，事情已经过去了，我们得好好谢谢你！来人！"

珍珠、玛瑙，存了多年的积蓄，拿出一大部分来给了尼堪外兰。尼堪外兰说什么也不要，觉昌安、塔克世是执意要给，尼堪外兰还挺为难："无功受禄，寝食不安呢，这是我应尽之责，你看……"

"拿着拿着！不价你就不是真心和好！"

"好吧！不过呢，我临时先保管，将来呢，我还得给送回来！"

大家哈哈一笑，塔克世就说："既然这样，咱来个一醉方休吧！大家好好祝贺祝贺！"

觉昌安也挽留，最后，尼堪外兰也没办法了："留下就留下吧！"

喝了一天，本来这地方山高风大，人都彪悍，又善于饮酒，这一放开量，都过了量了！喝得天旋地转，一直喝到大掌灯之后，酒席方散。尼堪外兰晃晃悠悠站起来："那今儿个，我就在城里过夜了，明天一早我就登程。"

"行行行！明儿一早我们送你，住处都给安排好了！"

尼堪外兰就住下了。几个人都高兴，回到屋里头休息，这回可睡个踏实觉！脑袋一沾到枕头上，鼾声如雷，这一觉也不知睡了有多长时间。

再说塔克世，一开始躺下的时候还想：真跟做梦一样啊！说一个紧急——暴风骤雨，说一个完事——烟消云散，嘿嘿！要不说人生跟演戏差不多少，真是一台大戏！回到建州见着大伙儿一说，大伙儿不定多高兴呢！

他也着了。正睡得香的时候，就听见杀声震耳，喊杀震天，似乎做梦，又不像做梦，又听见耳边响起急促的跑步声。

“咚咚咚咚！咣咣咣！”

“都督醒醒，都督醒醒！”

塔克世迷迷糊糊站起来了，心说：这不是做梦啊！晃晃悠悠下了地，把门开开。亲兵一头就闯进来了：“都督！大事不好，官军杀进城来了！”

哎哟！塔克世就像挨了雷击一样，呆坐在地上：“啊！这是怎么进的城？”

“闹了半天我们都上了尼堪外兰的当了！他没喝醉！他领来那伙人都是奸细，那几十辆车，车顶上有一部分是物资，大部分装的都是人呢！二更天之后，一声呐喊他们把城门给打开，把军兵都给放进来了！他们说退兵了，没退！都藏到大山里头了，又跑回来了。完了！”

塔克世吩咐一声：“带马抬刀！”

带什么马？抬什么刀？就听这院里头，“叮叮当当”一阵乱响。

“塔克世跑不了啦！”

塔克世推开窗户一看，尼堪外兰的人啊、王台的人、官军，都冲到院里了，根本看不见自己的人了！

“哎哟！可要我的命了！”

塔克世一回手，从墙上把弯刀摘下来，“仓啷”一声，把刀拽出来，手扶窗户台就跳出去了。正好尼堪外兰领人也冲到院里，借着灯光塔克世看得真真的！他咬碎钢牙：“尼堪外兰！好小子！你真把我们骗到家了！我们中了你的计，上了你的当！”

在灯光照耀下，就见尼堪外兰一阵奸笑：“嘿嘿！我说都督啊，你不净看兵书吗？兵书云，兵不厌诈，我略施小计，你们就上当了！这又怪得了谁？”

“好啊！尼堪外兰我跟你拼了！”

塔克世抡刀就砍，那能砍得着吗？人家的亲兵卫队如狼似虎，好几百人，过来就把塔克世给包围了。也漫说是塔克世，就是比他武艺高十倍百倍，去也得吃亏！双拳难敌四手，时间不长，他被一个士兵一枪从肋叉上就给刺中了，塔克世摔倒在地，紧跟着乱刀齐下。

“咔嚓！”

可叹塔克世，死在乱刀之下！

与此同时，老都督觉昌安也被惊醒了，老头儿没敢上前院，手提宝刀，转身奔后院，找阿太章京和他孙女。找着后，谁都说不出话来，后悔了，上当了，嗓子眼好像堵了个疙瘩。觉昌安摆了摆手，那意思：跟我快走！四外全是敌人了，转身奔后退。刚走出不远去，就叫追兵给撵上了。

“在那儿呢！”

“觉昌安在那儿呢！阿太章京也在这儿呢！”

“哗！”

上来给包围了。这尼堪外兰亲自指挥：“老都督，对不起啊，这叫各为其主啊！人不为己，天诛地灭！你老人家情屈，命不屈啊！投降吧！投降了，我再给说几句好话，或许看在你年纪高迈的分儿上，能捡条老命。如果顽抗，可死路一条啊！你儿子都死了。”

“兔崽子！我跟你拼了！”

拼有什么用？没超过三分钟，阿太章京、他媳妇儿、老都督觉昌安，皆死于乱刀之下。这尼堪外兰吩咐一声：“不留活口！不管男女老少，给我杀！斩尽杀绝！”

阿太章京府里头的佣人全跟着倒了霉！那人是横躺竖卧，有一百多口子，都死在刀下。尼堪外兰指挥着杀人不说，还吩咐他的心腹人：“见着金银财宝，给我往车上装，拉回图伦城！”

阿太章京在这儿经营这么多年了，能没家底吗？光那仓库就多少间！好东西得拉多少车！全归了尼堪外兰了。这小子是抢劫一空！那个王台也没白来，他扫外围啊！这城里头还那么多住户呢，有钱的人家也不少，都归了王台了！他也装了上百车，拉回他的家乡哈达城。官军也没闲着，奸淫烧杀，什么都干！血洗古埒城，简直是太惨不过了！

到了第二天，火救灭了，城池也丢了，但是有一部分建州的军兵杀开一条血路，捡了条命。有那么二三十人，凑到一起，飞快跑回建州去告急。

到了建州，这些人呢，哭得都没声了！拿手比画着，直打哑语，谁懂啊？家里留下看家的李顿巴图鲁，那是大爷呀！李顿巴图鲁一看，就知道不妙。

“说话呀！怎么回事？我不懂。”

有人就说：“他们太辛苦了，喝点儿水，让他们喘喘气！”

喝了一顿水，喘喘气，这才能说话。他们就把古埒城所遭所遇，一出一出的，详详细细都说了，说：“老都督觉昌安、都督塔克世、阿太章京以及他的夫人全死在乱军之中，城池整个给丢了！倒霉倒在尼堪外兰身上了！这小子太坏了！坏得冒油！”

这李顿不听还则罢了，一听，姑娘也完了，爹也完了，弟弟也完了，顿时摔倒在地！众人赶紧抢救，抢救多时，李顿明白过来："爹呀！弟弟！我的女儿！""哇哇"大口喷血，一病不起。本来这人就窝囊，受的这个打击也太大了！他病了，千斤重担就落到他兄弟身上了。他兄弟叫厄尔衮，老二，就是不爱说话的那位。厄尔衮一看，急得直搓屁股："这、这、这怎么办呢？"

报事的人就说："贝勒爷，赶紧拿主意呀！古埒城丢了，下一步就是建州城！他们肯定趁热打铁，您快采取措施吧！"

第十二回

大敌当前二贝勒犹豫 飞赴建州小英雄请战

建州城二贝勒厄尔衮现在愁苦难言！又怕，又痛心，又难过，又胆小，千斤重担都压到他头上了！他父亲死了，四弟死了，侄女死了，古埒城也丢了。警报传来，下一步倒霉的就是建州城！他大哥大口吐血，一病不起，所以这担子压他身上了。他这人本来就心眼小，平时是钱来伸手，饭来张口，无所事事，浪荡公子哥儿。现在这事都堆他身上了，他哪料理得开呀？那心堵得连缝都没了！可没办法呀！于是他召集了紧急会议。建州属下大大小小的城寨二十多座，章京、贝勒都来了，事关自己的利益，谁能不担心？都想讨个说法，看看当家人怎么做主。这厄尔衮看了看，人都到齐了，就问："各位呀，我不用讲，大家心里都有数，现在建州的形势极其不利呀！我想向各位讨个说法，大家各抒己见吧！有什么好主意？尽管说出来！"

连问六遍，无人答言，都是大眼瞪小眼，你看着我，我看着你。这屋里呀，就一个声音，都是叹息和咂嘴的声音。

"唉，我说各位，你们怎么犯了一个病了？说话呀！咱应该怎么办呢？是打呀？是降啊？是怎么地？大伙儿说呀！"

谁也不说话，因为每个人有每个人的想法。厄尔衮没办法了，就开始点名。他指着一位贝勒就问："你说怎么办？"

这主儿一看指到自己鼻子尖上了，不说不行了："是啊！咱们建州形势不妙，我看咱就是第二个古埒城。你说要打吧，恐怕打不过人家；不打吧，又不甘心，到底是打还是不打？是怎么办？我也没主意。"

"废话！跟没说一样！你，你再说说。"

他又指着另外一个人，那个主儿也没办法，晃晃脑袋："我说两句啊！形势的确是不妙，趁着官兵没来之前，有这么点儿时间，咱还可以商议对策。我的意思不能打，方才那位贝勒说得一点儿都不假！咱把人马集合起来，恐怕没人家多，大敌当前，兵临城下，这打不是自己找倒霉吗？我的意思呢，是请和，派出代表来，找官兵去。最好能找着那个李成梁，跟他提点儿条件，只要能把我们的城池保住，我们的人员不受伤害，给他点儿好处，我看也无所谓！这就叫花钱免灾。各位你们看呢？”

不少人都点头：“这是个好主意，应当请和。”

“对对，我赞成。”

“我也赞成，不能打，请和。”

厄尔衮听完了也同意，但他没表态，琢磨了一会儿，他说：“我说各位呀，假如说退一万步，人家不准请和，怎么办？咱得想到了。这是我们一厢情愿，我们请和，给人点儿好处，人家不干呢？非要占咱的城池，非要要咱的财产，甚至要咱的性命，咱怎么办？”

“对呀！他真刀压脖子，要咱的命，那咱能干吗？看来那就得打呗！现在还没打仗呢，不知道谁胜谁败，兵事就是变化无常，也许咱们走运，以少胜多，能打个胜仗呢？”

有人一听，直扑棱脑袋：“这叫胡说！毫无根据！怎么能打得来胜仗？人家背后有强大的官军，那，那咱拿什么打胜仗？痴心妄想，这仗是无论如何不能打！”

他们讨论了一个上午，也没讨论出结果来，草草地吃了口饭，到了下午，接茬还在这儿讨论。还是讨论不出头绪来。最后大伙儿说了：“我说二贝勒，您是当家人呢，我们都听您的！您别光叫我们说呀，我们不管用。有道是家有千口，主事一人呢！您说吧！您说打，我们回去就点兵带队。您说降，咱就具体研究怎么降。您拍板吧！”

“对！对！您说话算数，我们听您的！”

厄尔衮这个人胆小怕事，眼珠转了半天：“好吧！既然大家相信我，我就拍板。我的意思是，只能降，不能打。为什么我这么说呢？古埒城就是一例。我爹，我四弟，领着那么多的军队，再加上阿太章京手下的军队，合到一块都不是人家的对手，何况是咱们呢？这前车之鉴，不能不吸取啊！我看还是请降。如果说李成梁不开面，非要跟咱打。那讲不了，小鸡临死还抖搂抖搂翅膀，墨鱼临死还吐点儿墨，何况咱还是人？那就得拼了！现在没到拼的时候，还是不战为妙。”

“二贝勒，你说得对极了！我同意！”

“我们沙城同意！”

“我们同意！”

“同意！”

“同意啊！那咱就全体通过了。马上咱就派特使前去请降，好吗？”

"好好！"

话音未落，就见门"哐当"一开，从外头闯进一人，还有不少人都站到门口外头。这个人高声喝喊："不能降！绝对不能降！我反对！反对！"

这声音跟那打雷差不多少，把这屋震得"嗡嗡嗡"直发回音，在场的人无不惊骇。厄尔衮心说：这是谁呀？抬头这么一看，进来一个彪形大汉，这个儿比自己能高着一头，宽宽的肩膀，身体健壮，一张瓜子脸，上宽下窄，两道粗眉，一对丹凤眼，准头端正，方海口，黑红的脸膛，长得傲骨迎风，一团锐气，穿着普通老百姓的衣服，风尘仆仆的样子，看来是赶长途来到这儿的。看了一下，不认得。说不认得吧，还有点儿眼熟。

"你，你是什么人？"

他这一问不要紧，就见进来这个主儿倒身便拜："二伯父，您不认识我了，我是您侄儿！我是塔克世的儿子努尔哈赤！"

"你是憨子？"

"正是！"

变了变了，离家那阵儿还是个小孩，现在长成大人了！上哪儿认去？不过鼻子、眼，还没有太大的变化。

"哎呀！孩子你可回来了！咳咳！"

厄尔衮抱住努尔哈赤，眼泪掉下来，在场的众人全都过来了："你是努尔哈赤？你就是当年那憨子？"

"嘿哟！怎么出息成这样？回来得好！回来得好！正好家里头有事需要人手！这、这外边的人都是你带来的？"

"啊！都是我的人！其中有我俩兄弟，舒尔哈奇，雅尔哈奇，你们都进来！都进来吧！"

都进来了，一家人团聚。

努尔哈赤本来在韩家大院待着，这儿发生的事情，他一无所知，天天跟老师韩成练武、射箭。韩成有个好朋友，是总兵衙门的帖写，姓孔，孔先生。往来的公事都是他起草的，所以内部的事情他都清楚，这天，他上韩成那儿串门来了，吃完饭，借着酒劲儿一高兴，把这秘密说出来了。说现在要打古埒城，怎么怎么怎么地。努尔哈赤恰好在那儿陪着酒，听了个真真切切！

孔先生说完了，掌灯之后回府了。努尔哈赤说什么也坐不住了，眼泪"吧嗒吧嗒"掉下来。韩成一看就一愣："憨子，你咋啦？你哭什么？"

"师父，我对不起您老人家！"

"啥事你对不起我？咋的啦？"

“师父，我骗您了！我隐瞒了我的身份。”

“啊？那你究竟是谁？”

“师父，听我道来。”

这回努尔哈赤把自己全抖搂出来了，从家庭的身份，祖父是谁，爹是谁，他都说了。还有为什么离家出走，怎么到外头认的老齐头为干爹。

“为什么不说呢？怕大家害怕，不收留我，我也怕给我爷爷，给我爹丢人，故此我隐瞒了实情。方才听孔先生这一说，我家要打仗啊！我非常牵挂我祖父和我爹的安全，因此我心里难过。师父，请原谅弟子把您给骗了！我还想跟师父请个假，回家去看看。”

“噢！”

韩成呆若木鸡，就好像见着个陌生人一样，好半天，才把努尔哈赤拉起来：“孩子，说实在的，我就看出来你与众不同。我也觉察出来，你有什么事瞒着我。我可没想到是这种事！你是建州都督之子！你是公子哥儿一个，能受这个大罪，真不容易！孩子，你有志气，你没说也不算不对。既然是今儿个都说了，我能不给你假吗？但是你别着急，咱们师徒一场，我也尽尽当老师的责任！有钱出钱，有力出力，我给你凑俩钱。要说做军饷，那简直是笑话！九牛一毛，杯水车薪。就是你多带俩钱，路上别受苦。另外我再挑点儿人马，你知道，这么几个人没法回去，少说也得带个五六十人呢！在人方面，我助你一臂之力。我上岁数了，满身是病，我不能陪着你去了，憨子，你要好自为之！”

“师父，我谢谢您的恩情！我什么都不带，我就带着我自己那几个人得了。我俩兄弟我带着，那条大狗我带着，铁牛、大头，这些人我都领走，其他的人，我都不带。谁都有家小，跟着我干吗去？玩命去！一旦出点儿事，我于心不忍。钱我也不缺，有什么花销，您不必张罗，我即刻就起程！”

“别价，明天再走！”

“不行！我等不及了，我恨不能肋生双翅，马上飞回去。”

韩成怎么留也留不住，努尔哈赤把俩兄弟找进来，跟他们一说，这俩小孩一听，眼泪也掉下来了：“哥，听你的！你走哪儿，我们跟哪儿！”

“快收拾东西！”

有什么可收拾的？随身换洗的衣服打点个小包，每个人背在身上。韩成也没闲着，让自己的管事准备干粮，准备水葫芦，十几匹马都给准备好，鞍子检查检查，水袋给挂好，干粮袋给挂好，不知还给拿点儿什么好。努尔哈赤一看，一切齐备了，拉住师父的手说：“师父，此番一别，不知道哪年哪月才能见面，望师父保重！一旦我混好了，肯定来看您，我还把您接到我家去，享清福，以尽孝道！师父，青山不老，绿水长流，他年相见，咱是后会有期！”

他们是十一个人，十一匹马，带着大黑狗起身了。

努尔哈赤一边走，一边跟手下的人说："估计着建州城要打大仗，我带你们回去不是去溜达呀！也可能到家就得投入战斗，你们哪一个要胆小，赶紧离开，我绝不勉强！"

这铁牛就说："憨子，你怎么说这话？咱们在一起混了几年了，也结下了生死之情！你上哪儿去，我们跟你上哪儿去！我们就是你的影子，上刀山，跳油锅，没的可说呀！"

"我谢谢各位！"

一路上饥餐渴饮，那可不是近道！他们翻山越岭，在路上遇上不少的难民。遇上了，努尔哈赤就站住，跟人家打听："你们是哪儿的？"

"我们是古埒城的。"

"古埒城的？古埒城的怎么上这儿来？"

"唉！别提了！古埒城已经成了血海了！"

"此话怎讲？"

"别提了！几天前打了一场大仗，老都督觉昌安，都督塔克世，还有阿太章京，还有他的福晋，都死了！"

"啊？怎么死的？"

"死在乱刀之下呀！我们是没看见，听传言呢，死的人是堆积如山呢！别提了！别提了！"

努尔哈赤听完就哭了，紧赶慢赶，到底没赶上，难道说我的祖父、我爹真死了？他不太相信。又遇上一伙难民，一打听也是古埒城的，也是这套话，这下可以断言是千真万确了。努尔哈赤恨不能飞回建州，怎么着我也得见见尸首！现在我祖父和我爹的尸首落到何人之手啊？

路上无话。这天回到建州了。这回来得还真及时，官兵还没到，所以他们顺利地进了城，来到都督府。在府门外下马，把门的有老人，一开始不认识，后来一问，知道！

"大公子回来了！大公子回来了！"

努尔哈赤顾不得旁的了，直接赶奔大厅。到大厅门前，听里边正吵吵呢："全体通过，我们就请降！"

就这几句话，他就明白是怎么回事了。努尔哈赤闻听，火往上撞啊！心说：你们太没筋骨囊了！太没有志气了！请降？这话也说得出口？因此他大喊了一声："不能降，不能降，我反对！"来到这屋里。

"二伯父，我在路上听人传说，我祖父我爹都不在了？"

"孩子，一点儿都不假呀！他们几个人早都升了天了！"

哭吧！努尔哈赤哭了多时，二贝勒就说："吃饭没？一路上辛苦了吧！下去休息。赶紧睡一觉，吃点东西，有多少话，咱慢慢地唠。"

"不！二伯，我问一句，刚才你们商议什么呢？"

"大敌当前呢！孩子，你来的节骨眼也不对呀！很可能官兵随后就到了，一场大战在所难免！为了保住建州，我跟你这些长辈商议，是否咱们请降？免去一场灾难。"

"二伯，恕我直言，我年轻，我虽然不懂什么，但怎么能降啊？大敌当前，当决一死战！"

第十三回

欲投降伯父出难题
望反抗英雄背水战

古人云：有志不在年高，无志空活百岁。这话说得有一定的道理。但凡一个人，有志向不在岁数小岁数大。这努尔哈赤年轻的时候就与众不同，今年刚十九岁，听他二伯父说要请降，他那火都撞到脑门子上了，这话你也说得出口？但是那是老前辈，他刚回来，不能顶撞二伯父，所以他耐心地、婉转地劝："二伯啊！不能请降，各位我求你们了，打消这种想法！"

他二伯父一听，脸就沉下来了："憨子，你说，为什么不能请降？"

"二伯呀！我们跟明军，跟尼堪外兰等人，已结下血海深仇！我爷爷、我爹、我姐、姐夫，都叫他们给杀了！血洗古埒城！像这样杀人的魔王，我们还要向他请降，这话怎么能说出口呢？我们未曾说这话之前，先想一想，对得起死去的亲人吗？我求各位了！大敌当前，咱们应当形成一个拳头，心往一处想，劲儿往一处使，没有克服不了的困难！他敌人多能怎么地？大家忘了，我们的建州城，城池坚固，我们还有数千之众，还有那么多的老百姓。我们大家一条心，死守建州城，我就不相信他能顺心得意！我们呢，就利用建州做根据地，杀他个回马枪，大败官军，给死去的亲人报仇雪恨！"

说出"请降"二字的人，全都低下了头，心说：我们不如一个孩子！厄尔衮，听完了，脸也红了："咳，憨子，你说的志向，叫人可亲可敬！不过事实归事实啊，你还年轻，不懂得这里边的错综复杂。咱不说尼堪外兰，咱也不说那王台，就是那明军，咱惹得起？那是朝廷！你把朝廷给得罪了，要多少兵有多少兵，要多少将有多少将，咱这建州城再坚固，架得住人家攻打吗？人无远虑，必有近忧啊！孩子你刚回来，你不了解情况，下去休息去吧！"

"不！二伯父，这件事情绝不能含糊！您说的是有道理，要照那样就怕，哪怕咱就吓死也不解决问题！该顶住的时候，就得顶住！您不要怕！"

"咳！行了，算了算了，道理谁都会讲。来人，安排他们下去休息！"

不管怎么说，现在二贝勒厄尔衮掌握大权呢！军事大权在他手，一家之主。

努尔哈赤一想：刚回来，发生冲突也不好。缓解一下吧！没往下说，跟众人告辞到后边。后边大伯母、二伯母，还有继母，都在呀！挨个都见过。他那继母一听努尔哈赤回来了，有点儿羞愧难当。再说当家的也死了，她的气焰也跟当初不一样了，说了几句话，就躲到自己房里去了。跟努尔哈赤关系最好的就是大伯母。大伯母拉住努尔哈赤的手，哭一阵，问一阵，问一阵，说一阵，拍着努尔哈赤的肩头："憨子，回来好！回来好！没想到这个节骨眼上，你回来了，咱还见上了一面，真不错呀！吃饭吧！"

他们把饭吃了，梳洗已毕，坐下接着唠。他要看看大伯父，这大伯父现在一病不起。李顿巴图鲁昏昏沉沉，呼唤了老半天，才把眼睛睁开。

"你是谁呀？"

"我是憨子，努尔哈赤。"

"憨子啊？你还活着？"

"我这不活得挺好吗？"

"哎哟！我的孩子，你可回来了！"

哭吧！哭完了，努尔哈赤安慰了半天。这李顿巴图鲁啊，没糊涂，这阵清醒过来了，拉住努尔哈赤的手："孩子，没想到你长大成人了！现在建州城要打仗，人手不够用，你这一回来太好了！你见着你二伯父了？"

"我见着了。"

"他打算怎么办？"

"听我二伯父的意思，好像要请降。"

"不行啊！劝劝他，不能降啊！要一降，咱就全完了！你祖父打的天下，不容易，能拱手相让？可叹我力不从心，在这个节骨眼上，我病倒了，全靠着你们了！你一定要规劝着你二伯父，不能降！"

"大伯您放心，我一定力劝我二伯父不降，要决一死战！大伯，我跟您商量点儿事。既然我祖父、我父亲他们都不在了，是否家里头要摆上灵堂，咱得超度超度。将来想办法把他们的尸骨也得请回来。"

"说得对，我们方寸都乱了，没想到这一层。你下去安排吧！"

巴图鲁一回身，跟自己的媳妇儿说："你去助憨子一臂之力，就把正房变成灵堂。"

大伙儿齐下手，把正房三间打扫干净，黑布、白布挂上，五供摆好，设好牌位，灵堂就布置好了！这李顿巴图鲁虽然卧床不起，为了祭拜亲人，左右有人搀架着，也来了。到灵堂他放声痛哭，哭着哭着，"哇哇"又吐了两口血。努尔哈赤一看不行，这人保不住命了！赶紧搀着架着，回到病室之中，安顿他躺下。这阵儿李顿就上气不接下气，"咳咳"，一口气上不来，就背过气去！真是福无双至，祸不单行！

努尔哈赤张罗后边的事，这一宿就过去了，他连眼睛也没合，就赶紧又赶奔前厅。前厅会还没散呢，大伙儿还在商量呢！这请降都得有哪些条款，咱自己的要求也得开列上，不能任人摆布啊！他们说怎么地，就怎么地，那也不行啊！咱也得开列点儿条件。

正商量这个事，努尔哈赤又进来了："二伯，你们干什么呢？"

"你没睡一觉？"

"没有。"

"你看，你眼珠子都熬红了，下去休息吧！这里没你的事。"

"我见着我大伯了，我大伯的意思是坚决不能请降，誓死保卫建州城，让我转达二伯，千万不能请降！"

这回厄尔衮脸变了样了，五官狰狞，把桌子一拍，往椅子背上一靠："我说憨子，你充其量才几岁呀你？你还毛嫩呢你！你看你这刚刚一进屋，就干预军国大事，你算什么呢你？现在这个家我说了算！我是一家之主，我决定的事情不能更改！"

努尔哈赤一看，这二伯翻了脸了。

"二伯，那看您的意思，您非想请降？"

"对！不光是我一个人，大伙儿商量一晚上了！你没看吗？都没睡觉，一致通过了，你反对什么？年轻人多嘴，没你的事！该有你吃的，你就吃；该有你喝的，你就喝，这些事情你无须过问！"

"二伯，您要这么说，我有不同的见解，我爷爷是觉昌安不？我爹是塔克世不？我是不是塔克世的长公子？我爷爷、我爹让人杀了，我当孙子、当晚辈的一点儿也没责任？这、这理搁到哪儿能交代得下去啊！我有血肉之躯，我要给他们报仇雪恨，这家里头我也有一份，您怎么说就不能叫我干预呢？我干什么吃现成的，喝现成的？我成了行尸走肉了我！"

"行行行，你小子在外头闯荡十来年，学会抬杠了！好！你有种，你不是不请降吗？那你就去打个试试，我看你有多大的能耐！"

"二伯父，咱自家人最好别抬杠，别弄得不愉快。您要说叫我打仗，我责无旁贷！好了，我现在就出兵，您给我多少军队？"

"哈哈！认真了，打仗可以，我这儿一兵一卒也没有！我这儿人手不够用，为此正发愁呢！"

"行！我还带回来十个人，加上我十一个，我也跟他们拼了！我宁愿站着死，也不跪着活！"

努尔哈赤一甩袖子，转身奔后堂，见着他大伯母。

“伯母，我问您点儿事，仓库的钥匙在您手吗？”

“在我手里。”

“您、您给我使唤使唤。”

“你要钥匙干什么？”

“我找点儿东西，我爹跟我爷爷他们那盔甲，都在什么地方放着？”

“噢，在后边仓库。”

“我找一找。”

努尔哈赤把仓库打开，翻箱子倒柜，查点查点，不多不少，找出十三副盔甲来。做大将的，都得有几副盔甲，有重甲，有轻甲，除了穿走的，家里也有备用品。再看努尔哈赤，把随行的人叫进来：“舒尔哈奇，雅尔哈奇，铁牛、大头等众人，每人一套，全给我穿上！”

这努尔哈赤把他爷爷觉昌安的甲胄披挂上，人配衣服马配鞍，脑袋上缠好了，先戴上胄。胄是铁帽，护住天灵盖，外面是盔头，怕盔头掉了怎么办？搂海带子又紧了几扣。这玩意儿它护脑袋，就像现在那钢盔似的，碰一下、扫一下、撞一下，无所谓的。然后把掩心甲穿上，大叶甲披上，连环甲罩上，就这一套，就能有七八十斤！漫说打仗，没把子力气，身体不好，披挂上，连步都迈不动！毡靴蹬上，腰带系好了，弯刀挎上。.他大伯母在旁边一看：“哎哟！你长得真像你祖父啊！看着你，就想起你祖父年轻那会儿来着。老佛爷保佑，孩子旗开得胜，马到成功！”

“大伯母，借您吉言，走！”

这些人全披挂上了，到了都督府外，把战马准备好了，他们飞身上马，城门一开，便杀出去了。他们出的东门，怎么那么巧？官军、王台的军队、尼堪外兰的军队刚到，联营还没等扎下呢！东关外就是尼堪外兰的军队，阵脚未稳，这十一个人跟下了山的猛虎一样，冲上来了！尼堪外兰手下的士兵一看，这，这是怎么回事？

“站住！站住！干什么的？”

“坏了！敌人冲营！快开弓放箭！”

“啪啪啪！”

箭如飞蝗。再看努尔哈赤，手中舞着大刀，拨打着雕翎，像一阵风一样，就冲入敌阵，逢人便砍，见人便杀！

他俩弟弟别看年纪不怎么大，打起仗来也是倍加勇敢！这十一个人就是十一只虎，一转身的工夫，死伤者就是一大片！有人赶紧飞马报告尼堪外兰。尼堪心说：建州还有这样的猛将？谁呀？他立马横刀站到高坡处，仔细观瞧。

“来人！他们怎么就十来个人？”

“就这么点儿人。”

“是不是大部队在后头呢？”

“我们看了半天，城门都关上了，就他们十来个人。”

“嗬！就十来个人，敢闯我的联营，他那胆子有多大！哟！看得出来领头这家伙还真棒！来人！点炮，列开旗门，本大人我去会会他！”

人家好几千人马，往左右一分，尼堪外兰双脚一点儿飞虎韂，马往前提，抡大刀，正好来到努尔哈赤的马前。

“吁！”

“咯噔！”

他把丝缰带住了，离着近了，他仔细打量。这小伙子真够棒的！这大个儿，这个威风劲儿，不认得！嘿！这人跟别人都不一样，他这出兵打仗，还带着条狗，有条大黑犬紧随在马后，吐着舌头，张着大嘴，露出獠牙来，好不吓人！

“年轻人，你是建州的吗？”

努尔哈赤也站住了，抬头这一看，周围全是敌人了，里三层外三层的，就他这十来个人，被人家困在核心。但是努尔哈赤一点儿也不在乎，听有人问话，仔细打量打量，这人能有五十，四十八九？看这样不是个好东西。

努尔哈赤冷笑一声：“不错！我就是建州的！”

“那你是谁呀？”

“你听着！我祖父就是老都督觉昌安，我爹就是建州的都指挥使塔克世，我是他的长子努尔哈赤！”

“噢！你叫努尔哈赤？行！难怪有人说老子英雄儿好汉呢！这话一点儿都不假！努尔哈赤，你就这点儿人，你想干什么？”

“我想宰你！你叫什么名字？”

“尼堪外兰！”

“好啊！尼堪外兰，你不是个人！别看我年轻，我都听说了！想当初是我祖父提拔你，你才有了现在。你卖了你的主子，你倒在敌人的马前认贼作父，你是个卖主求荣之辈啊！尼堪外兰，我恨你比恨李成梁还加倍！来来来！你我决一死战！”

说着话，“唰”就一刀，尼堪外兰当着众人的面，能叫努尔哈赤吓住吗？举刀相迎，二马盘桓，就斗在一处。

“镗镗！”

“哗！”

这一伸上手，尼堪外兰一瞅，不好！你不服老不行！这努尔哈赤两臂一晃，真是有劲！震得自己虎口发麻，膀子都发酸。自己精神头、力气头，远不如人家，再打下去，有性命之忧！干脆别打了，他拨转马头，回归本队，把大刀往空中一举，代替军令："你们还看什么？冲！把他们剁成肉泥！"

"哗！"

尼堪手下的军兵各抡刀枪，又是骑兵，又是步兵，就展开了混战。这努尔哈赤真豁出去了！眼睛都立起来了！刀光闪处，死尸翻滚，那人脑袋像到了西瓜地，叽里咕噜直滚！他俩弟弟也不白给，两个人两条枪，跟串蛤蟆差不多！"噗"一个，"噗"一个。不有那么句话：双拳难敌四手，好汉架不住人多，老虎厉害，还怕一群狼呢！有那股劲杵着行，一打，一冲，一碰，行！时间长了受不了！没到两碗茶的时候，努尔哈赤累得是浑身筋疲力尽，汗流浃背，暗道不好！

第十四回

争权力伯父害侄
显忠心黑犬救主

努尔哈赤怒闯尼堪外兰的联营，真好像生龙活虎一般！这尼堪外兰根本就不是他的对手。没办法，以多为胜，号令军兵："给我往上冲！把他剁成肉泥！一个也不要叫他跑了！"

人家几百人各抡刀枪，往上一闯，尽管死伤了不少，时间一长努尔哈赤他们就敌不住了！努尔哈赤一琢磨：我不能把我们这十来个人扔到这儿！没有办法，高喊一声："撤！"

往前一冲，就一溜胡同，谁能拦得住？如同虎趟羊群一般，杀开一条血路直奔东城门。后面的人就不敢追了，这尼堪外兰在远处定睛瞧看，心里盘算：罢了！真没想到觉昌安、塔克世还有这样的后人！这努尔哈赤，真够厉害的！我必须要斩草除根！

单说建州城的军兵把城门开放，让努尔哈赤十一个人进来了。人困马乏呀！那大黑狗也跟着，吐着舌头，"哈哧哈哧"直喘。到了都督府，努尔哈赤下了马，领着人赶奔大厅。结果到大厅一看，他二伯父居中而坐，两旁稀稀落落，刚刚还有四五十人的屋子，还剩下十来个人，显着十分的冷落。

就见他二伯父厄尔衮脸阴沉着，一点儿笑模样儿也没有。

"二伯父，我回来了。"

"啊！战况如何呀？"

"我们人太少了，寡不敌众！我退回来了。"

"你看！怎么样？我就说嘛！寡不敌众。整个建州跟人家官军比起来，也是寡不敌众啊！算了算了！年轻人有年轻人的看法。太累了吧？下去休息去吧！"

"二伯父，这人怎么少了这么多？"

"咳！人心涣散，就在你出城这么个工夫，那些胆小如鼠的人，都脚底下抹油，全溜了！到了现在，是离心离德呀！怎么办？怎么办？"

"二伯父，没关系，他们谁爱走谁走！只要有咱爷们儿在，誓死保卫建州城！”

“行了行了！别说了别说了！你赶紧去休息，我这块运作着。不过人手不够用，你把你俩兄弟，还有你带的这些爱将给我留下，让他们帮个忙守东门。你是主将，你太累了，回去睡一觉，养足了精神，我另有安排。”

“多谢二伯！”

努尔哈赤也没多想，二伯父提出来人手不够，那就得帮忙。其实也谈不到帮忙，这是自家的事情。他告诉俩兄弟、大头、铁牛他们：“服从分配，赶奔东门。”

努尔哈赤带了大黑狗直奔内宅。先看看大伯父怎么样？一看，大伯父李顿巴图鲁奄奄一息了，这个人就算完了，人事不省。大伯母哭得跟泪人相似，努尔哈赤过来问候了多时，大伯母说话了：“你赶紧歇歇吧！人是铁饭是钢，吃点儿饭，好好睡一觉。有什么事，醒了再说。”

努尔哈赤真有点儿支持不住了。打他在韩家大院得着这个信儿之后，他就没睡好觉，没吃好饭，连夜登程，往建州赶。熬了多少个日日夜夜！等进城来，又闻听祖父、父亲去世的噩耗，又领兵打仗，又闯重围，将近二十多天，没睡过一宿好觉。什么人也得熬垮了！那努尔哈赤就是身子骨结实，摔打出来了，但也有点儿顶不住了。他大伯母把内宅都给他安排好了，努尔哈赤晃晃悠悠，就觉得脑袋“嗡嗡”直响，老要栽跟头，心里头翻着个儿呢！

进了屋，努尔哈赤一琢磨：睡一觉也行，我别睡时间长了，就打个盹，那就能缓冲不少。然后再奉劝我二伯，死守建州城。

他躺炕上了，大黑狗卧到炕沿底下。这努尔哈赤说不睡，说打个盹儿，可由不得他了！脑袋一沾这枕头，没有三秒钟，就沉沉大睡。他觉得睡的时间挺短，眨眼的工夫，突然觉得这屁股，一阵剧痛。一激灵，他把眼睁开，一看屋里头没掌灯，恍恍惚惚看见炕边上站个人。

“谁？”

“别吵吵，我是你大伯母。”

“啊？”

努尔哈赤一翻身下了地：“伯母，你怎么不点灯啊？天都黑了。”

“憨子，我怎么叫你也叫不醒，没办法，拿锥子扎了你一下，可把你扎醒了！”

“噢，伯母有事？”

“大事不好了！我的儿啊，你二伯父啊变了心了！他非要投降不可，把你看作是眼中之钉，肉中之刺！他已经安排好了，要想把你抓住，前去献俘，好讨取什么尼堪外兰的欢心！他、他、他疯了！方才我路过前院的时候，他们正商量这个事，说三更天之后就要动手。孩子，你快跑吧！迟一步，你小命就保不住了！”

“啊？！”

努尔哈赤闻听，是五雷轰顶！他相信大娘说的话，不会是谎言。大娘头脑清楚，也不会听错。从二伯父一举一动，一言一行，努尔哈赤已经看出来，他要背叛建州。哎呀！这人怎么会这个样子？想到这儿，努尔哈赤精神头当时就来了，把裤带紧了紧，就往外走。

“孩子，你上哪儿去？”

“我找我弟弟，我找我手下的人，我要跟我二伯父理论！”

“不行！你去不得！他准备了好几百刀斧手，一声令下，就能把你剁成肉泥啊！你没有时间找你的弟弟了，你也没有时间找你的部下了，你一个人能跑了，这就不错了！快走吧！别走前边，走后边，我给你踩好道了。从水沟爬到墙外，奔北门进山，你快走！你快走！我求你了！”

他大伯母就像疯了一样，看得出来，事态紧急。努尔哈赤没有办法。

“那我的马……”

“你要什么马呀？找马的工夫，你的命就保不住了！你快走！”

老太太说到这儿，递给努尔哈赤一个包。这包挺沉，里边装的是干粮、水葫芦，还有点儿散碎的银子。努尔哈赤接过来：“伯母，我听您的话，到外头暂避一时！请受我一拜！”

“算了算了！拜什么？快走吧你！别忘了，你可是爱新觉罗的根呢！有三寸气在，什么事都能办到！一旦你出了危险，这根可就断了！孩子，千万不要因小失大呀！能忍则忍，快走快走！”

“是，我记住了。”

努尔哈赤拎着包刚从门里出来，就听前院响起脚步声和铁甲声，“咵咵咵咵！”人声嘈杂。

“快！加快速度！别让他知道了，快快！”就奔后院来了，听这意思，是抓自己来的。努尔哈赤不敢停留，从月亮门洞钻出去，就到了后墙。他个儿高，胳膊也长，腿也长，一攒劲，纵上墙头，一翻身跳过去。那大黑狗比他还利索，“噌噌噌！”也蹿了过去。一人一狗，奔北边便跑。这努尔哈赤从小是在建州长大的，十岁才离开。小男孩淘气，小的时候瞅着什么都新奇，犄角旮旯，没有走不到的地方！所以对这地形相当熟悉。他伯母跟他提示了，靠着后城根，有个水沟，这水沟啊，是往外淌淤水的，从那洞能爬出城去，一般的人很难发现。努尔哈赤记得，因此牵着大黑狗，就顺着这个暗沟，爬出建州城。等到了城外头，也顾不得身上臭不臭，登了岸，一头就钻进大山，钻进密林，一口气爬到半山腰。

大黑狗紧跟身后。这狗懂事，一声都不叫，平时训练出来了。

到这儿，努尔哈赤实在有点儿走不动了，脑袋嗡嗡直响，心里翻腾，俩肋扇往里头压，大概要吐血。他赶紧扶着一棵树站住了，闭着眼睛养养神。一看，旁边有块带棱的石头，也不管它硌不硌屁股，努尔哈赤就坐下了，张着大嘴不断地喘气。

这时候他就听见有人喊："跑了？"

"没有啊！是不是进了后山了？搜！贝勒爷有话，要抓不住他，咱们谁也活不了！搜！分三路，你们在那面，你们在这面，我们在这面搜！"来了！努尔哈赤不敢停留，带着大黑狗翻山越岭，继续奔北边跑。有目标吗？没有，离开建州城越远越好，能保住命是最主要的！人到了这个节骨眼，什么也顾不了，高一脚，低一脚，有时候摔倒，磕了碰了，这是常有的事，也顾不上疼来。好不容易爬到山顶，到了山头上，听了听，后头没有追兵的声音了，他这才坐下，大口大口喘气，歇了一会儿，天已经亮了。

他往建州城那方向一看，就见建州城火焰冲天，浓烟四起，侧耳朵一听，有喊杀之声，听不出个数来。就像那边打雷一样，"呜呜呜呜！"

完了！老家完了！建州城完了！莫非我二伯把官兵引进城了？他们正在杀人放火不成？我大伯母，老人家现在何处？我俩弟弟，舒尔哈奇，雅尔哈奇，现在何处？铁牛、大头现在何处？

他想到这儿，撕肝裂肺呀，眼泪"吧嗒吧嗒"掉下来。心说：我怎么这么命苦？倒霉的事都叫我摊上了！可是镇定地想了想：伯母的话说得不假，我是爱新觉罗的后代，我是个根，我要有三寸气在，什么事都能办！我这根要断了，就一切全完了！爱新觉罗氏那就被灭了！不行！我还得坚强地活下去！跑！

带着大黑狗，他继续跑。跑着跑着，他突然想起来，哎！人慌失志啊！我糊涂死了！难怪跑不动。怎么的？头h盔还戴着，甲胄还披着，就这些东西加在一起，好几十斤！因为昨晚上累得太乏了，躺到炕上就睡着了，也顾不得摘盔卸甲，他大伯母把他叫起来，叫他赶紧逃命，也没来得及脱，跑的时候就穿在身上，能不费劲吗？

努尔哈赤心说：这是我祖父留下的遗物，我呀，说什么也不能把它丢了！把包拿过来一看，里头有大娘给准备的水葫芦，还有点儿散碎银子，还有不少吃的。把这些腾出来，把盔甲包好了，在身上一围，然后把战袍撕开了，做包袱皮包那些吃的，拎着包继续往前跑。这回轻巧了不少，可能跑出来能有两天一夜，一口水也没喝。没那个时间！前头是荒草甸子，努尔哈赤迷迷糊糊，就看那蒿草长得能有一人多高，什么地方？没来过。他心里盘算着：我找个草甸子，好好睡它一觉，养足了精神再说！至于后边有多少追兵，能不能找到，顾不过来了！脑袋都乱了！

他吭哧瘪肚地往前走，一脚踩空，从那山坡上就骨碌到草甸子上了。就这样，他就睡着了。这人要真困极了，睁眼也能睡觉，走路也能睡觉，何况努尔哈赤太缺觉了。人要不睡觉，活活就得困死！他躺到草甸子上睡着了，这一觉睡的也不知有多长时间，跟个死人一模一样的。正在这么个节骨眼上，追兵到了。这追兵啊，也是盔歪甲斜，一个个累得大口喘气。

"咳！没有啊！干脆回去交令得了。"

"不行！贝勒爷眼珠子都红了，两手空空回去交令啊，干脆把脑袋交了就得了！"

"哪儿找去？"

"咳，听刚才有声，就在附近啊！"

"就在附近也找不着！这都大草甸子，哪儿找去？"

"这样，咱放把火烧过去，连火烧再烟呛，他也待不住！他非出来不可！弟兄们，把眼睛瞪圆了，给我盯着点儿！烧死他！烧！放火放火！"

他们把火点着了，一开始火不大，随后有点儿小风一吹，火势蔓延，"哗！"整个草甸子全着了！浓烟滚滚。

这些军卒在这儿看着，看有没有人蹿出来。努尔哈赤睡死过去了，一无所知，真要不知道，活活就得烧死！还得说这条大黑狗呢，那黑犬也乏透了，但比人机灵得多。虽然它不会说话，心里有数。它一听，有人说话的声，再一看，点着了火了！它恐怕伤了它的主人，叼着努尔哈赤的带子，左晃右晃，右晃左晃，它不敢叫。它想把主人给弄醒了，好逃走。无奈努尔哈赤睡死了，一无所知。这会儿把他搬起来扔哪儿去，他都不知道！这大黑狗没有办法，急得直哼哼。它四处踅摸，这草甸子前头不远，就离着努尔哈赤躺的地方能有一百步左右，有个水坑，这是下雨积存下的水。再看这大黑狗，跳进水坑里，把浑身上下毛全蘸湿了，又跑回来，在努尔哈赤身上打滚，又去蘸湿了，再回来。往往返返把努尔哈赤身上整得都湿了，避免火烧了他。另外，把努尔哈赤周围那些草，也全都润湿了。这大黑狗，往返了数百趟，最后筋疲力尽，两眼一翻，累死在努尔哈赤的身旁，努尔哈赤还不知道！

追赶的那些军兵，瞪眼在这儿看着，烟把他们呛得"咔咔咔"直咳嗽。

"哎呀！发现什么没有？"

"没有，你呢？"

"什么也没有看见！就瞅着前面有几只兔子跑过去了。怪事！他就在这眼前，怎么就没了呢？来呀！接茬儿给我搜！"

第十五回

遇奇迹摆脱追兵
陷绝境劫道来食

那么大的草甸子，一望无际，说找一个人，哪儿找去？就没搜着！这军兵奔北边就下去了。

大概又过了两个多时辰，努尔哈赤这觉睡醒了，觉得浑身上下这疼劲就甭提了！骨头节都疼！心说：行了！晃晃脑袋，觉得清醒了不少，脑袋也显得轻盈了。他咬着牙坐起来，用手一摸，湿漉漉、软乎乎的。一看是心爱的大黑狗，再看黑狗已七窍流血。

“啊！大黑大黑！”

晃荡多时，大黑早死了！他又发现自己身上湿漉漉、潮乎乎的，包括他周围的草，全都是湿的。再看有些烟还没散呢！提鼻子一闻，一股煳焦味。努尔哈赤顿时全明白了：追我的敌人放火，想把我烧死，或者用烟把我给呛出来。我一无所知，大黑犬这是为了救我呀！它把我身上全都打湿了，把它自己活活地累死了！我的大黑呀！

这回努尔哈赤真痛心了，抱着大黑狗哭了多时。努尔哈赤暗暗发誓：将来有一天我要得势了，我要做主说了算，我肯定立一条规定：我们爱新觉罗氏女真人绝不准吃狗肉，绝对不戴狗皮帽子，穿狗皮衣服，狗皮靴子，将此定为祖训。哪个不听，就等于背叛祖宗啊！以此报答黑犬救主之恩。努尔哈赤拿刀刨了个坑，把黑狗给埋葬了，留了个标记。可叹之后过了数年，却找不到那标记了？但这个事努尔哈赤铭刻在肺腑。

努尔哈赤伤心之余一想：这儿不能待，追兵离着我太近了！他们绝不能放过我，还得接茬儿逃命！流着眼泪，他又往前走了也不知道有多长时间，怎么那么倒霉？正往前走着，就听有人喊：“谁！站住！是不是努尔哈赤？”

努尔哈赤抬头一看，正是捉拿他的军兵！能有上百号，各拿着刀枪。又遇上了！他抹身往回跑，这军兵在后头就追。努尔哈赤仗着地形复杂，树木又多，便于掩护，军兵一时还追不上，可因为离得比较近，他怎么跑也甩不掉了。实在没有办法，前头有一棵老枯树，这树有三个成年人拉着手那么粗，已经枯死了。树是空的，据说这是狗熊蹲仓的树，这狗熊每年到冬季就要蹲仓，不出来打食了，舔自己那爪子，要不怎么说熊掌值钱呢？等春暖花开，它就钻出去打食，所以这棵树里面没有狗熊，容纳一个人是绰绰有余的。

努尔哈赤叫人家撵得实在没有地方跑了，“吱溜”，他钻进枯树，把眼一闭，心说：交给你了！搜查出来，我就拼了！爱怎么地怎么地！实在是跑不动了，就在这儿等死。

这军兵在后头追，正这时候，天空飞来了一群老鸹。这老鸹正好落到这枯树上，树枝上也是，树干上也是，就把这努尔哈赤给保护起来了。追兵发现这棵枯树的时候，心说：肯定没人，有人要在这儿一活动，这老鸹不敢往这树上落，早飞了！这儿肯定没有，费那劲干什么？所以他们没搜查这棵枯树就过去了。

努尔哈赤紧张地等待着，后来外面的声音逐渐消失了，把眼睁开，没事了！他从枯树里头爬出来，哎呀，心中暗想：这老鸹把我给救了！莫非这是神鸟不成？难道是天意？他对着苍天磕了仨头，满人对于两种鸟非常崇敬！一个喜鹊，一个老鸹。这说喜鹊是怎么回事？本书开头的时候，说天女佛库仑吃了喜鹊给她叼来的红果，才有了爱新觉罗的后人，所以这喜鹊是神鸟。而老鸹救主有功啊！救了努尔哈赤了，大清国的开国皇帝，因此也受了皇封了。老鸹也是神鸟，所以满洲人的习俗是不准伤害喜鹊、老鸹。

努尔哈赤历尽艰辛总算把追兵给甩掉了。他也不知道跑出来多少日子，也不知道现在待在什么地方，反正除了山就是树林子。饿了怎么办？饿了就整点儿野菜吃，什么野蘑菇、榛子、松子，都能充饥。渴了，哪怕河沟的水、水坑的水，管它脏不脏，他趴那儿就喝个够！人的生命力是极为顽强的，在困境之下，有很多人都能挺得住。

努尔哈赤忙里偷闲，把包解下来看了看，祖父的盔甲依然在，他这心才放下。闲的时候他就掉眼泪，想他的兄弟，想他的亲人，想那大黑狗，另外也挂念建州的情况，也不知道现在什么样了！他百感交集，更多的是恨，恨明朝的官军，恨李成梁，恨尼堪外兰，恨王台，所有的仇人他都恨！尽管下一步还不知道怎么样，但他要保住这条命，非要报仇不可！

这一天，他走到一个山坡上，又断顿两天了。那蘑菇也不是哪儿都有，那松子和榛子也不是哪儿都有。努尔哈赤实在有点儿挺不住了，这人要不吃饭，是一点儿劲也没有。他趴在山坡上，心说：这可怎么办？这是什么地方？我到哪儿能找口吃的去？连个人家都没有。看来不用打我，饿也得把我饿死！渴也得把我渴死！

他趴到这小山坡上，沉沉地睡去。睡了一大觉，睁开眼睛，依然还在这小山坡上趴着。看了看，太阳落到山下了，天眼看要黑了，看来还得在深山过夜。他正想着的时候，忽然就听见马蹄的声音。那马蹄踩到山路上，发出清脆的声音。

“嗒嗒嗒！”

再一听，有推车的声音。

“吱扭扭，吱扭扭。”

还有人说话的声音。人在哪儿？真遇上人了？他揉揉眼睛，抬起头来四外观望。闹了半天，离着他不远是一条山路，从这山路上，从北往南来了二十多人。为首的这人骑着马，后边那些人推着独轱辘车。再往车上一看，好像有大口袋，装的是粮食，还有什么山鸡、野兔。

噢！打猎的！其他车上装些什么，离着远看不清楚。努尔哈赤眼睛一亮，心说：罢了啊！有道是良心丧于困地，我不应该这么干。今天逼得我实在没辙了，我就得不讲理！我下去抢去吧！我不图旁的，找口吃的，保住命，这是至关重要的！

想到这儿，一骨碌，顺山坡骨碌下去了。正好骨碌到山路的边上，他咬牙一挺身，站起来赤手空拳，往当中一站。干吗？劫道！这叫人穷志短，马瘦毛长。正好骑马的那个人就到了努尔哈赤近前了，结果还是个女的，努尔哈赤在山坡上没看清。离近了，看清了，这女人年纪还不大，周身上下穿得是干净利落，鸟翅环得胜钩挂着一条大枪，马的两旁也有野兔也有山鸡。这女人长得挺漂亮，带着一把硬弓，走兽壶悬天袋遍插利箭，傲骨迎风，一团锐气。人家多精神！吃得饱，睡得好，能不精神吗？努尔哈赤一想：管他男的女的，劫道要紧！

他攒足了力气喊了一声，“呔！”

没底气。想高声喊，喊不出来了。

“站住！把东西给我留下！我、我要吃的！”

“吁！”

骑马的女人把马匹带住了，先是一愣，而后笑了：“伙计们！站住！”

那二十多人站住了，把车子停住，都上上面看热闹来了。这女人在马上没动，仔细打量。一看，是个大个子。怎么这么狼狈？浑身全是泥土，跟个花儿乞丐差不多少！说话是少气无力。那脸上抹和得跟小鬼也差不多，发髻蓬松。不过刚才努尔哈赤说那话，她听清了，他要劫道，要吃的。

“我说大个子，你想要干什么？”

“我要粮食！”

“噢，看这样，你是饿了吧？”

“正是！废话少说！把粮食拿来！”

“你等等啊，伙计们，咱们带粮食来没有？”

“姑娘，上千斤的粮食啊！你忘了？在集市上刚换的，白米、白面有的是！”

“口粮带来没？”

“口粮也有啊！大火烧，大饼，都带着呢。”

“你们饿没？”

“我们也有点儿饿了。”

“去！把大饼、牛肉拿出来，就在马前给我吃，让他看着咱们吃！”

“好好好！”

这帮人损不损？把大饼拿出来，卷着牛肉，对着努尔哈赤，张开大嘴，故意吧嗒嘴，吃这香劲儿就甭提了！其中还有几个伙计，把酒葫芦那盖儿拽下去了，来了个嘴对嘴，长流水，“吨吨吨……”

“啊！哎呀！真香啊！”

这招可真够损的！就离着五米多远，努尔哈赤就闻着这牛肉香，闻着饼香和酒香，他馋得直咽吐沫。

“我说大个子，你不是想吃东西吗？你看，我这儿有的是，我这伙计们吃得多香啊！可有一样，就是不给你，馋死你！”

“你找死！”

“说什么？我找死？要不给你吃的，你还想动武把抄不成？”

“正是！”

“好嘞！今儿个姑奶奶有兴趣，会你一会！”

这女子一骗腿，“噌！”从马上跳下来，一伸手，把大枪摘下来，阴阳一合把，三步两步到了努尔哈赤近前，把大枪一耍。

“来吧！有家伙没有？没有我借给你！伙计们，给他准备两套家伙！”

这伙计答应一声，扔过一条棍子，一把腰刀，还有一口宝剑。

“噹啷啷！”

女人用枪尖一指：“你随便挑！拿吧！”

努尔哈赤又生气又难受，没想到自己落到这步田地了！已经说翻了，没有办法了。一下腰，把棍子抄起来。哎哟！这棍子怎么这么沉啊？真有点儿拿不动！

什么原因？没劲！要是努尔哈赤什么事没有，这棍子他拿着，跟麻秆一样，可现在就重有千斤！他勉强把棍子抄起来：“好好好！咱把丑话说到前头，我要把你给赢了，可给我吃的！”

“那当然没得说了！管你够！你要多少，给你多少。要赢不了，要你的命！着枪！”

“嘭！”奔他的哽嗓就是一枪。努尔哈赤对武术不外行，合棍往外招架。

“嗤！”把枪给拨出去了，紧跟着努尔哈赤使了个举火烧天式，抡棍子便砸。可抡了一半，没等棍子落下去，他就觉得天旋地转，心一翻个儿，“噔唧！”“扑通！”棍子也撒了手了，人也仰面朝天，就背过气去。这姑娘吓了一跳：“呀！怎么躺下了？你装死啊你！就你这样还劫道？简直滑天下之大稽！”

那些伙计们一看，各拿刀枪：“姑娘！把他剁了！剁剁扔到沟里头，喂野狼去！”往上一闯，各举利刃。姑娘一看：“慢！慢！别价！咱还没查清楚，他是干吗的呢？你看他身上还背个大包，解下来先查看查看，是什么？”

有人过去把努尔哈赤的包解下来：“嚯！还挺沉呢！这里什么干货？”

“啪啦！”一抖搂开。

“姑娘，这、这还有一套盔甲！”

“怎么？他还趁盔甲？”

这姑娘把她的枪挂上，走到近前，拿过这盔来看了看。这盔头还是镀金的，金光灿灿，再一看那饰品，这官还不小，肯定是正二品以上的！再看那甲胄，做工精细。她看了看努尔哈赤，再看看这甲胄，就犯了寻思了。心说：看来此人必有来历，他不是一般的人！不价，这套甲胄他哪儿来的？赶集的时候，听说大前方正在打仗，听说古埒城、建州城周围，都在打仗。他究竟是哪个城寨的？是不是失散了，剩下一个人，跑到深山野林了？这人肯定有来历，一定问清了再做处理！

想到这儿，她下了命令：“来！快过来抢救！”

“姑娘，还抢救一个贼？”

“少说废话！听我的！”

“怎么抢救？”

“先给他灌点水，这水就能救命！”

有人勉勉强强给努尔哈赤灌下几杯水之后，姑娘又下令：“后边腾出辆车来，把他抬到车上，带回山寨！”

“姑娘，这老爷子能答应吗？”

“我做主！没你们的事！”

“哎！是是是！”

腾出一辆轱辘车，有两人扶着把努尔哈赤抬上去了，他的东西也放到车上，就这样，众人返回山寨。

第十六回

小英雄绝境逢生
童凤山结交都督

人这一生啊，不太容易，喜怒哀乐，坎坎坷坷，不定会遇上什么事。哪有一帆风顺，一竿子支到头的？就拿努尔哈赤来说，被逼得没办法了，还想劫道，不但没劫成，还人事不省。幸亏他遇上好人了。这女孩儿不但武功高，心地良善，还是个男人的性子，扶困济危，什么好事都干。她让手下人把他抬到车上，让人护理，回奔家中。

拐出不远就进了山环，再往坡上走，就离家不远了。他们家住这地方周围是大山，坐北向南一道山口，这山口形成三十度角，是个大慢坡，就这慢坡也得二三里地。进了慢坡之后，一马平川，就像那盆地差不多少，高低错落，有二三百户人家，高高的寨门还有巡逻的，就这地方，也有一两千人口。他们一进这寨门，来来往往的人一看："姑娘回来了！""姑娘回来了！"

都忙着呢，人们忙里忙外都为了生活。打过招呼之后，这姑娘顺着这条街还往里边走，二三十人跟着她，牵着马，推着车子，到了姑娘家门口。这人家可气派！都是用那巨石垒的院墙，门楼高大，不用关门，在寨子里头太平安了！这院里出来进去也不少人，抬头一看是姑娘，纷纷过来请安："小姐回来了！"

"回来了！回来了！我爹呢？"

"老爷子正在正厅和两位公子爷议事呢！"

"打个招呼，就说我回来了。来来来！都过来，把那马牵到马棚里去，把那东西该卸到哪儿卸到哪儿。"

"姑娘，那、那人呢？"

那人就是努尔哈赤了。

"抬到西厢房去，把屋收拾干净了。他是个病人，命保得住保不住，还在两说着，要好生照顾！"

"明白！"

有人到里边送信去了。本寨的寨主，也是本家的主人是个半大老头儿，不到五十岁，跟两个儿子正着急呢！什么事着急？惦记姑娘。出去都两天一夜了，还没回来，把老头儿急得什么似的！老太太也跟他闹："你不应该让咱丫头自己出去！你看这万一出点儿事怎么办？真要有个三长两短，我也不活了！"

老头儿说："你放心，咱那丫头与众不同，满身的武艺！再说，怎么是一个人？带着好几十个保镖呢，不会出事。"

别看老头儿这么说，心里也没底，把俩儿子找来了。俩儿子一听，妹子没回来，正准备上马去找去，正这个节骨眼儿，有人进来送信："姑娘回来了！"

老头儿赶紧站起身来，领着俩儿子到了院里，正好这姑娘往里走，一边擦汗一边笑着："爹！我回来了。哥！哥！"

她大哥说话了："妹子！你呀，真叫咱家里不放心！你老大不小的了，你说瞎闯什么呢你？用得着吗？你这一去就两天多，咱爹咱娘都担心死了！你要晚来一步，我领人就找你去了！"

"哎哟！我说哥，你妹子是啥人？你还不清楚？干什么兴兵劳众的？总拿我当个孩子。我今年不小了，我都二十了！"

"二十也不行啊！你毕竟是个女孩子！"

说着话她爹过来了："咳，绣绣，你太不像话了！你哥说得不对吗？你还犟嘴。我告诉你啊，只此一次，下次不经过我允许，不允许你下山！"

"好了，我下回还不去了呢！"

说笑之间就进了屋，老头儿就问："你到集市上去了吗？"

"去了，逛了个够！这回我可开了眼了！集市上真热闹，卖什么的都有，买什么的都有！把咱的东西也卖了，该买的也都买回来了，米面油盐，还给您买了点儿大补的药材。"

"回来就好！那都是小事，你娘还惦记你呢，去给你娘请安去吧！"

"哎，不过，爹，还有点儿事跟您说。"

"什么事？"

"快到家了，遇上一件意外的事。"

"什么事？快说呀！"

"遇上个劫道的，您说好笑不好笑？劫道这人，不但没把我劫了，还叫我抓了俘虏！"

"噢？有这等事？你抓人家干什么？"

"他劫道我不抓他吗？不过这个人很有来历，现在我把他带回来了，已经安排在咱家空房之中，有人在那儿护理。爹，您看这个事应该怎么办？"

她二哥一听，把眼睛就瞪圆了："你无故净找事！怎么旁人遇不上，都叫你遇上了？你把他整咱们家来干吗？你、你，你知道他是什么人？唉！"

“我刚才说了，这个人绝不是一般之辈！他随身带的东西都在他那屋呢，不信你们看看去！问问他究竟是什么人？打听清楚了，或者送官，或者把他放了，怎么的，就由爹爹做主！”

“噢，待我观看！”

老头儿也好奇，带着俩儿子还有姑娘，这就奔厢房来了。这厢房啊，平常没人住，炕啊，桌子什么都有，收拾得干净利落，这会儿成了努尔哈赤的病房了。努尔哈赤一无所知，仰面朝天在炕上躺着，跟死人没什么两样，他那包袱放在头前。老头儿进来打量了一番：“就是此人？”

“啊，就是他！您看这个儿多高大呀！”

“年纪不大呀？他这是怎么了？”

“谁知道？他想劫我，结果一使劲，他先趴下了。”

“快！快去！把王先生请来。”

王先生是谁？是他们家里的私人医生，医术高超又是老头儿的朋友，因为这老头儿户大人多，家族也庞大，没这么个大夫，还真不好办事。王先生请来了，这个王先生不大，四十六七岁，长得胖胖乎乎，很有人缘，他跟本寨的主人不分彼此。听了怎么回事，他搬个凳子坐在炕边上，把努尔哈赤的手拉过来号脉，然后翻眼皮看了看。时间不大，王先生号完了脉转回身来：“东家，这个人没什么病。从脉象上看是疲劳过度，精力损耗太深。另外呢，腹内无食，需要静养，要给他吃点儿补药，很快他就能醒过来。”

“那行！救人一命，胜造七级浮屠啊！王先生你看着办吧，尽快让他能苏醒最好。”

这王先生开了个方子，正巧姑娘这回赶集回来，捎来不少名药，给配了六味药，人参、鹿茸、羚羊角、藏红花、芦荟，还有长生管。这药都是大补的，再搁点儿别的药，熬好了，有人服侍着，给努尔哈赤灌下去，又大补，又滋润。那努尔哈赤喝了，还能坏得了吗？老头儿吩咐：“就叫他好好在这儿歇着，先不要惊动他。”然后把他炕头上那包拿过来，打开一看，一套甲胄，老头儿一皱眉：“绣绣，这是他带来的？”

“啊！就因为这个盔甲，我才认为这个人来历不凡，才把他弄到咱家来的。”

“哎呀！这甲，这盔头，我、我瞅着有点儿眼熟啊！”

“是吗？在哪儿见过？”

“这样吧！他的东西归他保管。”

老头儿说完，转身回了正厅，剩下这姑娘心老悬挂着努尔哈赤，一会儿到厢房来看看，一会儿来问一问。

转眼就是三天三夜，努尔哈赤终于把眼睛睁开了："咳！"

努尔哈赤觉得这身上不难受了，这三天三夜可睡足了！他觉得头脑格外清楚，浑身上下也有了劲了。这一出声，服侍他的人高兴了："好！我的爷！你总算明白过来了！快给老爷子报信，给姑娘报信，这、这人明白过来了！"

老头儿带着二子一女又赶到厢房。等老头儿进屋的时候，努尔哈赤已经扶着炕坐起来了。抬头一看，头前走进来一个半大老头儿，上中等的身材，四方大脸，五官相貌很端正，两撇花白胡，显着挺威严。后边跟着两个中年的男子，说中年，也在三十岁左右，二十七八岁，一个黑，一个白，两人的脸都沉着。后边还跟着个女孩，这女孩面带着笑容，努尔哈赤觉得在哪儿见过？回忆了回忆，真是做了一场梦啊！好像我太饿了，我劫道来着。对了！我就是劫的这个女孩，我还想跟人家动手，后来就人事不省。

想到这儿，觉得有点儿内疚，他心里有点儿发慌。看这样，让人家把我给救了！不然的话，我怎么到了这儿啊？他正胡思乱想的时候，这姑娘先到了近前："你明白过来了！"

"啊！是是，明白过来了。"

"你回忆回忆，你想劫我，有没有这事？"

"有。"

"你劫我不成，叫我把你给逮住了。我告诉你，这就是我们家，这是我爹，这白脸的是我大哥，黑脸的是我二哥，你还有什么说的？"

努尔哈赤一想：不管怎么说，人家是我的救命恩人！他把被子撩开，下了地趴在地上就磕头："恩人在上，我谢过恩人。"

老头儿用手相搀："起来起来！别客气！别客气！你这事还没了结呢！因为你沿路抢劫，你犯了法了，备不住就把你送到官府。你先甭谢。"

努尔哈赤冷笑一声："老人家，我是罪有应得！你们怎么处置都应该，我绝无怨言！"

"这是明白人说的话，我说小伙子，你先坐下，咱们把话都谈清楚了。下一步怎么办，咱再说。"

老头儿的二儿子性情有点儿粗暴，瞪着两只大眼睛："你到底是谁呀？你叫什么名字？你从哪来儿的？你为什么要劫我妹子？说！"

努尔哈赤一想：怎么办？是说谎话？还是说实情？我的身份暴露不暴露？他转念又一想：爱怎么地怎么地！大丈夫坐不更名站不改姓，人家把我给救了，我昧着良心还骗人家，那还够两撇吗？想到这儿，他把脖子一梗：

"老人家，各位，我有一说一，有二说二。我是从建州来的，我姓爱新觉罗，我的名字叫努尔哈赤。"

“你从建州来？”

“啊！”

“我打听个人，你认识不？”

“您说。”

“有一位觉昌安老都督，还有一位塔克世都督，你认识不？”

“太认识了！一个是我的祖父，一个是我爹，我是塔克世的长子。”

“你说的是实话？”

“哎呀！上有天，下有地，我这儿能胡说八道吗？”

“哎哟呵！”

老头儿不听则可，闻听此言，拉住努尔哈赤的手，眼泪“吧嗒吧嗒”掉下来了，屋里的气氛马上缓和下来。那俩儿子也无不惊骇，你看看我，我看看你，那女孩也睁大了眼睛：“爹，这就不是外人了？”

“是啦！真不是外人！这，怎么说呢？努尔哈赤，唉！你是不认识我了，难道这是一种缘分不成吗？咱们两家可不外。哎哟！想起你祖父、想起你爹爹来，如同就在我的眼前！他们现在怎么样？”

“都不在了，遭人毒手，死在古埒城了。”

“啊！这是真的？”

“那能错得了吗？我是突围跑出来的，我的亲人全都失散了，剩下我光身一人，走投无路啊！为了躲避官府的通缉，我钻进大山，好几天没吃东西，故此才昧着良心抢劫，没想到落到您的手里头了！老人家，您说跟我们家里关系不错，您是哪位呀？”

“咳！孩子，你听我道来，是这么回事。”

这老头儿一五一十把身世经过都说了，努尔哈赤这才明白。老头儿姓童叫童凤山，他那俩儿子，一个叫童文，一个叫童武，女儿名字叫清雅，小名叫绣绣。为什么老头儿说跟觉昌安、塔克世都认识呢？还有一段往事，因为这老头童凤山是汉族，祖籍是山东的人氏，年轻的时候，没法过这日子。这山东历来就闹灾，总是发大水，弄得颗粒无收，后来童凤山父母死了，他十来岁就跟着人闯关东，来到东北，学了一套打猎的本事。无家可归，灶王爷拴腿肚子上，人走家搬！哪儿得过，就在哪儿呗！就在东北这一带扎了根了。

那时候，东北一带大部分是游牧民族，哪儿好上哪儿去，地广人稀，随便溜达。所以他转来转去，后来就到了建州城。到了建州，找个地方住下，靠着打猎为生，赚了俩钱儿，成了家，也搭了个马架子，就算安顿下来。没想到，有一次到集市上进行交易，遇上一伙子流氓，这边外也有不少不讲理的人，这帮人想用极低的价钱，买他的毛皮。他说什么也不干！结果发生了争执，那伙人不讲理，是拳打脚踢，眼看这童风山要没命了，正赶上建州的都督觉昌安骑着马来视察，都督一来，把那伙无赖给吓跑了，觉昌安一看，这人被打得不轻，因此就问他怎么回事。他把经过这一说，觉昌安挺可怜他，一听他是从山东过来的，是个汉人，见多识广，跟他就挺投缘，所以就把他收留带到都督府。

觉昌安这个人也爱学习，对于汉族的风俗习惯、中原内地的情况，知之甚少，好不容易遇上这么个汉人，就想跟他在一起长长见识，两个人这才结成至交。

第十七回

锅盔山努尔哈赤结亲
童家寨四大瘟神登门

童凤山跟觉昌安进入都督府，当了一名贴身的随从。一来二去，有了感情，觉昌安，就拿他当孩子，后来这生活也安定下来了，童凤山在这建州就算落了户了。小日子过得蛮不错。正在这个节骨眼上，觉昌安老了，满身是病，把都督印让给儿子塔克世了。童凤山也认识塔克世，原来那是贝勒啊，现在升任都督了。他总觉得跟着老都督，他随便，跟着这个新都督，有些不自在。后来他提出辞职，就离开了建州，带着一家老小，四外寻摸地方，转来转去漂流了几年，最后选中现在这个地儿，叫锅盔山。他一看，这地势不错，四面环山，一家人就在锅盔山落了户了。落户这个具体的地点，叫烟筒刺子。一来二去的，就有其他游牧民族，一看这儿也不错，也定居在这里。多少年过去了，儿女也长大成人了，这儿聚的人是越来越多，能凑了二百七十户人家，一两千口人。因为童凤山精明能干，又是早来的户，谁都把他当成本地的主人，所以，他就成了锅盔山的头头，一般人都管他叫寨主。老头儿也担起这个重担来，乡亲们有个大事小情全是他操持着，他就成了本地人的主心骨。

尽管童凤山跟觉昌安、塔克世分离了多年了，消息隔绝，但他一直挂念着：老都督对我不错呀！没有人家的拉扯，那帮地痞就得把我打死！这救命之恩，迟早有一天我得报答！事情也凑巧，他说什么也没想到觉昌安和塔克世的后人努尔哈赤出现了！

他为什么瞅着那甲胄眼熟啊？因为这是觉昌安随身的穿戴，他也帮着给系盔头，披挂甲胄。多少年了，他怎么能不熟呢？当老头儿把这经过一说，努尔哈赤这下可遇上亲人了，眼泪掉下来，把古埒城、建州大战的事，一一都跟老头儿介绍了。最后努尔哈赤站起来了："老前辈，过去是过去，现在是现在，感谢你们对我的救命之恩。老人家呀，咱这么办吧，您是准备车也好，准备马也好，拿绳把我捆上，把我送到抚顺城去。我现在是官府通缉的罪人，他们不抓着我没个完，我要在您这儿待着，就会给您带来巨大的麻烦！您不如把我给送去，献功去，您呢，还能请赏呢！说不定能封您个什么官什么的……"

努尔哈赤不这么说便罢，这话没等说完，童凤山那眼珠子就瞪圆了！脸蛋子也胀起来了："努尔哈赤，你说的什么话？你拿我童某人当成什么人？我是卖主求荣的人吗？我是那号人吗？你是错翻了眼皮了！孩子，你就安心住在我的锅盔山，有老童家一家人，保你平安无事！孩子，你愿意吗？"

"如果老人家愿意收留我，我求之不得！"

这努尔哈赤也会演戏，刚才那套话，无非是激将法。一看老头儿这番表现，心也放下了，他当然是求之不得了。

童凤山把俩儿子叫过来，爷仨一商议，为了隐蔽努尔哈赤的身份，最好叫他改个姓。别姓爱新觉罗，那太招风了！跟努尔哈赤一商量："你先委屈委屈，改姓童，你看好吗？这样就不能引起注意。我们这个地方特别闭塞，官兵想找，他也找不着！只要我们这儿不出内奸，你就没事。我相信我们这儿没那号人。"

打这儿之后，老头儿给努尔哈赤起了个新名："我大儿子叫童文，二儿子叫童武，你呀委屈委屈，就算我的三儿子叫童大魁。对了，这名不错，你看怎么样？"

"好了，我改名了！我叫童大魁！外界的人哪知道怎么回事？"

从此之后，努尔哈赤就在锅盔山烟筒剌子一住就是三年。三年的时光，努尔哈赤在这儿白待得不是那么踏实，心说：人家童凤山那就是我爹一样！童文、童武就是我哥，绣绣那就是我妹子，我得拿出一颗真心报答人家！因此不管什么事，努尔哈赤都是往前抢。三年的时光，人都是有感受的。童凤山发现，这努尔哈赤绝非等闲之辈，不管什么事情，人家办得是四平八稳！这几年，他给老童家创造了无数的财富。现在童家是家大业大，比三年前更上了一层楼！毫无疑问，努尔哈赤的功劳很大。老头儿心里头感谢他。另外，绣绣爱上了努尔哈赤，就爱听他说话，就爱跟他一起聊天，两个人行则并肩，成双入对。时间这一长了，难免大家议论，这话，就传到老头儿、老太太耳朵里。童凤山一想：我这个丫头岁数也不小了，保媒的人不少，就是本寨子求亲的也不在少数，但又舍不得外嫁。他那心思，想找个倒插门的女婿，这一辈子，我就守着我女儿，走远了我不放心，因此上，一直没有合适的。另外，绣绣性情古怪，高傲得不得了，一般人呢，眼睛都不眨的，嘿！没想到跟这努尔哈赤两个人这么投缘。因此，老头儿偷着跟老伴儿一商量，老伴儿也愿意："这努尔哈赤出身名门，既然老头子你喜欢的话，咱问问姑娘。她要真愿意，挑个好日子，就叫他们完婚，就算了咱的心愿了！"

"是这么回事！"

老头儿又跟俩儿子商量，童文、童武也异口同声地赞成。这天老头儿高兴，吃完饭，叫人把绣绣找来了。绣绣进了门就问：“爹，找我有事？”

“丫头，你坐下，咱爷俩儿好好唠唠心里的话。你们都出去！”

旁人全退出去，老头子看了看女儿，一笑：“丫头，我发现你近两三年，心情挺愉快。”

“爹，您算说对了，我特别高兴！嘿嘿！”

“为什么呢？”

“那还为什么？就是高兴呗！”

“没跟爹说心里话。爹问你，你是不是喜欢上大魁了？”

这大魁就是努尔哈赤。这姑娘听完了之后一笑：“爹，您怎么知道的？”

“你正面回答，你喜欢他不喜欢他？”

“我喜欢。”

“那么进一步说，爹我想把你许配给他，你愿意吗？”

“我一百个愿意！”

在这大山之中，没那些拘束，不像中原内陆那些礼节，什么男女授受不亲，一说话脸红，用不着那些！这些人都泼辣，这绣绣也不例外。

“爹，我早有这个心，想跟您说，怕您不同意。既然爹主动提出来了，我一百个愿意！”

“你许配给他，没有怨言？”

“没有！”

“好！既然如此，爹就做主，把你的终身许给他。来人！去把大魁给我找来！”

现在人们都习惯了，管努尔哈赤叫三公子，也有管他叫大魁的。努尔哈赤从外边进来了：“老人家，您找我？”

“来来！你坐下。绣绣啊，你先回避一下。”

绣绣瞅瞅努尔哈赤一笑，转身出去了，努尔哈赤就觉得这里头有点儿文章。

“老人家有事？”

“憨子，有点事儿，你呀，掏心窝子，跟我说句实话，你喜欢我们家绣绣不？”

努尔哈赤脸“腾”红了：“我呀……”

“说实话，喜欢不？”

“喜欢。”

“我要把绣绣许配给你，你愿意不愿意？”

“我？真的？”

“你愿意不愿意？”

“我愿意！我一百个愿意！”

弄了俩一百个，老头儿乐了：“好孩子，我早就看出来了，你俩是天作之合呀！怎么那么巧？你劫她的道。怎么那么巧？她把你救到锅盔山，救到童家寨。看来你俩是缘分！既然你也没得说，绣绣也愿意，这门亲事就定下来了！”

把努尔哈赤给乐的！二十好几了，能不想媳妇儿吗？谁不想成家立业？况且那绣绣跟一朵花相似，两个人又合得来，性情相投，努尔哈赤自然没得说。这个事就定下了，挑良辰择吉日，到了八月十五这天，就举行正式的婚事。按照女真人的习惯，这婚礼是相当隆重，消息传遍全寨，二三百户人家，谁不准备点儿贺礼？谁不想凑凑这个热闹？利用这个机会，给寨主打打溜须？所以整个小山寨就沸腾起来，家家户户都挂花，比什么重大的节日都热闹！老头儿的家里更是张灯结彩，头半个月就开始张罗，把那小洞房收拾得干干净净的，谁进去一看，都眼睛发亮！被褥子都是新的。童文、童武轮流去赶集，置办婚礼要用的东西，非要好好办办这喜事！

日子到了，这一天亲友齐来祝贺，院里院外全是支开的桌子，四个人一桌，随便造。漫说还拿贺礼，就空手来的人，到了，老头儿就高兴！大人孩子说说笑笑，鼓乐喧天，笑语欢声，没有一个不高兴的。这拜完了花堂，努尔哈赤和姑娘绣绣，夫妻双双给来的亲友敬酒。正在高兴的这个节骨眼上，门外一阵大乱。紧跟着报事的人撒脚如飞就跑进来：“老爷子！您、您出来一趟。”

老头儿一看，非同小可，赶紧把酒杯放下，来到大门口这儿，就问：“怎么？发生什么事了？”

“老爷子，外头来伙人，我们数了数，七十八个。为首的四个大个儿，他们过去都来过呀！您还记得吗？有个叫奄拉憨的，他又回来了！哎呀，出言不逊啊，说他们也要参加这喜事，还送来不少的贺礼。您说叫他们进来？还是不叫他们进来？”

老头儿这脸“唰”就变了：“奄拉憨又来了！”

“来了，看那样不怀好意！名目上是贺喜，实质上是来找碴儿。他们手下那些人都带着家伙！”

哎呀！老头儿这心“咯噔”一下，看来今天这个喜事要糟！正这时候，二儿子童武也出来了：“爹，出什么事了？”

“那个奄拉憨又来了！”

“奄拉憨？这小子还没死？爹！您放心，该怎么办咱怎么办！他们由我来对付！”

“不不不！不行！你哪能对付得了？他们来了小一百来号呢！”

“人多能怎么地？咱集合人马，就能把他摆平！”

努尔哈赤这个人精明，别看轮流给大伙儿敬酒，那眼睛也好使，耳朵也好使。他一看报事的进来说话那个语音，就觉得不对劲儿，一瞅老头儿慌慌张张出去了，二哥也慌慌张张出去了，他就知道这里有事。他告诉绣绣：“你先敬酒，我出去看看。”

努尔哈赤也出去了，一问老头儿，老头儿口打咳声：“咳！别提了！哎呀，你没来之前，咱这锅盔山童家寨就遇上点儿麻烦事。那一天来了四个人，领头的叫夯拉憨，带着他二兄弟憨得憨，三兄弟铁牛憨，老四憨憨憨，四个憨。都是西部女真人，性情粗野，来管我借钱，说没有盘缠，没有路费，名目上是借实质上是抢！我一看，来人气势汹汹，都不是好惹的，我给了他们二百两银子，他们转身走了。没想到一个月之后又回来了，要借粮，一张嘴要白米三千斤、上好的白面一千斤、十头猪、五十头羊，你说借是不借？我一想：破财免灾，为了求个平安，我全答应了。他们临走之时，路过马号，发现马不错，又牵走了三匹马，简直是欺人太甚！半年多了，消息隔绝，我认为着像他们这种人，不定遇上什么横事了，我心里还挺痛快，总算没人找毛病了！唉！没想到又回来了！早不来晚不来，你结婚这天又回来了，这叫来者不善，善者不来！往回他们来带十来个人，这回带这么些，看来情况不妙！”

“噢！”

努尔哈赤眼珠转动着想想：“我说爹，这事您不必担心。有道是兵来将挡，水来土掩，那有什么？您要相信我，您交给我，我办！”

“那你说说看，你想怎么办？”

“爹，我的意思，咱们大事化小，小事化了，来个先礼后兵。他不来了吗？人家说得明白，来贺喜来了，咱欢迎。以和为贵，咱大开寨门，把他们放进来，想吃就吃，想喝就喝，我想问问他们来的目的是什么。再想借东西，没门！一棵草都不给！他想动武把抄，我对付他们！杀急眼了，把寨门一关，百八十人架得住咱划拉吗？不毒不狠非丈夫，就把他们全撂了！您看怎么样？”

童武一听：“对！我妹夫说得太有道理了！爹，您甭管了，这事就交给我们哥俩儿，看看他能怎么样？”

老头儿一想：事到如今，只好如此了！

“好吧！来呀！大开寨门，请！”

努尔哈赤他们运足了劲，在这儿等着，过了好长一段时间，因为院脖子太长了，二三里地呢，就见外面走进一群人来。一看就不是好东西，一个个是歪戴帽子，横瞪眼，闪披着衣服，手里有拎刀的、拎剑的、拿三节棍、持七节鞭的，没有空手的，一个个好像凶神恶煞一般！在头前有四个大个儿，都晃着膀子往里头走。为首的这个人也是个大块头，没有努尔哈赤高，但顶多能矮着那么两寸，不过比努尔哈赤粗，宽宽的肩膀，腰大十围，紫红的脸蛋子，看这样能有二十七八岁，他是个头子。那仨大个子在后头跟着。老头低声告诉努尔哈赤："看见没？头前这带头的就叫夺拉憨。"

"我知道了，爹您放心。"

第十八回

先礼后兵努尔哈赤稳恶人
威震无赖童家姑爷献绝艺

努尔哈赤不慌不忙，迎着四个人上来，躬身施礼："哎哟！四位！四位好汉，欢迎欢迎，大驾光临，蓬荜生辉呀！我们锅盔山两三千口子全都欢迎！今儿个正好是喜日子，酒宴刚刚摆下，给各位好汉接风！咱们是一醉方休！里边请！"

这奄拉憨眼珠转悠转悠，上下打量努尔哈赤，自己这块就够大的了！一看这努尔哈赤，比他还高着一脑门子，长得是虎背熊腰，一团英雄气概，心里纳闷：我们来的目的，你全清楚，怎么这么客气？莫非其中有诈不成？我可得多加防范！

想到这儿，他冷笑了两声："朋友你是哪位？过去怎么没见过？"

"啊，我是童家寨的姑爷，跟这儿是亲戚。现在呢，由我来当家做主！"

"什么？这一说，你是这儿的主人？"

"刚刚接手，这童家寨的事我说了算。"

"好了！那就冲你说，你听说没听说？过去我们哥儿四个跟这童凤山就打过交道，管他借过钱，借过牲口，借过粮米，什么都借过。这年头不好混，我们百十来口子，实在是支持不开了，因此这次有求于你，我们打算借点儿东西。你能做得了主吗？"

"请讲，都借什么？"

"借什么？银子要借两千两，不算多吧？你这家大业大，拿出两千银子来，九牛一毛！另外，粮食吗，借五千斤，上好的白面一千斤，羊五十头、牛二十头、马二十匹，另外其他的用品，你们看着给，这你能答应吗？"

"不多！不多！不就这点儿东西吗？在我们童家寨来说，这算不了什么！看来四位英雄是客气，你们应当开列个清单，借的是越多越好！"

这奄拉憨一听，怎么这么别扭？这是讽刺我？挖苦我？还是真的？

"我说你叫什么名字？"

“我呀，叫童大魁。”

“噢，你也姓童！我说童大魁，你方才说话是真的？”

“真的。”

“那好，我还有个要求，我准备将来就在这童家寨扎根盘结，安家落户。因为这儿风水好，要不你们怎么过得那么富裕？我们怎么那么穷呢？将来你还得给让出块地盘来，这你愿意吗？”

“哈哈！”

努尔哈赤一笑：“几位呀，你们说得太对了！有那么句话，有德者居之，无德者失之，只要是大富大贵之人，说要哪儿，就给哪儿，我可以让贤！您看好吗？不用等来年，现在咱就可以拍板！”

“哎，我说你有病啊你？你说的是真的？”

“大丈夫一言出口，如皂染白，板上钉钉！当着这么多人的面，我能胡说八道吗？我又没有病。”

“那什么时候让给我们。”

“要说让，咱现在就可以让。咱这么办行不行？先吃先喝，咱边吃边谈，如果达成协议，现在咱就过手续，你看好不？”

这还挑什么毛病？这四个小子嘀咕了半天：“好了！那我们就不客气了！”

“里边请！”

等进了大厅一看，院里这个热闹！但谁也吃不下去了，桌子上烧鸡、扒鸭子，什么都有，只是人们的心里都堵了个疙瘩，知道要出大事。有的在那儿呆坐着，有的站起来靠着墙根，预备一旦打起来，好溜之乎，满院满房全是人，但是没有一个言语的。

努尔哈赤在头前领路，到了主席这张桌：“四位请坐吧！”

这四个小子也够横的，搬把椅子坐下了。

“我说你们那么多弟兄，别让大家见外呀！将来或许他们就在这儿安了家了。那既然这样的话，都请进来一块吃得了！”

“那不必了，就我们四个就可以了！咱们还得商量事。”

原来这个耷拉憨不相信努尔哈赤的话，心说：这里头有诈！好，都把我们骗进来，把大门一上上，关门打狗，我们一点儿外援都没有！这样，我们里边四个也不白给，外头作为声援。一旦发生意外了，我们可以呼应着，里外都可以动手，省得叫你一窝端喽！

努尔哈赤一笑：“好！既然如此，咱们一醉方休！拿酒来！”

努尔哈赤亲自给他们倒了几碗酒，拿碗喝，一个是这不用讲究，二个拿杯喝不过瘾。再看努尔哈赤说了一声：“请！”

把脖一扬，自己先喝了三大碗——海量！就这玩意儿也震人！都在一个桌上吃饭喝酒，你让我喝，我让你喝，你想灌我，我想灌你，这冒出一位，把酒瓶子拿过来，“嘟”一斤，“嘟”又一斤，连着喝几瓶，在座的人全得傻眼！古代更讲这个，这三大碗喝完了，避邪呀！这奄拉憨四个人你看看我，我看看你，没敢动这酒，也没喝。

“哎，我说童大魁，方才咱说的话你没忘吧？”

“没有，记得清清的！您不是要我的童家寨吗？”

“对！什么时候让给我们？”

“现在就可以让，但是呢，我有个小小的要求。”

“说吧，什么要求？”

“我记得我说过，古往今来，都是有德者居之，无德者失之，不知道你们四位懂不懂这话的意思？如果说四位有这个本事，能驾驭得了童家大寨，那我马上拱手相让！可是前提是得让我们服气。你看看，我们童家寨两三千口子，男女老少都有，你得让我们心服口服，您说是这个理儿不？”

“哈哈！行！童大魁，你说话里头带牙呀！你那意思是，我们这么要，你舍不得给，我们得露出几手来，是骡子是马，牵出来遛遛，拿出真格的来，把你们给震住。你们服了气，你才能给。”

“说白了，就是这个意思。”

“好了！咱这么办。童大魁，现在世道混乱，胳膊粗，力量大的占上风，老弱病残的倒霉！是那个理儿吧？那说书人还说过，弱肉强食，谁嘴快，谁力量大谁先吃，不价的话，你去饿着！今天我们哥儿四个来了，就是来者不善，善者不来，进来亮出几手来，肯定叫你们心服口服！”

努尔哈赤点头，“好啊！请问四位，你们想练什么绝活？我也开开眼，在下可以奉陪！”

“你？你也敢跟我较量较量？”

“那没办法，逼到这步上，我就得舍命陪君子！”

奄拉憨一听，“哗啦”把桌子掀了，大厅里的气氛顿时紧张起来。努尔哈赤也站起来，身子往后退了三步，瞪眼盯着他：“你想干什么？”

“我想……咱君子动手不动口，我说童大魁，咱院里请！”

大伙儿都到院里，人们躲到两边。这院子它大得很，这奄拉憨就说：“我号称神箭手，今天我露露我的手头，叫你开开眼！把靶子给我摆好了！”

这院子从大厅的台阶到院门，能有一百步，在八十步远的地方，设了个靶子，那靶子就拿草扎的人。一切齐毕了，弓箭也拿过来了。奄拉憨就说：“我说童大魁，你上眼啊！前头是靶子，比方这靶子是个人，我就要五箭五中！射到别的地方，算我箭法不准！这五箭我全射在这个人的面部上，射他的脑袋，你敢较量吗？”

“好！我愿意奉陪！”

“好嘞！你们看着！”

这家伙真有两下！把弓拿过来，箭准备好了，搭好了箭之后，稍微瞄了瞄准，喊了一声“着！”

“砰砰砰砰砰”连发五箭，气不长出，面不更色。有人把草靶子抬过来一看，五箭全射中靶子的面部，都射上了，是个梅花形的。

“这两下子怎么样？”

努尔哈赤点了点头：“好！果然神箭！”

“你敢比画比画吗？”

“我对射箭也挺爱，逼到这份儿上了，今天我也献献丑！您也看一看。没射之前呢，我是这么想的，您看您射这五箭，是梅花形的，堪称神箭。但是还有点儿美中不足，我专门射这靶的一个地方，五箭射中一处，你看好吗？”

“什么？五箭射中一处？”

“对，就射他的哽嗓咽喉，这要命的地方！五箭全射这儿，错一点儿，我赶不上您，童家寨我拱手相让！”

人们听完之后，“哗”，议论纷纷。老头子童凤山听完了，就一皱眉，心说：努尔哈赤，你这口气也太大了！这人得留退身步，说话不能说得太绝了，万一这一箭失手。你怎么办，等于泼出去的水收不回来了！莫非就把童家寨让给人家不成吗？

老头这心里着急，不但他着急，童文、童武、连绣绣都在旁边呢，全替努尔哈赤着急。但是就见努尔哈赤一不慌二不忙，把自己的弓箭拿来：“您看这弓里头没毛病吧。”

“这有什么毛病？废话！”

“好了！咱俩都离着八十步，我怕您呢，有点儿不服气，我呢，再往后退两步，比你远两步。这个你不吃亏了。”

“行！”

“你上眼看着，全中哽嗓！”

八十步远，也不近乎，那叫射箭！那不像步枪，上头有准星，还有瞄准器，这全凭着实战的经验！再看努尔哈赤，把弓拉满，把箭搭上，喊了一声：“着！”

“啪！啪！吱吱吱！”

连发五箭，靶子抬过来，努尔哈赤用手一指："请上眼！"

奄拉憨一瞅，可不是吗？五箭全射到哽嗓，他射的是梅花形的，是分散的，人家集中到一点上，而且说话算数，百发百中。这奄拉憨顿时气焰就矬了半截，心说：行！这个小子可真厉害！难怪他年纪轻轻，就当了童家寨寨主啊！在这方圆百八十里，还没听说有这么一号！他的箭法的确比我高明。但是心里还有点儿不服气，看完之后他有点儿尴尬："这、我、他、我、这……"

奄拉憨舌头有点儿发短。这时候憨得憨说，"大哥，你歇歇。我说童大魁，行！有两下子！咱平心而论，你的箭法胜于我大哥，但是咱俩比画比画。"

"比画什么？"

"弓刀石马步剑，光射箭射得准，有什么用？有时候不到那场合，你也没有用场不是？我看看，你们这儿有车没有，找那结实的！"

努尔哈赤说："有车！您要什么车？"

"最好要铁车，纯铁车。"

"有。"

"结实的就行。"

真有人给推来了，都生了锈了！独轱辘车，带把的，光这车身自重，得有二百来斤。这憨得憨围着这车子转了两圈，用手按了按，挺满意。

"有石头没？给我装！多咱装得装不下了，算结束。"

人多好干活，大石块、小石块，往这车上装，一直装得不能再装了，直往下骨碌，憨得憨这才说："我说童大魁，你估量估量，连车带石头能有多少斤？"

"少说在八百斤以上。"

"不止吧！我看超过了一千斤。你看我的啊！你能不能做我这样？"

说着，他把车把抄起来，再看他凭着两臂的力量，大手抓住了："嘿！"

憨得憨一人推这车，在这院里飞快地转了三圈，气不长出，面不更色。再往下转，恐怕这车得散架了。憨得憨心说：就这车，得几个人才能推得动，可我一个人行走如飞！他扬扬得意，用眼犄角斜瞅着努尔哈赤。

努尔哈赤也点点头："真是神力！您那意思说，也让我照样推了？"

"那当然了！我转几圈你转几圈，你要转不上来的话，你就算败了！"

"行！我看照葫芦画瓢，不新鲜。我要照你这样推，那显见着我无能！"

"呀呵！好大口气！你想怎么办？"

"我想怎么办？我做一样您看看！咱不用推，你看我的！"

再看努尔哈赤，袖面高挽，把腰中的带子"嘣嘣"紧了几扣，伸胳膊抬腿，没有半点儿绷挂之处。“噔噔噔噔”几步到了车子近前。先检查检查，一看没有什么事，左右一翻腕子，把车把给端住。他这身子笔挺，下头是骑马蹲裆式，两只脚跟生了根差不多少！就见他摇头晃脑，喊了一声：“起！”

拿这两腕子平着往上撅，别看推好推，带轱辘的，有劲往前走就行。这拿腕子双挑，一千多斤，那两臂一晃得多大的劲？就见这车子平平稳稳地离了地了。这四憨不看则可，一看全傻眼！努尔哈赤怕他们看不明白，连着撅了三次，又把车平平稳稳放到原地：“四位，怎么样？还满意吗？”

第十九回

降四憨英雄扬威童家寨
叹身世好汉兵发建州城

努尔哈赤力大绝伦，今天也是高兴，这么一显示，把在场的人全给镇住了。那个憨得憨就靠两膀一晃，有把子力气，一瞅对面这位，比自己的力气大得多得多！不服高人有罪，我这腕子，哪有人家力气大呀？这位也蔫了。

这老三叫铁牛憨，“嗷”一嗓子跳过来：“行！童大魁，真有把子力气，叫人心服口服！光有力气还不行，会摔跤吗？陪我走两趟，敢吗？”

努尔哈赤一笑：“我从小就喜欢摔跤，也多少练过两天，如果愿意比的话，我奉陪，来！把褡裢穿上！”

就在这院，两个人三下五除二，“叭叭”一伸手，这铁牛憨一看，就不好办！他抓不住努尔哈赤，连着给努尔哈赤下了好几个绊子。摔跤讲究下绊，前边的绊、后边的绊、左边的绊、右边的绊，“吧吧吧”。可绊到努尔哈赤的腿上，就感觉那不是腿，就像两根铁桩子，在地上生了根，干脆绊不动！努尔哈赤心说：你这两下子白给！一看这铁牛憨这劲，使得也不大离儿了，就见努尔哈赤一伸手：“哎！”抓住铁牛憨的腰带子，单臂较力往空中一举：“哥们儿！对不起！上天吧你！”把铁牛憨是高高举过头顶，围着院转了三圈，又把他轻轻地放下了。铁牛憨坐到地上，半天没喘上气来：“行行行，我服了。”

铁牛憨也服了。那个憨憨憨提出来了，要跟努尔哈赤比赛骑马。当时骑马是最时髦的，游牧民族不会骑马的几乎没有！两个人赛马，他那两下根本就不配跟努尔哈赤比！他不仅没有努尔哈赤骑术高，另外还被努尔哈赤走马活擒了三次。这个憨憨憨也心服口服！再看这四憨，霜打的茄子，全蔫了！方才趾高气扬，不可一世，现在脖子的大筋都有点儿发软，没词了！耷拉憨一看，“行了行了，我说童大魁，我服你了！锅盔山我们不要了！童家大院不住了！让给你了！扯！”

“扯”是什么意思？就是退。再看童家寨的人都来了精神，就这么就走了？日后还跑这儿捣乱来，哪儿有那便宜事？有人发了一声喊：“别让他们跑了！把他们废了！把他们剁了喂野狗！”

“把他们废了！”

这大门就给堵上了，连老童头再童文、童武、绣绣也各拉家伙什，想要动手，努尔哈赤赶紧把大手一扬：“慢！不准动！”

大家谁也没动，那哥儿四个见势不妙，拉出家伙，想还手拼命的时候，努尔哈赤到了近前，依然是满面赔笑：“四位好汉，不打不相识，老实说，方才我开了眼了！我发现四位果然是英雄。四位，既然喜欢锅盔山烟筒剌子，既然喜欢我们童家寨，我就留你们几位住下。从今儿之后，咱们共同管理童家寨，一个锅抡马勺，同甘共苦，你们可愿意？我这话掏心窝子说的，我如果嘴不应心，天诛地灭！四位别走了，留下吧！”

这四个人别看表面上粗鲁，心还是不错的。心说话：不服高人有罪呀！就这么走了算怎么回事？哥儿四个嘀咕了一阵，“扑通！扑通！扑通！”全跪下了，冲着努尔哈赤磕头：“好汉，我们服了！如果您诚心留下我们几个，我们鞍前马后做您的仆从，给您当奴才！我们服气了！”

“咳！别这么说，咱都是哥们儿弟兄，我算交你们这几个朋友了！请起请起！来！把那些位都请进来，咱是一家人了，哪儿都别去了！”

回头他跟童凤山说：“老人家，您看怎么样？”

老头儿明白，一瞅，罢了！努尔哈赤真有两下子！不仅武艺高强，而且肚子里有道道，做大事的人，往往都胸怀大，都化干戈为玉帛，变被动为主动。人心都是肉长的，先以武力把他们服了，暖他们的心，盛情留他们，这没得什么可说，这是上策！要不价，把他们放走了，他们肯定是耿耿于怀，迟早有一天还得犯病！所以老头点头：“好，我赞成！”

不过，老头儿提出来了：“人心隔肚皮，做事两不知，你们这些位，得对天对神盟个誓，我们才放心。”

这哥儿四个一听老头儿不放心，本来嘛，平常没什么交往，冷不丁来了几十口子住到这儿，谁知将来要背叛怎么办？这四个人也是诚心实意地归顺，便在神前发誓，割破手指，抹到脑门上，交代得清楚：“如果我们嘴不应心，将来有背叛之心，是天诛地灭不得善终！”

这大伙儿才放了心，从此之后就是一家人了，把这七八十口子让进来，安排住处，重新排摆酒筵，努尔哈赤继续他的婚礼。当天晚上，努尔哈赤高高兴兴，夫妻入了洞房，大伙是一醉方休。

等到第二天，努尔哈赤亲自来看望四憨，这四憨是感恩图报，一个劲儿地赔礼道歉，就管他叫：“主子！我们就是你的奴才，主子有活，尽管让我们干！有什么事您尽管安排！叫我们干什么我们干什么，上刀山，跳油锅，在所不惜！”

“好好好！路遥知马力，日久见人心，往后的日子长着呢！咱慢慢品吧！”

打这儿之后，这四憨以及他带来的弟兄，就实心实意加入了童家寨，成为一家人了。

光阴似箭，日月如梭。每当庆贺的日子，喝酒的时候，这努尔哈赤是长吁短叹。这奋拉憨就不太明白，仗着胆子问：“主子，要说您年纪轻轻就做了一寨之主，要风得风，要雨得雨，您还有什么不顺心的？又娶了那么个好媳妇儿，我们那女主人，拿到哪儿去也可以说是上品！您干吗还老唉声叹气的？”

“咳！四位呀，实不相瞒呐！我发现你们哥儿四个也是好人，我没必要再隐瞒我的身份了，我以实言相告。我姓爱新觉罗，叫努尔哈赤，童大魁是我的化名，也是我的假名。我爷爷叫觉昌安，我父亲叫塔克世，原来是建州卫的都督。”

借着这酒劲，努尔哈赤吐露实情，全说了。这几个人一听，趴到地上第二次磕头：“您更是我们的主子了！哎哟！您还有这段往事呢！我们一点儿都不知道啊！哎呀！难怪主子发愁啊！您是大仇未报，想念亲人。”

“对了！临分手之时，我还有俩亲兄弟，舒尔哈奇、雅尔哈奇，到现在生死不知！还有些好弟兄呢，铁牛、大头、奔得木、木得奔、嘣葫芦把、把葫芦嘣、僧三点、点三僧，现在生死不明！还有三亲六故。每当想起他们，我是痛断肝肠啊！你们方才说的一点儿不假，但我能安于现状吗？我就在这儿混吃混喝，置亲人于不顾，大仇我也不报了？不是那么回事！每当想起这些事，我就闹心，我想他们！”

奋拉憨说：“这样得了！现在咱们童家寨也没什么事，我们哥儿几个闲得好难受，要不咱们派出一伙人去，打听打听消息，到建州一带去摸摸底，您看怎么样？”

“我也有这个意思，不过太危险了！不知道官府现在还通缉我不通缉我？沾上我边的人都危险！”

“那怕什么？您是主子，我们是奴才，就是万里有一，为您死了，我们心甘情愿！”

“别那么说！言重了！如果你们愿意去的话，我倒赞成。”

“明儿个我们就出发，去摸底去，您看怎么样？”

“行！”

第二天这四憨就起身了，去了一个多月回来了。努尔哈赤就问：“怎么样？”

“主子，一切的情况我们基本摸清楚了。”

“噢，快说说看！”

这奋拉憨就说：“我们到了古埒城，也到了建州城，城堡都坏了，满目荒凉也没人去管，荒草长起多高来！我们还偷着进了城，那城也没人把守，老百姓生活是困苦不堪！要像您说往日的辉煌早不复存在了！那人稀稀落落也不多了，后来我们询问当地的乡亲，他们具体情况也不清楚，就说几年前一场大仗，放火烧了古埒城和建州城。您那些亲人，他们都不知道，说死了不少的人，大部分被抓了俘虏，送到抚顺城去了，其中包括不包括您的亲人，不得而知。因为人太多了，死的人也无数！如果您想返回建州，我们看不费劲，没人把守。为了慎重起见，我们又进一步摸了摸底，老百姓跟我们说：'现在建州城有个头儿叫索安，是尼堪外兰的一个旧部下，这人年纪不算小了，能有五十来岁吧，整天里是醉生梦死，手下大概有百八十人，也没经过训练，不堪一击。'基本情况就是这些，古埒城跟建州城基本相似。"

"噢！好了，谢谢你们，下去休息吧！"

努尔哈赤经过三天的盘算，这天晚上躺到炕上，努尔哈赤瞪着大眼睛睡不着。这绣绣知道丈夫志在千里，就问他："你想什么呢？"

"夫人，有件事情，我得跟你打个招呼。我打算回建州，那毕竟是生我养我的地方，是我祖父跟我爹闯天下闯出来的。我的根在那儿，我想回去！我就睡到这儿，也是日思夜想啊！天天做梦都回到我的家乡。另外我大仇未报，我能甘心吗？我的大仇人尼堪外兰还逍遥法外，还有个叫王台的，还有明朝那个总兵李成梁，我恨他们入骨三分！这仇我得报！因此最近我打算就动身。夫人，你同意不同意？"

绣绣深明大义："咳！别说了！你就不跟我说，我心里明明白白的，只是我不愿意张嘴而已。既然如此，我双手赞成。"

"你支持我？"

"那是自然！咱是夫妻，你混好了，我也借光。你报仇了，我也跟着出气。"

"我谢谢夫人！"

"只是有一件事，你走了，我们怎么办？"

"夫人，咱俩商量商量。我的意思呢，这是我的后方，这地方不能动。咱们的老爹年事已高，闯出这个家业不容易，所以童家寨原封不动，你们还在这儿守着。我先领一部分人回建州，如果一切都顺利的话，开创了局面之后，安定下来，我派人来接你，把一家人全接到建州去，咱就放弃这锅盔山，就不要了！你跟老爹爹商量商量，跟俩哥哥也商量商量，看同意不？"

绣绣也睡不着觉了，当晚把老爹、俩哥哥全找来了，开了个家庭会议。努尔哈赤当众这么一说，大家有点儿不愿意，但是努尔哈赤说得在理，又无法反驳。童凤山老头儿合计了一会儿，就说："姑爷，你说得句句在理，我只是担心一件事。回建州不难，但是官方什么态度？朝廷什么态度？不得而知。你这回去，肯定有人不知道。如果明朝那总兵李成梁知道你还活着，他派出官兵抓你怎么办？前车之鉴，要吸取教训。”

“老人家放心，我都想好了！这次我回去呢，一个是不张扬，第二我要扩大我的实力。就这么点儿人能行吗？自然要做好防范，那李成梁他也不是个神，我根本就看不起他！他派军兵我也不在乎，现在我心里有了底，我有这么多弟兄，我的实力也不算太小啊！要对付明军，我估计也不成问题。等他察觉之后，我羽翼已经丰满，我就跟他争个高低上下！实在不行，这儿不还有个家吗？我还有个归路，我再退回来。”

“咳！但愿老天保佑吧！”

天也亮了，会也开完了，大家一致决定了，努尔哈赤非常兴奋，谢谢这一家人无私的支持。

第二天，他把四憨给找来了，又重新做了部署，决定明天就起身。四憨原来带的人，经过淘汰、选拔，留下五十人，那是亲兵，形影不离！努尔哈赤在童家寨这儿，选了又选，拔了又拔，选出二百五十人。得带精兵，兵不在多，只在精啊！得那年轻力壮，手脚麻利，胆子大有头脑的。一共带了三百人，分成两队，这四憨领着那五十人打前站，努尔哈赤带着二百五十人督后队，偷偷摸摸离开童家寨，赶奔建州城。努尔哈赤一路上告诫手下的人：“千万不要张扬，别走明显的大道，哪儿不好走走哪儿，只要咱能过得去就行！”

一切都悄悄地进行，这就耽误事了。走了将近二十多天，离着建州还有三十里，他那人马都在大山之中，一个个是人困马乏。努尔哈赤一想：让他们哥儿四个领着五十人打前站，我呢，原地休息休息听信儿，明天无论如何能进城了！他吩咐一声：“休息！”

他们原地支起炉灶来，点火做饭。大家把盔甲都卸了，在这儿歇着听信儿，这饭还没等做好呢，那个奋拉憨跑回来了，那马跟飞了一样。

“吁！”

他从马上跳下来了。

“主子、主子大事不好！”

努尔哈赤豁然站起来：“别着急，发生什么事了？”

“不不不，不是官兵。我们正在前头打前站，弟兄们都挺累了，我也下令原地休息，吃口干粮，再接茬儿往前走。正在这个节骨眼上，从密林之中窜出一伙人来，大概能有五六十人，为首的两员将军，嚯！这俩人跟下山的猛虎似的！不得已展开了一场大战！”

第二十回

努尔哈赤喜遇兄弟
舒尔哈奇轻取家乡

努尔哈赤一听，脑袋“嗡”了一声，他以为行踪被官兵知道了，肯定遇上官兵了！等详细一问，不是这么回事。耷拉憨跟他说：“我们正往前走呢，大伙儿累了，原地休息打尖。正这么个节骨眼儿，树林里窜出一伙人来！我也顾不得数，大概能有个几十号。为首的两个年轻的，跟下山的猛虎一样！见着东西就抢，打伤了咱不少的弟兄。我们哥儿四个过去一伸手，您猜怎么样？不是人家的对手！憨得憨、铁牛憨、憨憨憨，这哥儿仨全叫人逮着了，是走马活擒，就剩下我跑回来。您快去看看，去晚了，一个都活不成！”

“啊？”

努尔哈赤心说：哪儿来这么伙强人？看来是人后有人，天外有天！饭也不能吃了，吩咐一声：“起队！”

耷拉憨在头前引路，眨眼之间就来到出事地点。一看这儿啊，好！不打了，地上跪着一溜，都是耷拉憨手下的弟兄，叫人家治得服服帖帖。对面果然有一伙人，正在那儿指手画脚训话呢。因为努尔哈赤来得及时，这伙人还没走，耷拉憨用手一指：“就他们！就他们！”

努尔哈赤吼了一声：“慢！尔等休走，某家到了！”

他骑了匹大青马，像闪电一样就来到近前，手中托刀仔细观看：这伙人比要饭花子强不多少！衣服不整，但是个个都挺彪悍。为首的这个面似姜黄，大块头，长得五大三粗，脸长一些，眉毛眼睛长得是十分端正。他不看则可，一看呢，努尔哈赤好悬没从马上摔下来！喊喝一嗓子：“是舒尔哈奇吗？”

使刀那小伙子抬头一看，“你？哎哟！你是大哥！”

“舒尔哈奇啊，你可想死我了！”

说话之间，两个人甩镫下马，磕膝盖当脚走，连爬再滚，到了近前，哥俩儿搂抱在一起，失声痛哭。另一个年轻的小伙子也甩镫从马上跳下来，扑到近前，搂着努尔哈赤的大腿哭开了，正是失散多年的雅尔哈奇！这哥俩全遇上了。后面那些人一瞅，也傻眼了，各个放下刀枪，有八个大个子跑过来了："主子，你还活着？没想到在此相遇！"

努尔哈赤擦擦眼泪一瞅：嚯！铁牛、大头、奔得木、木得奔、嘣葫芦把、把葫芦嘣、僧三点、点三僧都在！真像做了一场噩梦似的！耷拉憨一看，大水冲了龙王庙，一家人不认一家人了！闹了半天这两员小将，就是我们主子日思夜想的一奶同胞啊！这心放下了。

努尔哈赤哭罢，把眼泪擦干，把俩兄弟抱到怀里："舒尔哈奇，这些年你们是怎么活过来的？"

"咳！大哥，我们这一肚子话，三天三夜也说不完！"

"别着急，慢慢说。咱这么办，把我的人先放了。"

"唉！对了，我忘了这茬儿了！把人都放了！"

俘虏的人绳子全给解开了，抢的东西都归还了，两路人马合在一起。努尔哈赤吩咐："埋锅造饭，今儿晚上就在这儿宿营了！"

"哎！是！"

好几百人凑到一块，人多好干活，眨眼之间饭做好了，努尔哈赤居中而坐，舒尔哈奇，雅尔哈奇一边一个，哥仨儿边吃边谈。努尔哈赤就问："二位贤弟，这些年你们是怎么熬过来的？快跟哥哥说！"

舒尔哈奇一边说，一边掉眼泪："大哥啊，那天晚上发生的事，简直是吓死人呢！没想到咱二伯投降了尼堪外兰，把建州城给出卖了！"

"我知道他还想杀我呢。"

"是吗？嘿！咱怎么遇上这么个二伯啊！一身的媚骨，他认为投降就能封官、能保住性命。结果他想错了！尼堪外兰是个奸狡残忍的家伙，先把他安稳住，答应他投降，而后把他们打囚车、装木笼，送往抚顺城，交给明总兵李成梁。后来我听说，一个都没活得了！叫人挨个把脑袋给砍下来，人家来了个斩草除根！"

努尔哈赤听到这儿，咬着牙："该！报应！这就是叛徒的下场！那你们怎么没出事？"

"因为二伯父下了令了，说是列队集合，我们一听，要干什么？要投降？我们能干吗？当时找你也找不着了，后来我们哥俩儿和咱们这几个人这一商量，干脆我们跑吧！就这样，趁其不备我们跑出来。后来钻进大山，这些年，也没断了打听哥哥的下落。我们听人说，在俘虏当中没有您，在死人堆里也没找着您，看来您是跑了！我们抱着一丝的希望，而后没您了，我们也没主心骨了，因此我们十个人就钻进大山，靠着渔猎为生。就这几年，到处奔波，有高兴的时候，也有悲惨的时候，这不落到现在，凑了剩下七十多人，我们拉了这么一帮，靠着打劫为生。没想到遇上哥哥您了！这就是以往的经过。”

努尔哈赤边听边点头：“噢！好好！看来神佛保佑咱们弟兄，才有团聚之日！”

“大哥，看这样，您混得不错，帮头也挺大呀！您怎么样？”

努尔哈赤把自己的经过说了一遍，哥俩儿一听乐了：“您还成家了！我们还有嫂子了！嫂子怎么没来？”

“我没让他们来，人无远虑必有近忧，我留了一个后手，他们在童家大院等信儿呢！如果我一切顺利，就把他们接来。不顺利，我还有个撤身的归宿。”

“对！还是哥哥看得远，您这是要上哪去？”

“回建州，那是咱的老家呀！咱能不要了吗？我做梦都想回去。现在已经打听清楚了，建州的守军不多，不超过一百人，架不住咱一划拉！就怕明军知道，因此要悄悄地进行。兄弟，跟我回家吧！”

“那还用说吗？哥呀，往后我们还得跟着您呢！您怎么指挥，我们怎么听！”

“好兄弟，好好好！”

努尔哈赤利用这个机会，把两方的人都叫过来，特别是当头的四憨叫过来：“这是耷拉憨，这是憨得憨，这是铁牛憨，他是憨憨憨，我新收的四位弟兄，往后要多亲多近。”

说着，舒尔哈奇把八个大个儿也叫过来：“他叫大头，他叫铁牛，这是奔得木，这是木得奔，嘣葫芦把，把葫芦嘣，僧三点，点三僧，都是我的铁哥们儿，往后多亲多近！”

大家拉着手，高兴得不得了，往后是一家人了。努尔哈赤的意思，天挺晚了，干脆睡一觉解解乏，明天再回建州城。舒尔哈奇非常兴奋，睡不着了：“哥，我倒有个建议，趁热打铁，咱一使劲就到建州了！到了建州，在家里睡觉多舒服，何必在乎这一时呢？小弟不才，我领着一伙人先回去。他不就一百来人吗？我把他们都收拾了！”

“兄弟，这主意可也不错，你不累吗？”

“我累什么？我浑身上下都是劲！”

努尔哈赤看了看，两个兄弟身体都长大成才了，全是彪形大汉，身体倍儿棒！当哥的心里能不高兴吗？他满意地点点头：“好了！兄弟，你就受点儿累吧！可有一样千万记住，不要滥杀无辜啊！”

“哥，您那意思叫我刀下留情？”

“对！人心是最主要的。你要滥杀无辜，传扬出去对我们不利。能治一服，不治一死，你听见我的话了吗？”

“哥，您说得对！就按您的主意办！”

舒尔哈奇领着他的部下，先摸回建州。那建州城就是大土围子，用石头打的地基，所谓那个城门，也不像想象的那么坚固，就是比住户那门高大厚一些。这城门就虚掩着，守城的军兵早睡觉去了！因为好几年了也不打仗，什么事也没发生过，这人麻痹了。那头领叫索安，这家伙醉生梦死，他这样，底下官兵就更懈怠了，所以说这城无人把守。舒尔哈奇没费劲，把门开开，就进了建州城，一直赶奔原来的都督府。到那儿之后，也没费劲，就把那索安生擒活拿，舒尔哈奇掌中的鬼头刀掂量掂量，心说：我哥要不交代，我非把他砍开晾着不可！

没费劲，他们占领了建州了，把索安这一百来人全抓了俘虏，让他们抱着脑袋在院里头跪着。天亮之后，迎接努尔哈赤进了建州。天亮了，看什么都清楚，努尔哈赤一进城，鼻子一酸，眼泪掉下来，想起童年在这儿度过的时光，想起祖父来，想起他爹，那时候什么样啊？再看看现在，满目荒凉，这跟个破大院一样！街道是坑坑洼洼，城中的人稀稀落落，充其量也就一二百口子，就像一座空城一样，破旧不堪。等到了都督府，他从马上跳下来，再看，跟当初也不一样了，那房子好像少了不少间，坍塌了也没人修理重建，怎么看怎么别扭！但是大的轮廓，还是当初那样。

他走进大厅，舒尔哈奇过来了：“哥，您请坐吧！这就是当年咱祖父、咱爹处理公务的地方。”

“我知道，我全回想起来了。唉，那个索安呢？”

“逮住了，把他捆到院里，在那儿跪着呢。哥，您说怎么处分吧！”

“把他带进来！”

时间不大，把这索安推进来了。此人四十多岁，长得其貌不扬，吓得那俩眼都无神了！认为着自己是准死无疑。努尔哈赤看了看他：“你叫什么名字？”

“索安。”

“你是什么出身？”

“我，我就是普通老百姓呗！后来跟着都督尼堪外兰，屡立战功，经他提拔，当了个小头头。他回了图伦城，把建州交给我了，我是这里的章京。”

“你跟尼堪外兰就是上下级的关系？”

“是，说白了，他是主子，我是奴才，我是给人家看家的狗。”

“来人，把绑绳给他解开！”

索安没想到，绳给解开了。索安就问：“我、我说您是？”

“我叫努尔哈赤，塔克世是我爹，觉昌安是我祖父。”

“是啊！那这一说，您是正根正令的主子。主子请上，多谢您饶命之恩！”

“起来吧！索安，咱们私人之间没有恩怨，我也不恨你，我也不要你的命。

从今以后，你打算怎么办？愿意留下我欢迎，不愿意在我这儿，你就走，没有路费，我给拿路费。”

索安一听，“扑通”跪下了：“主子，我哪儿也不去了！我就在您身边。我这条命是您给我的，您叫我干什么，我干什么。如果您愿意，我就是您的奴才！”

“哈哈！好！索安，从今以后咱就是一家人了。只要你听我的话，能立战功，我一定提拔你！你不要以为你是个俘虏，你就自卑。咱都是一样的，你懂吗？”

“呀！多谢主子的恩典！”

“给他搬把椅子，叫他坐下！”

这索安高兴得不得了，往院看了看：“主子，那些都是我的弟兄，这些人大部分都是老百姓，是被迫无奈拿着刀枪，尼堪外兰雇佣他们在这儿守城。他们一点儿罪都没有。”

“不必多说了，就是有点儿罪，也成为过去了。把他们都放了，编入咱的队伍之中，平等对待！”

又收了一百来人。现在看来，人是最宝贵的，努尔哈赤亲切地问：“索安呢，你手下就这些人吗？”

“咳！可不就这些人？”

“跟尼堪外兰怎么个接头？”

“开始的时候，一年两次见面，建州城这儿有什么特产，尽量攒点儿给他送去，我是他的奴才呀！可是以后呢，他也不管了，我也不给他送，他也不管束我什么，我就成了这独立的小寨主了，这建州城都归我说了算。”

“噢，我再问你，古埒城归谁管？”

“古埒城归积吉朗管。”

“你认识这个人吗？”

“认识。积吉朗是我磕头的把兄弟，我们俩人经常见面。他整点儿好吃的，我去吃；我整点儿好吃的，请他来，经常接触。这前天还见面了呢！”

“索安，我想叫你给我帮个忙。”

“怎么叫帮忙？您说话是命令！您说吧！叫我干什么？”

“我想把古埒城给收回来，你方才说的那个积吉朗，既然是你的好朋友，你能否代表我，前去顺说于他？如果他跟你一样，深明大义，把古埒城献出来，咱都是好弟兄！从此之后，一个锅抡马勺，我公平对待。如果他要不听，难免的兵戎相见啊！你也看出来了，我这次回来是来者不善，善者不来呀！我跟那尼堪外兰，我们俩一天二地仇，三江四海恨，解不开的仇疙瘩！将来势必有一场你死我活的大仗！对他的属下，我能轻易饶过吗？但是这个积吉朗例外，你能办成吗？”

“行！主子，您把我饶了，无恩可报，我去顺说积吉朗！我觉得能有把握。”

“你想带多少人？”

“用不着，我带着俩随身的护卫就可以了，带多了人没用，反倒引起疑心。”

“那好！我在建州听你的信儿了。”

“好了！”

第二天，这索安就起身了，路又不太远，没多久就来到古埒城。在辕门下马，有人到里头送信，积吉朗一听，嘿！好朋友来了！赶紧降阶相迎：“哪阵香风把您吹来了？怎么这么高兴亲自到了我的古埒城？”

“兄弟，我来看你来了！有一肚子话想跟你说说！”

“里边请！里边请！”

酒筵摆下，索安叫其他人全退出去，就剩他俩人咬耳朵：“兄弟，现在时局可有大变化啊！”

“噢？你这话什么意思？”

“什么意思？建州城出了变故了！塔克世的儿子努尔哈赤突然从天而降，领着好几百强兵良将，已经夺回建州！不怕兄弟你笑话，我已经投降了。努尔哈赤是干大事业的人，对我一点儿不歧视。相反，跟我非常亲，连对待我手下的弟兄，也十分的友好，现在我们两路人马合在一起了。我奉努尔哈赤之命，前来顺说贤弟！”

第二十一回

取二城努尔哈赤振兴建州部
抄后路尼堪外兰袭击童家寨

索安奉努尔哈赤之命，赶奔古埒城，来顺说城主积吉朗。因为他俩交情太深厚了，无话不谈，所以这索安在酒席宴前，把来的目的和盘托出。但他也有点儿担心，他也怕这积吉朗翻了脸。偷眼观瞧，就见这积吉朗，果然脸上有变化，一会儿阴一会儿晴，一会儿瞪眼，一会儿凝眉，一会儿又表现得没什么事似的，半天没表态。

“兄弟，我说这话，你听见没听见？努尔哈赤了不起，跟着这种人干，咱心情舒畅，何必给尼堪卖命呢？你说是不是？如果兄弟听了话，你算立了功了！努尔哈赤肯定不会亏待你。如果不听，恐怕要一场大战！不是我吓唬你，你这点儿实力跟人家没法比！你叫以卵击石，兄弟，你好好考虑考虑！我也不强迫你，人家努尔哈赤说得清楚，要的是古埒城。如果你不愿意投降，领着你的人马，可以撤走，来去自由。”

“大哥，别往下说了，我全明白了！掏心窝子说，我早就不愿意跟尼堪外兰在一起混了，他不是人！他呀，他是个色魔！我恨不能吃他之肉，喝他之血！今天这机会居然来了！我心里在盘算，我下一步怎么报仇雪恨？”

“噢？还有这等事？兄弟，你跟尼堪外兰之间有什么矛盾？”

“嘿呀！哥，你真是贵人多忘事！你忘了？几年我刚到陷古埒城的时候，我发现一个美人叫翠翠，我们俩一见钟情，好得跟一个人似的！后来古埒城失陷，被尼堪外兰占领了。你说这小子缺德不？他那鼻子也好使，眼睛也好使，居然让他发现了翠翠！就在我的怀里，把翠翠给夺去了，等于摘我的心肝一样！后来他为了安慰我，把古埒城交给我了，让我做了这里的章京。其实我这章京是用我的心上人换来的！你想，我的心上人在他被窝里，我什么滋味？到现在，我还在恨！但是人家有势力，我惹不起人家，只好暗气暗憋。今天机会居然来了！我要投靠明主，我要跟尼堪外兰对着干！如果我心上人翠翠还活着，我要夺回来！”

“好兄弟！这事就得仰仗努尔哈赤，别人办不到！”

“行了！哥，我跟你一块儿到建州城去，我去见见城主努尔哈赤！我服了！”

“哎哟，太好太好了！那走吧！”

吃完了饭，两个人并马而行，带了几个跟班的，带了不少礼物，同回建州。有人跟努尔哈赤送信说：“索安回来了，古埒城的城主积吉朗也来了！”

努尔哈赤知道，这事办成了，降阶而迎。索安和积吉朗刚到院里，一看努尔哈赤在台阶下等着呢，索安赶紧过去施礼：“主子，我给介绍介绍，这就是古埒城的城主积吉朗，我跟您提过的好朋友！兄弟，过来过来！这就是咱的主子，少都督努尔哈赤！”

积吉朗“扑通”就跪下了：“积吉朗叩拜大都督，您就是建州的主子，我是您的奴才！”

努尔哈赤用双手相搀：“请起请起！哈哈，欢迎！来！里边请！”

舒尔哈奇、雅尔哈奇、四憨，大伙儿陪着，进了大厅。这积吉朗一看，努尔哈赤手下这帮人，一个个身材高大、非常威武，一瞅就是成大事的茬架！看得出来。再看努尔哈赤，年岁不大，稳如泰山，剑眉，大豹子眼，那就是当主子的材料！旁人在他跟前就显得矮那么一半截。积吉朗坐下之后，努尔哈赤问了经过。索安一说：“主子，到那儿我没费劲，我兄弟深明大义，打算入伙！鞍前马后服侍主子！”

“好！非常欢迎。积吉朗，你手下有多少人？”

“一百二十五个人。”

“现在都在古埒城？”

“都在，仓库的钥匙我都带来了！您什么时候去，我随时把钥匙交出来，就归您了！”

“多谢多谢！我就盼着不要兵戎相见。既然二位如此深明大义，这是老天赏赐给我的！积吉朗，你尽管放心，从现在开始，咱就是一家人，不分彼此，我一定平等对待。有功则赏，有罪不饶！”

“主子您放心，我实心实意地跟定您了！我要三心二意，我死在乱刀之下，不得善终！”

“言重了！言重了！”

第二天，努尔哈赤派舒尔哈奇去接管了古埒城。没费劲，得了两座城池。在积吉朗和索安的帮助下，没到两个月的时间，努尔哈赤把建州城周围大小城寨十四座，全给收过来了，地盘在迅速地扩大。努尔哈赤能不高兴吗？但他冷静地一想：目前最宝贵的是什么？是人！这么大的建州城，空空落落没人，什么也干不成！现在占据的城寨虽多，但有名无实。最好的办法是其他的地方全都放弃，拆毁了，把人全都集中到建州来。他盘算一下，这十四座城寨都迁到建州来，不到一万口也差不多！人上一万，无边无沿，那就不错了！

他把想法跟舒尔哈奇、雅尔哈奇、四憨众人一商量，大家一致同意，努尔哈赤一拍板，把十四座城寨的老百姓、官兵全集中在一起，搬到建州。原来的地方，都把它拆毁了，以防旁人去住。这人一集中起来，嚯！建州可有了生机了！街面之上，人声鼎沸，笑语欢声，这有的是房子！谁先占上就归谁。努尔哈赤又颁布几条简单的法律，什么不准私闯民宅，不准奸污妇女，不准拦路抢劫，不准打骂百姓，等等，都是老百姓欢迎的，老百姓能不高兴吗？同时努尔哈赤出个主意，在东西两门外，设立集市，每逢初一、十五就是大集，老百姓可以自由贸易和交换，还不上税。他一开始实行这些政策，老百姓自然是喜欢，一传十，十传百，有那无业的游民，有零零散散游牧民族，听着这个信儿了，纷纷上建州安家落户，因此建州城是迅猛发展！也就是一年的时间，人口就超过了五万，城里装不下了，在城外头又建立了村寨。再走到街上一看，充满生机，老百姓人人都带着笑脸！

人们都管努尔哈赤叫主子，叫都督。其实这个都督，朝廷没有任命，是老百姓对他的尊称，努尔哈赤也不便推脱，爱叫什么叫什么。他每日里在大厅跟弟兄商议，下一步怎么办。现在面对的强敌就是尼堪外兰，等我养精蓄锐，有了一定的实力，我非揍你不可！目前呢，咱把根得安结实了，把家得建造好了。努尔哈赤又提出来：“咱这都督府得重新建一建，破旧了，这城门脸、城墙，也得好好修一修。”

“行！”

一声令下如山倒，军民在一起一块干，那还不快？把建州城的四门建好了，城墙修复了，加高加宽，街道平整了，都督府重新修了。努尔哈赤还想到每个家庭的事，这些战将跟着我鞍前马后，没个家怎么能行？这是根呢！因此抽空选择那模样不错的，给舒尔哈奇、雅尔哈奇、给四憨、给八猛、给手下当头头的全都娶了媳妇儿，这是大事啊！因此众人呢，是踏踏实实跟着努尔哈赤干。

光阴似箭，转眼之间就快两年了，努尔哈赤一看，一切就绪了，基本稳住了阵脚，我得话复前言，把我老岳父、俩大舅哥，还有我媳妇儿接来，他们都成家了，我也不能打光棍！舒尔哈奇双手赞成：“哥，这两天我们就这么想的，如果哥相信的话，我带着几个人去接我嫂子，把老头儿都接来！”

“好好！我这儿有公务缠身，还真就去不了。我看，叫四憨陪着你，越快越好，把家眷全搬过来！”

“哎！您交给我吧！”

舒尔哈奇带着奔拉憨、憨得憨哥儿四个，又带了五十个弟兄，从建州起身，赶奔童家寨锅盔山。努尔哈赤利用这段时间，开始练兵。他可不是瞎练，他把那些经验用在实处。兵法云：将在谋，不在勇，兵不在多，只在精。弄一大帮，都是吃饭的，都是饭桶，有什么用？选精兵！因此他挨门挨户地去找，挨家挨户地去征兵，得让人心服口服。愿意入伍的，欢迎，给重赏，有的想入伍，身体不行，还不要呢！万里抽一，最后选出来八百人。这八百人，不管个大个小，都是岁数最好，十八岁往上，二十二岁往下，一个个身强力壮，就是那瘦的，也是干巴巴一团精气神。这八百人分成八队，每队有个当头的，叫牛录，牛录就好像现在的连长，管着一百人，十个为一什，有个什长负责，这八百人有个头，叫都统，他就是大帅，总管八百人。另外，还有个副都统协助。努尔哈赤早盘算好了，让他兄弟舒尔哈奇做都统，他三弟雅尔哈奇做副都统，掌管这支精兵，其他的人，都作为战将。

努尔哈赤每天没事就到教军场亲自操练，弓刀石马步剑，攻杀战守，都亲自手把手地教，以身示范，因此这八百人等于八千和八万，全是精力旺盛的精兵！

操演了将近两个多月，努尔哈赤这天没事，心里着急，心说：舒尔哈奇领人去快仨月了，就这道不好走，也得回来了！莫非遇上什么事了？不可能啊！

他心里正在着急的时候，舒尔哈奇带着四憨回来了，一看这表情，努尔哈赤这心马上就缩紧了。就见他二弟舒尔哈奇紧锁双眉，唉声叹气，一屁股坐到木墩上了。

“咳，兄弟，莫非出了什么事情不成？”

“哥，你是男子汉大丈夫，顶天立地，你千千万万别受不了打击啊！的确出事了！”

“说说看，我顶得住，发生什么事了？”

“唉！也不知哪个王八蛋给告了密了！把消息捅到抚顺城李成梁那儿去了。李成梁配合着尼堪外兰，还有王台的部下，三路人马偷袭锅盔山。锅盔山的人毫无准备，经过一场激战，你那老丈人死在乱军之中，你的俩舅哥被人家生擒而后杀掉。还有那嫂夫人绣绣……”

“怎么样？”

“为了给你保持贞洁，横剑自杀了！锅盔山一败涂地啊！大火烧了三天三夜，童家寨是荡然无存了！活着的人都叫人家掳走了。我们去的时候，就只发现了一片焦土啊！为了弄清真相，我们四处走访，好不容易找着几位童家寨的乡亲，他们是侥幸地生存下来了，躲到深山老林之中。找着他们之后，我们详细一问才得知上述的情况。一开始我们不太相信，之后走访了多日，大家说的都一致，我们这才相信，因此撤回来了，向哥哥说明情况。您别抱希望了，全完了！”

舒尔哈奇说到这儿，偷眼一看努尔哈赤，见他两眼瞪得溜圆，面色铁青，一点儿表情也没有。

“哥您怎么了？哥您怎么了？”

努尔哈赤怎么了？气堵咽喉啊！上不来气了，好悬没憋死！

“气死我也！”

“李成梁啊！李成梁！尼堪外兰！还有王台老不死的！我跟你们一天二地仇，三江四海恨，此仇不报，我誓不为人！”

努尔哈赤像疯了一样，站起身来，倒背着双手来回直溜。那四憨站到门口看着：“主子，您说得太对了！尤其这尼堪外兰，此人不死，咱没个好！新仇旧根加到一块了！主子，下令吧！咱们血洗图伦城，活捉尼堪外兰，不达目的，誓不罢休！”

其他的人一听：“对！下令吧！跟他们干了！”

“出兵吧！报仇雪恨！”

舒尔哈奇和雅尔哈奇也说：“哥，大主意您拿吧！人为一口气，佛为一炷香，这、这气咱咽不下去呀！反正这仗早晚得打吧，哥您看怎么办？”

“发兵图伦城！”

“对！什么时候进兵？”

“三日之内！”

努尔哈赤满脑袋都是火，满肚子都是气，饭也吃不下去了。一闭上眼睛，就跟尼堪外兰交战，就跟李成梁交手，有时候做梦，把他们抓住了，张嘴就咬，牙齿“嘎吱嘎吱”直响！有时候咬了自己的腮帮子，在梦中疼醒，都到了这个份儿上了。

三天之后，人马备齐。努尔哈赤一想：别棋胜不顾家呀！童家寨就是个教训，我前脚走了，后脚就有人把我的家给抄了，怎么办呢？要说把二弟舒尔哈奇留下，是最合适，他那人精细，有时候比我想得还细，又有本事，他看家我放心。但是大敌当前，尼堪外兰不是好对付的，这仗一旦打起来，不知道是什么结果，我身边不能没有个好帮手啊！那么最理想的帮手还是舒尔哈奇，到底是带着他呀，还是给他搁到家里合适？他举棋不定。舒尔哈奇、雅尔哈奇全看出来了，雅尔哈奇过来了："大哥，您是不是有顾虑？我说说您听听。如果此次进兵，您带着我二哥是最理想不过，他堪称您的左膀右臂！您是不是不放心家里？兄弟不才，愿担起此任！我替您看家，肯定做到万无一失！"

"好兄弟，真说到我心眼里去了！我正为此事发愁。把你留下，我当然放心，不过你毛还嫩点，你毕竟小了几岁。"

"哥，这么说，您对我还是不放心？您安排吧！反正我不跟着去，我看家也行！"

"要看家，光你一个人，我放心不下。这样吧！我把积吉朗、索安给你留下，我再把大头、铁牛八个人给你留下，你们共同看家。"

"行了！哥，这您还有什么不放心的？"

第二十二回

舒尔哈奇力胜二将
努尔哈赤兵围图伦

这舒尔哈奇挺高兴，跟着哥哥去攻打图伦城，雅尔哈奇觉得不服气，跟大哥说："哥，您放心吧！我也二十来岁了，真格的了，我连个家还看不住？您就放心大胆地走，家里绝对没有事情！"

"好！你不是孩子了，遇事要多动脑筋啊！哥哥走了！"

努尔哈赤挑良辰择吉日，带着五百军兵，几员大将，偷偷摸摸起了身了，现在他万分谨慎，什么事都避免张扬，打图伦城也是秘密进行的。路上非止一日，这天钻进大山，努尔哈赤在马上看了看地形，问身边的兄弟舒尔哈奇："我说二弟，你看此处形势非常险要。问问，这是什么地方？"

"我打听清了，这个地方叫瓶子口。"

"瓶子口？噢！"

努尔哈赤仔细观看，真像个瓶子口，膛大，嘴小，脖子还细长，形势还非常非常险要。详细一了解，脚下这条山路曲曲弯弯是通向抚顺城的，离抚顺城有八十里。如果从这瓶子口往前走，不远就是图伦城。他心生一计，把夯拉憨、憨得憨哥俩儿叫过来了。

"看见没？此处形势险要，咱打图伦城，恐明朝派官军支援。你们领着二百弟兄在此驻扎，修好了工事。如果明朝的援军来了，无论如何把他们击退，劫获粮草，一律不能放过，你们听懂了吗？"

"明白！"

二憨领命，领着二百弟兄就埋伏到瓶子口。努尔哈赤、舒尔哈奇带着三百精兵，急行赶奔图伦。半夜前，他们就到城外了，找了个有利的地势，安顿营寨，埋锅造饭。第二天，努尔哈赤带着舒尔哈奇，哥俩儿并马巡视。努尔哈赤在马上瞭望一看，这图伦城形势太险要了！一面环山，一面朝平原，这座山就叫图伦山，就好像那座椅的圈差不多，这城建到山上，易守难攻。城池修得十分坚固，又高又厚，真有一夫当关，万夫莫开之势！看来强攻是不可能的。也漫说我这几百人，就是几千人，也难拿下图伦城啊！办法只有两个，一个是把敌人引出来，利在速战，一个是长久围攻。你不在半山腰吗？我把你粮道水源给你掐了，把你活活地困死！

努尔哈赤心里头盘算着，跟弟弟回到营盘，吃罢早饭之后，鸣鼓出战。舒尔哈奇催马到了前头，抖丹田喊喝："图伦城的人，你们听着！快给尼堪报信，叫他到关前受死！"

守关的军兵听见了，撒腿到里边送信去。单说尼堪外兰，老家伙这些年可享了福了！他呢，一心靠着明朝，有朝廷给他做后盾，他是为所欲为！占古埒城也好，打建州也好，打建州属下那二十多座城寨也好，发了横财了！掳来大批的男女老少，得的金银财宝堆积如山，牛马羊猪那就更无数了！明朝政府还奖励了他，现在加封他龙虎大将军之职，胸前挂着将军印，妻妾成群，没人敢惹。他就是明朝在关外豢养的一条狗，每天是花天酒地。有时去抚顺城会会总兵李成梁，每次都不白去，李成梁肯定得赏赐他点东西。他也不空手，大批的金银财宝往李成梁腰包里塞！两个人从表面上，交情还挺深厚。

最近一个时期，尼堪外兰得到风声，说建州、古埒等城池被人给占领了。他派人一打听，谁啊？努尔哈赤！努尔哈赤是谁？再仔细一了解，闹了半天是塔克世的儿子，觉昌安的孙子。噢！他想起来了：对！我在攻打建州之时，跟这小子见过一面。他还活着？这小子成了气候了！从哪儿冒出来的？把建州、古埒等城池他全占领了。今天公然敢打我的图伦城，真是胆大包天！

他吩咐一声："点鼓升帐！"

事先尼堪也做好了充分的准备，努尔哈赤一到城下，他吩咐一声："来呀！带马抬刀！"

飞马出了城池，来到两军阵前一看，对方就那么点儿人，当时他心就放下了。

在两军阵前是一员小将，铜盔铁甲，白马大刀。看罢多时，不认识，尼堪外兰用马鞭一指："小伙子，你是哪位呀？"

舒尔哈奇打量打量他，这家伙能有五六十岁了，长得倒是细皮嫩肉，多少有几条皱纹。花白胡须散满前心，一对狼眼。一眼就认出来了，尼堪外兰！仇人见面，是分外眼红啊！没等说话呢，舒尔哈奇想起往事来，身上热血沸腾，把掌中刀一晃："哼！我说你是尼堪外兰吗？"

"正是本都督，我说你是谁呀？"

"我是舒尔哈奇，看着没？后面督队的大将，是我哥哥努尔哈赤，我是塔克世的二儿子！你的所作所为，我的账本上写得清清楚楚，新仇旧恨，今天我非报不可！我先砍下你的狗头，而后血洗图伦城！"

尼堪外兰听完之后，心里头挺慌张，但表面上得保持镇定。他有靠山，强大的后盾是明朝的援兵啊！所以他奸笑了几声："哈哈！舒尔哈奇小兔崽子，你也长大成人了！说什么报仇雪恨，你报什么仇？你跟朝廷想要报仇啊？我可跟你说清楚，当年我攻打建州是奉旨行事。我是奉旨，那叫公事！至于打仗，哪有不死人的道理？你们弟兄归罪在我一个人的头上，不太公平啊！也罢，既然你们来了，我就把你们收装带包圆，打囚车，装木笼送往北京，交皇上惩处！你们是朝廷的叛贼，十恶不赦！"

这两个人能说好话吗？没说几句，眼睛都红了，舒尔哈奇拍马抡刀直取尼堪外兰。尼堪外兰上了点儿岁数了，不能亲自动手，把马鞭一晃，拨马回归本队，往左右指了指。左右有两员副将，全使大刀，也不知道叫什么名字，一个黑脸，一个黄脸，二将是飞马而出，两把大刀挡住舒尔哈奇。

努尔哈赤在后头观战，他一看，我这二弟真了不起！一人抵挡二将，一点儿也不慌张，显出久经战阵老练成熟的样子。只见大刀上下翻飞，"哗啦！"就听舒尔哈奇喊了一声："你在这儿吧！"

"咔嚓"一刀，那个黑脸的被劈于马下。那黄脸的拨马想跑，就见舒尔哈奇把大刀挂上，抽弓搭箭，对准前拳，一松后手："你在这儿吧！"

"啪吱！"这一箭正好射到敌将的后脑勺上。由于弓力太强了，这一箭给射透气了！那箭尖在头前就出去了。

从交手到结束，没有三分钟，两员副将全都报销了！舒尔哈奇把大刀摘下来往空中一举："拿命来！尼堪外兰你往哪里走！"

"哗！"不管不顾，他就追下去了。尼堪外兰这么一瞅，倒吸了一口冷气，来将锐不可当！吩咐一声："撤！"带着他的部下退归图伦城，紧闭城门，放下千斤闸。舒尔哈奇的人马刚到城边上，人家城头上，箭如雨发，灰瓶、炮子、滚木雷石这就砸下来！

"啪啪啪啪！"

舒尔哈奇知道，就自己这点儿人，恐怕吃亏，没办法，退下来了，一圈马来到哥哥近前："大哥，我连斩二将，可是尼堪外兰这小子太滑了！他跑了！"

"兄弟，我看得清清楚楚，你算立下大功一件！兄弟，哥哥给你观阵，我高兴极了！论你的武功和勇敢，只在哥哥之上，不在我之下呀！我看着高兴，我心里有底了。"

"大哥，您怎么还夸我呀？这是小菜一碟！"

"哈哈，好兄弟！"

哥俩儿边说边撤了兵，回到大帐里头一商量，看来就得把尼堪引出来，把他给消灭。攻城看来是不可能了，没有大炮，强攻，这点儿人不够垫马蹄子的！所以说就得想个主意。

第二天，引军叫阵，尼堪外兰龟缩到图伦城，不敢出战了。你把嗓子喊破了，你爱说什么说什么，我是高挂免战牌！努尔哈赤一连叫了三天阵，图伦城是毫无反应。看来他要老猫肉，一个是不敢打，一个是等待援兵。真叫努尔哈赤猜对了！那瓶子口来了消息了，奄拉憨、憨得憨向他禀报："明朝抚顺城果然派来援兵，大概来了四五百人，叫我们全给击退了，得了不少战利品。"

"果不出我所料啊！哈哈！"

努尔哈赤马上下令，让哥俩儿耐心地在那儿守着，没有我的命令，不准撤。然后跟舒尔哈奇商量："怎么办呢？这尼堪太狡猾了，不亮队呀！怎么对付他？"

"哥，采取第二方案，断粮断水，活活把他给困死！"

"也只好如此了！"

这努尔哈赤也够损的！派向导把水源头给找着了。山坡上有条河，叫九曲河，流入城中，城里的人全喝这儿的水。他们就把这河的上游，整个拿石头、泥土给封死了！城里没水，不得困死？另外这儿的粮食靠着抚顺城给它运送，那有人在瓶子口守着，也被切断了。就这样僵持了将近半个月，城里还没动静。努尔哈赤跟舒尔哈奇一商量，舒尔哈奇说："这么办！哥，您呢，就关前驻兵，就在这儿等着他，早晚他得出城。我腾出手来，我去扫边，图伦城周边还有不少小城寨，先把它们踏平！"

哥俩儿分了兵了，这舒尔哈奇真是好样的！屡立战功，他出去这一划拉不要紧，没超过俩月，胜利返程，见着努尔哈赤："哥，我说这俩月没白走啊！大城寨、小城寨，收复了十八座！人、东西，我命人源源不断送到咱家建州去了！另外，我又带回来五百兵马。"

"我的好兄弟，哥哥太感谢你了！"

这五百兵马编入本队，两股势力合在一起，继续在这儿围困图伦城。他们四月十五日到的城下，困了四个月，这第四个月，图伦城就出问题了！一开始有家底，后来这点儿东西吃没了，援兵迟迟不到，粮食没了，水没了，又坚持了将近一个月。这回漫说是人，图伦城的耗子都搬家了！老百姓饿死无数，叫苦连天。漫说老百姓，就这尼堪外兰府里头粮食也为数不多了！管粮官向他禀报："都督，大事不好！粮食几乎用尽了！"

"还能维持几天？"

"喝粥能维持两天，要吃干饭仅能维持一顿。"

"想方设法再筹措点儿！"

"没了！能往嘴划拉的东西都划拉尽了！"

“没有用的大牲畜，给我杀！”

“该杀的牲畜都杀了，剩下的都是战马了。把战马要都杀了，那、那怎么打仗啊？”

“哎呀！我考虑考虑！”

在这紧急情况下，尼堪外兰是叫苦不迭呀！心说：李成梁啊李成梁！你离我这么近，你就不知道图伦城发生的事吗？你怎么不派援兵呢？难道你也是遇上麻烦了，但你手下好几千军队呢，对付一个努尔哈赤就这么费劲吗？如果你救兵来了，我再开门，助你一臂之力，让他腹背受敌，一战可定也！你怎么就不来呢？这、这……

“报都督，方才我们查看了，努尔哈赤撤了兵了！”

“啊？真的？”

“真的！”

尼堪外兰不信，登上城楼眺望对面，一看，果然一座帐篷都没了。哎呀！手下一员战将长出一口气：“都督，甭问，肯定努尔哈赤遇上麻烦了！保不齐明朝的军队开来了，他怕抄了他的后路，故此他撤了兵。”

有人也说：“咱这儿粮食没了，恐怕他那粮食也不多，比咱也强不到哪儿去！他支持不住，因此他退了。”

“不！努尔哈赤十分奸狡，你们的头脑太简单。我明白，他这是一计！让我们放松警惕，咱们城中无粮断水，肯定得出去打粮找水。城门不开还则罢了，等我们一露面，他必定杀咱个回马枪，切不可上当受骗！”

有个谋士就说：“都督，尽管如此，咱也不能再守下去了！再守，是死路一条了！”

第二十三回

破图伦英雄追击
惊弓鸟尼堪求援

尼堪老家伙十分奸狡，一看城外无兵，便料定努尔哈赤有埋伏，我不能上这个当！但他又一琢磨：不上当也不好使！现在城里连一点儿粮食都没有了，饿死了那么多人，明知是当，也得上！因此他下达了命令：“今夜晚间三更天突围出城！这图伦城咱们不要了！”

大家一听，只好如此了！就是到外头，一刀叫人家给砍了，也比饿死强！他们把仅存的战马，杀掉充饥，哪怕吃两口，也有逃跑的劲啊！出城就做好准备了。

单说盼到三更天，把城门开放，放下吊桥，图伦城里的人不管是军，还是民，可篓子往外灌！但是有的跑着跑着，趴地上就死去了。饿的！有的根本就跑不动，慢慢往前挪。身强力壮在前边，老弱病残在后头，连哭带喊，也分不出哪是兵，哪是百姓来。

尼堪外兰还真就猜对了！努尔哈赤在道路两旁安排了伏兵，就等着鱼上钩。果然他们上当了！努尔哈赤一声令下，没费吹灰之力，把跑出的这些人抓了俘虏，一个也没跑！而后会师，杀进图伦城。结果到了贝勒府一看，空空如也！什么都没剩下！院里全是一堆堆的灰，有的东西还没烧完，这说明尼堪他们在撤退之前，把所有重要的东西都事先毁掉。抓了那么多的俘虏，仔细找，没找着尼堪，甚至连尼堪外兰的家属也没找着！在死尸里头翻翻，也没找着，努尔哈赤就明白了：尼堪外兰这小子跑了！

尼堪外兰怎么跑的？他让旁人开城门往南跑，他领着他的家眷从北门跑，来了个偷梁换柱！他化装成普通的士兵家属，在混乱之中，逃到甲板城，跑了！把努尔哈赤给气得！夺一座空城有什么用？他命令把俘虏送到建州城，并嘱咐要优待俘虏，不准虐待。他命令下达之后，下一步怎么办？听说是尼堪外兰这小子往甲板城去了，他马上挥师兜着屁股，就到了甲板城。

尼堪外兰领着家眷逃到甲板城，没到两天的时间，努尔哈赤就到了。现在他犯开病了，睡觉都一惊一乍的，一听“努尔哈赤”这四个字，脑子都疼！甲板是个小地方，远不如图伦城，那图伦城都守不住，何况是这儿？连仗他也没敢打，跑吧！努尔哈赤刚到，他就弃城而逃。努尔哈赤是紧追不舍！

尼堪外兰跑到哪儿，努尔哈赤追到哪儿，连夺了七座城镇，也没抓住他。最后这尼堪外兰一看，自己所属的地盘一点儿都没剩，无处可逃了，怎么办？就剩一条归路了，上抚顺城，投靠明朝的总兵李成梁，恳请他给搭搭援手。他带着家眷就跑到抚顺城去了。到了抚顺城之后，很顺利地见着李成梁，他俩私人的关系不错，相处这么多年了，这尼堪哭拜于地：“总兵大人！大帅！帮帮忙吧！我不能活了！”

李成梁早知道这些事，他看了看，有点儿瞧不起尼堪外兰，碍于情面，赶紧起身离座，用双手相搀：“老伙计，起来起来！哎呀！你这是何苦？兵家胜败此乃常事，你何必又哭又叫的？”

“大人，我可不是那个处境！我输净手了我！我所管的地盘，都归了努尔哈赤了，没有容身之地！恳请总兵大人助我一臂之力！”

“起来起来！有话好说，有事好商量。来！详细说说，都怎么打的？努尔哈赤现在是什么形势？”

尼堪外兰是过来的人，自然说得非常真切，把情况如实地做了介绍。李成梁眼珠转动着，手拈着须髯，认真听着。

“明白了！明白了！听你这一介绍，这努尔哈赤好像一只猛虎！”

“对！比猛虎还厉害，是雄狮！”

“你口口声声叫我助你一臂之力，你打算叫我怎么给你帮忙？”

“大人，您现在坐镇抚顺城，要兵有兵，要将有将，背后还有朝廷。您跟我截然不同！总兵大人，我不求旁的，我管您借兵两千，我要杀个回马枪！我把我的城池都收复了，我要跟努尔哈赤决一死战！”

“噢，是这么回事。嘿嘿，老伙计呀，你说话呢，不费劲，上嘴唇一碰下嘴唇，想说什么说什么。是，我手下有兵有将，我能随便往外借吗？我有指挥权，我没有借兵的权，动用大兵，我得请示朝廷。你怎么明白人说糊涂话？我敢那么做吗？一旦我做出来，言官在皇上面前奏上一本，皇上震怒，我全家人一个都活不了！你说是这个理不？”

“那、那你说怎么办？”

“哎呀，我估计着努尔哈赤再凶猛，再厉害，他也不敢来我的抚顺城。我借他的胆子，他也不敢反叛朝廷！你呀，安心在这儿住下，有我在这儿，确保你的人身安全。我再摸摸底，最后请示请示，看朝廷什么意思，再做决定，好吗？”

“也只好如此！我现在一切全托付给大人了！”

尼堪外兰这小子真狡猾！在抚顺城，他早就安排好住宅了，这住宅里边什么都有，所以他哭诉完之后，就回到他家里去休息了。临行之时，李成梁告诉他："老伙计，咱们说清楚，到了我的抚顺城，你规规矩矩，老老实实，在家里一待，哪儿也不准去，不准跟任何人接触。你要背着我，搞小动作，一旦因小失大，招来灾祸，我可不负责任！听没听见？"

"我明白！我明白！"

这尼堪外兰还真听话，一进到自己家里，紧闭大门，哪儿都不敢去。

李成梁这家伙也十分奸狡，在辽东总兵这任上干了多少年，号称常青树。就因为他左右逢源，朝廷那面打点得也挺好，对外边的事办得也挺不错。尼堪外兰回去之后，他仔细地想一想：努尔哈赤，这小子真不白给呀！当年怎没把他斩草除根呢？如果留着此人，迟早有一天得酿成大祸呀！可又没有办法。转过天来有人向他禀报："坏了！努尔哈赤率领雄兵，已经到了抚顺城！兵临城下，将至壕边，放出声来，请大人把尼堪外兰给献出去。献出去还则罢了，要不献出去，好像那意思就要动武！"

"是吗？他想干什么？威胁本官不成？"

李成梁登上城楼往外一看，可不是吗？建州卫的军兵，个个是摩拳擦掌，骑兵在前，步兵在后，就堵着城门。鼻子眼睛嘴，都看得清清的！李成梁没说话，从城上下来了，吩咐军兵把守，做好战斗准备。回到府里，他把那些师爷、参赞全请来，商量对策。有一位姓赵的参赞，头脑比较清楚，对情况也比较了解。他说："大人，您呢，不必惊慌。您昨天说那话千真万确！努尔哈赤现在羽毛尚未丰满，您看他打尼堪外兰行，打张三李四行，他绝不敢背叛朝廷！更不敢攻打抚顺城。他那不自己找倒霉吗？人家放出风来了，要的就是尼堪外兰，把人献出去，他就能退兵。大人，您看这尼堪外兰，咱留他有什么用？如果说过去他还有利用的价值，现在是分文不值了！留着他，引来兵灾战祸，得不偿失啊！以卑职的意思，干脆把他……"

"住口！不要说了！尼堪外兰是没有利用的价值了，把他交出去也不费劲。无奈我是朝廷任命的一品大员，这样做，我脸面无光！我等于输了头一步棋，败在努尔哈赤的脚下，我能那么做吗？"

"大人，您要不这么做，您打算怎么办？"

"这样吧！派个人去见见努尔哈赤，问问他，究竟想干什么，然后再议。但是前提他必须先退兵。堵着我的家门口，在这儿示威，我绝不答应！传达我的命令，让他兵退十里，而后再跟他谈话。"

还真别说，这李成梁说话还真就好使！派人一联系，努尔哈赤真给他面子，大兵真就退出十里。李成梁听到这个消息之后，长出了一口气："算他小子明白！你们哪位能代表我去见见努尔哈赤？”

无人答言，后来李成梁没办法了，用手一指：“孔先生，你就代表我走一趟吧！”

姓孔的先生点头答应，接令在手，带了四名随从。李成梁告诉他：“你见着努尔哈赤，也不用表态，你就问他想干什么？一条一条的你记住，回来禀报我就得了。”

“是！”

孔先生带着人，出城来见努尔哈赤。这努尔哈赤是真给面子！大开辕门，亲自迎接孔先生。孔先生一看努尔哈赤亲自迎出来了，心里挺高兴，心说：看来他没有反叛朝廷的心。

两方面携手揽腕，又说又笑，走进中军宝帐，分宾主落座。努尔哈赤吩咐一声：“献茶！”

而后孔先生直截了当就问：“大贝勒，您此次带兵来到抚顺城，所为何故？”

为什么叫大贝勒？这个贝勒是满语，翻译成汉语，就是当家的领头人，就是主人的意思，因此他这样称呼。

“先生，您这不是明知故问？您说我干什么来的？我来捉拿尼堪外兰呐！想当初，尼堪外兰领兵攻打建州城、古埒城，杀我的祖父和我的父亲，前些时又荡平童家寨，杀死我的老岳父和我的妻子，新仇旧恨，我是耿耿于怀啊！我发誓非把此贼抓住，给死者报仇雪恨！我就为这个而来。我听说他跑到抚顺城去了，因此我恳请李总兵，能深明大义，把这个贼交给我，我马上就可以撤兵。”

“噢，还有其他条件吗？”

“有！”

“请讲。”

“我祖父死了，我父亲死了，好几年过去了，尸骨我都没见着啊！我听人传言，他们的尸骨也在抚顺城，究竟埋在什么地方，什么人收管着，我不得而知。这件事情我要弄清楚。一旦我祖父、我父亲的尸骨能找到，我要把他们请回去，入土为安。”

“说得也尽情尽理，还有别的要求吗？”

“没有了，就这两条。”

“好吧！我一定把贝勒的意思转告给总兵大人，至于总兵大人什么态度，我现在无可奉告，告辞了！”

“慢！来人！把礼物呈上。”

什么礼物？拿红布包着的两棵上好的山参。

“老先生，我来得也匆忙，事先无所准备，这点儿薄礼，敬请笑纳。”

“给我的？”

“正是！”

“无功受禄，寝食不安呀！这怎么好意思？”

“老先生，往后咱们相处的日子长着呢！您拿回去，我就请老先生在总兵大人面前，替我多说好话。”

“一定一定，你放心吧！”

老孔先生回到抚顺城，见着李成梁，把这意思说了。拿着人家东西了，自然就偏袒着努尔哈赤，尽量说好话呀！

“我说大人，人家就提俩条件，旗帜鲜明。还像我们分析的那样，留下这尼堪外兰有什么用？干脆就给他得了呗！另外一个，人家要他祖父和父亲的尸骨也不为过呀，您说是不是呢？”

“你不必多说，我自有对策！”

李成梁一晚上没睡觉，想出招来了。第二天，又派这孔先生去找努尔哈赤，告诉努尔哈赤：“你呀，不必在这听信儿，你从建州来，还回你的建州。你耐心等待，这些事我必须请示朝廷，给你个满意的答复。”

孔先生又把李成梁的话，转告给努尔哈赤，努尔哈赤点头：“老先生，这些事我拜托了！我是个实心眼的人，我相信李成梁大人不会骗我。明天我就收兵。”

这努尔哈赤怎么说的，还真就怎么做的！第二天收兵撤队，回了建州。往回返的路上，舒尔哈奇不理解了，哥俩儿马靠着马，一边往前走，一边谈心，舒尔哈奇就说：“哥，就这么草率收了兵了？咱的仇人就在城里，就把他放过了？不用问，这是李成梁使了个拖的计策，故意地给您吃颗定心丸，肯定没有下文！”

“兄弟，你毛还嫩。我们跟明朝的官兵绝不能翻脸，特别是这李成梁，咱得罪不起！凭我们的实力，能是人家的对手吗？人家城高水深，还有火炮，我们啥都没有啊！就这点儿弟兄，不够给人家垫马蹄子的！因此跟朝廷那方面能不翻脸就不要翻脸，这是一；另外呢，看李成梁说话算数不算数，万一他说的是真的呢，他拖也得有个期限，是不是？迟早得给咱们满意的答复。咱们不如趁此机会回到建州，整顿一下。另外咱兵源不足，要加紧练兵，这千斤重担全在你身上！要扩充人马，你懂吗？”

“我明白了！就觉得这样太软弱了一些。”

努尔哈赤再回到建州，跟出兵之前截然不同，因为尼堪外兰的地盘都被他占领，财产都归他所有，特别是人！这大小十几座城寨，又掳来两万多人口，这人要是多了，就是无穷的财富！现在建州跟原来是大不相同了。努尔哈赤心说：我等得起，我还年轻，我就在这儿耗着！回到建州之后，他每天是抓紧练兵。今非昔比了！他原来军兵就几百人，现在是多达数千人马！

第二十四回

斩仇人建州雪耻
游北京太祖面圣

努尔哈赤会师建州城，抓紧练兵，准备再发动大的攻势。在此期间，他的三亲六故，爱新觉罗的长辈们，从各地都归到建州城。这个爱新觉罗的家族越来越大。

李成梁是个老狐狸，心说：我犯不上得罪努尔哈赤，什么事我都请示朝廷。这就叫办事不由东，累死也无功！我呀，什么责任我也不担！他马上如实地给皇上打了报告，上了一道本章。

当时的皇帝正是明朝的万历皇帝，他在位的时间还挺长，四十五年，享尽了人间的荣华富贵，是腐朽不堪的一个家伙！明朝的统治，到了他的时候已外强中干了，从表面上看，这帝国多庞大，多富有，实质上叫贪官污吏都给盗空了！这皇帝他也想好了：我在位一天，我就享一天福，管他怎么地！我身后的事情爱如何就如何！敢情他就是混饭吃这么个货。可是呢，他有个宗旨，最好别打仗，听到打仗，脑袋都疼！越安定越好，要不怎么叫国泰民安呢?

正在这个节骨眼上，接到李成梁加紧的奏报，这本章上来之后，神宗一看，建州卫冒出来个努尔哈赤。再往后看，努尔哈赤他爹叫塔克世，爷爷叫觉昌安，是原来明朝建州卫的都督。这努尔哈赤折腾得不善，堵着抚顺城，要拿这尼堪外兰。尼堪外兰何许人也？往后看弄明白了，是努尔哈赤的世仇。这皇上拿不定主意，叫大学士群臣内阁去议，可这些人呢，议论纷纷，莫衷一是，有的就说：“不能答应他！哪儿冒出来个努尔哈赤？他算什么东西！偏远塞外，都是一些野蛮之人，简直是无理取闹！应当派兵征剿，把他的同族全杀光就完事！”

有的主张：“不是那意思！皇上不愿意打仗，以和为贵，最好满足他的要求。把那个叫尼堪外兰的给了他，如果尸骨能找着，那有什么用啊？也给他，他不就撤了兵了？双方相安无事。”

总而言之，怎么说的都有。最后报到神宗这儿，这皇上看了一看，思考多时，拍了板，当众宣谕：“努尔哈赤出兵不是没有道理，替祖父和他爹报仇，也理所当然，把尼堪外兰交给努尔哈赤，这是一；另外，偏邦塞外最好相安无事，努尔哈赤最好也别闹事，他爷爷跟他爹都是明朝的都督，他是儿子理应当继任，加封努尔哈赤建州卫都督之职，颁发银印；另外再给他一些赏赐，马十四、锦缎十五匹，宫廷用不了的锅碗瓢盆，给拉去两车。他爷爷跟他爹那尸骨，能找着，最好完璧归赵，就给了他。叫他退了兵，不就得了吗？但是有个前提，他必须服从大明朝的管辖，必须对朝廷赤胆忠心才是。”

皇上旨意下来，命人加急送到抚顺城。李成梁摆上香案，接旨之后，展开一瞅，皇上够大方的！哈哈！这回我也有个交代了！马上派人赶奔建州城，通知努尔哈赤，这时间已过了将近半年之久。

现在努尔哈赤手下的兵，超过五千多人，日夜操练，一色都是精兵。正在这时候，天使官到了，努尔哈赤一听，怎么天使官是从北京来的？要见我？真有点儿受宠若惊啊！吩咐一声，修整街道，列队迎接，又吹又打，把天使官接进大厅。天使官宣读了旨意，努尔哈赤、舒尔哈奇弟兄在下头跪着听着。听完之后这心“扑通”放下了，真是心满意足！太监宣完旨之后，颁发了银印和诏书，努尔哈赤跪到那儿，把双手高高举起接过来，恭恭敬敬磕了响头，供奉在香案之上，然后是盛情款待天使官。吃完了之后，又给天使官递了红包，净好东西！人参、鹿茸、貂皮、黄金，天使官也非常满意，起身回京禀报。

天使官走了没出三天，努尔哈赤就带着舒尔哈奇备下重礼，带五十个人赶奔抚顺城，去拜会李成梁。李成梁一看，都督来了，亲自出城迎接，携手揽腕。

“恭喜恭喜呀！努尔哈赤啊，你做了建州卫的都督，朝廷的二品大员啊！哈哈！今后你我就同殿称臣了！”

“是是是！多亏总兵大人提携，要不是您从中周旋，我哪儿有今日？努尔哈赤特来报恩！”

“言重了！里边请！”

吹吹打打，把努尔哈赤接进官厅，也是盛情款待。努尔哈赤把礼单往上一递，李成梁就喜欢这个！一看这礼单，开列得非常清楚，净是宝贝！他一笑也就收下了。努尔哈赤在席前就提：“大人，既然皇上恩准了，给我也封了官了，条件也都答应了，什么时候能兑现？”

“你说，听你的！”

“我现在最惦记的，是把我祖父、我爹的尸骨找到，我要仇人尼堪外兰！”

“现成的！尼堪我已经派人监视起来了，你什么时候要，什么时候给你。我再向你通报一声，你祖父你父亲的尸骨找着了，有一个人一直保管着，我已经重赏了此人，买了上好的棺木，把尸骨都装到里边了。你走的时候，可以全部都带走。”

“多谢大人！”

单说这天，两个大黑茬儿棺材，漆得锃光瓦亮，头一口棺材装的是觉昌安，第二口棺材装的是塔克世。努尔哈赤又把收藏尸骨那人找来，再三感谢予以重赏，便要起灵柩回建州。同时，李成梁下令：把尼堪外兰全家人锁拿归案，交给努尔哈赤。

这阵儿的尼堪外兰，魂都没了！脸色豆绿，缩了能有半截，捆得像麻花一样，被架到囚车之上。努尔哈赤辞别李成梁，带人回归建州。到建州，头一件事设摆灵堂，把棺木停好了，准备好五供，把萨满也都请来诵经。而后发下通知，建州卫不管男女老少，一律戴孝，全都涌到都督府前来吊唁，场面相当隆重。在吊唁的过程中，努尔哈赤一声令下，把尼堪外兰及其家属带上来了。努尔哈赤亲手把尼堪外兰的人头砍下，舒尔哈奇把家属全宰了，一个也不剩，这真叫大快人心！而后超度了七七四十九天，把灵柩入土为安，这件事情画上了圆满的句号。

努尔哈赤没事跟他兄弟舒尔哈奇、雅尔哈奇，哥儿仨就商量，努尔哈赤就问：“二位贤弟，你们知道咱下一步应该怎么办呢？”

“哥，听您的！您说！”

“现在我是朝廷的二品都督，我掌握着一颗银印。咱们现在封了官了，我要扩大疆界，想打谁打谁，这可是千载难逢的好机会！另外，对朝廷咱要显示出毕恭毕敬，言听计从。让他看着，咱们呢就是顺民，一点儿反叛的心也没有。等咱们攒足了实力，再跟它干！将来的天下就是咱们弟兄的！”

“哈哈！哥，你真了不起！我们听你的！”

接下来努尔哈赤搜集了最好最好的宝贝，最好最好的人参等。他提出来了，要亲自赶奔北京前去进贡，但是这个事得需经过李成梁。李成梁不敢耽搁，把这事转告给皇上，明神宗万历皇上一听，马上诏准，要召见努尔哈赤。这往返又好几个月。等到转过年来的夏天，旨意下来了，努尔哈赤带着舒尔哈奇，起身赶奔抚顺城，李成梁跟喜面佛一样，因为李成梁也受封了，皇上奖励他办理得力，赐爵宁远伯。现在他不仅是总兵，还带着爵位了，公侯伯子男，现在他是伯了！哎，李成梁也高兴，盛情款待努尔哈赤和舒尔哈奇，告诉他们：“皇上同意了，我陪你们哥俩儿进京！”

住了两天，第二天起身，赶奔北京。进了山海关，一路上是饥餐渴饮，晓行夜住，他们带的人不多，车可不少，上面装载的都是好东西，给皇上进贡来的嘛！

单说这天来到北京，努尔哈赤和舒尔哈奇长这么大，头回进北京，放眼这么一看，嘿！这一座城市得有多大呀！无边无沿，城墙高耸。再看看那敌楼，宏伟壮观，街道宽阔，两旁边全是店面和商号。人来人往，红男绿女，车水马龙，熙熙攘攘，哥俩儿全有点儿傻了！这就是大明朝的帝都，咱们建州卫和北京，那没法比！一个在天上，一个在十八层地狱啊！哥俩儿可开了眼了。头天晚上他们住在金亭馆驿，他们哪享过这福？金亭驿馆是招待贵宾的地方，各国的使节来了，都在此下榻。一看那屋子，简直是金碧辉煌！晚上洗了热水澡，有官员负责请客。上顿宴席，下顿宴席，吃得是满嘴流油！一住就住了好几天，在这候信儿。这一天接着旨意了，明日皇上要亲自召见。就在掌灯前后，来了几个太监，教努尔哈赤哥俩儿演礼，见皇上就随便见啊？你得会行礼，这行礼不学还不行！怎么跪，怎么拜，怎么往前走，怎么往后退，得有人教。司礼监的几个太监，手把手教，努尔哈赤哥俩儿演习一遍又一遍，都到后半夜了，这才合格。太监也累得筋疲力尽，走了，这哥俩儿躺床上就着了。

刚睡了一觉，李成梁来了，把他们唤醒，吃罢早饭，更换朝服，李成梁就说："这次见驾至关重要啊！皇上一高兴，不定加封你们什么官职呢！我上上下下全都打点好了，你们千万千万要留神注意！"

"明白！"

来到八宝金殿的院里头，哥俩儿偷眼睛一看，妈呀！这是皇帝居住的地方！飞檐斗拱，雕梁画栋，那院墙怎么那么高那么厚？这院怎么那么大？这哪儿是人待的地方？这是神待的地方！太伟大了！过去听传闻，今天身临其境啊！这人要活到这份儿上，也不枉活一生啊！

他们沿着台阶往上走，来到太和宝殿外边列队，低着头听候皇上诏宣。偷眼一看，出来几个太监，手里拿着长长的鞭子，冲那台阶"啪啪啪"，这叫敬鞭三响，钟鼓齐鸣，两廊下奏起丹陛大乐，乐声庄重而悠扬，两个人是热血沸腾，身上有点儿发颤，紧张。再看文武百官，穿红的挂绿的，那文官纱帽翅乱颤，武将盔缨乱抖，每人怀中抱着象牙笏板，列队分班，进大殿朝贺天子，那声音跟唱都差不多少！行大礼之后，分左右站立，文东武西。一会儿出来个太监："宣李成梁进殿！"

李成梁先进了殿，转眼工夫，他退出来了，又有太监宣旨："宣努尔哈赤、舒尔哈奇进殿！"

李成梁捅了他哥俩儿一下："小心，皇上要召见你们！"

"是是是！"

两个人弯着腰，回忆那太监怎么教给的礼节，不敢随便看，得低着头哈着腰，迈挺高的门槛，进了大殿。就觉得周围有点冰冷冰冷的，心里头紧张，低着头光看那些当大臣的靴子尖，不敢瞅人家的长相。前头有挺大一个拜垫，两个人跪倒在拜垫之上，行了三拜九叩朝王大礼，磕二十四个头。这轮折腾，身体不好就得趴下！他俩磕完头之后，在那儿一跪，低头一句话也不敢说，甚至大气也不敢出。听了听上边没动静，这皇上也没哼也没哈，他俩不敢看，待了好半天听太监宣旨："努尔哈赤、舒尔哈奇退了出去！"

完事了！嘿！什么也没看见，什么话也没说呢！两个人躬着身退出去。到外头，哥俩儿都后悔，这明神宗长什么样？没看着，等于白玩了！李成梁在这儿等着呢，赶紧接他二人，赶奔金亭馆驿，俩人坐定之后，这才问："李大人，这皇上见我们，一句话也没说。"

"皇上是金口玉言，能轻易讲话吗？反正他看你们看得清清楚楚。"

"那我们没看着他呀！"

"这就对了！你要胆敢抬头往上看一眼，小心把你眼珠子都抠出来！"

"啊？那么严厉的规矩！"

"那当然！那是当今天子，随便看的吗？你们就等好信儿吧！"

转过来第二天，还没等吃早饭呢，天使官又到了，当时宣读旨意，表彰了努尔哈赤、舒尔哈奇这哥俩儿忠心，皇上大喜，特赏黄金五百两，好马一百匹，又另从御马厩选出两匹好马各赐每人一匹；并赏努尔哈赤龙袍一领，赏舒尔哈奇御带一条。这皇上真够大方的！另外告诉他们，挽留三天由理藩院的大臣陪着看看京都的盛景。这脸给大了！

两个人磕头谢恩。太监走了之后，李成梁乐了："二位！你们这个脸从地上露到天上去了！皇上格外开恩，给了你们多大的面子！往后对朝廷，你们可要赤胆忠心！"

"大人您放心，我们早就想好了！我们把心掏给大明朝，我们就是死了，也不冤！我们一定做忠臣孝子！"

"哎！这就对了，这就对了！"

第二天，理藩院的大臣陪着哥俩儿，干吗？他们要游览皇城！

第二十五回

返建州太祖迁都
急扩张各部归降

这位万历皇帝为什么给努尔哈赤这么大的面子？当然有他的用心，他想笼络努尔哈赤，让努尔哈赤对他忠心耿耿，以确保东北边塞的安定。

单说努尔哈赤、舒尔哈奇这哥俩儿，高兴得不得了，在北京城逛了三天，什么名胜古迹，都去过了。虽然往来匆匆，总算开阔了视野，特别是到瀛台，他们还玩了半天。一瞅这瀛台太漂亮了！天上人间，人间天上，坐着莲花船看着两岸的景色，再瞅瞅皇宫内，碧瓦红墙，看得是眼花缭乱！

三天的时光一晃即过，得回去了，他们谢主隆恩，当然，也没见着万历皇帝。由李成梁陪着他俩儿，离开了北京，回到抚顺城。李成梁又特意挽留这哥俩儿在抚顺城住了两天，盛排筵宴款待，给他们饯行。而后哥俩儿起身回建州。在回去的路上，好家伙！这个威风，这个招摇劲儿，就甭提了！前方打着日月龙凤旗，后面是两匹御马，金鞍玉佩，哥俩儿并排而行。后头军兵们赶着车，拉着皇上的赏赐，努尔哈赤传话："别走近道，兜大圈子走，不怕走远路！"

干什么呢？招摇。想叫建州的人家喻户晓，知道知道我努尔哈赤也有今天。这就起到了宣传的作用。这一招果然高明，沿途上那些部族，大小城寨都知道这个事了。

"兄弟，努尔哈赤啊，塔克世的儿子，觉昌安的孙子露了大脸！皇上加封他建州卫的都督，还是龙虎大将军，给了银印，又赐御马，又赐龙袍，人家这脸从地上露到天顶上去了！如果谁要跟了努尔哈赤，谁就能享福啊，不愁吃喝！"

"是是是！说得太对了！"

从这天开始，投靠努尔哈赤的人是络绎不绝，大城寨、小城寨、半大城寨，携男带女，全搬到建州来住，越聚人越多。这就应了那句话了：冷局难成，热局难散。人往高处走，谁不攀高枝儿？所以努尔哈赤的势力从这天开始，是步步登高，迅猛发展。没事的时候，他跟兄弟舒尔哈奇、雅尔哈奇就谈心里的话，这舒尔哈奇就说："哥，您看，回来这么多日子了，我闭上眼睛就想北京的事。好极了！大明朝的皇帝这福享得也太大太大了！要住在北京，那有多大福分？太叫人羡慕了！"

努尔哈赤拍拍兄弟的肩膀："二弟呀，你哥哥我也是这么想的。不过咱俩有不同之处。"

"啊？哪儿不同？"

"迟早有一天，你会看到咱们一统天下，入主中原，那万历皇帝的宝座，咱哥们儿也坐它几天！哈哈！"

"哥，您真是这么想的？"

"我早有此心，二弟不要自卑，我听老人常说这么句话：天下乃人人之天下，并非一人一姓之天下，对不对？这个人得往高处走，得看得远，站得高才行。人得有雄心壮志，他万历皇帝能坐，咱们为什么不能？咱们比他差点儿啥？差的只是实力，我们实力还不够。如果你我弟兄联起手来，下定决心，扩充人马和地盘，我相信迟早有一天能打进北京，那皇城就属于咱家的了！咱哥们儿轮流做皇帝，享受享受那种快意！哈哈！"

"哥，您真了不起！我连想都不敢想！既然哥哥有这心，咱就朝这目标前进吧！"

"这是自然！二弟呀，这些日子我也没睡好觉，除了回忆北京的经过之外，我做了个通盘的考虑，我说说你听听。"

"哥，您说！"

"这件事只限于咱们弟兄知道，不准张扬。"

"那还用说，绝对保密呀！"

"贤弟，我发现咱们建州城不适合咱居住。"

"噢？这建州城不适合咱居住？"

"不适合。你想，咱们爱新觉罗家族的人越来越多，老前辈也回来不少，三亲六故也来了不少，他们那些礼仪、说法，我都不爱听，这是一；另外你看见了，明朝皇帝那宫殿多雄伟，多壮观！就往那儿一坐，别人心里敢不服吗？咱也要效仿它，咱们建一座新城，要比现在的建州城大得多！另外，咱不敢叫宫殿，咱们修都督府还不行吗？从此打下基础，规模叫它大一些，叫旁人一看就肃然起敬。另外，咱把都督府建好了，咱这军队还得重新改编。你看，人是越来越多，没有军队，什么问题也解决不了，因此要重新编整。还有许许多多的事情亟待解决，兄弟，多动点儿脑筋，少睡点儿觉，助哥哥一臂之力！"

"哥，您说得太对了！我脑子不如您好使，您就下命令吧！您叫我怎么干，我就怎么干。"

“好！还有咱三弟雅尔哈奇，毕竟年轻，你看咱们谈这些事，他很少在场，一天净贪玩。这怎么能行？见着他的时候，好好规劝规劝。”

“我明白！”

这明朝的万历皇帝，用心良苦，本来挺好，把努尔哈赤哥俩儿召去了，让他们开开眼界，给予恩宠。结果还坏了！从另一方面来说，助长了努尔哈赤的野心，不价，他野心还没这么大。这努尔哈赤是怎么说的，就怎么干。搬城池，那不是一句话的事，他开始选址，每天带着一伙人，离开建州城，到四外去踩地势，找风水先生，左选右选，右选左选，还真找着一个地儿！那时候的东北，地广人稀，你想占哪儿，就占哪儿。离着原来的建州城不远，他选了一片好地方。这个地方叫非阿拉，三面环山，对面对水，有山有水，景色宜人。这人你不管搬到哪儿，你得靠着河边，没有水源你能活得了吗？这是至关重要的。而且这个地方建成之后，是易守难攻，能创造万年的基业！于是努尔哈赤跟他的臣子商量之后，就拍了板，决定在非阿拉建城。那是容易的事吗？但是他有权，人多。每次打仗不白打，抓了不少奴隶，给他们加重负担，可劲儿叫他们干活，什么累，叫他们干什么，鞭子抽、脚踹、棒子砸，那就不是人了！那会儿，还沾点儿奴隶社会的性质，所以被抓的俘虏那惨透了！干吧！搬砖、运土，把各地的工匠招募来了，日夜修建。也就是三年左右的时间，新城建成了，一切都达到目的。不过这个非阿拉城要跟北京城比，是天渊之别！规模远没有北京那么大，但是比原来的建州，那强得不是一点半点儿！特别是在非阿拉城的中心，修建了都督府。这个都督府可不小，什么前厅、后厅、议事厅，后面的住宅，大大小小能有上百间房子！

城池建好了之后，努尔哈赤一声令下，带着舒尔哈奇、雅尔哈奇和手下一班重臣，迁到非阿拉。原来的建州城称为旧城，那些亲属，三亲六故都住在旧城，另外在旧城修了一座祠堂，供奉祖先，特别是觉昌安和塔克世，有专人在那儿负责。在修城这段时间，不是光修城，努尔哈赤经常带着人扩大他的地盘，什么叫扩大？那就是侵略。周围大小城寨，他所到之处，望风而降，地盘越扩越大，他每次出去都不白出去，回来就能抓一两千人，得扩充人口，离开人，什么也玩不转！在这三年左右的时间，他的地盘扩大了十倍以上，这声势是一天高过一天，一天大似一天。

要说努尔哈赤这脑子真好使！晚上睡不着觉，琢磨，怎么能统一指挥调度灵活呢？通过大战小战数百战，这部队没有严格的纪律，没有很好的编制，是不行的，那是一盘散沙！经过他研究，他决定分四旗，什么黄旗、白旗、蓝旗、红旗，满洲八旗就从这儿奠定了基础。

以后人越来越多，四个旗不够用，又分成八旗，那就是镶黄旗、镶红旗、镶白旗、镶蓝旗。这旗的人数能有多少呢？根据当时的情况，努尔哈赤盘算一下，一个旗人数不能少于七千五百人，暂时就这样。那么下边的怎么办呢？分成三等，牛录额真、甲喇额真、固山额真，分成这么三等。牛录原来就管一百人，现在扩大了，一个牛录管着三百士兵，五个牛录为一甲喇，五个甲喇为一个固山，每个固山下边又管着两个梅勒，这就跟咱们现在的军、师、旅、团、营那编制差不多少，旗帜鲜明，分派有序。

努尔哈赤、舒尔哈奇非常满意，派心腹人掌管军权。努尔哈赤自领黄旗和白旗，这两旗他是旗主。舒尔哈奇管的是红旗，雅尔哈奇管的是蓝旗。在当时，作为旗主，旗下七千五百人，就归他说了算。旗主就是当家人，他旗下的人，就是他的奴才，他有绝对的生杀大权。打起仗来，按旗分派，如果需要的话，各旗统一作战。平时的时候，各旗是分驻各地，因此二弟舒尔哈奇、三弟雅尔哈奇这权力也在逐步地增大和集中。

军队编制完了，努尔哈赤亲自规定军规，每天加紧操练。军人就要准备打仗，不经过艰苦的训练怎么能行？与此同时，努尔哈赤还抓两件事。一件是马，他这满洲人，全讲究骑马，马是至关重要的作战工具，因此号召臣民养马，凡是能养好马的，给重赏，而且不惜金银收购马匹，这是一件事。另外一件事，铁匠炉离不开，军队越来越多，刀枪器械、甲胄，哪儿不需要铁啊？因此开矿，买矿石，炼铁炼钢，打造兵器。据说当时从新城非阿拉到老城建州，沿途之上全都是铁匠炉，那锤子声日夜不绝于耳，风箱呼呼地拉，火苗噌噌地蹿，不断打造刀枪器械，从这儿就看得出来，这日子是越过越火暴，越过越兴旺。

还有一件大事，个人的生活不能不解决！光打仗吃饭，没有个人的生活怎么能行呢？努尔哈赤在这几年当中，娶了俩媳妇儿，掌印的夫人佟佳氏，后来又娶了个媳妇儿富察氏，给他生儿育女，舒尔哈奇、雅尔哈奇也全都成了家，有了孩子。

单说这天，努尔哈赤正在都督府办公的时候，有人跑进来送信，说：“苏丸部的部主苏尔果求见，而且还带来好几千人，要投奔都督。”

努尔哈赤看了看地图，这苏丸部离着他再近不过！他再往外扩张，就得把苏丸部包括在里边。这里的贝勒苏尔果很知趣，没等打他，他主动来请降。努尔哈赤制定了两句话，叫作“顺者以德，逆者以武”，什么意思？凡是归顺我的人，肯定对你有好处，绝不会亏待你，以德对待。你要背叛我，不听我的就动用武力，就把你荡平，斩尽诛绝！这苏尔果不白给呀！他感到形势不妙，心说：我紧挨着建州，努尔哈赤再往外一扩张，就打到我的地盘了！从兵力，从各个方面，我没法跟建州比。我敢碰努尔哈赤吗？干脆我投降吧！我主动把我地盘奉献给他，他绝不会亏待我。他吃肉，我喝点儿汤。这叫识时务者为俊杰也，所以苏尔果主动来降。

努尔哈赤吩咐一声："开城门！"亲自迎接。他一看这人，长得其貌不扬，个儿并不怎么高大，饼子脸，小眼睛，多少有点儿黑胡须，但看得出来，这人很聪明。苏尔果一看努尔哈赤来接他，赶紧滚鞍下马，双膝跪倒在地，"都督在上，卑职苏尔果叩拜都督！"

努尔哈赤从马上也跳下来，用双手相搀："贝勒请起！欢迎欢迎啊！"

"都督，如果不嫌弃的话，我的苏丸部统归建州了！我愿意辅佐都督，鞍前马后，叫我干什么都行！"

"我太欢迎了！里边请里边请！"

第二十六回

识朋友太祖得军师
结亲家英雄收部落

苏丸部的部主，主动来投靠努尔哈赤，这说明努尔哈赤现在盛名远播,威风大震。苏尔果这一来，更大大助长了努尔哈赤的声势。努尔哈赤早就盘算好了，我对待苏尔果礼遇越高，我的影响力越大，投靠我的人越多。因此红毡铺地，两廊奏乐、张灯结彩，隆重接待。努尔哈赤亲自在都督府盛排筵宴，款待苏尔果。苏尔果双手把户口簿呈上，那上面开列得很清楚，管着多少部族，有多少军队，有多少马匹牛羊，有多少家底，毫无保留地都给了努尔哈赤，这不是肥猪拱门吗？努尔哈赤非常高兴地接受了，打这天开始，苏尔果就住在都督府，跟努尔哈赤私人的关系是至亲至近，有时候都超过了努尔哈赤的俩亲兄弟，两个人是无话不谈，俨然就成了努尔哈赤的军师。

光阴似箭，日月如梭啊！又有不少年过去了，努尔哈赤已经接近不惑之年。单说这天，努尔哈赤请苏尔果吃便饭，身旁一个人也没有。喝到高兴的时候，把话匣子打开了："苏尔果贤弟，咱俩相处这么多年了，可能我心里想什么，你都清清楚楚。咱哥俩儿再进一步地唠扯唠扯，好吗？"

"我的一切都是都督赏赐给我的，您要用我之时，您尽管说，随便吩咐！您说吧，怎么进一步？"

"贤弟呀，我的目标，第一步是要统一白山黑水。除了我的建州之外，这幅员辽阔的地带，我要统一女真各部！"

"都督，您不说我也看出来了。您真是用心良苦，咱们这不是正朝这方面使劲吗？"

"如果事情能成的话，我想进一步去入主中原！"

"啊？都督这想法太吓人了！您想推倒大明朝，取而代之？"

"正是！汉人有句话，叫有志者事竟成，我相信咱们迟早有一天会成功的！还得仰仗贤弟你助我一臂之力！"

"当然了！但想要占大明朝为时过早，我们的实力还远远不够。放下远的，咱说近的，我仔细考虑了一下，现在我们的强敌……”

“谁？”

“那有谁呀？叶赫部的穆扬谷。我不是长人家的威风，灭咱的锐气，都督，别看咱现在蒸蒸日上，兵强马壮，分跟谁比！你要跟叶赫部比起来，恐怕还差着一块。”

“正是！迟早我要吞并了叶赫部，除掉我心腹大患！”

“我说都督，你在没吞并叶赫部之前，最好把周围比较有实力的人，统统拉到你的身边来，壮大你的力量。这是最主要的。”

“贤弟，你说当务之急，咱下一步应该怎么办？”

“我替都督谋划好了！前些日子我就写信，我有个好朋友是栋鄂部的部主，叫何和礼，栋鄂部你不陌生吧？”

“当然不陌生，我听说这个何和礼也是兵强马壮。你给比较一下，跟我建州比，我们谁强谁弱？”

“都督，说句实话，你要跟栋鄂部比起来，不相上下。那栋鄂部的大贝勒何和礼也不是人下之人，精明强干，武功盖世。倘若您能把何和礼贝勒给拉过来，再跟叶赫比，就不在叶赫之下了！”

“是吗？这倒是个好主意。”

“都督，什么时候动武？什么时候兴兵？”

“不不不，何和礼这个人，你了解不？”

“我太了解了！他是什么样的人？除了武功之外，他有什么爱好，还有什么特长，我太了解了！过去我们两部就相处得不错，从来没动过武。我请他喝过酒，他也请我喝过酒。不过那阵他太年轻了，另外这个人吃顺不吃呛，你要越动武，他越跟你犟，你要对他恭敬，他就数倍报答你。”

“行了！有你这话，我心里有底了。贤弟，从明天开始你带着五百头牛，一百匹马，多带金银财宝和东珠，代表我去看望栋鄂部部主何和礼。你就对他说，我久慕何和礼部主的大名，想跟他交个朋友，我们两部最好要保持友谊，不要开战。”

“明白！”

苏尔果心里有数，知道努尔哈赤要动软招数，收买利用何和礼，因此第二天就奉命起身了。没俩月回来了，见着努尔哈赤说：“何和礼非常非常高兴，再三叫我把话捎回来，向都督致意，他求之不得！他还说，挑良辰择吉日，前来拜会都督！”

“是吗？好嘞！这样吧，咱给他拜个年，你再陪我去一趟。”

苏尔果一听，眼睛瞪得溜圆：“都督，您要去拜会何和礼？”

“正是！”

“哎呀！都督，你真是礼贤下士啊，你要一去呀，什么问题都好解决了！”

“我正是此意。”

要不说努尔哈赤这人聪明。他知道将来最难对付的是叶赫，因此尽量扩大友谊，广交朋友。他是这么说的，也是这么干的。年前，他带上苏尔果，又备下重礼，到珲春城去拜会何和礼。何和礼一听：“什么？还没等我到建州去呢，大都督又拜会我来了！”

简直是受宠若惊！一声令下，珲春城打扫卫生，张灯结彩，隆重接待。同时，何和礼带着百官，亲自接出去三十多里，在道边等着努尔哈赤。等双方一见面，苏尔果用手一指：“都督，那位就是栋鄂部的部主何和礼，亲自接您来了！”

“噢，是吗？”

努尔哈赤赶紧从马上跳下来，跟何和礼一见面，他才发现，何和礼的年岁跟他相差无几，岁数并不怎么大，身体十分强壮。俩人站到一块儿，这个头也差不了许多，但是显得比努尔哈赤还结实。何和礼腿一屈，就要磕头，被努尔哈赤把他搀住了：“贝勒，不可如此！不可如此！”

“都督，您这一来，我太高兴！太欢迎了！里边请里边请！”

吹吹打打，燃放爆竹，像迎接天神一样，努尔哈赤被接进珲春城。咱这么说，那种盛情没法说！又赶上快过年了，因此比过年还要热闹十倍！每一天都是盛宴款待，两个人也是一见如故。

过了年，努尔哈赤提出来，要请何和礼到建州城：“你到我那儿住些日子，你再看看我那儿怎么样，无论如何，您得赏我这脸。”

何和礼一看，努尔哈赤出于至诚，哪能驳他的面子。说：“好好！”

因此过了年，把家里事安排安排，何和礼带着亲兵卫队五十人，跟着努尔哈赤就赶奔建州城。这个建州城，就是新城非阿拉城。努尔哈赤事先把苏尔果叫过来，趴到耳边跟他说：“苏尔果贤弟，如此这般，就这么办。”

苏尔果一笑：“嘿！大都督，您真是用心良苦！”

“回去照办。我们随后就到！”

“明白！”

苏尔果领一部分人先回去了，努尔哈赤陪着何和礼缓缓而行。单说这一天，到了非阿拉城。那非阿拉城也是旌旗招展，红毡铺地，张灯结彩，欢迎何和礼。两个人并肩而行，一看城里城外全是老百姓，结队在这儿欢迎，何和礼感动得好悬没哭了！一看，人家非阿拉城比我那珲春城强得可不是一点儿半点儿！一看人家的精神面貌，比我们那儿也强一大截。他颇受感动。

等进了都督府，努尔哈赤把手下的贝勒、章京全找上来，挨个地给做了介绍，把舒尔哈奇、雅尔哈奇找来，也做了介绍，然后排宴款待。这何和礼一住就是三天。看不够！一看努尔哈赤这人怎么这么好，相见恨晚！一晃又住了几天，何和礼要走了，努尔哈赤再三挽留："不能走！再住几天，没跟你处够。"

何和礼一看，盛情难却，再住些日子吧！一晃就住到正月底。你想何和礼也是堂堂的部主，家有千口，主事一人，他老在外头串门子，算怎么回事？他惦记家里，这次提出来："我是非走不可。"

努尔哈赤说："好！我今天晚上给贤弟饯行，盛排筵宴！"

这天晚上，筵宴更隆重了。除了吃喝谈笑之外，又多了一项节目，增加了歌舞。建州最好的美女全选来了，来个集体舞，又唱又弹，何和礼高兴得忘乎所以，这酒就喝过了。美女陪伴着，歌舞升平，能不高兴吗？这酒就上了头了。正喝得迷迷糊糊的时候，眼前一亮，出现一个妙龄的少女，说她跟天仙一样，一点儿都不过分。这个妙龄少女来到何和礼近前，是百般劝酒，眉目传情。何和礼也喝多了，闻着这姑娘身上散发的麝香味，都陶醉了！他也不知道这姑娘究竟是何许人也。姑娘给他敬酒，他就喝，本来就喝得不少，这下更喝多了！就觉得有点儿天旋地转。就觉得两廊这音乐声不对，有人把他架起来，架他的人是苏尔果，但是没找着努尔哈赤，就知道这个妙龄的姑娘陪在他身旁。他被架着进了一间房子，他一头栽倒到床上，迷迷糊糊睁开眼睛一看，妙龄少女就坐在床边，端过一碗水来："贝勒，喝点儿水醒醒酒。"

"哎呀！姑娘，你是何人？"

"贝勒不必多问，我是奉命来服侍贝勒的。您喝多了，赶紧宽衣解带休息了吧！"

何和礼迷迷糊糊，一眨眼，衣服全脱掉了。再一眨眼，妙龄少女也脱了衣服，躺在他的身边。干柴烈火，多么大的英雄，到了此刻也不英雄了！何和礼一翻身，把妙龄少女搂抱在怀里，这酒劲儿多少清醒一些。他就问："姑娘，您究竟是什么人？"

"贝勒爷，您不必多问了，我是服侍您的人。换句话说，我就是您的小妾。"

"小妾？这、这没经我允许啊！姑娘，我可有福晋呢，我孩子都挺大了！你甘心情愿给我做妾不成？"

"正是，命运的安排，也只好如此了。我就怕贝勒爷早晚把我给忘了，千万不要忘了今天一夜之情啊！"

"怎么能呢？那样做，我就天诛地灭，死于乱刀之下！"

这姑娘还掉了几滴眼泪。俩人成了亲了。一夜过去，第二天，何和礼这酒全醒了，一看姑娘走了，他坐到炕上正纳闷呢，心说：这怎么回事？我做梦？不是做梦，这是真的！

有人敲门。

“进来。”

门一开，苏尔果从外头笑着进来了：“我说哥们儿，昨天晚间过得怎么样？”

“哎呀！苏尔果，你来得正好，莫非我做梦不成？”

“说说看！怎么做的梦？”

何和礼把经过这一说，苏尔果仰面大笑：“呵呵！贝勒，这是真的！这哪是梦啊？你已经做了好事了！你知那妙龄少女，她是什么人？”

“不知道，她始终没跟我说。”

“她就是建州卫大都督——努尔哈赤的女儿乌云格格。你把乌云格格给睡了，你知道吗？”

“哎呀！荒唐！荒唐！是我酒后失德。”

“你算失什么德呀？恭喜贝勒爷，贺喜贝勒爷，从今之后你就是都督的门婿了！哈哈，这不，亲上加亲！”

“惭愧惭愧！我见着人家我怎么说？”

“不怪你，有我呢！走吧！赶紧去见见都督去吧，都督等着你呢。”

何和礼羞愧满面，勉勉强强把衣服规整好了，苏尔果领着他，来到都督府的大厅。一看，努尔哈赤正在那儿坐着呢，何和礼双膝跪倒：“都督在上，参见都督！”

苏尔果在旁边给纠正：“哎！别这么称呼，应当叫岳父泰山在上。事都做了，你还羞于开口？你是门婿了！”

“噢！对！岳父大人在上，小婿叩拜岳父老泰山！”

努尔哈赤高高兴兴：“免礼免礼！”语气都变了。

何和礼磕完头站起来。

“请坐！”

“是是是！”何和礼在旁边一坐。

“何和礼，我怎么瞅你有点儿不高兴啊？”

“不是那么回事，是我觉得，我觉得有点儿荒唐。”

“哈哈！这么跟你说。我爱惜你是个英雄，因此我把小女许配给你做妾，难道不愿意？”

“呀！老泰山，我求之不得呀！我现在攀上高枝儿了！我只是觉得这个事做得太草率。”

“没什么草率。你有福晋，你有夫人和孩子，那是你的事。我把女儿给了你，那是我的事，你没有什么对不起我的地方。”

“岳父，要这么说，我自然求之不得！”

苏尔果打圆场：“来来来，摆宴摆宴！让他们翁婿好好喝几杯！”

在酒席宴前，努尔哈赤提出来了：“何和礼呀，你是回珲春呢？还是留在我这里？”

“老泰山，珲春我非得回去不可。我家大业大，那么多人都等着我回去。”

“那回去之后，你打算怎么办？”

“我听岳父的！您说怎么办？”

“从此之后，咱们两家就是一家人了，我的就是你的，你的就是我的。你是我的女婿，也是我半拉儿子是不是？”

“是！老人家说得对。你的就是我的，我的就是你的，我的那些都是你的。”

这句话一说出来，达到努尔哈赤的目的了，搭一个姑娘，换了个栋鄂部。这栋鄂部可是个大部落，人口数万，实力雄厚，没费一刀一枪，这买卖做得值！要不怎么说，努尔哈赤不白给？那脑子绝对管用！这是他跟苏尔果研究的一条计策。当然了，何和礼要实心实意归顺，努尔哈赤绝不亏待他，那是驸马爷了！进一步往下谈，何和礼说：“这样吧，我回去料理料理，您认为着珲春城能留着，我就留着，要不能留着，我率领大队人马前来归顺！”

第二十七回

图归顺何和礼返家乡
怒翻脸夫妻俩动刀枪

兵法云：将在谋不在勇，兵在精不在多。这话说得有一定的道理，它都是经验的总结。就拿努尔哈赤来说，此人头脑非常清楚，腹有良谋，是个难得的人才。说武，弓刀石马步剑样样精通，而且超群。讲文的，脑瓜好使，满肚子计谋，这就难能可贵。从古至今，马上皇帝，开国君主，都不那么简单！这努尔哈赤没费一兵一枪，就得了栋鄂部，找了个好门婿，还得了地盘，发了笔横财，不能说努尔哈赤没有脑子。

这何和礼住了几天，想着回家去看看，跟小妾乌云格格把这话说了，乌云格格挺会撒娇，泪流满面："夫君，你这一走，还能回来吗？"

"啥话说的！我都在老岳父面前发了誓了，能不回来？换句话说，舍了什么，我能舍得了你吗？"

"但愿夫君说话算数，我盼望你早日回来。"

"是是是！跟我想到一块儿去了！明天一早，我就要登程。"

第二天，栋鄂部的部主何和礼率领随从离开建州非阿拉城，赶奔珲春自己的家。在非阿拉他不想回家，到了路上，心就飞了！掐手指头一盘算，我从年前到这儿来，到了现在，两个月挂零了，我家有什么变化没有？出了什么问题没有？他实在是放心不下，日夜兼程。

到了珲春城他的老巢，进城一看，一切都安然无事，他这心才放下。来到贝勒府，手下人一看："哟！部主回来了！""贝勒爷回来了！"

大家过来见礼。

"免了免了！家里都挺好吗？"

"平安无事。"

"那就好！那就好啊！"

下了马，众人陪着他走进大厅。他坐了一会儿，洗把脸，换了衣服，又赶奔内宅。推门进来一看，屋里是空空如也，他福晋娥和浙臣，没在屋，他转身问手下的仆人："福晋还没回来吗？"

"回贝勒爷，一直没回来。"

"她想干什么？"

何和礼坐到床上，紧锁双眉，回忆起来年前发生的事。他吃喝不愁，地盘也不小，军队也不少，就是在家庭问题上，有点儿不顺心。他的福晋叫娥和浙臣，简称浙臣氏，是浙臣部部主阿古达的女儿。阿古达为了联络何和礼，姑娘给了他，成为正印夫人。但因为这个浙臣氏是练武的出身，女人有男人的脾气，动不动就翻脸，动不动就发脾气，所以这何和礼从心里往外，不喜欢他这夫人，两口子经常拌嘴。常常弄得不欢而散。何和礼忙于公事，借口就不进内宅。他夫人一看，你爱来不来！你一个月不进屋，我也不去看你！您说这关系能好得了吗？年前快过年了，家里得布置布置，得买些东西，夫妻二人又发生口角。这浙臣氏一怒之下，跺脚离开了珲春城，回娘家了，临走说了一句话："我呀，再也不想见到你！"

何和礼以为她说气话，心说：妇人之见！回娘家你就回娘家，住两天，你还得回来，反正我也不接你！可这回呀，一反常态，浙臣氏一走，连个消息都没有。在努尔哈赤没接他上建州的时候，那妇人就走了一个来月了。这回何和礼回来一看，还没回来，掐指一算，三个多月了，何和礼心说：不跟我过了？难道说咱俩分道扬镳了？那也好！你有志气，你别回来。我现在正发愁呢，我在外边又纳了个小妾，你一问我，我怎么解释？说实在的，何和礼从内心往外惧内，怕他的夫人，因为他的夫人武功了不得！不在男人之下，也不在他之下。她性情暴烈不说，还有强有力的靠山。浙臣部的部主叫阿古达，那地盘也不小，兵马也很多，真把夫人给得罪了，老岳父也不干！要找上门来，怎么办呢？所以想到这些事，他也头疼。何和礼在屋里想着：干脆趁热打铁，我收拾收拾东西带着我的人马，赶奔建州城，努尔哈赤我老岳父肯定高兴，我的小夫人肯定也高兴，这头干脆我就来个不见！谁让你不回来？这怪不得我！

所以第二天，何和礼到教军场点兵点将，这就准备搬家。手下人不明白怎么回事，就问："贝勒爷您、您这想上哪儿去？"

"带着你们走，赶奔建州城。我跟大都督努尔哈赤兵合一处，将打一家，我们成了亲戚了！带着你们走，咱找个好去处。"

"噢？不要这珲春了？"

"不要了，什么都不要了！人走家搬。赶紧带着你们的妻儿老小，带着你们的应用之物，明天咱们就起身！"

他是贝勒当家人，一声令下，肯定奏效！下边是闻风而动，这通忙活！

有的人不明白："为什么贝勒爷要搬家呀？"

“咳！办事不由东，累死也无功啊！主人叫干什么？咱就干什么，搬就搬吧！走到哪儿不是一样活着？”

何和礼一琢磨：带着这么多人累赘，得什么时候能收拾好？他下了个命令：“我先行一步，上建州等你们去，你们马上赶紧行动。”家里留下负责人，领着老百姓和军队，随后去赶他，他身旁只带了二十名亲兵，一部分细软，先起身回建州。何和礼恨不能一步飞到非阿拉，赶快见着心爱的乌云格格。他心里着急，告诉手下的人：“别走官道，抄小道，越快越好！”

他们就钻进大山去了。走出去刚一天，有人眼尖，往对面一看：“贝勒爷，慢着！赶紧站住！您看，前头有队伍！”

何和礼一想：大山里，哪来的队伍？想到这儿，把马赶紧带住，“吁”，揉揉眼睛，定睛观看，可不是，盘山道上有一队骑兵，风卷旗号，从对面而来。何和礼一想：这是哪个部落的？哪个部落跟哪个部落要干仗？不得不防范。一伸手，把大刀摘下来了，做好准备。但能回避，他就回避了，只因这道路也窄，没有回旋的余地，只好在这儿等着。

时间不大，对面这支骑兵赶到了。到近前一看，不在少数，起码也得两三千人，为首的一匹大黑马，马鞍桥上端坐一员女将，牛皮盔，牛皮甲，前后的掩心，手里提着丈八的大枪，腰悬着弯刀。他一看，非是旁人，正是他的福晋浙臣氏！他不由得倒吸了一口冷气，怎么浙臣氏在这儿出现了？她带这么多军队，想干什么？因为事出突然，他好半天没说出一句话来。心里头平静了一会儿，才把马往前一提，“吁！夫人，怎么是你呀？嘿嘿！咱俩真是有缘分，怎么在大山里相遇了？你怎么这么长时间不回家呀？都把我想死了！你看，我正领人前去接你，既然在此相遇了，跟我回家吧！”

这就叫没话搭话，没词找词，纯属嘴不应心。只见浙臣氏柳眉一挑，把牙咬得“咯吱吱”直响。

“我说何和礼，你还想继续跟我演戏不成？你做的好事，我全都知道了！哈，我离家出走了，你不闻不问，把我甩在一边不管了。你可好，跑到非阿拉过年去了！我还听说你又娶了个小妾，你的艳福可不浅啊！你还说接我，你接我怎么走这条路呢？你怎么不走大道呢？你偷偷摸摸想干什么？你赶紧跟我实话讲来！”

人家说得义正词严，何和礼没词：“我、我……”

何和礼心说：她怎么知道的？坏了！有人把我出卖了！这就应了那句话，没有不透风的墙！何和礼在建州那些事，他的夫人浙臣氏全都打听清楚了。一开始，两口子拌嘴，浙臣氏一赌气回到娘家了，他父亲阿古达就劝她，“算了！住两天回去吧，你叫何和礼得多着急呀！你呀，是外姓人了，嫁给人家了，你就是人家的人，你不能在咱家久住啊！莫非还叫我送你不成吗？”

这老头儿说得也在理，其实他对何和礼印象不错，要不价，能把女儿给了他吗？可是怎么劝浙臣氏也不听，非在家住着。住，住吧！后来住的时间长了，她的气就消了，反躬自问，觉得自己说话也有些过分，难怪何和礼伤了感情不理我呀！算了吧！听我爹的，我就回去服个软，也就算了。

本来她是这么想的。后来有人向她禀报说：“贝勒爷没在家，上了建州的非阿拉了。努尔哈赤把他给接走了，天天饮酒作乐。”

后来她又听说：“贝勒爷在那儿招了亲了，娶了个美貌的小妾，才十五六岁，他贪恋新婚，因此不回珲春城。”

好家伙！这还了得！这一句话把浙臣氏气得五脏都冒火呀！心说：何和礼！你个喜新厌旧之辈！我岂能与你善罢甘休！

她哭着喊着，管他爹借了两千军队。她爹紧劝，“丫头，你说你带着兵回去，莫非你还想杀掉何和礼不成？”

“就是不杀他，我也得收拾他个心服口服！我总不能一个人回去吧！爹你要当我是女儿，你就答应我的要求！”

老头儿没办法，疼姑娘，借给她两千军队。但是千叮咛万嘱咐：“你们是夫妻，把话说清楚了就得，千万别叫我操心啊！”

老头儿再三嘱咐，浙臣氏不听，一边生气一边往回赶。她也着急，没走大道走小道，这样能抄近，恨不能早回到珲春城！没想到冤家路窄，跟丈夫何和礼在山沟里遇上了。这一见面，浙臣氏还答应啊？破口大骂，紧接着是催马拧枪，直刺何和礼。何和礼赶紧用刀招架。

“夫人且慢！夫人且慢！你听我解释！一日夫妻百日恩，难道你真跟我翻脸不成吗？有许多事，容咱们夫妻坐下来，慢慢谈，你别使性子，行不行？再说刀枪可没眼睛，你要真把我扎死，你不心疼吗？”

“废话少说！着枪！着枪！着枪！”

“砰！砰！砰！”

一开始，何和礼认为夫人使性子，你爱扎你就扎，反正你也扎不着！后来他一看不对劲，这不是使性子，是下真家伙！哪一枪都奔自己致命要害之处！要不是自己有满身的武艺，躲得慢点儿，一走眼就有性命之忧！

“咱两口子之间，你怎么下死手？”

二十几个回合之后，何和礼把马圈回来，手中擎刀：“慢！我说浙臣氏，莫非你真想要我这条命吗？”

“废话少说！我不扎死你，我出不来这口冤气！”

“你真想下毒手？”

“真的！”

“好！既然你不念及夫妻的情分，我也迫不得已！我能在这挨你的扎吗？你再敢扎我，我可还击了！”

“废话少说！谁不让你还手了，着枪！着枪！”

何和礼被逼无奈，也动了真家伙，刀枪并举，二马盘桓，在山沟里展开一场凶杀恶斗。两旁的人都在这儿看着，谁也不敢过来。劝，不敢劝；伸手吧，没那个必要，人家是两口子，外人算干什么的？只好干着急，瞪眼看着。

两个人打斗了三十回合，不管怎么的，浙臣氏是个女人，拼体力，终究不是男人的对手。一冲一撞还可以，时间这一拖长了，力量不及。

再看浙臣氏虚点一枪，是拨马便跑，何和礼也动了肝火了：“呸！贱婢，你想走啊？没门！今天不跪在我的面前赔礼认罪，我绝不轻饶！哪里走！”

拍马舞刀在后头就追，一下追进树林里去。何和礼心里还盘算着：她的枪招并未散乱，突然败了，莫非要跟我使计？我可千万不要麻痹大意呀！不追了，你爱怎么地怎么地，我该上建州我上建州！

但他想到这儿，为时已晚，突然间是马失前蹄，连人带马，“噗嚓”一声掉到陷坑里。人家事先在这儿早就埋伏好了，何和礼一无所知啊。

“扑通”这一栽到坑里，盔头也掉了，刀也扔了，脚脖子也崴了，就甭提了！这时伏兵四起，拿着钩杆子，“叮当叮当”三下五除二，把他给搭上来了。这时浙臣氏拨马也回来了，柳眉倒竖，杏眼圆睁：“捆上他，狠狠地给我擂！”

这当兵的齐下手，捆得像麻花一样，把何和礼给捆上了。何和礼到了现在，还得服软：“夫人呢！千错万错我的错！夫人，你也打得你也骂得，就是别下毒手啊！你真把我杀了，你后悔就晚了！”

“呸！臭不要脸的东西，你还想活命啊，真是痴心妄想！我要开膛，我要摘你的心！我看看你那心是什么颜色的，黑没黑到底？都给我闪开！”

当兵的“呼啦”往两旁一闪，再看浙臣氏，从马上跳下来，一伸手拽出弯刀，就要下毒手。

第二十八回

太祖力擒浙臣氏
翁婿拜请阿古达

浙臣氏打翻了醋坛子，那火简直太大了！拽出弯刀来，奔他当胸便刺。何和礼被捆得像麻花一样，仰面朝天在坑边躺着，毫无抵抗能力了，就把眼一闭，心说：完了！来吧！咱俩哪是夫妻？前世的冤家，今世的对头！干脆给你吧！

哪知道浙臣氏这刀尖都沾到衣服上了，又把手停住，没往里递。什么原因？她心疼了吗？不是。浙臣氏有个想法，心说：我先留着你这条狗命，等我把那小狐狸精抓住，我一块将你们处死！一刀一刀把你们剐了！我才出这口气！这么死，也太便宜了！

她是这么想的，"仓啷"把弯刀带起来，吩咐一声："来呀！抬着他，就地安营扎寨！"

她在这大山沟里安了营，士兵埋锅造饭休息。浙臣氏气呼呼地命人把何和礼拎到她的大帐里，就放到墙角这儿了。何和礼手脚都麻木了，一看浙臣氏在那坐着，摘盔卸甲，连喝酒带吃东西，把他给馋的！一个劲儿说好话："夫人我错了！还是那句话，要打要骂你随便，你要不出气你拿鞭子狠狠地抽我！多咱你出了气，多咱算完事，你看好吗？"

浙臣氏不理他，照样自己在这儿吃饭。吃完之后把嘴擦擦，一伸手把马鞭子抄起来，来到何和礼近前，这顿鞭子抽的！

"啪啪啪啪！"

"哎哟！哎哟！打死我了！"

"啪啪"抽了十几鞭子，浙臣氏又归坐了，在那儿喝着茶水，一句话也不说。何和礼照样说好听的："夫人，你把我打了个皮开肉绽，消了气了吧？把我饶了吧！我手脚都麻木了，我要出去方便方便。一会儿就拉裤子里头了！"

浙臣氏也不理他，歇一会儿，抄起鞭子来，"啪啪"抽他两鞭子。最后何和礼一看，算了！我求饶等于放屁！她根本不理我。我越求饶，她越抽我，干脆我认命！一句话不说。

漫漫长夜就这么熬过来。到第二天，天光见亮，浙臣氏饱餐战饭，有指挥官进来向她请示："福晋，咱下一个目标赶奔什么地方？"

"赶奔建州，我去质问努尔哈赤！我要找那小狐狸精算账！"

"是！"

正想要拔寨起营的时候，有人进来报信："福晋，大事不好！对面来了一支人马，大概五六百人，风卷旗号看得很清，是建州来的兵马。可能努尔哈赤找上门来了！"

"是吗？哈哈！好！我没找他，他反倒找到我头上来了！来呀！给我披挂亮队！"

何和礼还在那儿捆着呢，刚打了个盹，一听说岳父老泰山发兵来了，心里这高兴！心说：老岳父啊！我就等着你救我呢！你要不把你姑娘给了我，我焉能得着这么一个结果？你可得快点儿！把这刁妇得抓住啊！不抓住她，她狗急跳墙，先把我给捅了，什么我也看不着了！

单说这位浙臣夫人，披挂整齐，上马抄枪，带着军兵来在阵前。努尔哈赤早把大兵排列好，步兵在前，骑兵在后，护住两翼，占了有利的地形。努尔哈赤怎么来的呢？这事不奇怪，昨天何和礼、浙臣氏夫妻反目，一伸手，何和礼叫人逮住了，他还带着二十名护兵。那护兵不敢伸手，但也有计谋，一想：这事了不得！赶紧报信去！

抹转马头，他们给非阿拉报信了。就这样，努尔哈赤才来的。努尔哈赤心想：要把何和礼给伤着，我一切计划算是功亏一篑！那我也不能得这栋鄂部了。他一死，谁还听我的？所以他心里十分着急，刚要讨敌骂阵，一看对方主动出击了。走到头前的，闹了半天是一个女子，不用问，这就是浙臣氏。

再说浙臣氏，怒气冲冲，催马摇枪到了两军阵前。她仔细这么一看，对面这人肯定是努尔哈赤。久闻他的大名，没见过面，今日一见，人高马大，威风凛凛，果然超出一般去！看这年岁，也四十岁挂零了，俩眼倍儿亮，手中端着大铁刀，让人是望而生畏。

到了现在，也顾及不了什么了，浙臣氏用枪一指："呔！对面来的，你是努尔哈赤吗？"

努尔哈赤点了点头："不错，正是本都督，对面女子可是浙臣氏吗？"

"正是！"

"浙臣氏啊，我听说你们夫妻反目，动武把抄了，你还把你丈夫何和礼生擒活拿。我且问你，人现在何处？"

"噢，你还挺关心他。我告诉你，昨天晚上我已经把他千刀万剐了！"

"这个……"

努尔哈赤就一愣，但一想：这是吓唬我，肯定不是实话。

“浙臣氏，我不相信你会那么样冷酷。一日夫妻百日恩，你能舍得把他杀了吗？算了吧！看在本都的面上，和解了吧！你把你丈夫放了，咱们两家是一家人。关于你们家庭的纠纷，咱们好解决。虽然我把女儿许配了何和礼，但我事先声明，我愿意叫她做妾，绝不跟你争名分，你依然是福晋，你有什么不满意的？浙臣氏啊，识时务者为俊杰，别伤了自家的和气，希望你以大局为重！”

“呸！努尔哈赤，你个老乌龟！你不是个人！你明明知道何和礼有妻室，为什么你用这美人计，无非一个目的，想占领我们的栋鄂部！你的如意算盘实现不了！只要有我三寸气在，我叫你竹篮子打水一场空！拿命来！”

催马摇枪，直取努尔哈赤。努尔哈赤一晃头，心说：这个泼辣的女人不服管束，得给她点儿颜色看一看！举刀应战，二马盘桓，斗在一处。他们俩打仗好有一比？努尔哈赤好像二十二三岁的棒小伙，浙臣氏就好像五六岁的小顽童，没法比！那武艺差得太多了！

没出三个照面，浙臣氏的枪正碰到努尔哈赤的铁刀上头，“噔啷”，枪给崩飞了。浙臣氏震得两臂酸麻，说声：“不好！”拨马便跑。她想回归本队，利用人多势众，转败为胜。努尔哈赤看得清楚，能叫她跑了？双脚一点飞虎鞴，这马跟飞一样就追了上去！努尔哈赤骑的是宝马良驹，是明朝万历皇帝赠给他的御马，那个马的速度可太快了！眨眼之间，就赶上了浙臣氏。这浙臣氏还没弄明白怎么回事呢，已经被努尔哈赤是走马活擒。一抓腰带子：“你过来吧！”像拎小鸡一样，把她给逮住了。圈马回来，往地上一扔：“绑！”

建州的军兵往上一闯，抹肩头拢二臂，把浙臣氏给捆上了。浙臣氏手下的军兵各拿刀枪就想玩命，努尔哈赤高声断喝：“慢！尔等听着！你们还想要你们的福晋不？人可在我手里，哪个再往上闯，我先把她杀了！”

“我……我……”都不敢动了！

“赶紧回去把何和礼贝勒给我放了！”

“我……好好，我说努尔哈赤都督，手下留情啊！我们一切遵命照办，可千万别伤了我们福晋！”

到这阵浙臣氏没词了，手下的军兵赶紧到了里边，把何和礼给放了。绳解下去之后，何和礼这乐子大了！手脚发麻，动转不能，拉了一裤子！这大活人，就这么捆着一天一夜了，谁受得了？哎呀，何和礼心说：惭愧呀惭愧！好不容易能活动了，先找衣服换换！

他没有，士兵有，换了一套士兵的衣服，找了个河沟都洗干净了，费了半天劲，这才来到阵前。一看是努尔哈赤，心里热乎乎的：“岳父大人在上，小婿有礼了！要不是岳父大人及时赶到，咱就见不着了！”

“算了算了！来呀！就地安营了！”

努尔哈赤问何和礼：“这两千来的军兵，你打算怎么处理？”

“这不归我，这是浙臣部的，能收降则收降。”

努尔哈赤便高声喊喝：“尔等听着！我已在四面八方布下天罗地网，尔等插翅难飞！想活命的就听我的话，顽抗者杀无赦！你们听见了吗？”

两千多当兵的一琢磨：咱群龙无首，到了这会儿，听谁的？福晋也在他手中，干脆听他的。这些人不敢反抗，叫干什么干什么。努尔哈赤在这安了营了，吩咐一声：“把浙臣氏给我带上来！”

这浙臣氏倒捆着双臂，腿没捆着，有人把她给推了上来。她不服气，柳眉倒竖，杏眼圆翻，拿那眼睛狠狠瞪着努尔哈赤和何和礼，把脖子一梗，一句话也不说。努尔哈赤一笑：“浙臣氏，识时务者为俊杰呀！我方才不是说了，你们夫妻还是夫妻，充其量多了个小女，那算得了什么？我还有十几位夫人呢，哪个贝勒没有十几个夫人呢？你干什么争风吃醋？现在你要回回脖，说句软话，答应你们夫妻和好，我马上把你放了。我绝无伤害你之意，你看好吗？”

“休想！我至死不从！你想怎么地就怎么地！”

“我最后再问你一遍，听我的不？”

“好！那我就成全你！来人！给我拉到外边斩了！”

何和礼在旁边一听，“扑通”就跪下了：“哎呀！刀下留人！刀下留人！岳父老泰山，她是个女人，头发长见识短，一时想不开。再者一说，我们作为夫妻，我太了解她了！她从小娇生惯养，所以非常的拧，非常倔强。您这么问她，她肯定不能说软和话，大人不见小人怪，岳父刀下留人吧！不管怎么说，她给我生儿育女，我们也过了这么多年了。再说，我原来那个岳父老泰山阿古达对我也不错，老岳父你就把她饶了吧！”

“哈哈！看把你吓的那个样！我能真心杀她吗？我是吓唬吓唬她，推回来！”

又把浙臣氏给推回来了。这浙臣氏经过这一吓，火消了有一半，头也低下了，只是还不说话。努尔哈赤又讲了半天理，一看她不言语，知道她心里还是不服气。

“行，我跟你有话难讲，我跟你爹讲道理，你看好吗？来人，把她押下去，好生招待，不准难为于她。”

派重兵把她监押下去。努尔哈赤脑瓜一转个儿：这是千载难逢的好机会！

“何和礼呀，你辛苦一趟，你赶奔浙臣部去见阿古达，你把利害都跟他讲清楚。说他的女儿正在我的手上，他要不要他的女儿？他打算怎么办？他什么意思？他如果能劝说他女儿，最好叫他亲自来一趟。我不动地方，我在这儿恭候他的大驾，好吗？”

“咳！也只好如此了！”

何和礼硬着头皮，带了一伙人去见阿古达。翁婿二人见着面了，何和礼一再地说好话：“岳父老泰山，并非我喜新厌旧啊！是这么回事。等我酒劲儿过了，为时已晚，生米做成熟饭了。你想想，人家是建州大都督努尔哈赤的女儿，我把人家睡了，我就不要人家了，我能交代得下去吗？努尔哈赤能答应吗？可是现在麻烦全在你的宝贝女儿身上！你劝劝她，如果劝说得一服软，不但命保住了，而且咱们还是一家人。您说有什么不好啊？”

阿古达寻思再三：“咳！造孽造孽！人间的是非难说清！”

但是阿古达又一想：努尔哈赤是什么人？得罪得起吗？说不定什么时候，他就领兵来到我的浙臣部。真要打我，不费吹灰之力！唉，这回正好有个缘由，不如两家和好，我也犯不上得罪努尔哈赤。不价，我就学何和礼，把我浙臣部交给努尔哈赤，他也不会亏待于我。

这老头儿真明白事，想了一晚上，第二天跟着何和礼来见努尔哈赤。努尔哈赤亲自领人，接出营外。这阿古达一看努尔哈赤，一躬扫地：“都督息怒！都督息怒！怪我的小女不明事理，得罪了都督，我代表女儿前来请罪来了！都督千万别生气！”

事情这样做，就好办多了。人家主动认错，要真掰扯起来，人家错在何处？努尔哈赤深感内疚，对不起人家，因此以礼相待，拉着他的手走进大营。努尔哈赤赶紧解释：“这个事，怪不着您，怪不着您女儿，也怪不着何和礼，要怪就怪在我的身上。我是有错之人！不过这事情没有办法，发展到今天这个地步，还望老人家周旋！”

“都督放心，小女是个倔脾气，发了火也就平息了。我能借个地方劝劝她吗？”

“可以。”

后头给腾出一座空帐篷。努尔哈赤一声令下：“把浙臣氏给放了，领到那个空帐篷。”

浙臣氏不知道外边发生的事，进帐一看，呀！她爹在屋坐着，不由得大吃一惊：“爹，您怎么也来了？”

“丫头啊，真叫我不省心！快过来我看看，受伤没有？”

“受伤倒没受伤，就是叫绳捆得有点儿麻木。好厉害的努尔哈赤！像拎小鸡一样，没费劲，就把我抓个活的。”

“哎呀！不要提了！丫头，你要深明大义，小不忍则乱大谋啊！事情发展到今天，忍吧！何和礼对你不错，你们夫妻为什么老口角？生儿育女，难道还能变成仇家不成？现在无非多了另外一个女子，你就当妹子，把她收留在身旁就得了。不然谁惹得起努尔哈赤？他要一翻脸，漫说是你，连为父我也活不成！”

“爹，就这么忍了？”

“哎呀！谈不到忍不忍。退一步，海阔天空，人度量得学大点儿。现在何和礼欠你一笔账，今后你更能说话算数了！你福晋一坐，有何不好啊？”

浙臣氏一听：“这容我三思！”

第二十九回

平息争端建州城发展
无理挑衅叶赫部出兵

这浙臣氏泼辣归泼辣，但脑瓜儿挺好使，她一想：我爹为的是什么呢？还不是疼爱他的女儿吗？我要犟下去，肯定得得罪努尔哈赤，我这条命保不住！我们的部族也保不住。那么退一步说，我服个软，我们家庭还是好家庭，我丈夫还是部族首领大贝勒。我呢，一品的福晋，还是我说了算，充其量，他就纳个小妾，那也算不了什么！你说这现在，哪个贝勒周围不是一大团妻妾？干脆服个软吧！

她这一不言语，老头儿阿古达一看有门了，接着又劝："丫头，识时务者为俊杰，你记住爹的话，有三点做人的原则。"

浙臣氏就问："爹，哪三点？"

"咳！你记住：对人要厚道一点，心胸要豁达一点，有些事要糊涂一点。不要求全责备，认死铆啊！有这三点做到了，保你平安无事啊！丫头，你说我说得对吗？"

"爹，您说得对极了！现在，我这火啊，也散发完了，一切听爹的！"

"哎，我的好丫头，你认错了？"

"咳！我就把这错揽到我身上，我服个软不就得了？"

"这就对了！有你这句话，一天的云彩散了。"

"我马上去见努尔哈赤。"

老头儿领着姑娘走进黄罗大帐来见努尔哈赤，这回老头儿变成笑脸了："都督，我女儿认错来了。来！来！浙臣，过来过来，给都督认个错赔个礼。"

要说这浙臣氏也真够聪明的，尽管心里也不是那么太痛快，但双膝跪倒，便往上叩头："您别生我的气了，千错万错全是我的错，大人莫见小人怪。都督，我这厢赔礼了！您打也打得，骂也骂得。"

这事就是这样，有一方这一服软，就不顶牛了，努尔哈赤也不想杀她，就想叫她服个软。一看行了，努尔哈赤起身离座，用手相搀："好姑娘！好姑娘！你何错之有啊？哈哈！"

“我做事粗鲁，您还得多担待。哎呀！您慈祥得简直就像我爹一样！”

“你、你说什么？”

“我说您呢，就好像我爹一样！”

“好嘞！有你这句话，我就收你做我的干女儿！”

努尔哈赤高兴，浙臣氏“扑通”又跪下了：“爹爹在上，受女儿一拜！”

何和礼在旁边听着，嘴呀乐得都闭不上了，真没想到有这么个团圆结果！干父女认下之后，阿古达也高兴。努尔哈赤一声令下，排酒祝贺，就在这深山里祝贺了一整天。酒宴中间，浙臣部的部主阿古达说了：“都督，我不是套近乎，我年事已高，愿退归林下。如果都督能赏我口饭吃，你吃肉，我喝汤，你找个地儿就把我养起来，我的部族从现在开始就全归你了！你看，我姑娘都给了你了，那些东西我还能心疼吗？”

“老人家，我是愧领愧领啊！您放心，我是生养死葬，全包到我身上了！让您享不尽的荣华富贵！”

这努尔哈赤领得胜之兵回到建州城。没出几个月的光景，连得三部。当然，这部与部，大小有区别，不管怎么说，十几万人口，数万牲畜，多少金银财宝，多少城池乡镇，全划到努尔哈赤名下。人不得外财不富，马不得夜草不肥啊！努尔哈赤这腰就更粗了。

一转眼又多少年过去了。努尔哈赤可没闲着，大仗小仗，每天几乎都在打。另外努尔哈赤忙里偷闲，考虑到女真人最大的遗憾，是没有文字，光有语言没有文字，怎么记录下来这段历史？但他想了想：老人说了，说过去大金的时候，完颜阿骨打时期有文字，年久失传了，所以现在东北一带的女真人全没有文字。那他们往来公事怎么办呢？他们都是套用的蒙文，人家蒙古有文字，利用人家的字代替。这玩意儿有多别扭！所以努尔哈赤就考虑到必须要有自己的文字。女真人怎么了？比谁差什么？没有本族的文字怎么能行呢？他挑选了饱学之士，其中一个叫额尔尼，是女真人中的大才子，责成他，领着一班人，什么也别干，就创建文字。

这额尔尼一开始有点儿犯难，说：“都督，这、这文字从头做起，怎么个创法呢？”

“那是你的事。我给你提一个醒，最好借助蒙古文字，人家不是有文字吗？你研究研究，创咱们自己的文字。”

“好吧！”

创这文字前后一共经过四年的时间，终于把女真文字创建出来了，额尔尼立下不朽的功勋。当然，以后这文字还得逐渐改进，这是初创。努尔哈赤高兴，告诉同族人："都得学我们自己的文字，不学不行！不懂自己的文字，你再有功劳，也不能提拔你的官职。"

打那儿以后，很多人就往里头钻呢！这是个好事，所以出现了不少的大才子。还有件事，现在这女真人基本上鼎足三分，除了努尔哈赤领导的建州女真，还有叶赫女真，这叶赫女真，论实力只比努尔哈赤强，不比他弱，现在占着西北广大地区。还有海西女真，在黑龙江一带。所以这三大股，分了辽吉黑三省，其他的地方都是明朝占领着。

努尔哈赤晚上睡不着觉：什么时候把叶赫给平了，把海西女真给平了，我就一统了江山！我找个好机会，面南背北就称帝，下一个目标就是明朝。那北京太好了！我做梦都想进北京。到时候，进了北京，我也坐中原之主！努尔哈赤野心勃勃，天天盘算这点儿事情。

单说这天，努尔哈赤正跟贝勒、章京、亲属商议大事的时候，外边报事的人进来："回都督的话，叶赫四部派来特使，有急事求见都督！现在辕门之外。"

"噢！"

努尔哈赤一挥手，会议停止了，他没言语，盘算盘算：叶赫是我的宿敌呀！我正想把他给吞掉呢，他派来特使干什么？我们双方向来没有什么联系。

舒尔哈奇在旁边说："大哥，来者不善，善者不来呀！最近半年来，我们的边界经常发生战斗，对手全是叶赫的人，已经杀得眼珠子都红了！他平白无故派特使来干什么？看来您得做好防范。"

"说得对极了！不过他来见我，我也得问问怎么回事？这你放心，送到嘴边的肉，咱弟兄是不能不吃啊！来呀，打开辕门迎接！"

努尔哈赤按照礼节，把叶赫四部族的特使接进来了。进来四个人，卫队留到外边，为首的这四个特使，当头的名叫图尔顿，他是叶赫部的特使。这图尔顿长得和那兔子差不多少，两只大耳朵，溜圆的眼睛，稀不棱登几根胡子，一看就是伶牙俐齿之辈。他昂首挺胸走进大厅，见着努尔哈赤，长揖而拜："都督在上，叶赫部特使图尔顿这厢有礼！"其他的人也施礼。

努尔哈赤点了点头："贵特使免礼平身，赐坐！"

隆重接待，又敬茶，又端上点心来，笑语欢声，好像多少年没见面的朋友似的！谈来谈去，话入主题，就见图尔顿说："建州都督，此次我奉我家大贝勒布杨古所差，给您送来一封书信，请都督过目。"

"噢，呈上来！"

有人把这封信拿过来了，努尔哈赤展开观看，上头都是蒙文。他们现在的文字还是个雏形，还不实用，因此人家使用的都是蒙文。努尔哈赤聪明，对汉文、蒙文要说精通，那有点儿夸大其词，起码他不陌生。拿过来不看便罢，一看他这脸“呱嗒”就沉下来了，信上大致的意思是说：叶赫部布杨古拜上建州卫都督努尔哈赤麾下。你我土地接壤，而且语言相通，风俗习惯相通，就跟一家人相似。可是近年来，建州卫迅速扩展，人壮马肥，而我几部每况愈下，穷富悬殊，因此边界经常武力相斗。为彻底解决，我们想了个好办法，希望你们建州卫让出大小十六城，确保咱们两部的平安，望回复。

前半截说得挺好听，像人话，这结尾太不是人话了！为了不打仗，免去边界的纠纷，你划给我大小十六座城，哪有这么干事的？这是骑脖子拉屎，无理的要求！

努尔哈赤脸往下一沉，把这信放桌上了，看看图尔顿特使：“你们贝勒究竟想要干什么？”

“哈哈，都督，那信上写得不是很清楚吗？我家贝勒考虑到全局，为免去边界的纠纷，希望大都督忍痛割爱，划给我们十六座城池。划界求和，永保平安，难道您不愿意吗？”

“得我让出十六座城池，才能确保平安？”

“对啊！”

“那么请问贵特使，我要不让呢？”

“哈哈，您要说不让的话，后果还用我说吗？那就得，那就得……”

“就得兵戎相见？”

“对了！您替我说了，难免是一场大仗啊！”

“好！那就请贵特使回复你家贝勒，我是寸土不让！要想让，有一个条件。”

“噢？什么条件？”

“拿你贝勒的狗头来见！送客！”

这努尔哈赤真发脾气了！两旁军兵往上一闯：“走！走！滚！”把图尔顿这些特使给撵出来了，跟头骨碌地回了叶赫。旁边这舒尔哈奇、雅尔哈奇气得脑筋都蹦起多高来：“哥，怎不把他们宰了？把他们放了，便宜他了！”

“哎，两国相争，不斩来使，咱能做非礼的事情？”

“哥，这简直是欺人太甚！看来下一步，这仗是非打不可！”

“那是自然，也在预料之中啊！他来犯我，我出师有名，这仗一定要打！我趁此机会吞并叶赫。传我的命令，吃完了午饭，下午就召开军事会议！”

“是！”

这努尔哈赤作了部署，其实他心里早就盘算有这一天。晚上开会，他把大地图挂上了，马上分兵派将。让他二弟舒尔哈奇镇守非阿拉城，就是新城；让他三弟雅尔哈奇镇守老城，其他的将领，也做了明确的分工。努尔哈赤领着两黄旗，就是正黄旗、镶黄旗这些最精良的士兵，埋伏在谷勒山，他们要在谷勒山跟叶赫部决一雌雄！会议进行了三天，部署完毕，大家分头行动，严阵以待。

图尔顿狼狈逃窜跑回叶赫，见着大贝勒布杨古，把经过说了一遍。布杨古听完，一点儿都没动怒，他冷笑了一声："这都在意料之中。努尔哈赤那是硬汉子，漫说要他十六座城池，就是要一座城池，他也不会给的！咱这只是找个借口而已，我好出师有名，这回一鼓作气，吞并他的建州！有请各位贝勒！"

都是谁呀？有勒等哈达部的贝勒盟古布路；有乌拉部的贝勒满泰；有辉发部的贝勒拜阴达里；有朱舍里部的贝勒玉冷格；有纳音部贝勒赛克实；有蒙古科尔沁的贝勒阿崩带；还有希波古的贝勒，以及挂了寨的贝勒等，算上叶赫部一共是九部，这就是历史上的九部联军。

闹了半天，这布杨古早有准备了！他治下这几部跟他关系密切，为了占领建州，他事先进行了精心的策划，把这几位贝勒全聚在他的城中，日夜筹划。这些贝勒一致表态了："您指到哪儿，我们打到哪儿，这次九部联军肯定得打大胜仗，把建州就瓜分了！"

布杨古声明："只要把努尔哈赤揍趴下，把建州卫给占领了，我说话算数，咱们九部平分！"

"哎呀！同意！"

"赞成！"

这九部有大有小，出的兵有多有少，凑到一起，是三万五千人，但是号称五万大军。在那时候，这个数目，那就是空前绝后，可谓是声势浩大了！

第三十回

分兵坚守建州部大胜
乘胜追击布杨古胆寒

叶赫部的布杨古，联合九部大兵三万五千人，浩浩荡荡要攻打建州城，对付的是努尔哈赤。起兵的时候，布杨古心里头不服气，心说：现在这努尔哈赤贵为明朝的都督，什么龙虎大将军。把他美得不知道天高地厚了！拿我叶赫部来说，跟明朝关系保持得最好，年年进贡，岁岁称臣，我连个都督的头衔也没捞着！看眼前的形势，努尔哈赤野心勃勃，迟早有一天要一统天下，与其等到那时候，不如我先打他！趁他羽毛尚未丰满，把他干掉。布杨古这次发兵，就出于这个用心。

人心不足蛇吞象。布杨古野心也太大了！也没拿这努尔哈赤当怎么了不起。心说话：除了我叶赫部之外，还有八位弟兄呢！九部联合，干不趴下他吗？我就不信！

他信心十足，正往前走，大军前锋部队已经到了平原。有人来禀报："贝勒爷，我们探清了，现在努尔哈赤是严阵以待，也是兵分两路。他自提重兵在谷勒山设下防线，看那意思，想跟九部决一雌雄！他那两个弟兄守把老城和新城。"

"知道了！"

布杨古一盘算，这努尔哈赤事先有防范，摆出跟我拼命的架势。好！我也分兵制之！他一回头，把乌拉部的贝勒满泰叫过来了："我说满贝勒，你领着其他几部，攻打他的新城老城，最好一鼓作气，把他家给端了！我自提重兵，带着叶赫部赶奔谷勒山，去消灭努尔哈赤的主力。"

"遵命！"

他们两路分兵，开始行动，那八部怎么打新城老城暂且不说。单说布杨古自提重兵，带着叶赫的精兵来到古勒山下，立马观看，好家伙！就见谷勒山，山岭重叠，怪石横生，高山高耸入云，地势相当险要，易守而难攻。谷勒山前是一片开阔地，周围种地的老百姓，听说这儿要打大仗，早都跑了！十室十空。他们如入无人之境，选了个好地势。布杨古吩咐一声："弟兄们，努尔哈赤的主力就在谷勒山上，你我一鼓作气，把他彻底消灭！进攻！"

刚到山口这儿，就听见一声炮响，建州兵是列开旗门。布杨古一看，前头有军队了，不敢往前进，吩咐一声："站住！"

"哗"一声，燕翅排开。布杨古手提大刀，纵马往前来，在马鞍桥上仔细观看，对方果然打的是建州八旗的旗号，这是正黄旗和镶黄旗。往旗角下观看，有一员大将，头顶红铜盔，体挂红铜甲，牛皮的掩心，骑着一匹大黑马，手里也擎着一口镔铁大刀，看年岁能有四十左右，黑黪黪的脸蛋，胡须奓奓着，倒有几分威风。再看他带的军兵，布杨古心中暗笑，这几百人大多是老弱病残，老的上不去能行马，小的拉不开宝雕弓。布杨古心说话：我听传说，努尔哈赤善于治兵，组建了什么八旗军兵，十分了得！今日一见，空有虚名啊！就，就这是八旗兵啊，那么大岁数的老头，要他干什么？这么点儿小孩，能打得了仗吗？噢！人手不够用了，老的少的全划拉来，这叫攒鸡毛凑掸子！这样的兵还架得住我一打吗？

布杨古看得眼里，是心花怒放，用刀一指，高声断喝："呔！对面来将叫什么名字？"

就听对面那大将回答："要问我，我乃左护军扈尔汉是也！"

"扈尔汉？咳！无名之辈！"

其实这布杨古不了解这里的情况，这扈尔汉是谁？原来就在这几年，努尔哈赤没闲着，他要挑选心腹。在八旗里面选了又拔，拔了又选，挑出俩人来，一个就是这个扈尔汉，还有一个人叫安费扬古。这俩人，要讲究武功，全超过努尔哈赤，两臂一晃，都有千斤之力，弓刀石马步剑，出类拔萃。而且这两个人对努尔哈赤，是赤胆忠心，一点儿私心都没有，跟随努尔哈赤多少年了！努尔哈赤封他们俩一个做左护军，一个做右护军。这左右护军一共统领着十二个牛录，一个牛录是三百人。什么叫护军？那就是努尔哈赤的亲兵卫队。像扈尔汉这种人，不想别的，努尔哈赤就是我的主子，努尔哈赤叫干什么，就干什么，不管对还是错，就听他的！谁要反对我的主子，我就跟他玩命！

没有这样贴心的人，怎么能行？这扈尔汉和安费扬古，就好像那藏獒差不多！管你是谁，你只要进犯我的主人，我就拼命！可外界现在不知道有扈尔汉这个名，因此没拿他当回事。

"噢！野鸡没名，草鞋没号。我且问你，努尔哈赤为什么不敢出战？"

"呸！我家都督何许人，也能值得跟你一打吗？你算个什么东西？"

"小子你找死！"

布杨古说到这儿，拍马舞刀，直奔扈尔汉，这俩人就在阵前打到一处。双刀并举，二马盘桓，十几个回合之后，扈尔汉有点儿力怯了，劲儿没有布杨古大，因此虚晃一招，是拨马败归本队。布杨古一看，就这两下子，你们还算精锐啊？

别开玩笑了！把大刀一晃，代替军令：“追！”

叶赫的骑兵从两翼就冲上来了，再看建州兵，一下子退进了古勒山，布杨古一马当先，正在这时候，他手下的先锋官德赛，催马晃大铁枪赶上来了。

“贝勒爷，古勒山地势险要，您在后边督队，把追的任务交给我了！”

这德赛也是布杨古手下一员忠心耿耿的大将，能打。德赛领着人先追下去了，布杨古在后头督催三军做垫后，也进了古勒山。

这德赛领着五百名骑兵，一开始速度甚快，可是追着追着，速度减缓了。什么原因？道太难走了！全是盘山道。道路崎岖，宽的地方能并行两辆大车，窄的地方也就一人一骑，那速度不慢等什么呢？这德赛往两旁一看，全是深山密林和巨石啊！哎呀，他心说：要努尔哈赤在此设下伏兵，我是插翅而难飞啊！不行！不能进攻！兵法云：知己知彼，百战不殆，现在我们不知彼，不行！撤！

前队变后队，后队变前队，他想撤出古勒山，可为时已晚了，进了圈套了！就听两边山头上，战鼓如雷：“别让他们跑了！”

“断他们的后！打呀！”

“咚咚咚咚！啪啪啪啪！”

两边的山崖上，除了巨石就是弓箭，雨点一样往下倾泻，德赛这五百人可倒了霉了！谁也没长翅膀，谁也飞不了，在这倒霉地上就等挨打！叫人家揍得尸骨横躺竖卧，哭爹叫娘，一死就一片。德赛一看不好，拼死突围，哪走得了？就见树林里蹿出一匹马来，马上一员大将，正是扈尔汉：“小子，进了口袋你就休想出去！扈尔汉恭候多时了！”

“好你个败军之将，哪里走！我跟你拼了！”

德赛催马摇枪，直奔扈尔汉，不到三回合，扈尔汉大吼一声，抓住德赛的战带，把德赛是生擒活拿呀！就像抓小鸡一样省劲，往地上一扔：“绑！”

结果叶赫部的先锋官做了俘虏，五百兵全都报销了！这消息传到山口去了，布杨古一听：“什么？哎呀！德赛呀德赛！”

那心就好像叫人掏去一样，这是出师不利！为了救回德赛，布杨古头脑发热，吩咐军兵：“进山！给我踏平古勒山！”

他仗着人多势众，一万多军队杀进古勒山。这打仗就怕这手，头脑不能热，要一热，就失去理智了。就一万多人，你就一百万人，进了这大山一分散，也就看不着了，因此这布杨古犯了军中一大忌。到了山里，他就蒙灯转向了，往左是建州兵，往右还是建州兵，眼瞅自己的人马是一排一排地死去。布杨古心说：坏了！我中了努尔哈赤的计了！不行不行，我赶紧撤出去！再在这儿待着，就得全军覆没！

他想到这儿，但为时已晚了，圈回马刚想出古勒山，就听对面有人大笑，

"贝勒！努尔哈赤恭候多时了！"

布杨古是不敢恋战："冲！快冲出去，冲！"

当兵的没办法，冒着死也得往上冲，又死了好几千人，总算这布杨古保住了狗命，从古勒山里转了一圈，跑出来了。再查点身边的军兵，十亭就剩下一亭了，方才兵强马壮，眨眼之间兵败将亡，布杨古那个心气"唰"就降到最低点："咳！努尔哈赤啊，我跟你完不了！"

他在古勒山山口安下营了，埋锅造饭，等候那八部的消息。几天之后消息传来了，那八部比他还惨！打新城老城，根本都到不了城边，叫人家打得是抱头鼠窜，东奔西逃，全败下来了。九部联合，现在就四部了，那五部贝勒，带着自己的兵全跑了！布杨古一听，就更傻眼了："啊！天不佑我！这人心怎么这样呢？誓师的时候，全都打了包票了，说得那大话，没法那么大了！到了现在，见着硬就回了。逃跑的逃跑，人心叛离，这仗怎么个打法？你们说应该怎么办？"

剩下那几部的部主，一个劲地摇头叹息："贝勒，咱认输吧！干不过努尔哈赤，再打下去，恐怕我们剩下的人也保不住了！留得青山在，不怕没柴烧，贝勒咱回去吧！"

"我不甘心！我不能把德赛扔到这儿，就这么走了。这么吧，派个人见见努尔哈赤，我认输了，让他提个条件，把德赛还给我就行，我马上撤兵！"

他真就派出人见了努尔哈赤。努尔哈赤一听，"噢，要你的先锋官，行啊！你说不给你面子多不好，把德赛推上来！"

推上来了，这德赛还不服呢！努尔哈赤一开始想放他，心说：现在想吞并叶赫呀，还差一点儿。既然人家认输了，认输就拉倒呗！让他撤兵就算了，把德赛就给他放了。哪知道这小子比秃尾巴狗还横！见着努尔哈赤，是破口大骂："努尔哈赤！你个龟孙子，你个什么东西！有本事咱拉开战场，跟我德赛大战三百合！你使的是计谋，你仗着古勒山地势险要，左转右转，计算我家将军，我就死了我也不服你！我也骂你八辈祖宗！你要把我放回去，我领兵带队踏平你的建州城！"

努尔哈赤一听，这火上来了："好！现在我就成全你！来呀！用巨斧把他劈成两半！"

这招可也够损的！把德赛绑到一个大门板上，用斧子二一添作五，把他劈开了。怎么劈的？不是从中间拦腰斩断，是从脑门劈到屁股，这么给分的。努尔哈赤下令："留下一半，那半给他送回去，布杨古不是要他的人吗？给他送回去！"

把那一半给送回去了，布杨古不见则可，一看啊，顿时就疼得背过气去了！两旁急忙抢救，扎针灸，按人中，好半天布杨古才明白过来："德赛，你死得好惨呐！努尔哈赤，我跟你不共戴天之仇！我、我跟你完不了！”

两旁就劝：“贝勒爷，别难过了，不要感情用事，为今之计，快撤吧！再不撤就来不及了！”

“撤！”

这是何苦？这战斗就进行了七天，九部联军叫人家打了个稀里哗啦。布杨古领着残兵败将，好不容易回到叶赫城。他这屁股还没等坐稳当呢：“报，努尔哈赤、舒尔哈奇，领大兵打到城门口来了！”

哎哟！布杨古一琢磨：这努尔哈赤是咬住不放啊！就在我屁股后头跟着我。刚到家，他就到了门口，这可如何是好？

“来呀！把城门禁闭，给我死守！”

原本，努尔哈赤没想进兵这么快，后来他改变主意了，心想：这叶赫留着早晚是块病！干脆我来个趁热打铁，领着得胜之兵，横冲直撞，一鼓作气，把叶赫平了就得了！

他临时改变的主意，带着二弟舒尔哈奇，率精兵一万五千人，兜着屁股就追上来了。撵到叶赫城，努尔哈赤想一鼓作气把叶赫城拿下来，哪儿那么容易？人家叶赫在这儿根深蒂固，城高水深，事先也有准备，别看在古勒山打了败仗了，人家家底实力雄厚，老百姓全动员上了城了，准备灰瓶、炮子、滚木檑石，强弓硬弩。布杨古心说：有我三寸气在，我就不能让你占领我的家！

双方对峙将近半个月，努尔哈赤消耗了许多元气，也没攻进城。就这么地，他在外头围着，布杨古在里头守着，双方就僵持在一起了。

单说这天，布杨古上城巡视了一圈，紧锁双眉，心说：看样子，这努尔哈赤一时半会儿不能退兵，我又没有力量出城交战，怎么办呢？回来跟谋士们一商量。有人给他提议：“贝勒爷，为今之计，能解叶赫之围者，明军也！咱跟明朝关系甚好，干脆派人闯联营，到抚顺城去求救兵。明朝不发兵，恐怕咱叶赫城保不住！”

“说得好！”

布杨古马上写了封血书，叫心腹人，无论如何闯出联营，到抚顺城告急。他派了五百兵保护，死了有四百多人，总算让那信使保住命了。这信使心里想：贝勒爷交代得清楚，无论如何我也到抚顺。不把救兵搬来，恐怕叶赫城难保！

第三十一回

以夷制夷总兵败太祖
万历援朝明军击日寇

当时住在抚顺城的总兵官不是李成梁了，此人叫张承胤。说到这儿咱得简单介绍介绍，上一任的总兵官李成梁，那也是明朝末年的大将，文武兼备，是首辅张居正举荐来的，自从他上任之后，这东北广大的地区，就算比较太平。虽然说争斗不断，但是对明朝并没有太大的伤害，这不能不归功于李成梁。但这个人在抚顺这一带，一待就是二十二年，得罪了权贵，就是中央那些领导。因为李成梁有点儿居功自傲，觉得我二十二年了，就是一道屏障，保证朝廷的安全，吃点儿喝点儿享受点儿，是理所应该的！

他没拿朝廷掌权那些人当回事，把人得罪了，最后有人弹劾他，说他居功自傲，有点儿懈怠，工作远不如从前了。应当把他换个地方，结果一状把他告倒，李成梁被解职回家了，那总兵官一捋到底。后来就换这个张承胤接任总兵官。

张承胤这人也不善！他来之前就知道现在这建州一带，各部族之间，连年争斗。于是，他采取李成梁那个办法，以夷制夷，不能让部族之间团结了！这一带要团结，形成一个拳头，尾大不掉，就难收拾了！太平太平，就得打一打，鹬蚌相争，渔人得利！

但是呢，他跟叶赫的关系一直是不错的，这次叶赫的布杨古派人向他求援，张承胤一看这血书，大吃一惊，好你个努尔哈赤，你的野心也太大了！你的情况我了解，你现在几乎统一建州了，你还要打叶赫部，你想干什么？如果真把叶赫部给平了，他的势力就更大了，这样便难以控制了。不行，我应该出兵敲他一下。

张承胤马上点兵五千，派精兵日夜不停前往支援叶赫部。没两天，大兵就到了。单说努尔哈赤，统率八旗军兵，围攻叶赫，是久攻而不下。他心里着急，努尔哈赤一想：有那么句话，迟则生变，夜长梦多，这样耗下去，哪儿耗得起？尤其那粮草给养，靠着长途贩运，一旦接济不上，军心就得乱！

这一天他督率大军正在攻城，双方僵持不下，有人向他禀报：“都督，朝廷的军队开来了！”

“啊？什么意思？”

“我们发现朝廷的军队离着咱们还不到十里了！”

“看清了吗？”

“看得清清楚楚的，是从抚顺城开来的，大概有五六千人马。”

“噢！”

努尔哈赤这回盘算错了，他心说：我是朝廷的都督，我跟朝廷的关系也不错呀。我年年进贡，岁岁称臣，朝廷对我也挺好，那么今天朝廷兵来了，很可能是助我一臂之力，联合着攻打叶赫。肯定是这么回事！

要不说呢，人有失手，马有漏蹄，老虎也有打盹儿的时候。智者千虑，必有一失，诸葛亮号称神仙，还有失街亭的时候。努尔哈赤就一念之差，认为是友军来帮忙来了，但是他也有一点儿疑惑。一回头，他把二弟舒尔哈奇叫来了：“老二，你领着一支人马回去看看，如果是友军，就把他们请到前边来，以防万一。”

“明白！”

舒尔哈奇带了五百骑兵，一抹身到大道上等候着，舒尔哈奇一看，是明朝的旗号，一了解情况，的确从抚顺城来的，由总兵官张承胤亲自督队。舒尔哈奇跟他哥一样，也犯这错误，这心放下了：“友军！这太好了！正好帮帮我们的忙，一鼓作气平了叶赫！”

所以他号令军兵把道路闪开，让官兵通过，结果上了当了！没想到这明朝的军队到了眼前，一看是建州兵，张承胤把大刀一晃：“给我杀！一个也不留！”

“是！”

“遵命！”

“咚咚咚咚！啪啪啪！”

明军沾光，有火器，有炮，在那个年月，那炮虽然是笨点儿，但炮是军中之魂！比那枪刀弓石不胜强万倍？明军沾光就沾到这方面了！也没答话，这顿大炮揍得！建州兵事先没有防范，炸得尸骨腾空，支离破碎，是哭爹喊妈，一阵大乱。

“哗！”

等舒尔哈奇明白过来，为时已晚。他没有办法，带着二十多人，跑回到前沿阵地：“哥，我们上当了！官军来不是给咱帮忙的，是帮着叶赫打咱来的！”

“啊？你怎么不早点儿报告？”

“他，我盘算错了，我跟你想的一样，我认为是友军呢！哪知道不是那么回事！你看！来了！”

说个来，张承胤指挥大队这就到了，一顿排炮，努尔哈赤可吃了亏了！叫人家崩死军兵无数。努尔哈赤身中三处伤，脖子、肩膀、后背鲜血淋漓，好悬没从马上摔下去！正在这时候，叶赫兵一看援兵来了，禀报布杨古。布杨古点齐精兵，大开城门也杀出来，努尔哈赤是腹背受敌呀！抵挡不住。

"撤！快撤！"

建州兵"哗"撤下去了，布杨古把张承胤总兵接到城里。就说努尔哈赤，一口气跑出一百多里去，查点军兵，损失了三分之一，可以说，这么多年以来，头回吃这种硬亏。这跟头栽得这个爆啊！把努尔哈赤气得须髯皆奓："布杨古啊！我跟你有解不开的仇疙瘩！张承胤！我要报仇！这朝廷怎么这么对待我？拿我当敌人了！此次你们两家联手，我吃了个爆亏，我肯定得报仇！"

舒尔哈奇就劝："哥呀，你受伤了，应当回去养伤，先别想这个了。君子报仇，十年不晚！"

"老二你也是，我叫你领人去探听探听，你怎么马马虎虎把明军就引进来了？"

"哥，我没跟您说吗，判断失误，你还怪我？你不也是这么想的？如果说你有怀疑的话，应当多给我点儿军队。我就五百人，我就是察觉到对方不利，又有什么办法呀？"

哥俩儿一边退兵，一边发生争执，这就埋下了以后努尔哈赤杀舒尔哈奇的祸根。要不说事出有因，这舒尔哈奇也不满他哥哥：你是干什么的？你是推过揽功，你嘴大，我们嘴小，打胜了都是你的功劳，打败了都是我们的不是！这一次你作为最高指挥官，你判断失误，怎么赖我呀？他心里是不服不忿，但是一看他哥哥，满身是伤，也就把这话咽到肚里，只是心怀不满而已。

且说努尔哈赤带着残兵败将，退回到根据地——老建州城，大军扎在教军场。有人抬着他回到都督府，把军医找来一给验伤，无大妨碍，都是皮肉之伤。你瞅着血了呼啦，挺吓人，没有致命的伤，所以好治。打这儿之后，努尔哈赤就在家里头养伤，但是他也防备叶赫反扑啊！我打了败仗了！他告诉舒尔哈奇、雅尔哈奇，率领扈尔汉等人加强戒备。实质上努尔哈赤的顾虑是多余的，叶赫九部联军让努尔哈赤打得稀里哗啦，是丢盔卸甲，此次这叶赫损失惨重，元气大伤，他想反扑，是有其心无其力了，他也在家里头养伤呢！再说，叶赫部想借助官兵的力量打建州，官兵也不答应！

努尔哈赤在病榻上天天琢磨：看来我得吸取经验教训，我的实力还是不够，要够，我早就把叶赫给平了！布杨古啊！将来我把你逮着，五马分尸！他又恨明朝，这个大明朝纯属是利用我，拿我当猴耍！我要有一定的实力，我把你也平了！但是现在，这等于痴心妄想，他还得慢慢缓劲啊！

没过几天，警报传来，这边，舒尔哈奇得知，张承胤下了一道命令，把他们在开元附近的屯寨全给平了！把部族抓去了无数的人，简直惨不可言！

“噢？这事发生几天了？”

“发生三天了。”

舒尔哈奇一琢磨：这是大事，不说也不行！到了病房之中，见大哥，把这事说了。这努尔哈赤“呼”一声，就坐起来：“欺我太甚！”

“哥，这是骑着咱脖子拉屎，搬着咱脖子尿尿！你想，几十年来开元就是我们的城堡，我们按时给朝廷进贡，双方相安无事。这张承胤平地冒嘟嘟，连个招呼都不打，占我城寨，掠我百姓和牲畜，这还了得！哥，赶紧下令吧，您去不了我去！”

“慢！慢呐！”

努尔哈赤又躺下了，他的脑瓜是急剧地转动，努尔哈赤一盘算：不妙！此次张承胤下这狠手，是为什么？噢！我明白了，他把我打败了，认为我伤了元气了，没有力量跟他抵抗，因此他才做出这种无理的主张。如果我要派兵去跟他一计较，肯定还得兵戎相见。拿我的实力来说，跟明朝打，恐怕还欠点儿火候，我们正打得骑虎不下的时候，叶赫趁机再出兵，我又腹背受敌。不行！不能打呀！小不忍则乱大谋啊！他转回身来问舒尔哈奇：“老二，咱们有多少人口让他给掠走了。”

“这……我还不清楚。少说也得万八千人，那些村寨城堡都叫他们占领了。”

“算了，占领就占领吧。吩咐我们建州的人，撤下五十里，不要抵抗。”

“哥！怎么？你怕了？嘿！你退一步他进一步，你退一丈他进一丈啊！我们等于向他服了软了，那还了得吗？往后他们是步步紧逼，不就到咱们家跟前了吗？哥！”

“唉，我借他个胆子也不敢！他也是小试锋芒，咱们就吃点儿亏吧！执行我的命令。”

“哥！”

“执行命令！”

“咳！”

舒尔哈奇给气得没办法了，家有千口，主事一人，把开元一带建州的部民全撤下五十里，给明朝让开地方了。明军也没往前进攻，双方也就僵持着。努尔哈赤一琢磨：我还不能得罪朝廷，得罪不起！现在就得忍辱负重，卧薪尝胆啊！我还得表现出对朝廷还是一如既往，我是一颗忠心。我该进贡，该怎么地，我还怎么地！这张承胤我还不能得罪。

转过年来，努尔哈赤叫舒尔哈奇带着金银财宝马群，带着很多很多的重礼赶奔抚顺城，去打点张承胤，向朝廷示好，这些不愉快的事根本一字没提。其实努尔哈赤有自己的盘算，心说：我就得养精蓄锐，我现在还差一大截呢！等以后有了机会，羽毛丰满了，我再报仇雪恨！

明朝还真叫他迷惑住了，一看努尔哈赤也没怎么地，吃了个亏，扁了扁了就咽了，张承胤还琢磨：哼！这些部族都是野蛮的人，他们就贪图小利，你给他脸他不要脸。你敲他一家伙，他也就老实了。这努尔哈赤不就这么回事吗？

他也就掉以轻心了。这努尔哈赤头脑清醒，不久伤好了，他冷静地思考思考：下一步我应当扩大领地，把我打江山的这个基础打得牢牢的！可现在不宜出兵，那张承胤就盯着我，我一出兵，他就干预，这将如何是好呢？我怎么能躲过张承胤和官兵的眼睛呢？

一晃多少年都过去了，始终就没有这机会。你别忘了这句话：人走时气，马走膘。人这时运要来了，城墙都挡不住！该着努尔哈赤成事！正在这个节骨眼上，日本国出兵打朝鲜，朝鲜告急，请求明朝支援，于是明朝和日本展开了一场空前的大战，明朝抽调了大量的兵力，赶奔朝鲜对付日本。这就给了努尔哈赤喘息之机，给了他广阔活动的天地，这不是天意是什么呢？

说到这儿，咱把刚才的事情得详细地交代交代，日本为什么出兵打朝鲜呢？它安什么心？当时的日本国，也是七零八散，处于列国纷争的局面，大幕府、小幕府，左一个军事集团，右一个军事集团，在日本四岛也是连年征战。后来冒出来一个，也是个了不起的英雄，叫丰臣秀吉。您打开日本的历史一看，此人赫赫有名！丰臣秀吉一鼓作气平了大大小小的幕府，使日本统一了，就好像中国历史上秦始皇吞并六国那意思，大同小异。他掌握中央的政权，这形势就为之转变了，日本这一统一，生产力是急剧增长，老百姓的要求与日俱增。这一切都变了，这丰臣秀吉有点儿接应不过来，什么原因呢？连年征战，日本国也打穷了，要物质，物质缺乏，要东西，东西缺乏，要钱还没钱！虽然他统一了，反对他的人也不在少数，为了扭转这个局面，他把矛头就指向了中国。他怎么想的呢？心说：这大明帝国呀！幅员辽阔，人口众多，那物资多得取之不尽，用之不竭，要什么有什么！离着我这么近，我何不出兵借朝鲜之道，攻打大明？

第三十二回

苦作战丰臣秀吉病死
得喘息努尔哈赤迁都

日本国的丰臣秀吉一心要侵略大明朝，您说他这野心有多大？真是人心不足蛇吞象，因此我们说这日本，跟咱们中国是什么关系呢？要说亲热了，一衣带水关系，都是亚洲民族，都是黄种人，而且在盛唐的时候，日本人经常派使团到唐朝来取经，在中国这儿捞去了很多很多的好处，所以这日本也得以快速地发展。结果近几百年来，这日本人就没安好心！一开始就是倭寇，倭寇就是从明朝时候起来的。他们沿着中国的东南沿海一带，开始大肆地掠夺，一开始劫商船，劫商人，后来胆子越来越大，公然登陆了，要占城池，抢商号，杀人放火，无恶不作！抢完就走，成为明朝一大肺腑之患。这玩意防不胜防，怎么办？后来首府大臣张居正举荐了一个人，就是历史上有名的军事家戚继光，您到山海关旅游过没有？山海关还有戚继光的塑像。这戚继光可了不起！抗击倭寇，屡立战功，日本的倭寇一听说戚继光三字，是望风而逃！戚继光抗倭十六年，所立的功劳是载入史册。所以那时候边境就不大太平。

咱们说现在，这丰臣秀吉还想继续侵略大明，他转移国内的矛盾，把矛头指向了大明朝。心说：这仗我要打胜了，要占了大明朝，我一切问题全解决！你比方说，我们这日本四岛出产的东西有限，那大明朝地大物博，要什么有什么，那不都全归了我了？老百姓的生活也得以改善了！

您看，他想得有多美呀！那是你的吗？就为此丰臣秀吉做了充分的准备，从日本四岛调集精兵良将，准备战船。但是要打中国，一口把中国给吞了，不可能，得一步一步地来。怎么办呢？先对付朝鲜，朝鲜好对付，把朝鲜给占了，拿朝鲜做跳板，跳到大明朝的满洲，满洲就是东三省了，把满洲给占了，再进山海关打北京，得步步为营啊！丰臣秀吉和他的谋臣们都商量好了，在大明朝万历十九年的时候，他们给朝鲜国王写了封信，这封信怎么说的呢？说："我们要对付大明朝，因为地理需要，必须借道而过，希望你给我们方便。"

您说这不是无理的要求？你打大明朝从朝鲜国通过，这叫什么条件？朝鲜国自然不答应，当时的朝鲜国王姓李，李氏王朝。朝鲜从历史上，就是中国的附属国，换句话说，唇亡齿寒呢！所以朝鲜国王马上降旨，严词拒绝，在我儿这借道，没门！丰臣秀吉也料到这手了，你不是不答应吗？好，我武力解决！

他马上就发动了这场战争，出动精兵五万，派日本的小西行长做最高统帅，率领精兵在朝鲜登陆。要说当时这朝鲜国呀，也太腐败点儿，朝鲜那国王就不怎么地，每天沉湎于酒色之中。据说他爱养鸡，没事在宫廷里就看那斗鸡，他手下那些臣子也不务正业，除了刮取民脂民膏之外，想方设法就是享受。军事上更不值得一提，他那军队没有任何战斗力！所以这倭寇一登陆，是连陷三城，什么开城、汉城全都没了。哎呀！这国王一看，好！带着宫眷这就跑呗！往北跑，一直退到义州，就到了鸭绿江边了，义州就是现在的新义州，朝鲜整个的国土全让日本倭寇给占领了。

这日本兵不依不饶的，聚集大兵还要攻打义州，把义州再给拿下，那朝鲜国王还往哪儿跑？就得渡过鸭绿江，跑到中国来避难。有一线之路，也不能那么干。因此朝鲜国王马上派人过江，恳请大明派兵支援，那个驿道上，据说告急的马，一匹挨着一匹，流星快马是络绎不绝。大明朝的万历皇帝知道这事了，要说这万历呀，比那朝鲜国王，虽然说强不到哪儿去，多少也强点儿，他还没昏庸到那种地步呢。得着信之后，万历为之一惊，马上召开内阁会议，文武大臣全到了。一分析当前的形势，感到事态是极为严重，这倭寇占朝鲜，无非是借助朝鲜为跳板，他真正打的是咱大明朝。一旦进入满洲，对咱可威胁太大了！必须派大兵前去堵截，这仗无论如何得打！

因此万历皇帝降旨，命令游击将军史如，副总兵祖成训率大兵三万，过鸭绿江前去抵御倭寇。新中国成立后不有抗美援朝吗？这次在历史上叫抗日援朝，两员大将领兵过了鸭绿江，到了义州在战场上跟倭寇相遇了。中国的军兵一瞅，这日本兵怎么那么小的个儿，跟地出溜差不多少！起这名叫倭寇，是有道理的。倭，即矮也，平均身高也就一米四、一米五左右，你别看个儿小，能打仗！动作迅速敏捷，舍生忘死，很难对付。

明军投入战斗，跟日本兵这一接触，这才知道日本兵的厉害！人家是训练有素，明军不堪一击，游击将军史如舍生忘死，在前线指挥，结果死于乱军之中，先损伤一员大将。副总兵祖成训一看，不好！我们轻敌了！带领残兵败将退守在丹东，就是安东，退过鸭绿江了，马上向朝廷告急。

神宗一听，“什么？打了败仗？连个小小的倭寇都打不过，这成何体统？再调兵！”

这明朝不遗余力，从各地抽调精兵凑齐了七万人，派宋应昌为经略，李如松为提督，二次渡过鸭绿江跟倭寇征战。这回还真不善！这两位够硬茬子，宋应昌身先士卒，李如松指挥战斗得法，这回沾了光了！一鼓作气收复了四个道，把倭寇打得是屁滚尿流，“哗！”就撤下去了。

宋应昌不断地红旗报捷，报到万历的龙书案，万历高兴，“接茬给我打！”

明军是越战越勇，眼看着要把倭寇推出海岸线，再往后退就是大海了。这个事让丰臣秀吉知道了，这老丰臣秀吉，比狐狸还狡猾！哎呀！他真没想到，吃了这个爆亏！难道我发动的这场战争，要以失败告终吗？不行！为今之计怎么办呢？得对症下药！他马上改变战术，什么战术？因为他知道明朝腐败，那些当官的贪财如命，所以他就备下重礼，派特使赶奔大明朝的北京。到那儿干吗？收买兵部尚书，叫时兴，这时兴主管着兵权，收了丰臣的重礼之后，他马上向万历皇帝建议：“陛下，这仗不能再打下去，跟日本讲和吧！咱这何必呢？连年进兵，耗费粮饷无数，朝廷的国库都要空了，老百姓怨声载道。既然日本服了软，咱就适可而止。而且日本方面要求讲和啊，这是老百姓求之不得的事，陛下三思。”

这明神宗万历，糊涂虫一个，干事有始无终，他一听时兴说得有道理，心说：不打不打，一打仗，打的是钱呢！哎呀，这两次征战，国库都要掏空了！好！允许日本人请和！

他降了一道旨意，结果上了日本人的当了！丰臣秀吉这是缓兵之计，双方签署协议，各自退兵，让日本人喘过一口气来。协议那玩意儿，比擦屁股纸强不了多少！就现如今也是，在需要的时候，签署个协议，发表声明，等过了两年，又变了，就不执行这协议，你拿它也没办法！约束力不是那么强的。丰臣秀吉倒出手来，继续是调兵遣将，结果转年的春天，又发动大规模的进攻，这就第三次了。日本的兵力超过十万，把大炮也全拉来了，决心要攻占大明。结果明朝一看上了当了，还得接茬打！万历皇帝一生气，把兵部尚书时兴给贬了职了：“没用的奴才！要不听你的，能倒这霉吗？”

又换了新兵部尚书，因此明朝再次调兵遣将，这次派的俩人更硬。你看那朝廷腐败，不等于当臣子的都什么也不是，这次派了俩人，一个叫陈麟，一个叫邓子龙，两个人对大明朝忠心耿耿，率领明军十几万，又渡过鸭绿江，开始跟倭寇干，再加上朝鲜的军队也得到补充，朝鲜的水师提督叫李舜臣，中朝并肩作战，这场仗打了二年挂零，经过艰苦卓绝的征战，以日本人失败而告终，终于收复了朝鲜全境，把日本人赶回本土。

其实呢，咱还得交代清楚，日本是怎么战败的？原因是那个丰臣秀吉死了，如果丰臣秀吉不死，继续指挥战斗，恐怕大明朝还够呛呢！在这个节骨眼上，丰臣秀吉一命呜呼，三军没有最高的统帅了，兵无斗志，因此以失败而告终。你看咱说书多简单？十几分钟，把这段历史交代完了，其实前后是经过了六年。众位，六年时间可不短！从万历二十年开始，打到万历二十六年，双方都付出了沉重的代价，那明朝累得也是气喘吁吁，把吃奶的劲都拿出来，总算换来了胜利。

可是呢，咱说这段历史是什么原因？就是要说明明朝集中了所有精力，去抗日援朝，元气大伤，没工夫顾及到建州周围的情况，努尔哈赤也就钻了这个空子，利用大明朝无暇顾及自己的时候，他迅猛地发展。明政府没工夫管我了，这回可得劲了，我就干吧！

努尔哈赤利用这六年的时间，迅速地扩张，平了海西女真，平了其他的部落，除了叶赫之外，几乎都叫他给统一了。同时呢，努尔哈赤还办了一件大事，利用这段时间，他又选了一个地方，叫赫图阿拉城，在苏子河畔。他一看，这地方比自己那俩城全强得多！三面环山，易守难攻，找风水先生一看，说这儿有龙气，是龙脉，因此他动用军民，开始建赫图阿拉城。这赫图阿拉有两个名，本地人叫赫图俄勒城，其实是一个意思。

这座城池也建起来了，他为什么建新城啊？努尔哈赤早就有野心，心说：那俩城，什么非阿拉、老建州，都不适用！这座新城里头修了王宫，钟鼓楼，朝门。他早就想了：我要找一个适合的机会，面南背北，登基坐殿，我得起国号，得建制！干脆挑明，跟大明朝对着干！这个机会我无论如何不能错过！所以赫图阿拉城一建成了，他就搬进新城。

就在努尔哈赤是一帆风顺的时候，家里的事也使他是大伤脑筋。您想，能没有矛盾吗？这人就犯一个贪字，人心不足蛇吞象，有人群聚集的地方，就有矛盾。要旁人还差点，主要是骨肉自相残杀，尤其是努尔哈赤跟他二弟舒尔哈奇产生了严重的分歧。这舒尔哈奇从小就跟他哥哥，这么多年来，转战南北是屡立战功，上大明朝朝贡的时候，他也跟着努尔哈赤，亲眼看见北京的繁华，看见大明朝的宫殿，看着大明朝的鼎盛情况。他也有野心，那时候他跟他哥哥，没有二心，近几年来他净领兵独当一面了，又是旗主，因此他这个野心是越来越大，哥俩儿有时候就闹个半红脸。谁敢跟努尔哈赤分庭抗礼？哥俩儿有时候拍桌子瞪眼睛，就差点儿骂祖宗了！您想，作为努尔哈赤，能容忍吗？但有时候他也想：我二弟三弟跟着我不容易，从小净受苦了，的确立下那么大的功劳，满身都是伤，发发牢骚，发发火，算了。这些努尔哈赤都忍着。这舒尔哈奇掌握着正红旗和镶红旗，他是两旗的旗主，因此他渐渐不听他哥哥的了。尤其前些日子，在扩张领地的时候，舒尔哈奇有一次失利，打了败仗了。像舒尔哈奇，打了败仗了，你回来请个罪，认个不是就得了！他找借口，就把努尔哈赤派来的监军乌拉给杀了。努尔哈赤一听就急了，把他二弟舒尔哈奇找到眼前，就问："你为什么杀乌拉？"

舒尔哈奇还挺有理："啊！他贻误战机，不听我的军令，导致我的失败。我损兵折将，责任全在他身上，我为什么不能杀他？”

“那乌拉可不是你的人，是我派去帮着你的。你要杀他，你也得事先请示请示我，我是旗主啊！”

“将在外，君命都有所不受，我哪儿有时间向你请示啊？杀了他怎么了？你不愿意了？”

当着那么多贝勒的面，这哥俩儿拍桌子瞪眼睛，吵得是不可开交。最后舒尔哈奇一甩袖子，领人退出去了。就在那天晚上，努尔哈赤没睡好觉，努尔哈赤心说：看着没？创业难，创业难，创立事业如登山呐！这创业光是打仗，好办，心往一处想，劲往一处使。就这内部不和，难呐！我二弟怎么变了？这还没怎么地呢，就跟我分庭抗礼。将来要立了国号，我当了君主，他还不得造我的反呐！这还了得！

但是他又考虑到手足情深，不忍动手。但这舒尔哈奇也自不量力，到军营里头大放厥词，大骂他大哥忘情负义：“想当初，你不咋地的时候，我在鞍前马后吃了多少苦！咱俩把衣服全脱了，叫军医验验伤，你伤多？还是我伤多？我舍生忘死啊！我给你办事。到了今天了，我这也不对，那也不对，到底怎么对？好！看来我们只能同受苦，不能同享福，我不先收拾你，你必然治我！”

第三十三回

兄弟反目太祖惩兄弟
父子夺权大汗恼皇子

努尔哈赤和二弟舒尔哈奇，亲哥俩儿发生了严重的摩擦。发展到后来，是水火不相容了。那么这哥俩儿究竟怨谁呢？咱客观地说，这舒尔哈奇呀，理亏的时候更多。怎么这么说呢？前文书咱说了，努尔哈赤这哥仨，命都苦，没有亲娘了，十岁被他们爹塔克世轰出家门。努尔哈赤那时候才十来岁，带着俩兄弟，可以说是含辛茹苦。十来岁的孩子懂什么呢？拉扯俩兄弟，历尽艰辛，饥一顿，饱一顿，跟头骨碌，暑往寒来，总算熬过了难关。后来努尔哈赤把俩兄弟拉扯成人了，十三副盔甲起家。打那儿之后，努尔哈赤带着俩兄弟，是转战南北。所以说这哥仨儿是从战争中长大的。

光阴如箭，一晃几十年过去了，如今的努尔哈赤、舒尔哈奇跟原来不能比了，那不管怎么说，舒尔哈奇，应当拿哥哥又当爹，又当哥哥，没哥哥哪有自己的今天？当然了，在大小数百战当中，舒尔哈奇是屡立战功，浑身上下都是伤疤，出生入死，维护他哥哥。但，其实维护努尔哈赤，就和维护他自己一样。

后来努尔哈赤带他上北京，从那儿之后，这舒尔哈奇呀，心里头就有想法，他觉得这北京太漂亮了！这当帝王太美了！他就萌生了野心。人前背后，甚至做梦都想爬上君主这把宝椅。

之后，随着努尔哈赤的势力是越来越大，又建立八旗，又创造文字，这舒尔哈奇呀，野心就更大了。他一看努尔哈赤建赫图阿拉城，修建豪华的都督府，东西也带朝房的，俨然就像个皇帝差不多少！而自己呢，立的那个功劳不次于自己哥哥，但是地位，荣誉，都差着一大块，什么事都得把哥哥捧到前面。尤其是近几年，努尔哈赤培养了许多亲信，好像对自己有点儿疏远了，打一次胜仗分的东西，自己比别人多不了多少，他就觉得他哥有私心，因此多有怨言。

咱再举例子说，在征讨叶赫部的战役之中，这舒尔哈奇判断失误，导致努尔哈赤伤兵损将。这努尔哈赤呢，也不是好脾气，当着那么多大将的面，痛责舒尔哈奇，这让舒尔哈奇觉得没面子，因而满腹牢骚。心说：没有这么干的！我是你兄弟，人有失手，马有漏蹄，纵然我误了点儿事，归根到底，最后不是打胜仗了吗？你怎么能当着那么多人的面，让我下不来台？我是你兄弟，你把我说得一无是处。我抬不起脑袋来，往后我怎么领兵带队？

因此下去他喝了点儿酒，大放厥词，就翻老账。那意思就说："我哥呀，要没我扶持着，他没有今天！他现在有点儿忘本，忘恩负义了！我跟他干，简直我窝囊到家了！"

这话都传到努尔哈赤耳朵里，有几次努尔哈赤想把他找来，好好谈谈。因为太忙了，倒不开那个时间。后来努尔哈赤一想：算了！年轻人，比我小好几岁，确实也立有战功，发点儿牢骚也是正常的。就没拿这当回事。可发展来发展去，到了后来这舒尔哈奇在黑车木——这是地名——选了个地址，背着努尔哈赤，也修建了一座小型的都督府，也有朝房，也有钟楼，把他一家子都搬那儿，是独立为王！这事努尔哈赤能不知道吗？后来一想：算了！人谁不想贪图享受？按他的功劳，修个府邸也不算过分。

因此呢，也没管。发展来发展去，这舒尔哈奇自已养兵，这可犯了大忌了。据查实，他养了两千死士。什么叫死士？就是宁愿为他死，也给他服务，这就叫死士。他养这两千兵干什么？以备不时之需，那意思，将来他跟他哥要翻了，这些人是他的班底。

这事传到努尔哈赤耳朵里了，这是绝对不能答应的！你想，作为一代的帝王，他的权力是不容侵犯的。不管什么人，如果侵犯和威胁到他的权力，他是绝不容情啊！您打开历史看一看，在历史上，为了这个权字，父子相残、兄弟相残、子孙相残，那多如牛毛啊！燕王朱棣夺了侄子朱允炆的权，唐朝李世民杀了他哥哥李建成，这事举不胜举！努尔哈赤也不例外，后来努尔哈赤是忍无可忍，心说：早晚这是块病。舒尔哈奇呀，没想到咱哥俩儿发展到这个地步。我不先走一步，势必为你所害！怎么办呢？

努尔哈赤酝酿了三天，净喝闷酒了。终于他下了决心了，这天晚上，他把他的心腹扈尔汉，偷偷地找来。咱也说过这扈尔汉，那就是努尔哈赤的亲信，谁要侵犯努尔哈赤，不管是谁，他就跟谁玩命。扈尔汉来了就问："都督，找我有事？"

"你坐下。"

"都督，有话您尽管说，我站着听就行。"

"不，咱俩好好谈谈。"

"哎！"

扈尔汉坐下了，心惊肉跳，不知道有什么重大的安排。就见努尔哈赤跟他说："扈尔汉，我问你点儿事。你把心放到公正处回答我，你对神盟誓，不准有偏向。"

“都督，您说吧。凡是我知道的，我怎么想的，我就怎么说。”

“这就对了。你回答我，舒尔哈奇表现得怎么样？”

“呀呀，哎呀，这……”

扈尔汉一听就冒了汗了，他心里清清楚楚，对舒尔哈奇也颇有怨言。但他知道，一个大贝勒，一个二贝勒，那是一个妈生的。他作为一个奴才，他敢说什么？今天主子这一问，他张口结舌，半天没说出话来。

“怎么样？你说，你不要有负担，怎么想的就怎么说嘛。回答我，一就是一，二就是二，舒尔哈奇表现怎么样？”

“回都督。我可说啦。说错了，您多多担待。”

“讲！”

“我看不怎么样。”

“为什么？”

“都督，难道您真不知道吗？您真逼着我说吗？其实您心里清清楚楚的。能有二三年了，我看您这兄弟，跟您不是一条心。我举例子说，他在黑车木大兴土木，修造都督府，大小规模跟您这儿差不多少，他在那儿作威作福。而且背着您，养了不少军队，每天加紧训练，这些军队发出誓言，一切都听舒尔哈奇的，别人管不着他们。舒尔哈奇指到哪儿，他们就打到哪儿。我还听说，他们偷偷摸摸地净开会，二贝勒很可能跟许多部落的人都私通往来呀。他们究竟想干些什么，我就不清楚了，总之对都督是极为不利呀。”

其实扈尔汉说这些话，努尔哈赤早就知道了，他想从旁人口中再确认一遍，今天一听，他的心铁了下来。

“扈尔汉。”

“在！”

“我对你怎么样？”

“哎呀！都督对我天高地厚之恩，我发誓效忠都督，绝无二心！”

“今天晚上我叫你替我办一件特殊的事。”

“您说！”

“你赶紧到教军场，点兵五千，都要精兵，采取突击行动。你把舒尔哈奇，包括他的家属，统统地给我抓来！如有反抗不听者，格杀勿论，你敢去干吗？”

“我敢！”

“好！事成之后，我必有重赏！马上行动！”

“是！”

这扈尔汉就听努尔哈赤的，叫怎么干，就怎么干。他到教军场拿军旗一展：“看着没？这是都督的首领军旗，在我手呢！”

当然得听他调动了，他调动了五千人，三千步兵，两千骑兵，按照努尔哈赤交代，偷偷摸摸地赶奔黑车木。咱没说吗？黑车木是个地名，小镇子不太大，周围是土围子，围墙有东西两门。他领队伍到了之后，守门的一看，自家人："站住！谁呀？"

"扈尔汉！都督有令，我来见二贝勒。"

还没问清楚怎么回事呢，就见扈尔汉一声令下："都给我绑起来！"

"我们怎么了？"

"绑起来！统统缴械！"

这就进了街了，一拐弯，直奔那个小型的都督府。到这儿，指挥两千人马，把都督府包围了，是破门而入，见人就捆，不服者就杀。这府里可就闹翻天了！这个消息马上传到舒尔哈奇耳朵里。舒尔哈奇穿着一身便装，没想到能发生这种意外。听前院一乱，心说：这是谁跟谁打起来了？怎么这么乱呢？

他开门就出来了，刚到院里头，扈尔汉领大兵就到了。他一看就一愣："那不是扈尔汉吗？"

"二贝勒！"

"你要干什么？"

"唉，奉都督将令，请二贝勒赶奔都督府回话！"

"我大哥找我？"

"正是！"

"那也没这么找的！你们兴兵动众、杀人放火，你们想干什么？"

"二贝勒，您别多问了，您到都督府自然清楚了，请跟我走吧。"

"我要不去呢？"

"您别为难我，您要是不听我的，我可要撒野了。"

"撒野你敢怎么地？"

扈尔汉一听，夜长了梦多，迟则生变！吩咐左右："绑！"

左右人就听他的，往上一闯，要绑舒尔哈奇。那舒尔哈奇能干吗？但是赤手空拳，回屋想拿家伙，已然来不及了。被二十多个军兵摁到地上，五花大绑，绑起来了。那舒尔哈奇能干吗？豁命地喊："反了！扈尔汉，你个杂种！你想要造反吗？你知道我是谁，你还敢捆我？"

"把他嘴给堵上！堵上！来，搜！是家属一起拿获！"

因此把他的妻妾、俩儿子阿敏、济尔哈朗全给捆起来，一百多口子装到车上，押到都督府。一进都督府，天就亮了。哎哟！所有的战将一看，这是怎么回事？怎么把二贝勒全家给押来了？人们就知道要发生大事，谁也不敢问。

扈尔汉到里边见努尔哈赤。努尔哈赤一夜没睡觉，脸色铁青，背着手来回直溜，一看扈尔汉进来，就问："怎么样？"

"报都督，大获成功！全给抓来了！"

"把舒尔哈奇给我带进来！"

先把舒尔哈奇带进来，舒尔哈奇一看他哥哥，更来劲了，一蹦多高："努尔哈赤！你想干什么？"

"舒尔哈奇，我想问你点儿事。"

"你想干什么？"

"你非想跟我夺权不成吗？"

……

这哥俩儿越说话越多，越吵声越大，最后努尔哈赤气得嘴唇直哆嗦："我宰了你！你信不信？"

"你什么都干得出来！你宰吧！你开刀吧！我豁出去了！"

"这……来人，把他给我押下去！"

努尔哈赤就没舍得下最后的决心，把二弟关进死牢，派专人看管。据说他这死牢与众不同，就留了两个小窗户孔，一个送饭菜的，一个接便桶的。哎呀！舒尔哈奇哪儿受过这窝囊气？两年多以后，是忧郁而亡，死那年是四十八岁。

还有一种说法，努尔哈赤把他二弟找来之后，哥俩儿闹翻了，努尔哈赤马上命人把他推出去砍了。究竟哪种说法是真的，咱不得而知，但是舒尔哈奇死到努尔哈赤手里这是真的。哥俩儿就得了这么个结局！

努尔哈赤后来就想：二弟死了，那么他的家属怎么办？难道我都斩尽诛绝吗？下不了那狠心呢！在他犹豫的时候，他那俩侄子，阿敏、济尔哈朗跪在伯父的脚下，是痛哭失声。这俩孩子一哭，努尔哈赤心软了，想起跟二弟、三弟漂泊那个年月，是怎么熬过来的？他心一软，把俩侄子给饶了。告诉他们："你爹是自找的，他要不是反对我，反对建州，我绝不能下这死手啊！只要你们哥俩儿明白是非，别偏袒着你爹，别喊冤叫屈，伯父照样疼爱你们，是一如既往！"

这俩孩子挺明白事，往上磕头嘴里净说拜年的话，向努尔哈赤表示："我爹是我爹，我们是我们，我们从今以后效忠伯父，绝无二心！"

努尔哈赤把俩侄子算饶了，视同己出照样叫他们领兵，照样封赏他们。其中阿敏那还是四大贝勒之一呢！当然，这是后话，咱暂且不提。通过这件事情，努尔哈赤受了严重的打击，病了四十多天，一闭眼就是他二弟，一闭眼就是舒尔哈奇，他那心里翻个儿的绞痛！你说不下毒手吧，早晚是个祸害。我不收拾他，他要收拾我。我几十年的心血白费了，他逼着我下的狠手。但是想起爹来、想起母亲来，心如刀绞一般。因此他发高烧，说胡话，一病不起。经过抢救服药，慢慢地身体才康复了。

但是没过一年，又发生了一件致命的事情。什么事？他大儿子褚英，那位说努尔哈赤究竟有多少儿子？一共是十六个儿子，你看他要是什么也不是，也就罢了，正因为他的权势和地位，他这十六个儿子就是他的心病！首先说他大儿子褚英。这褚英啊，跟着努尔哈赤没少遭罪，努尔哈赤不得势的时候，带着老婆孩子，转战南北，这褚英是长子，就跟着。有几次失落了，又找回来，出生入死，好不容易把他拉扯成人。那么他既是长子，努尔哈赤又考虑到这孩子长得不易，因此对他格外地疼爱。

当褚英刚到十八岁的时候，努尔哈赤就花力气培养，认定他迟早就是自己的接班人。哪知道这个褚英不争气！你别看他是大头领，但心胸狭窄，嫉贤妒能，后来努尔哈赤身体不好的时候，就叫褚英代表自己执行政务，把大权就给了他。其实也给他个锻炼的机会。嗬！这褚英一朝得势，翻脸不认人！心说：我爹把权给了我了，那我肯定就是名正言顺的接班人！将来我就是建州卫的都督，换句话说我爹要当了皇上，那将来我也就是皇上了！

他眼里没人了，没到两年的时间，把四大贝勒，五大臣，全给得罪了！这四大贝勒是谁呀？就是代善、阿敏、莽古尔泰、皇太极，因为属他们年纪大，战功最高，所以他们被称为四大贝勒。还有五个大臣，这五个大臣都是努尔哈赤的心腹，费英东、额亦都、扈尔汉、何和礼、安费扬古，这是五大臣。您想，这些重臣都是努尔哈赤的心肝宝贝，没想到全被褚英给得罪到底！

第三十四回

整顿内部大汗杀皇子
发兵讨明太祖得汉臣

俗话说，清官难断家务事，有多少开国的君主，叱咤风云，指挥万马千军，那真有两下子！可是返回头来，在处理家庭内部的问题上一筹莫展。咱甭说旁人，康熙大帝，号称千古一帝，所有的君主当中，他可以说是头一把，多英明，多有气魄呀！就在家庭问题上，处理不好。咱们仅举这个例子，其他的君主也多得是。就拿咱们前文来说，努尔哈赤十六个儿子，他就信任长子褚英，想立他为接班人，没想到，看错了！这褚英啊，就是个胎里坏，一包脓，成不了什么大器！自从执掌了大权之后，嗬！眼空四海，目无一切，努尔哈赤信任的班底，他瞅着是一钱不值！

咱举个例子说，他想干什么，他就干什么，别人怎么建议，他听不进去！谁要胆敢不听，他是张嘴就骂，扬手就打！

"什么四大贝勒？狗屁！都得听我的！"

他没事喝醉了酒，指着四大贝勒的鼻子，就说："你们听着！你们也看出来了，我早晚是接班人，建州是我的！你们都得给我干活，顺我者生，逆我者亡，谁要跟我好，打我的溜须，我要高兴了，将来叫他做高官！我叫他享受荣华富贵；话又翻回来说，谁胆敢背叛我，不听我的，到阿玛那儿说我的坏话，一旦叫我知道了，我是格杀勿论！阿玛在这儿的时候我就算不敢，阿玛一旦归天，我新账旧账一起算！"

您说这话是说着玩儿的吗？因此这四大贝勒心里都有一本账，恨透了这褚英！唉，就说褚英这些事，太多太多了！因此他犯了众怒，没有一个不恨他的。尤其不可原谅的是，舒尔哈奇和他哥哥努尔哈赤有摩擦，舒尔哈奇没安好心，早有一天要跟他哥哥变脸，要夺权，就拉上这褚英了！据说这褚英，偷着跟二叔也开过几次会，而且褚英还拍了胸脯了，跟他二叔保证："迟早有一天，要闹翻了，我站到二叔你的立场上，咱们里应外合，把这权夺过来！"

可是纸里包不住火呀！这么大的事情，努尔哈赤能不知道吗？好悬没把他气死！心说：褚英啊！褚英啊！你可是我儿子！别人反对我，唉，咱勉勉强强还说得过去。你则不然，你是我的骨肉，你站到别人的立场上反对你爹？我把你拉扯起来，容易吗？我今天叫你这么做，就是叫你接我的班，没想到你原形毕露！这好啊！

因此努尔哈赤下了决心，把褚英给逮捕了。但是当时没杀他，毕竟是自己的骨肉啊！想起来褚英小时候不容易，因此把他关起来，让他反省。你要明白事，你好好反省反省，你做得对还是不对呀？褚英这家伙不但不反省，还大放厥词。在他禁闭的时候，把他爹，把四大贝勒、五大臣都扎成草人，上头写上名字，拿针他就扎，一边扎一边骂："恨不能你们嘎巴嘎巴都死绝了才解恨呢！"

这事努尔哈赤能不知道吗？后来一查，果然是实，努尔哈赤这心呢，当时就凉下来了。一看，要留着褚英，迟早是个祸害。我一口气上不来，这江山要落到他手头，建州就彻底玩完！为了扫清障碍，为了建州的事业，只能忍痛割爱，下令把褚英处死。褚英啊，就得这么个结果。史料上记载，褚英死那年，是三十六岁。

处理了褚英之后，努尔哈赤"咣当"，又倒下了，一病不起。这两次重大的打击，使他元气大伤，多亏众人苦苦相劝，身体才逐渐康复。最后努尔哈赤一想：天作孽，犹可为；人作孽，不可活！我为了建州，不得已而为之，就是祖宗有灵，也能原谅我的过错。后来努尔哈赤身体康复了，照样处理国事，您还真别说！把舒尔哈奇、褚英这两个事解决了之后，建州面貌一新。人们这心里都挺舒畅，比原来果然强得多了！

就在努尔哈赤五十八岁那年，也就是明万历四十四年的正月初一，努尔哈赤下了决心了，在赫图阿拉城登基，登上至高无上的汗位，过去那都督不要了，表示跟大明是势不两立，彻底决裂！据史料记载，那一天可太隆重了！事先就筹备了好几个月，赫图阿拉城是欢天喜地，锣鼓喧天，爆竹齐鸣，努尔哈赤在五大臣、四大贝勒、文武百官的簇拥下，登上宝座。他当众宣布："从今天开始，大金国正式建国了！我的帝号是天命，国号是大金，今年就是天命元年！"

底下一片欢呼。说到这儿，咱得介绍介绍，怎么叫大金国呢？打开历史看看，努尔哈赤跟前朝那金国有直接的联系，女真人就是金国的后裔，所以起国号叫大金。但为了跟前朝那个金有所区别，我们在史书上给它另列了个名，叫后金。后金指的是努尔哈赤。

闲言少叙，书归正文，后金建立了，努尔哈赤是大封功臣，众人上表，给他立了个名字，叫富裕列国英明汗。您再听听，富裕列国英明汗，就是汗王，咱们一张嘴就说，老汗王，老汗王，就指努尔哈赤。汗意思是至高无上的统治者，跟大明朝那皇帝没什么区别，只是叫法不同而已。

努尔哈赤高兴，拜了祖宗天地，在赫图阿拉城上热闹了三天。三天之后，召开第一次御前会议，五大臣、四大贝勒、文武百官全都到齐了。努尔哈赤当众宣布：“我们现在建了国了，国号有了，帝号有了，明朝对咱绝不能罢手啊！我们要先发制人！我们不打它，它势必打咱们！因此我命令，休兵十天之后，马上出发，去攻打抚顺城！”

很长时间没打大仗了。文武百官一听，又要打大仗，跟明朝开仗，攻打抚顺，好事！将来把大明朝给灭了才好呢，我们问鼎中原！因此一个个欢欣鼓舞，摩拳擦掌，这就调集军队。

您想一想，这么大的举动，明朝能不知道吗？流星快马，飞快就报到北京，建州所有的地方告急的文书，像雪片一样，落到皇上万历的龙书案。

咱翻回头说明朝的万历皇帝，他的名字叫朱翊钧，十岁登基。小时候极其聪明，有过目成诵之才。即位之后，前些年还真不错，大事小事处理得当，使这个腐朽不堪的明朝还有点儿中兴的意思，老百姓的日子也算过得去。可是越往后越不如前。这朱翊钧有二十年没升殿，他把国家大事全交给文武大臣，宫内的事情全交给太监。他倒出时间干什么？玩啊！享受！吃喝玩乐，是糜烂至极了！这明朝刚一见点儿好，“呼啦”又出溜下去了。

单说这天，他也不知怎么心血来潮了。掐手指头一算，二十年不临朝了，今儿个也跟文武大臣会会面！因此他降旨，临朝听政。他刚坐到龙书案后边，文武百官急不可待，就跪倒一大片，各地的本章摞了二尺多高，请皇上龙目预览。朱翊钧随手拿过几份一看，建州、建州、建州。他就一愣，建州出什么事了？他问大学士方从哲：“究竟建州发生什么事了？”

“回陛下，十万火急呀！努尔哈赤已经称汗了，说什么他是富裕列国英明汗，在赫图阿拉城继汗位了，大封功臣，起国号大金，帝号天命。据臣等查之，他手下的八旗兵超过数万，有侵犯大明之心，请主上圣裁！”

“啊！”

这个昏庸的皇帝，倒吸了一口冷气，坐了半天没说话。

“怎么会这样呢？噢，我想起来了！努尔哈赤！我记得数年前，朕还召见过他。”

“正是！陛下，没想到这个努尔哈赤成了气了，真是胆大妄为啊！他敢称汗，敢建国，这就是造反，岂能容得！”

“陛下圣明！就是这么个道理，请陛下速降旨，将他等剿灭才是！”

“我借他个胆子，他也不敢！这样吧，传兵部尚书！”

兵部尚书进来，跪倒在地，神宗朱翊钧告诉他：“马上往辽东增兵！进一步察看察看，努尔哈赤他想干什么？”

您听听，就这个朱翊钧这么个昏君，他能成得大事吗？那不显而易见吗？努尔哈赤建立了国号了，就想跟大明对着干，还问他想干什么？要不怎么说叫昏君呢！由于他这一耽误，给努尔哈赤留了时间了，就在明朝调兵遣将的同时，后金的大兵已然出动了，六万八旗的精兵，开始进攻抚顺城。努尔哈赤是御驾亲征。

他把这六万八旗兵分成两路，一路由代善、皇太极领着，一路他亲自领着，绕山路，偷偷摸摸向抚顺城进发。那位说，那是干吗？还偷偷摸摸？对！努尔哈赤一生谨慎！那明朝再腐败，那也是个庞然大物！建国二百多年。有那么句话，船破有底，底破有帮，帮烂了，还有三千六百颗大钉子！努尔哈赤刚刚建国，他跟明朝交战，他得试探着来，不敢大张旗鼓。一旦碰了钉子，怎么收拾？

等离着抚顺城还有五十里，他把军兵埋伏到大山以里，派细作化装成老百姓，到抚顺城里探看虚实！咱返回头再说，抚顺城现在的主将，是游击将军李永芳。李永芳也是一员大将，跨下马，掌中枪，也是万人难敌，而且他这个脑瓜非常快，也不白给。努尔哈赤称汗的事，他能不知道吗？他得到消息之后，大吃一惊，除了拜本告急之外，另外下了命令，对抚顺城是严加保护。把城楼增高了，城墙加厚了，护城河加深了，里头灌满了水。城头上架上火炮，对出入城的人是严加盘查！另外，他这儿有个特殊的情况，什么情况？女真人很多。咱没说吗，抚顺城是女真人和汉人、朝鲜人、蒙古人互市的大市场，每一年举行好几次贸易交换大会，是个多民族聚居的地方，所以不少女真人都在这儿落了户了。

这李永芳一琢磨：他们别做了努尔哈赤的内应！我为了保住抚顺城，最好把这女真人、蒙古人等清除到城外。我这城里留他们不保险！

他清查户口，凡是女真人、蒙古人、朝鲜人，全给轰到城外去了，不经过我允许不准进城！这是剑拔弩张，火药味十足啊。

努尔哈赤把这情况摸清了，他在心里头盘算：看来这头一仗就是个硬仗！我要想把抚顺拿过来，就得付出代价。怎么办呢？他采取两条腿走路，先把抚顺城外围的村寨全都占领了，把抚顺城孤立起来，然后集中兵力再把它端掉。

努尔哈赤一鼓作气，占领五十多个村屯，哎呀！抓的那人可太多了！有上万口子，那么抓来人干什么呢？老头、小孩全杀了，妇女，上岁数的不要，年轻的全抓了俘虏，将来好分配到各府里当女奴，或者指派给谁为婚。年轻人则分成两路，有手艺的人全留下，不管你是木匠、瓦匠、石匠，有文化的都重用。没文化的充奴，干苦力活，累死拉倒！

要不说打仗这玩意儿，他发财全白得！得那财物更是堆积如山，一车一车地往赫图阿拉运。这努尔哈赤亲自到前线去视察，他一看，前头押来一伙人，一条绳串着，跟串那蛤蟆差不多少！他一瞅，这伙人宽袍大袖，不像一般的人，他就站住了，问："我说站住，抓的这伙汉人是干什么的？"

这女真兵那头是牛录，一看大汗来了，赶紧施礼："回大汗，这是我们刚刚抓的俘虏。"

"他们是干什么的？"

"还没经过盘问呢，不知道都是干什么的。"

"我先看看。"

努尔哈赤从马上跳下来，亲兵卫队在后头跟着。他来到这些俘虏的面前，这些俘虏，有的吓得就不行了，两腿打战，瘫软在地。有的是面如死灰，哆嗦成一个了。就有一个人例外，是昂首挺胸。别看捆着，身上有点儿伤痕，但俩眼倍儿亮！努尔哈赤一看，此人长得是面似冠玉，微微有点儿小黑胡，八字眉，大豹子眼，束发包巾，宽袍大袖，真是与众不同！

他觉得有点儿奇怪，用马鞭一指："把这个人给我带过来！"

女真兵过去，把绳给松开："走！"

把这个人推到努尔哈赤面前，努尔哈赤围他转了两圈，就问他："你叫什么名字？"

"我姓范，叫范文程。"

"范文程？你是读书人吧？"

"不但读书，我还是教书先生。"

"噢？哈哈，你懂女真语吗？"

"懂，我从小在这儿长大的。"

"你说几句我听听！"

这个范文程"吧啦吧啦"，一说这女真的话，努尔哈赤大喜呀！眼睛就一亮。他站得高看得远，他知道，要跟大明朝打仗，光靠建州人不行，得利用汉人，还得是文武兼备的汉人。这是个读书人，我现在正需要！因此他心里一动，马上改变态度了："范文程，知道我是谁吗？"

"如果我没猜错的话，您是不是富裕列国英明汗？"

"行！真把我认出来了！我要不杀你，愿意给我办事吗？"

范文程"扑通"就跪下了，"英明汗，如果留得我三寸气在，我誓死报效大汗！"

第三十五回

范文程巧计攻城
李永芳中招陷池

范文程字献斗，就是沈阳人，一盘根，他的祖先还是大宋朝了不起的宰相范仲淹。您打开历史看一看，范仲淹，他的声望超过包公，那些人都白给！只是呢，包公人们通过戏剧、曲艺等文艺形式，把他名声宣扬出来了，但要讲真正的声望，都赶不上范仲淹。所以呀，努尔哈赤对这个范文程是颇有好感，就问他："那你为什么到了东北塞外来了呢？"

"哎呀！"

范文程口打咳声，把经过讲述一遍。原来他的祖上赫赫有名，但是这后人是一辈不如一辈，就拿这个范文程来说，是个秀士，有点儿文化水平，素有大志，总想报效朝廷，觉得自己有两下子。怎奈生不逢时啊，他那点儿文章，没人理睬，他的抱负没人理解，因此受不到重用，充其量做了个私塾先生。没事他就发牢骚，恨自己命苦，生不逢时，天时地利人和，没有一点儿能借光的。

但是他这心没死，因为他从小到大长在沈阳，跟建州女真有过往来。这边建州人的风俗习惯他全了解，抚顺一带，他也经常走动，也结识了不少朋友，所以说这女真话非常流利。世上无难事，就怕有心人，那时候范文程就想过，说："看这个样子，这个女真迟早有一天能成气候。万里有个一，倘若有一天我要帮着女真人干点儿什么，我这抱负岂不得到施展。"

唉，今儿个机会来了，他让女真人抓了俘虏了，他做梦也没想到，询问他的正是英明大汗努尔哈赤。努尔哈赤对他是另眼看待，命人松绑赐坐，对他和颜悦色，问这问那。

努尔哈赤也是试探："范文程啊，范先生，摆在我眼前的就是抚顺城，那你说说看，我如何能把这座城池拿下来？"

这就是试探，你究竟有没有两下子？范文程早就算计过，听努尔哈赤问完了，他一笑："大汗，我是这么看的，抚顺城，城池坚固，明朝设有精兵在此驻守，大汗要诉诸武力，难免会伤兵损将。死那么多的人，即便把城池夺下来，也是得不偿失。不如智取，避免强攻。”

“说说看，怎样智取？怎样能避免伤兵损将？”

“大汗，我是个读书人，不懂得军事，说出来供您参考。现在大汗在赫图阿拉起兵，声势浩大，抚顺城事先就做好了防范了。您看看，这城门紧闭，城墙上排列着火炮，五千多官兵是严阵以待。大汗取抚顺，难免是一场激战。强攻乃下策。以我的主意，大汗虚张声势，假打两仗，以失败而告终。您听明白啊，假败。然后您马上撤兵，把劲旅撤到大山之中，隐蔽起来，麻痹明军的守将。您想想，抚顺城的老百姓靠什么活着？数百年来靠的是贸易生存。它有大集市，现在城中缺粮少米，缺这个少那个，老百姓急于出城。您这一撤兵，他认为您打了败仗撤走了，放心大胆地把城门开放，不久还得恢复集市贸易。您正好乘虚而入，派一些精兵，化装成老百姓混杂其中，以各种方法混进抚顺城。而后派兵攻打，那守将仓促之间，关闭城门，也就是把我们的人也关在城中。那时候您再攻城，我们里边的人得便，大开城门，我军长驱直入，抚顺可定也！”

努尔哈赤眼睛盯着范文程，一句话没说，脑子在飞速地转动。听范文程说完了，努尔哈赤是仰面大笑，“啊！哈哈！范先生，高！我服你了，此计大妙！”

努尔哈赤随后晓谕满营众将：“范文程是我的朋友，是我的先生，你们必须得尊重！哪一个对范先生不礼貌，我是定斩不饶！”

什么五大臣、四大贝勒，各旗的旗主，带兵的将领，因此对这个范文程是另眼相看。那范文程呢，是努尔哈赤起兵得的头一个汉人参谋官，以汉人的眼光来看，范文程是头一个大汉奸，是背叛汉民族的一个奴才，可努尔哈赤是如获至宝。

按照范文程所说，努尔哈赤第二天，马上命令扈尔汉领兵一千，攻打抚顺城。抚顺城里的守将叫李永芳。李永芳六天都没睡好觉，他城里的文武官员，一共是五十五名，通宵达旦在这儿守城。李永芳也顾不得吃饭了，有时候登上城楼，往外一看，这城外全是鞑子兵，他这心呢，就堵上了，心里话：看这个架势，努尔哈赤非夺过抚顺城绝不罢手啊。哎呀，我孤城一座啊，援军迟迟不到，我怎么个守法？

唉声叹气，走下城楼回归内宅。他夫人叫高氏，高氏一看老爷瘦了，两腮深陷，眼眶塌进去，跟俩深坑差不多少，就问他：“老爷，这形势还这么严峻吗？”

“咳！别提了！夫人呢，咱做万一的准备，倘若抚顺城丢了，我身为守边的战将，是必死无疑。你带着孩子和女儿快回老家河南，现在就打点金银细软，以备不时之需。”

高氏一听，也哭了：“老爷，不要说得那么凄惨，老天爷保佑主上的洪福，抚顺城肯定能守得住。”

“咳！这是念喜歌，妇人之家懂得什么？准备准备吧，我还得巡城去。”

这李永芳啊，又一晚上没合眼，天似亮似不亮的时候，突然有人向他禀报：“将军，可了不得了！鞑子兵打来了，要围攻抚顺！”

李永芳大吃一惊，披挂整齐，挎着宝剑登上城楼，往外瞭望，一看，东关外来了有几千鞑子兵，旗幡招展，一色都是骑兵，“嗷嗷”喊着发动进攻。李永芳一伸手，把防身宝剑拽出来：“弟兄们！忠君报国的机会来了，给我守住城楼！如果他们靠近，就给我打！往死里打！”

“是！”

“明白！”

“明白！”

果然，鞑子兵眼看要靠近城墙了，守城的明军开弓放箭，投下巨石，并点燃了火炮。

“咚咚咚咚！啪啪啪！”

一下把建州兵给打退了。没到中午，建州兵又发起进攻，又被明军给打退了，这一天就反反复复四五次，李永芳连城楼都没下，渴了喝口水，饿了吃口干粮，他身边有个副手叫王宁印，是个千总：“将军，我看这样的打法，不是长策。”

“依你之见呢？”

“依我之见，应当开城门，跟他展开决战，以挫其锋！让他知道知道明军的厉害！单是在这儿守，就等于挨打呀！”

“你说得不假，只是我担心咱们不是鞑子兵的对手。”

“大人，休长他人的锐气，灭我们的威风。我就不忿，这老鞑子没什么了不起的！”

“你想试试看？”

“正是！将军，给我一支令箭，我马上开城出战！”

“好了，我给你军兵一千五百名，马上出城御敌！”

“遵令！”

这个王宁印真不愧是一员虎将，久征战阵，非常有经验。下了敌楼，飞身上了战马，头顶铜盔，身贯铁甲，跨下青鬃马，掌中车轱辘大斧子，带了一千五百军兵，喝令一声：“开城！放吊桥！”

军兵赶紧把城门开放，“吱呀呀！”吊桥放平稳了，王宁印指挥军兵，他是一马当先，杀出抚顺城。这会儿太阳往西转了，建州兵正发起第四次围攻，正好走了面对面。王宁印就豁出命去了，把大斧子高高举起：“弟兄们！冲啊！”

“哗！”

两军相遇勇者胜，这明军也不含糊，主将玩了命，当兵的谁敢偷懒？这一个冲锋不要紧，建州兵是抵挡不住，“哗！”就退下去了。王宁印一看，精神头就上来了：“怎么样？怕硬的吧，越在城里头眯着，他越来劲，给脸不要脸！这回叫你们知道知道大明军兵的厉害。追呀！冲啊！”

“哗！”

明军兜着屁股就杀，一鼓作气，建州兵是损兵折将，败下去四十多里，钻进大山。王宁印还想追呢，李永芳在城楼上一看，心里一紧心说：不能追，孤军深入，这可太危险了！

“鸣锣收兵！”

“嘡啷啷！嘡啷啷！”

王宁印正在兴头上，一听收军锣响了，不得不回去，把大斧子一挥：“收兵！”

明军打了个胜仗，得了不少战利品，王宁印高高兴兴来到城里见主帅请功，李永芳拍拍他的肩头：“宁印啊，行！有两下子！我服了你。”

“将军，怎么样？不给他颜色看看不行，把他杀退了好几十里！”

“是啊是啊！我看得清清楚楚，下去休息吧！”

书说简短，这场大仗是四月十六发生的，在这之后，抚顺城周围相安无事，一直到月底，什么战事也没有。而且鞑子兵跑得连影都没了，李永芳几次派人出城侦察，回报说：“老鞑子被打退了，大概跑回赫图阿拉城去了。他知道咱的厉害，他害了怕了。”

“真的？”

这侦察兵走出去百里之外，也没见着鞑子兵的踪影，李永芳这心，“扑通”放下了，看来这次出战就对了，王宁印立了大功了，老鞑子真是不禁揍啊。你们这种人我明白，打胜不打败。你们要打胜了，得理不让人。要打败了，一蹶不振。

他这心放宽了，又过了几天，唉，没事了，老百姓都想出城啊，购粮购米，缺东少西，不得采买吗？再说城里的守军，也需要许多的物资。李永芳一琢磨：既然不打仗了，还正常地生活吧。城门开放，恢复集市贸易。又过了两天，这才开开城门，一切恢复了正常，东关、西关贸易市场又开放了。这一开放，四乡八镇的人纷纷到这儿贸易，到这儿来赶集，集市是空前热闹。做买的、做卖的人，是川流不息。

可李永芳做梦也没想到，这正中了努尔哈赤的计。努尔哈赤的兵撤出一百多里，都躲到大山里头藏起来。按照范文程的计划，派了三千多鞑子兵，一色化装成老百姓，内披细甲，暗藏利刃，牵着牛马到这儿来贸易。贸易是假的，得便就混进城中，贸易进行到第三天的时候，他这三千军兵都偷偷混进抚顺城。觉得差不多少了，努尔哈赤跟范文程商议之后，连夜点兵。天还没等亮呢，大军就突然出现在抚顺城下！

“攻呀！杀呀！”向抚顺城展开猛攻。

单说游击主将李永芳，昨天晚上这觉睡得还真香。多少日子没睡安稳觉了，这回可舒服了，洗了个热水澡，跟小妾钻到被窝里，睡了个好觉。正在这时候，听见外头战鼓如雷，吓得他急忙就坐起来，问手下人：“怎么了？”

“报告将军，不好了！老鞑子又杀回来了！铺天盖地，也不知有多少人马，将军，您看怎么办？”

“守住！给我守城！”

李永芳马上披挂整齐，到了辕门外，正好遇上王宁印。王宁印也着急，手中提着大斧子：“将军，老鞑子又回来了！”

“我知道！快协助我守城！”

他们登上东关的敌楼往外一看，好家伙！这建州女真兵竖着云梯，推着战车，“嗷嗷”直喊着，已经扑到城根下头。李永芳喝令一声：“打！开弓放箭！放炮！”

“咚咚咚咚！啪啪啪啪！”

双方展开激烈的战斗，一方是攻，一方是守。天还没等似亮似不亮的时候，城里开了锅了！

“哗！”

李永芳就愣了，这城里出什么事了？刚想派人去询问，报事的来了：“将军，可了不得了，城里头有鞑子兵，趁咱们不备，已经抢占了西门。现在已放下吊桥，开了城门，鞑子兵杀进西城了！”

“哎哟我的妈呀！”

李永芳不听则可，闻听此言，是魂飞魄散！

第三十六回

李永芳投诚得荣华
张承胤恼怒攻抚顺

明朝的游击将军李永芳正在守抚顺城，有人向他禀报：“西关丢了！”

李永芳不相信自己的耳朵：“这怎么可能呢？究竟什么人出卖了西城？”

“报将军，没有任何人出卖西城，只是城里头有大批的鞑子兵，不知道怎么混进来的，突然之间抢占了西门，杀死守门的军兵，鞑子兵进了城了。”

“哎哟！”

李永芳好悬没趴下，他急忙定了定神，让千总王宁印守住东城，他赶紧顺城楼下来，飞身上马，领着亲兵卫队赶奔西城。他这意思，想把西关夺回来，刚到十字街一看，大势已去了，这鞑子兵是可篓子往里头灌！

老百姓是四散奔逃，哭爹叫娘。李永芳把嗓子都喊破了，也控制不住局面，只好打，双方就展开了巷战。打着打着，就觉得有个套套他脖子上了，“哎！”

他刚一愣，这套是越勒越紧。

“你给我下来吧！孙子！”

他让建州兵的套马杆子给套于马下，李永芳再不服也不行了，被人家生擒活拿。他身边的亲兵卫队死伤无数，“哇！”往东边就跑。王宁印得着报告之后，赶紧下城，抢救游击将军。刚到城门洞这儿，建州兵就冲上来，一顿乱箭，把王宁印就射成刺猬，死在城门洞，然后大开城门，东关外的建州兵也是可篓子往里灌！天光刚一放亮，偌大的抚顺城就落到努尔哈赤之手。

努尔哈赤得着报告，高兴！拍了拍范文程的肩膀：“范先生，你的计谋太高了，立下大功一件，进城！”

建州兵是浩浩荡荡开进抚顺城，原来的游击将军府，变成了努尔哈赤临时的行宫。努尔哈赤是居中而坐，马上传旨，扑灭大火，不准滥杀无辜，赶紧出榜安民，晓谕老百姓各安生业，不必惊慌。而后，只听他吩咐一声：“把俘虏都给我押上来，我要亲自审讯！”

头一个俘虏就是李永芳，双臂倒剪，由两个人架着被推上大堂。

李永芳睁眼一看，他心里的这个滋味甭提了！他心说：这是我的游击将军府啊！昨天我还是这里的主人，今天就变成阶下的囚徒！他往上面的正座上一看，自己往常坐的那把椅子上，端坐一人正以胜利者的姿态，撇着嘴盯着他，不用说，这人就是努尔哈赤了。

到了现在，李永芳只求速死！他把眼一闭，一句话也不说。努尔哈赤看了看他："你是明朝的游击将军李永芳？"

他不言语。范文程在旁边站着呢："李将军，大汗问你的话呢！"

李永芳还不言语。努尔哈赤不着急，笑着点点头："李永芳，看这意思你还有点儿不服气，是不是？我跟你说，大明朝的气数已尽，尽管尔等替它卖命，也无济于事。我爱惜你是个人才，识时务者为俊杰，如果你愿意保我，我非常高兴，绝不会亏待于你！李永芳，愿降否？"

"啊呸！努尔哈赤，闭住你的臭嘴！我姓李的铁骨铮铮，我是大明朝的忠臣！城破了，我没什么可说的，我只求速死！"

"是吗？哈哈！真不投降？"

"不投降！"

"好！那我就成全了你！不过你的死，跟旁人可不一样。来人！把那碗酒端过来，给他灌下去！"

李永芳一听，什么？噢！给我灌酒。不用问，毒药酒！给我什么我也得喝啊！果然有人拿个托盘，托着一碗酒，递给当兵的。当兵的接过来，请示过努尔哈赤之后，一掐李永芳的鼻子，一顶他的腰，把这碗酒给灌下去了。李永芳不喝也不行，咧着嘴，"吨吨吨吨！"喝下去了。

哟！喝完了这碗酒之后，李永芳只觉得五脏之内跟着了火了一样，鼻子喷出来那气都像火焰喷射器。完了！完了！我的五脏着了火了！

他脑袋里想着，昏昏沉沉，就什么也不知道了。这李永芳啊，也不知道自己死没死。为什么这么说呢？你说死了，就应该什么都不知道了，但他好像又在做梦，梦见自己指挥千军万马，正在征杀，他嫌自己那匹马太慢，一个劲地着急。又好像回到故乡河南，又好像见着许多的亲人，耳边还听见有人说话的声音。唉？怎么回事啊？他迷迷糊糊把眼睁开，一看这身上，不但没捆着，而且赤条条，一丝未挂。莫非我在做梦吗？不像啊，他揉了揉眼睛，精神多了，不过这头啊，还多少有点儿发沉。

正在这么个时候，就听身边有个娇滴滴的女子的声音，随之而来的是扑鼻的香味。

"将军你醒了，喝口水醒醒酒吧！"

什么人？他扭头这一看，挨着他有一女人，穿着紧身小袄，跟不穿衣服也差不多少。年纪挺小，浓妆艳抹，人样子长得还可以。李永芳就一愣啊！这、这是什么人？他赶紧把身子往边上挪了挪："你是何人？"

"哟！将军，这又不是在战场，你何必如此动怒啊！我是金钱格格，我跟你说吧，我父汗就是努尔哈赤，我是他第七个女儿。我昨夜晚间已经跟你成就了好事，不然咱怎么能睡到同一张床上呢？"

"啊？你、你胡说！"

"我怎么胡说呀，我告诉你，将军，你喝的那碗酒不是毒药酒，是迷魂汤。你失去了知觉后，我父汗把我下嫁于你，让我与着你同床共枕，因此成就了好事。归根到底，我父汗爱你是条英雄好汉，不忍把你杀害，一心想招降你，这你还不明白吗？"

"妄想！妄想！我是大明的忠臣，我……"

"有这样的大明忠臣吗？赤条条一丝不挂，跟努尔哈赤的闺女睡到一个被窝里，这怎么解释？"

李永芳心里一翻个儿，知道中了计了，哎呀，追悔莫及呀！

"我，我至死也不降！我……"

他用手一划拉，可把他吓坏了！觉得头顶上少了点什么，还多了点什么。这意思怎么回事？一摸脑瓜门，前半截这脑袋上没头发，都给剃了。摸后头，多了条辫子。呀！我不也变成老鞑子了吗？

"哎呀！"

李永芳是失声痛哭。你看古人呢，尤其是男人，一爱头发，二爱胡须，视胡须和头发如生命，那是父母给的。这下把脑袋给剃了，梳成了辫子，有辱祖宗，这简直是奇耻大辱。

金钱格格一点儿都不动怒，在旁边笑着劝他："将军呢，识时务者为俊杰，你还保什么大明朝啊？你仔细想一想，大明朝对待你怎么样？你把抚顺城丢了，大明朝的皇帝肯定得杀了你，灭你的三族。相反的，我父汗对你又是什么样？爱惜你是个人才，将我下嫁于你，你别不识好歹。如果你想通了，赶紧更换衣服去见我的父汗。"

"我，咳！"

李永芳心说：多大的英雄，到现在也变成狗熊了。时也！运也！命也！但是又一吧嗒滋味，金钱格格说得不假呀，明朝对我有哪些好处？拿我李永芳来说，论文论武，我就配做一个游击将军？我早就应该做总兵，甚至比总兵官还大！是明朝的万历皇帝不识货呀！我屈就了游击将军，我犯得上给他玩命吗？你看看努尔哈赤，还把女儿给了我了，我充其量不过是个俘虏，人家往我脸上贴金呢！我已经是大金国的驸马爷了，我干吗那么不识趣啊？

想到这儿，想通了："多谢格格的点拨，马上叫我更换衣服吧！"

"唉，这就对了！"

换了衣服了，一色都是女真的装束，跨马服、长袍、梳大辫，从外表上一看，李永芳就是女真人了。金钱格格陪着他来到正厅，来见努尔哈赤。努尔哈赤干什么呢？没闲着，得的战利品堆积如山，得封赏五大臣、四大贝勒和许多的将士。努尔哈赤舍得花钱，旁人为他玩命，能亏待人家吗？得了那么多的战利品，他不要，全封赏给他的臣子和士兵。

正在这时，李永芳来了，金钱格格笑着走到近前，万福之后，趴到努尔哈赤耳边嘀咕了几句，努尔哈赤笑着点点头。就见李永芳，满面羞愧来到前面，双膝跪倒："英明大汗在上，败将李永芳叩拜大汗！万岁万岁万万岁！"

"平身！永芳啊，愿意归顺我吗？"

"愿意。"

"是真心呢？还是嘴头上的？"

"是发自真心。"

"好！永芳，你这么做就对了！李永芳听封，我委你抚顺城的总兵官，大金国的额附，从今之后，凡是汉人都归你管辖！"

"谢主隆恩！"

你看，昨天还是阶下囚，今儿个摇身一变，变成大金国的额附了。又成了抚顺城的总兵官。李永芳简直感激得是无可无不可！甚至有点儿后悔。要知这样，我早点投降啊！我何必受那份儿罪？

那么努尔哈赤对李永芳为什么如此重视？他自然有他的目的，这也是范文程给出的主意，得重用汉人，起用汉官，范文程说："英明汗欲一统天下，迟早得入主中原。那儿都是汉人，您得树立个坐标。比方说您重用李永芳，一是让他为可汗效命，忠心耿耿；二是凡是有汉人的城池，叫李永芳去做说客，那李永芳所遭所遇，汉官没有不知道的！他们一看，哎哟，大汗如此英明，投降了没有亏吃！这一来可以减少阻力，也能收买人心。"

这就叫不刮春风，不下秋雨。努尔哈赤深明这个道理，因此重用李永芳，李永芳呢，也赶上这时候了，也未必所有的人都像他这么幸运。

闲言少叙，书归正文，李永芳投降了，他这一降许多宁死不屈的人，也都被他说服了，全都归顺努尔哈赤。就在努尔哈赤占据抚顺城的第五天头上，警报传来，明朝的大兵浩浩荡荡开到抚顺，领兵带队的非是旁人，正是广宁总兵张承胤。

咱们前文书说了，抚顺最早的总兵官叫李成梁，这李成梁在这任上做了二十多年，战功赫赫。不过呢，到了晚年犯糊涂，官场之中没打点明白，结果叫人告了一状，把他弹劾了，撤职贬家为民，而后换了这个张承胤。张承胤坐镇了几年，后来升官了，升到广宁总兵官，调走了，因此把这儿交给了李永芳。这一次抚顺城这一告急，辽东震动，辽东的巡抚马上责令张承胤，赶快带兵救援。结果晚来一步，黄花菜都凉了！还没到抚顺，就听说了，李永芳投降了，还被招为额附，现在抚顺城丢了。

把张承胤给恨得！李永芳，你个败类！好小子，卖主求荣之辈！你要落到我手上，我把你千刀万剐！因此他命令大军是日夜兼程，这天终于来到抚顺城外，兵分三队，列开阵势，是讨敌骂阵。

努尔哈赤早就预料到这手了，明朝能善罢甘休吗？能不报复吗？大仗还等着，因此继续谈笑风生，毫不介意。他往两旁看看："各位，又要打大仗了，你们哪位请令出战？"

皇太极跳出来了："父汗，儿臣不才，愿领兵出战！"

代善也过来了："父汗，我请令出战！"

"我出战！""我出战！"

人人奋勇，是个个当先。努尔哈赤笑着看看他们，没表态，眼光落到李永芳身上。李永芳多聪明，尤其他刚投降，重在表现，他一看这眼神，就明白了。李永芳赶紧出班跪倒："父汗，儿臣不才，愿请令出战！"

"永芳啊，非你不可呀！我听说张承胤也是一员虎将，别看是我们的仇敌，我对他印象甚好。最好你出城去劝劝，如果他能认清时务，兵不血刃，我必有重赏！"

"是！"

李永芳带了三千军兵，开城门到战场。皇太极和代善不放心，紧跟着请令，各带了五千军兵做帮手，就在抚顺东关外布成战场，旗幡招展。

再说李永芳，催马摇枪来到两军阵上，抬头一看，对面并排三匹马，马鞍桥上端坐三员大将。正中白马上，正是广宁总兵张承胤，这是李永芳过去的上级，两个人的私交还不错。上垂手一匹黑马，马鞍桥上这员大将，也是好朋友，叫颇廷相，下垂手一匹白马，马鞍桥上一员大将，叫普世方，也曾经同殿称臣。不打仗那会儿，他们这些当武官的，没事在一起行围狩猎，喝酒赋诗，因此私交都非常好。这回变成了仇敌了。

这李永芳不管怎么说，有点儿愧疚，这个脸上有点挂不住，但又一想：我现在是大金国的人了，我干什么要愧疚？我投降啊，我认为我是做对了。

想到这儿，有了主心骨了，腰板一挺，他把马往前一提，"踏踏踏"："吁！对面可是张承胤张兄吗？"

单说张承胤，两眼熬得血红，抬头一看："哎呀！李永芳你个败类！"

第三十七回

战抚顺明军败北
陷深山总兵殉职

李永芳见着张承胤，心里不太是滋味，但他硬着头皮，把马往前一提，满面堆笑：“对面可是仁兄张承胤？”

张承胤把坐骑带住，抬头一看，好个李永芳不但投了降，连带衣饰装扮都成了满鞑子了，那火“腾”就撞到脑门子上，“咯嘣”是紧咬钢牙：“啊呸！李永芳你个狗奴才，你还配跟我称兄论弟吗？你这背主求荣之辈！我恨不能食尔之肉、喝尔之血！你拿命来！”

这张承胤也不斯文了，祖宗奶奶的，破口大骂。李永芳一句话也没说，但心里也不是滋味。好半天，张承胤骂累了，利用他喘气的这个机会，李永芳说话了：“哥哥，您骂的对不对？有对的地方，也有错误之处。尽管咱俩是仇敌了，咱有什么话说什么，好吗？我说几句，您能赏脸吗？”

“有屁你就放！”

“大哥您刚才说了，我卖主求荣，如何如何。请问咱那主子怎么样？当今的万历皇帝，那是个什么皇帝？昏庸无能，奢侈糜烂，他管咱的死活吗？管天下老百姓的死活吗？他只贪图个人的安逸，其他什么他也不顾及，纯属是个无道的昏君！哥哥，我还记得两年前八月中秋，咱弟兄在一起喝酒，你借着酒劲大放厥词，你骂过万历皇帝没有？你也骂过，你心里也不服气，咱们是志同道合。另外哥哥，许多大道理，我不愿意讲，现在建州建立了大金，努尔哈赤那是英明之主，大家给他上了尊号，叫富裕英明汗，我认为是恰如其分，您不要泛泛地看问题，说他是偏邦的胡人，不通王化，等等，那都是诬蔑之词！我接触的日子不多，却发现努尔哈赤要比万历皇帝胜强万万倍！迟早有一天，大金肯定能一统天下！哥哥，你我弟兄关系不错，你要能接受弟弟的话，就倒戈投降，共保大金，咱弟兄还能长期相守在一处，何乐而不为？你再僵持下去，迟早有一天努尔哈赤不杀你，万历也不能把你饶了。你费力不讨好，你说这是何苦呢？哥哥……”

“不要说了！背主之徒啊，少要强词夺理，拿命来！”

张承胤刚要出战，从下垂手有一员大将高声喊喝："大帅，杀鸡焉用牛刀，把这个败类交给末将！"

"踏踏踏！"这员大将是飞马舞刀，直奔李永芳。张承胤一看，是参将普世方，自己的好哥们儿。就见普世方催马抡刀，来到李永芳近前，二话不说，抡刀便砍。

嘴里还骂："背主之徒！你个败类！你个走狗！着刀！"

李永芳没还手，左躲右闪，战马"踏踏踏"往后直退。定睛一看，认识，是普世方，也是好哥们儿，在一起喝过酒，共过事。李永芳把马倒退了几步："吁！世方兄，世方兄，方才我们说话，你听见了。世方兄，欢迎你投诚归顺，我一定在汗王驾前重重保举于你，你不要再打了，打下去，没有好果子吃，准败无疑！"

"啊呸！你拿命来！没人听你穷白话！"

这普世方是频频发动进攻，李永芳那意思，想顺说讲道理，对方倘若听了话了，避免一次争斗。但是他想错了，人跟他不一样，这普世方根本就不听！一刀快似一刀，一刀紧似一刀。正在这个节骨眼上，在后头督战的第四大贝勒皇太极，长身一看，对面来将太可恶了，是蛮不讲理。这李永芳你干什么呢你？你是一让再让，显着大金国也太软弱无能了！

他实在忍无可忍，把马往前一提，手舞大刀来到阵前："呔！永芳将军，闪在一旁，把他交给我了！"

李永芳一看：坏了！坏了！反正我也尽到力量了！没有办法，只好长叹一声，拨马回归本队了。

单说皇太极把大刀高高地举起："来将报名再战！"

普世方一看对面这来将，人高马大，长得挺英俊，浓浓的两道八字眉，一对大豹子眼，通关鼻梁，四字阔口，稍微有点儿小黑胡，看样子岁数二十五六、三十往里，正在壮年，一看就是一员虎将。

"来将通名！"

"我乃皇太极是也！我父就是英明汗努尔哈赤！"

"噢，你们这些鞑子，全是朝廷的叛逆！有你那样的爹，才生出来你这样的逆子！今天我把你收装包圆，着刀！"

"呜！"

普世方不容分说，是抡刀便砍，跟皇太极斗在一处。那皇太极可厉害，一点儿不次于他爹，而且年岁正好，就好像日照中天一样，精力相当旺盛，两臂一晃，能有八百斤的力量，锐气也足，力量头也足。因此打到十个回合，普世方力不能支，眼花缭乱，一个没注意，被皇太极大吼一声："你在这儿吧！"

斜肩带背，这一刀是劈为两半，普世方命丧当场。张承胤在后头观战一看："哎呀哎呀！老弟呀！快把尸首抢回！"

正在这时，他身后的游击将军梁古贵大吼一声，挺枪而出来战皇太极。二马盘桓，斗在一处。打了十几个回合，皇太极一看，我甭跟你费劲了，拨马便走，假装败了。梁古贵："小子你往哪儿跑！杀人偿命，欠债还钱，我要给普世方报仇！拿命来！"

"踏踏！"在后头就追。皇太极马往前跑，眼睛往后看着，一看后面来将真追上来了，他"咯噔"一声把大刀挂上，走兽壶悬天袋是抽弓搭箭。要不说这个少数民族，蒙古族也好，女真族也好，都善于骑射，从四五岁就开始锻炼，而且皇太极从小跟他爹努尔哈赤转战南北，经验丰富，别看年岁不大，已是身经百战。弓刀石马步剑，是件件精通！就见皇太极对准前拳一松后手，一支透甲锥射出来了，梁古贵没防范，再想躲已经来不及了。这一箭正射到脑门子上，"咔嚓"一声，射了个透亮，梁古贵死尸翻于马下，无主的战马跑回本队。

张承胤在后头看得清清的！顷刻之间，连损两员大将，他心如刀绞一般！刚想过来玩命，就见皇太极大吼一声："弟兄们，还等什么？给我上！冲啊！"

"哗！"

左右两翼八旗的骑兵就出动了，那建州的骑兵经过了严格的训练，可了不得，跟狂风暴雨一般，势不可当。两翼是骑兵，正面是皇太极、李永芳的军兵，三路大军压下来，张承胤是招架不住了："啊！退！"

让人家一个冲锋给击溃了，张承胤带着残兵败将跑进大山，挖沟布置鹿角，总算喘了一口气。此时天也黑了，外面追兵跟着就追到了，就在山口这布成阵势，看来张承胤想跑是万难了。

再说张承胤退到大山里，查点军兵，损失了三分之一。哎呀，他痛断肝肠，不住地摇头叹息。看看剩下的军兵，一个个是狼狈不堪："埋锅造饭！大家抓紧时间休息，以利再战！"

利用埋锅造饭这个间歇，张承胤看了看这儿的地形。好吗！两边的大山是高耸入云，全是一眼望不到头的密林。他对这地理一点儿也不熟悉，到了这儿，就晕头转向，张承胤一琢磨：看来这个仗没法打了！收复抚顺，现在看来，是痴心妄想。我能把这些弟兄带回沈阳就已经不错了。从哪条道能跑呢？不能等到天亮，要一等天亮，眼目一得劲，鞑子兵都四处准备好了，我们是准败无疑呀。不如趁着夜幕的掩护，连夜突围。

他心里盘算好了，吃完了饭，抓紧时间让弟兄们休息休息。再看明朝的军兵，有的靠着大树，有的躺在地上，有的趴着，什么模样的都有，太乏了！这脑袋一沾地，就呼呼大睡。张承胤能睡吗？挎着宝剑，带着副手颇廷相在这儿巡逻，他一边看，一边堵心，一边堵心，是一边长吁短叹。颇廷相就问："将军，下一步您打算怎么个战法？"

"战什么？不能战了！"

"那您的意思是？"

"突围吧！及早退回沈阳。"

"噢，什么时候突围？"

"一会儿就突围，弟兄们太累了，叫大家休息休息。然后你在前，我在后，闯出山口退回沈阳！"

按现在钟表说，半夜两点左右，张承胤下令了，把睡觉的军兵全都叫醒："战斗开始了！快起来！"

军令如山，大伙儿晕头转向地起来，整理衣服，各拿刀枪。张承胤说："弟兄们，随我奔前边走！"

他为什么这么说？前边是哪儿，他也不清楚，就只好顺着山路往前走。开始夜行军，转啊转啊，从二更天转到拂晓，也没转出大山去。呀！张承胤心说：这是怎么回事？我怎么原地打磨磨？什么鬼地方？哎呀！怕天亮，怕天亮，亮了！这会儿眼目得劲了！一看，他们转到山沟里来了，两面全是陡壁悬崖，那窄的地方只容得一个人通过。他也七八千人呢！这得过多长时间能过得完？另外他发现这里只要有几个人在那儿堵着，想过，就难比登天！什么叫一夫把关，万人难过？我就到了这地方！

他正在疑惑的时候，就见两山头上，鼓声阵阵，摇旗呐喊，皇太极出现在山头，李永芳也出现在山头。这李永芳啊，破着嗓子往下喊话："承胤兄！别打了！投降吧！你们现在是身逢绝地了！仁兄再要执迷不悟，我可就无能为力了！"

"啊呸！李永芳，我生不能食尔之肉，喝尔之血，我死后变成厉鬼，我也找你算账！"

李永芳一看，做到仁至义尽了，皇太极冷笑一声："死在眼前的人，还如此倔强，开弓放箭！"

人家是居高临下呀，这顿箭射得！可叹明军被夹到山沟里，一点反抗能力都没有，在那瞪眼挨揍！也就是一个时辰之后，六七千人是无一生还，全死了！皇太极、李永芳下来到阵地一检查，一看可不是吗？都射成刺猬了。在死人里头找来找去，找到张承胤、颇廷相，也被射成刺猬了。哎呀！李永芳长叹了一声："咳！该死啊！良言难劝该死鬼！"

返回抚顺城，两人见着努尔哈赤，禀报了经过，努尔哈赤是仰面大笑："好好好！打得漂亮！哈哈！我们不但走马取过抚顺城，而且大败明军，消灭他们一万多人，我们算打了个大胜仗，可喜可贺！”

皇太极说：“父汗呢，我们不仅打了两个大胜仗，而且也缴获不少东西。”

“传我的命令，全都运回赫图阿拉城！”

“父汗，不打了？那前头还不少城池呢！我们一鼓作气把开元、铁岭、沈阳都拿下来就得了！”

“你是孩子，看得太近了，收兵！”

第三十八回

后金军扩充实力
皇太极攻城受挫

努尔哈赤引得胜之兵，班师还朝回到赫图阿拉城。如今这座城市更名叫兴京，兴旺的兴，您看到了辽宁省有兴京，有盛京。盛京就是沈阳，这是后话，现在还没拿下沈阳来呢。

努尔哈赤高兴激动得几天几夜难以合眼呢，看着这些胜利的果实，能不乐吗？有人纳闷：都是乘胜，一鼓作气，干脆把那些城池全拿下来就得了呗！努尔哈赤跟他们的想法不一样，这次出兵，努尔哈赤是试探性地跟明朝交锋，小试锋芒，我把刀子磨快了我试试，我这刀好使不好使。没想到这么顺手，轻而易举地大获全胜，鼓舞了三军八旗弟兄的士气。咱见好就收，回到兴京城，咱们深刻地总结经验教训，以利再战。

另外，努尔哈赤一直保持着高度清醒的头脑，他跟其他人想得不一样：明朝毕竟是个庞然大物，虽然暂时受挫了，元气未伤，拿下一个城，再紧跟着“噼里啪啦”拿下多少座城来，怎么可能呢？应当作长久远打算呐！

回到兴京城，努尔哈赤大排筵宴，庆赏功臣，得了那么多的战利品，得给大家分分，按照功劳簿，谁的功劳最大，赏赐谁最多。为什么八旗军兵都愿意打仗呢？这打仗有赚头。拿皇太极、代善、莽古尔泰这些人来说，那得赏赐是最多！金银绸缎、马匹之外，还有奴隶。抓了那么多俘虏，都分到各个府里头，这不也是扩充家底吗？就拿普通的士兵来说，也有赏赐，起码能得钱，能得牛羊猪狗，能分多少头，分多少头，有吃有喝有穿有戴。人家八旗的制度就是比较先进。战时是兵，平时是民，每家每户都登记入册，就像户口簿一样，几口人？都有什么人？开列得非常清楚。比方说有人在这次战斗之中死了，也没有后顾之忧，户口簿上都有，照样给分钱，照样养活他的家小，所以八旗兵战斗起来没有顾虑，颇为勇敢。就是我死了，我身后人有人养着。不像大明朝临时抓兵，临时招兵，死了活该！谁管你？有没有家属没人管。

李永芳也获得很多很多的赏赐，范文程也是一样。努尔哈赤把抓获的汉人挑挑拣拣，统归李永芳管辖。要不之后这八旗扩成二十四旗，统称八旗，包括汉军八旗、蒙古八旗，为什么？就因为战果不断地扩大，人越来越多，原来的八旗，已经容纳不下了。李永芳为首的是汉军八旗，权力也不小啊！打了这次胜仗，大家是高兴得要命，但是努尔哈赤并没睡大觉，庆祝之余，他分析形势。他知道虽得了抚顺大败明军，这仅仅是刚开始，明朝的皇帝绝不能善罢甘休，大仗、硬仗还在后面等着。光打下个抚顺来，他还不甘心，还得再打个胜仗试试！

因此，回到赫图阿拉城，努尔哈赤休息了将近两个月，重新部署兵力，攻打清河城。清河城离着抚顺不太远，属于开原管辖。这小城不大，但是地势相当险要，是一座四四方方的砖城。努尔哈赤叫探子探明白了，这座城东西南北四座城门，高有三丈三尺，外面有很深很深的壕沟，而且明朝在这里的守将，姓邹，叫邹储贤，还有个副将叫张佩，两个人都是猛将。抚顺一丢，清河城就加强戒备，这块硬骨头很难啃！努尔哈赤心说：再把清河拿下来，拿今年来说，我就心满意足了！

这天他召开御前会议，五大臣、四大贝勒、李永芳、范文程等人全都参加了，他把这意思跟大家一宣布，皇太极说话了："父汗说话了，杀鸡焉用牛刀！弹丸之地的清河城，没法跟抚顺比。如果是打大仗，父王可以御驾亲征，一个小小的清河，交与儿臣吧！儿臣不才，愿提一旅虎狼之师，走马取过清河，您以为如何？"

努尔哈赤往大靠背椅上一靠，满面春风。他往下一看，战将如云，一个个虎虎生风，望着这些人他能不痛快吗？将来打天下，全靠这些人。尤其是皇太极、代善等人。他的儿子，他爱如心肝宝贝！他看看皇太极，心说话：都成人了。皇太极这次出战，表现相当出色。好孩子！这阵儿，他的心里头稍微闪了一下，就是将来的继承人的问题。他现在有点儿犯愁，将来谁能继承我的汗位？他一共有十六个儿子，这十六个儿子：长子大头领褚英、二儿子代善、三儿子阿拜、四儿子汤古代、五儿子莽古尔泰、六儿子塔拜、七儿子阿巴泰、八儿子是皇太极、九儿子巴布泰、十儿子德格类、十一巴古海、老十二叫阿济格、老十三叫赖幕布、十四叫多尔衮、十五多铎、十六叫费扬古。现在有几个儿子还小呢！头前这些都成人了，跟随他鞍前马后，屡立战功，特别是代善和皇太极，他瞅着非常顺眼。他琢磨着，将来继承我汗位的，就是他们哥俩儿！究竟是代善适合？还是皇太极？他是举棋不定。

可是这皇太极一说话，努尔哈赤就是爱听，看着自己的老八，他就问皇太极："你先跟我说说，攻打清河，怎样个打法？"

"父汗，依然是刚柔并用。"

"噢？详细说。"

“父汗，我带着李永芳李将军，首先攻心战。先顺说明朝的守将邹储贤，如果他高瞻远瞩，深明大义，率部来降，这是最好。如果他忠言逆耳，执迷不悟，就踏平清河城！”

“跟我想到一处去了，好吧，就这么决定。最近我的身体十分乏累，我在家里头听你们的捷报。皇太极！”

“在！”

“我给你大兵一万！李永芳！”

“在！”

“我给你大兵五千，你俩一正一副，攻打清河，不得有误！”

“遵命！”“遵旨！”

皇太极和李永芳带着一万五千大军，浩浩荡荡开赴清河城，这是明朝万历四十四年六月，他们到清河这天是六月二十一。清河城就在眼前，皇太极吩咐一声：“安营扎寨！”

之后把李永芳请来了，两个人一商量，皇太极就问他：“永芳将军，这个邹储贤你了解吗？”

“我了解，我们同殿称臣呐！多年的交情，怎么不了解？”

“此人怎样？”

“文武兼备。我已经查知，他要死守清河城，看这个样子很难对付。”

“那就按原计划，刚柔并用，这头一阵交给你了！管他顽固不顽固，我们还是劝一劝为上策。”

“四贝勒英明！小将马上领命去办！”

那位说，怎么又四贝勒又老八？是啊！皇太极排行老八，是努尔哈赤的第八子，但是他年纪比较大一些，受了皇封了，是四大贝勒之一。这四大贝勒屡立战功，因而很受重视，按顺序来说，大贝勒代善、二贝勒阿敏，三贝勒莽古尔泰，四贝勒就是皇太极。努尔哈赤其他的儿子也叫贝勒，但是排不上名次。皇太极是老四，别看排到第四名，皇太极这声望是越来越大！年轻有为，见解也独特，而且是战功赫赫，这是后话。

领命之后的第二天，李永芳带领他的随员，绕城一周，来到清河城的北关，离这城还有几百步，不敢往前走了。

“吁！站住！叫那个声音大的喊话，我要见守将邹储贤，你过去这么说……”

“明白！”

有几个叫阵的，把马往前一提，一手提着盾牌，防止城上放冷箭扔石头，一手提着军刃，仰脸就喊：“清河的明军听着！我们是四贝勒皇太极的部下，也归李永芳李将军指挥。我家李将军有话对你家主将说！请你家主将登城答话！”

连喊数遍，守城的明军听得清清楚楚，赶紧去帅府禀报。

话分两头，单说清河城的守将邹储贤，正跟副将、参将商议军情，他们感觉到事态相当严重，抚顺一丢，下一个目标就是清河城。清河城地理位置相当险要，离着赫图阿拉城不超过一百六十里，那边大兵早晨出发，晚上就到，这是最前哨，因此得格外谨慎。现在城中的兵马不超过五千人，怎么个守法？这邹储贤下了决心了：城在我在，城不在我亡！我誓为大明朝尽忠到底！绝不学那可耻之徒李永芳！他吸取了抚顺失败的教训，把城外的居民全都赶到城里头来，然后城门紧闭，让这些平民配合官军守城。妇女做饭，儿童运输，连老年男子都登上城楼守卫，一天这十二个时辰不闲着。邹储贤全身披挂，天天巡城。唉，心里也担心，沈阳辽阳方面怎么还不来援军？我孤军奋战，恐怕力不从心呢。咳！这仗一旦打起来，怎么个打法？想想自己的兵力，不能出战，只得死守啊。

邹储贤就这么想的，正在这儿商议呢，他问督粮官："城里的粮食能支持多少日子？"

督粮官详细算算："将军，连军队，再老百姓吃，能坚持二十天。"

"噢！二十天一晃即过，哎呀！援军要不能及时赶到，清河危急危急！"

"报！报将军！老鞑子发来人马，他们喊话说叫您登城，有话跟您说。"

"谁跟我说话？"

"李永芳李将军，李败类，有话跟您说。"

"哼！我正要找他！"

邹储贤站起身来，吩咐一声："备马。"

带着偏副将，登上敌楼，往外一看，好家伙！八旗健儿燕翅排开，旌旗飘摆，无边无沿。邹储贤一瞅，倒吸了一口冷气，心说：够呛啊！哼！不过再难，我也要顶住！

他这一露面，有人回去给李永芳报信，李永芳马往前提，准知道还得挨臭骂，他做好充分的思想准备了。离远了说话听不见，所以他仗着胆子，"踏踏踏"，尽量靠近城墙，左手拿着盾牌保护身躯，右手提着蛇矛枪。抬头一看，恍恍惚惚露了一张脸，全身的披挂，再一看，认出来了，邹储贤！

李永芳攒足气力扩大声音："城上是储贤兄吗？我是李永芳啊！"

其实邹储贤早就看清了，恨得牙根都痒痒："哼！我看清了你的嘴脸了！李永芳，你要见我干什么？为劝降不成？"

"储贤兄，识时务者为俊杰呀，千万莫走张承胤的路，那是死路一条啊。我不说你也清楚，我降了，你看我现在，要吃有吃，要喝有喝，受到汗王的重用。张承胤执迷不悟，全军覆没呀！我说储贤兄，你是最聪明的人，我希望你开城投降吧！老百姓免得涂炭，储贤兄将来功高盖世，同享荣华富贵！我多了不说，摆在你面前就两条路。此刻开城投降为时不晚，如果固执己见，后果不堪设想！”

“少废话！李永芳，你不是个人！我恨不能吃你的肉，喝你的血！开弓放箭！”

“啪啪啪！”

不让他往下接着说了。李永芳没有办法，一拨马回归本队，见着皇太极，两肩一耸，摇摇脑袋长叹了一声。甭介绍了，皇太极全清楚了，他冷笑一声：“好！良言难劝该死的鬼！既然他如此顽固，就得武力解决！巴图鲁！做好攻城准备，给我冲！”

“冲啊！拿下清河！”

“哗！”

八旗兵就冲上来了。咱前文说了，打胜仗那好处太多了！这要攻进城里去，金银财宝无数，要什么有什么！在这种刺激下，所以人人奋勇，个个争先，是一鼓作气扑到城下。这邹储贤早就做了充分的准备，吩咐一声：“灰瓶炮子给我砸！开炮！快开炮！”

火炮这玩意可厉害！居高临下呀！那炮虽然没有现在的炮威力大，但是杀伤力可也不小！这一炮轰下去，百八十人就交待了！皇太极头脑一发热，头一次失利。眨眼之中，再看攻城的士兵，“啪啦啪啦”，跟掉饺子一样，死伤了一大片。李永芳一看不好：“四贝勒，强攻不是办法，为了避免伤亡，暂时停止进攻，另谋对策！”

“啊！撤！”

八旗兵撤了。邹储贤探头看了看，长出了一口气：“好！尔等轮流休息，坚守城池！”

第三十九回

陷清河后金屠城
知噩耗明帝恼怒

皇太极和李永芳领兵攻打清河城，真没想到，弹丸之地的小城池，居然拿不下来，因为他们遇上了强敌呀。这儿的主将叫邹储贤，山东德州人，现年三十八岁，此人比较单纯，也比较固执，另外猛力过人。他一连打退了建州兵四次进攻，天就快黑了，把皇太极给急得是两眼喷火，看着八旗健儿一排排倒下去，就瞪眼拿不下来。他心急如焚，在两军阵前督战，他就骂："等着我的！我要打进清河城，来个血洗城池！男女老少我一个也不留！"

这李永芳跟他在一起呢，李永芳一看，死的人太多了，不用统计，超过两千多名，那伤号一个劲往下抬，他觉得这么打不行："四贝勒，是不是停止进攻？"

"为什么？"

"伤亡惨重！再照这样打下去，没法向大汗交代！"

"那你还有什么好主意？"

"从长计议，回去咱好好商量商量。"

"听你的。"

也到了吃晚饭的时候了，他们收兵撤队，埋锅造饭，稍事休息。激战了一天的清河城，"唰"，恢复了平静，城里的军兵也得吃饭，也得喘口气，因此暂时地安定下来了。

皇太极回到大帐，就问李永芳："你拦着我，你有什么好主意？"

"四贝勒，我发现清河城的东南城角是个突破点，是否今天晚上我们派一支军兵，偷偷摸到城下，挖洞填炸药，把城角给它炸塌，然后从那儿突入？"

"唉，这主意还不错。不过怎么能靠近东南城角？城上的火力太猛了，那我们得死多少人！"

"四贝勒，咱们借着天黑为掩护，这是一；第二，城里的火炮虽然厉害，它打远不打近，离着它近，它就失去了威力，连弓箭也是如此。为了防范伤亡，我早替您想好了，我们搭一个大型的盾牌，叫它结实一点儿，叫人举着，挖城的军兵藏在盾牌的下面，多带锹镐利器，准备多多的炸药，一举可定也！”

“还是你点子多！准备！”

这个盾牌呀，跟手拿的盾牌不一样，大小跟那房盖差不多少，多加铁板和木板，底下有支柱，挑那身强力壮的，身披铁甲的士兵举着，就像把放大了的雨伞差不多少，准备了这样的盾牌。人多好干活，七手八脚一切齐毕，已经到了定更天。皇太极和李永芳一看比较坚固，就是大块的石头也能挡得住，抵挡弓箭更不在话下。他们又在部队之中挑选了五百名突击队，让这些人腰里都带着利刃，扛着锹镐，这五百突击队在二更天就出发了。皇太极和李永芳呢，又组织了二百多人，抬着火药，蒙着油布引火之物，全都带着，直接赶奔清河城。晚上这一看，夜幕之下，星光闪闪，眺望清河，也是灯光明亮，火把跳跃，看来城里边的人没有懈怠，照样在那儿巡逻。他们两个人做了万一的准备，有三千敢死队，如果炸城不行，就开始展开进攻。这一晚上说什么也不闲着，破晓之前要占领清河，两位主将下了这个决心了。

单说这五百突击队，往前摸呀，走呀，走呀，摸呀，就靠近壕沟了。被城顶上人发现了：“那是什么？站住！不站住就开炮了！”

突击队的队长一听城上发现了：“加快速度！快！别听他们咋呼！”

还往前走，城上是开弓放箭，掷石如雨，“啪啪啪！”像下雨一样往下倾洒，底下的人也有部分伤亡，但幸亏这个特号大盾牌起了作用了，石头砸到那顶上“嘣嘣嘣嘣！”跟那大号冰雹的声差不多少，说话间，已经靠近东南城角。十几个大盾牌连在一起，好像靠着城根搭起一座房子一样，八旗兵就在底下干活。挥动锹镐，连挖带刨。有人在这儿督着队：“快使劲！快挖！”

他们这一折腾，城上的人发现了，急忙禀报邹储贤，说：“敌人不知道干什么？靠近城角连挖再刨的。”

“啊！”

邹储贤就明白了，莫非他们要盗洞，从地洞里进城？不对！哎呀，要用炸药那可就毁了！他是马不停蹄，带着亲兵卫队登上东南城角。往下一看，可不是吗？

“把他们给我轰走！打！”

“将军，我们一直在打，你看他们举的是什么玩意儿？这玩意儿坚固，砸不透，怎么打他们也不退！”

“再给我砸！快点儿取巨石！”

巨石就是大块的石头，每个得超过千斤，你说临时之间，上哪儿找这么大石头去？把当兵的可忙活坏了。有人比较聪明：“对呀！有的老百姓家中有石碾子、石磨，这玩意儿盯愣！”

“对对对！赶紧搜集！”

您想，石碾子、石磨、石滚是沉，要搬起来得多费劲？打城里运到城墙，顺着马道再搬上来，再把它投下去，得有一定的时间。仓促之时也凑齐不了多少，凑了那么二十多件。邹储贤吩咐一声：“给我推下去！砸！”

“呜呜呜呜！”

这大石滚子从上头砸下来，沉了不下四五百斤，以上势下，分量加倍！

“咣！”

这一下把建州兵举的那个大盾牌给砸漏了，砸死了好几个人。紧跟着上头，“嘁哧啪嚓”，还往下投，建州兵死伤了将近一百来人。邹储贤就吩咐：“快去找去！这玩意有效，还得给我砸！”

砸漏了之后，他们就开弓放箭，往下扔砖头。尽管如此，建州兵是勇往直前呐！五百人才死了五分之一，剩下的人照样工作。

“快挖！快挖！”

五百人损伤了四百来人，剩下一百来人，终于成功了！这大洞啊，能有两尺多高，钻进去能有一丈五尺多深，这算完事了。他们赶紧退出来，“哗”，撤下来，紧跟着那两百多人，冒着礌石箭雨，抬着炸药又冲上去了，损伤的人也不少，但是活着的人终于到了大洞的洞口，这炸药全塞进去，然后填严实了，把芯子导火索拉出来，一直拉到很远很远的地方，禀报皇太极和李永芳：“四贝勒！一切就绪！”

“好了，李将军，你看怎么样？”

“四贝勒，我看差不多了。”

“点燃！”

这建州兵“哗”，一家伙撤下去，不价炸药“咣”一炸，自己的人也得损伤。有的人明白，张着嘴把耳朵堵上，有不少人趴在地上。顷刻之间，战斗停止了。城楼上的人一看满洲兵撤了，不知道这是为什么。也有人预感到不好。也就是不到半分钟的时间，那药捻子已经点燃了，速度飞快。

“嗤嗤嗤！”

邹储贤就发现了，下边的火光是什么？好像火舌一样！他立刻反应过来了：“坏了！他们点导火索，要炸了咱们清河城！把火扑灭！快点儿！”

怎么扑灭？速度不等人。找水，再从城上往下泼，得有一段时间。这药捻就钻进了城底下。也就不到两秒钟的时间，一声闷响，“哗！”

天崩地裂一声！再看清河城的东北城角，整个上了天了！那个炸药力量得多大呀？“噗喳”一声，东南城角塌了能有十几丈，成个大豁口。皇太极、李永芳在三里地以外等信儿呢，一看明白了，大功告成了：“来呀！杀进城去！冲啊！”

“哗！”

八旗的军兵像疯了一样，可篓子往城里头灌。邹储贤跟那些士兵一样，被崩上了天，为大明尽了忠了。当头的一死，群龙无首，整个城里就乱了套，四散奔逃！皇太极咬牙愤恨：“给我杀！一个也不留，全给我斩尽诛绝！”

这八旗兵杀红了眼睛，见人就杀，见人就砍，不管男女老幼。再看，那死尸都摞成摞了，犄角旮旯，大街小巷全是死尸。士兵在那儿一过脚，鞋底都得染红了。现在天似亮似不亮，李永芳也进了城了，一看：“哎呀！四贝勒，别杀了！如果说城没打下来，那是另一回事，现在已经打下来了！这都是咱的战利品了，您都给杀了，未免可惜！”

“哼！你心疼了？”

“不不不！我绝没有那个意思，我是说……”

“废话！杀！”

李永芳一看，不能再多说了，我是降将！城里头都汉人，我也是汉人，我是好心，却让这四贝勒对我产生怀疑，怎么办呢？李永芳马上叫心腹人传他的话，请示努尔哈赤。照这样蛮干下去，那得死多少人？好在清河城离这儿不远，快马如飞，到赫图阿拉城，把这情况跟努尔哈赤一说。努尔哈赤一皱眉，心说话：皇太极呀，你有点过分呐！原来我留下两句话，降者报以德，拒者报以武力。现在城都到咱手了，你何必大肆杀戮？李永芳说得对！

因此努尔哈赤命人拿着龙旗，宣他的旨意，是禁止杀戮。您想一想，再报信，再回来宣旨，这就有几个小时的时间。就在这段时间，死的人太多太多了。李永芳干着急没咒念，这时龙旗到了，一宣布大汗的旨意，皇太极没办法了，马上下令停止杀戮，多抓俘虏。八旗兵进了城了，城里到处是火光，到处是尸体。再看那战利品，是堆积如山！几千名俘虏，拿绳拴着，鞭子抽着，棒子砸着，从将军府前一队队通过。没说吗？打仗倒霉的是老百姓，清河城这几万居民可倒了霉了，多一半被杀戮，剩下少一半，都叫人家抓为奴隶，都在那空地抱着脑袋跪着，就跟那没爹娘管的小孩一样，命运从此叫人家去安排，谁说了也不算了。

天近中午，战斗胜利结束，皇太极和李永芳清点完战利品，请示努尔哈赤，下一步怎么办？努尔哈赤降旨：“班师，把清河城扒了，马上还朝！”

二将领命，三天之后，押着俘虏和战利品，浩浩荡荡返回赫图阿拉城。努尔哈赤满面堆笑，先表扬了有功的将士。等到晚上没事了，把皇太极叫到面前，申斥道：“你干什么？清河城拿下来就拿下来，那都是咱的战利品，你为什么大肆屠杀？不听李永芳的。”

"父汗，我太生气了，我恨透了他们了，因为我们的将士攻城付出了很大的代价，死的人太多了！我是为给死者报仇。"

"荒唐！往后切记，不可再走这条路。如果你执迷不悟，我剥夺你的兵权！"

"是！父汗，下不为例，儿知道了。"

努尔哈赤是重赏李永芳，你别看李永芳是降将，但立了功了！皇太极心里就不平，打这儿开始恨这李永芳。到了后文书，皇太极继了位了，就找这李永芳的碴儿。您想，一家之主，要找臣子的碴，能找不着？李永芳是一直不得烟抽，这是后话，咱暂且先不提。努尔哈赤吩咐一声："把战利品奖赏给有功的将士！"

分金子、分银子、分绸缎、分布匹、分粮食，大有大份，小有小份，人人都受益。为什么八旗兵爱打仗？打仗发财呀！这多好，很多人都成了暴发户，特别是当大臣、当贝勒的，都是腰缠万贯。他们一个个摩拳擦掌，就等着下一次打哪儿，再发笔横财。努尔哈赤打这儿以后，是按兵不动，为什么呢？首先吸取经验教训，总结战胜的原因，找出不足，另外开始加紧练兵，建州军喘了口气。

咱们返回头，再说大明帝国，接连着把抚顺丢了，把清河丢了，伤兵损将，这个噩耗传到北京，传到紫禁城。那位腐朽的万历皇帝坐不住了，最近这些日子闹心，净做噩梦。得着这个信之后，他是日夜不安，坐立不宁，就在勤政殿把六部九卿十三科道文武大员全召集在一起，开了紧急的御前会议。不是懒吗？这阵儿懒不了了。万历可不傻，他深感问题的严重，马上升坐了勤政殿，召集六部九卿十三科道文武大员紧急会议。这勤政殿压压喳喳，都是文武大员，有二三百号。再看万历皇帝，面沉似水，这一升殿，是大放厥词，指着文武百官的鼻子这顿痛骂！骂什么？

"国难当头，你们算干什么吃的？讲的文能安邦，武能定国，现在文不能安邦，武不能定国，连城池都保不住！我要你们有什么用？今天我全把你们宰了！"

第四十回

为辽东杨镐任经略
观阅兵大将纷忧虑

万历要把文武大臣全杀了？当然，这是气话，把这些人都杀了，谁给他干活儿啊？但是大家一看，皇上动怒了，谁也不敢言语，大气也不敢出，低着头在这儿听着。这万历骂得也没劲，往龙椅上一坐，长叹了一声："咳！怎么会这样？怎么会这样？不可思议，不可思议呀！"

这时有太监和宫女给他送来八宝莲子汤、人参汤，让他补一补，万历皇帝把龙袍一甩："去去去！不吃，我什么都不补！"

"万岁爷，您有一天一夜没进餐了！"

"我宁愿饿死，不吃！"

文武百官一看，皇上真动怒了，听着吧。后来万历实在没劲了，用手一指："都起来吧，各回班位。众位爱卿啊，朕的心情你们是理解的，想当初，列祖列宗开创大明的基业，何等的不易！莫非说这家就败在朕的手上不成？就败在尔等手上不成吗？你们得争气！"

大家不住地点头，万历皇帝看了一眼，一眼瞅着兵部左侍郎杨镐了："杨镐！"

"臣在！"

"你官拜左侍郎，执掌兵部，现在国难当头，因何不发一言？"

这杨镐"扑通"跪下了："陛下圣明，臣早就有本启奏！"

"说说看。"

"是！"

杨镐正了正身子，清了清嗓音："陛下，这个建州女真有不臣之心，由来已久，远在几十年前，他们就没安好心。我不是翻老账，怪就怪在辽东总兵李成梁的身上，这李成梁手握兵权，出任辽东总兵，他对建州的人一味迁就，养痈成患！要不是他迁就，何至于有今日啊？这建州的努尔哈赤绝非等闲之辈，此人窥视京城之宏伟，早有反意。他们起兵造反，称帝建国，这是早就有预谋的！"

他正说呢，万历不爱听了："废话！这都是往事了，休要提起！你就说近的，你有什么好主意吗？"

"是！陛下，就因为国库空虚，粮饷两缺，即使我们有心征缴，也力不从心，白白贻误了战机。依臣的意思，现在只能请陛下降旨，为时不算太晚。调动全国的兵马进行痛剿，请陛下痛下决心。如果再要坐视不理，后果不堪设想！"

"你能调动多少军队？"

"回陛下，据臣所知，在全国征兵不下十万。"

"十万人马少了点儿吧？"

"是！还可以请朝鲜国出兵帮助。"

"有道理！朝鲜当年不行，是我们出兵援助了它。现在我朝有难，它理所应该地出兵援助！"

"从那儿可以取大兵两万到三万，另外还有叶赫部。叶赫虽然也属于女真的一族，但是数年来跟朝廷保持密切的关系，从那儿再借出两三万军队，我估计也不难。另外恳请陛下降旨，赶紧筹措粮饷，打仗打的是钱，没钱打不了仗。"

"户部听着！"

户部尚书赶紧跪倒了："陛下！"

"需要花钱了，你能筹措多少银两啊？"

"回陛下，在朝鲜打倭寇之时，国库几乎都花空了！经过这几年的恢复，略有盈余，充其量能拿出二百万两。"

"那就全拿出来吧！归附杨镐支配。杨镐，还有什么办法？"

"陛下圣明！军队有了，主要缺少指挥官、大将。以臣的意思，到辽东指挥战斗，必须要有经验的人和熟知辽东地形的人，臣举荐杜松、刘挺、刘玉杰，马林、麻严、贺世贤等将军，您给他们一定的军权，让他们指挥战斗，非这样不可！"

"我马上就降旨，不管他们在什么地方，马上到北京来，朕要见他们！"

"谢主隆恩！"

"哎呀！我太累了，先到这儿吧。杨镐啊，你身为兵部侍郎，要好好筹划。"

"谢主隆恩！"

"散了吧！"

这次御前会议就这么结束了，杨镐回到府里。第二天，圣旨下来了，加封杨镐兵部尚书衔，赏尚方天子剑，有先斩后奏之权，委杨镐为辽东经略使，指挥诸路大军，共剿努尔哈赤。关于杨镐所推荐那些人，一色录用，让杨镐进行支配，杨镐赶紧谢恩，领旨之后，把圣旨摆在香案之上。从这天起开始他就忙上了，连年都没过好！

到了万历四十六年，这家伙全国总动员，要粮要饷要军队，从全国各地抽调军队。你想，那军队不是在那现成摆着呢，老打仗能有多少兵？因此这一筹措，难透了！这需要时间。咱就这么说，一直筹措了将近一年的时间，七拼八凑，凑了八万九千人，杨镐举荐的那些当官的，也陆续来到。

就在这一年的年末，杨镐在通州大营开始祭旗阅兵，诸路人马集合起来。这一天杨镐披挂整齐，怀抱令字旗，中军官、旗牌官、旗牌长前呼后拥，到了通州大营。诸路人马打着各自的旗号，在操场上列队集合。你想，也十来万人，黑压压一片！

各路人马的带兵官都随着杨镐在这儿检阅，杨镐是认真地查看。他不看则可，一看他是紧锁双眉。什么原因？各路来的军队是长短不齐，青壮年占少部分，老的小的，占着主要一部分。再看那些当兵的，有的罗锅着腰，有的面带菜色。他在马上一指："你出来！"

这个当兵的，吓得腿直转筋："大帅，您叫我？"

"叫的就是你，出来！"

"唉，大帅。"

"到我的马前来！你是哪里来的？"

"山东来的。"

"你也想到辽东去征战？"

"是，将军所招，不敢不来。"

"多大岁数了？"

"四十有五。"

"四十五岁就老成这样了？你怎么腰都直不起来呀？你舞趟刀我看看。"

"唉。"

这位把刀抄起来了，连刀都抡不动！杨镐一看："算了算了！把刀拿过来我瞅瞅。"

一瞅，刀都长锈了。

"你从哪里找的这把刀？"

"这是上面发下来的，我使着有点儿压手，抡不动。"

"回队回队！你！"

又叫过一个当兵的来："大帅！"

"你是哪来的？"

"我是从广东调来的。"

"会射箭吗？"

“箭是会射，就是拉不开弓，什么弓都拉不开。”

“拿一把弓来，叫他拉拉我看看。”

结果这位费了九牛二虎的劲，“嘎吱嘎吱”，拉了六成满，是两鬓汗流。杨镐长叹一声：“归队吧，归队吧。”

心说话：就这样的军队，还想打胜仗？他阅完兵之后，太阳往西转了，下令让军兵休息。回到府里，杨镐可睡不着觉了，他跟他的夫人说：“今天晚上，咱们家召开一个会议。”

到晚上了，杨镐下令：“大门关闭，二门上锁，院里禁止有人走动啊，我任何人都不见。”

他专心致志召开家庭会议，他的夫人、如夫人、小妾，五个儿子、俩姑娘，他的至亲大舅哥，全都参加了，能有四五十号，在内宅里头压压喳喳一片。未曾开会之前，杨镐亲自领着儿子，到四外巡查，房顶、胡同、月亮门、犄角旮旯查了个遍，这还不放心，叫他两个大舅哥，一个在前院，一个在后院，在这儿监视着，看看有没有人偷听。那位说：他有神经病？不是，因为形势所迫，不得不如此。您是不知道当时的形势，在北京，尤其是在皇宫内院，锦衣卫和东厂的人太讨厌了，他们都是皇上身边的走狗、爪牙和耳目，遍布京城各个角落，就是当大臣的府里头，往往也有东厂和锦衣卫的人，都是皇上派出去的间谍，监视着文武百官的一举一动，一言一行。你要有点儿私密事，不注意让他们听见，到皇上面前一报，你就要倒霉。这杨镐多年在京城，对此事是了如指掌。今天他召开家庭秘密会议，怕被锦衣卫和东厂的特务听去，不得不加这个谨慎。

检查之后，没有什么闪失了，他这心才放下。回到屋里，穿着身便装居中一坐，环顾左右，是长吁短叹。屋里的人鸦雀无声，就听老爷的。

“你们听着啊，这是我没离开北京之前开的家庭会议。现在的形势是非常严峻呐，我不说，你们也有耳闻，辽东战场，官兵屡屡失利，番奴努尔哈赤十分嚣张。我已奉旨领兵经略辽东，但是我感觉着，此次出师未必打得了胜仗。古人言，未思进，先思退，未料胜，先料败呀，我们必须把后事安排好了。打胜了怎么都好，一旦打败了，头一个皇上不能饶我；第二，我跟努尔哈赤建州兵交手，他们也不能放过我。但是王命在身，赴汤蹈火，我没有喊冤，为国尽忠理所应该。只是我最不放心的，就是尔等啊。我得把家里的事，安排停当，以免除我的后顾之忧。”

他一转身，跟他夫人说：“夫人呐，你家住在福州，我领兵走了之后，你马不停蹄，带着家眷快点转移到福州去，听见没听见？”

“老爷，那么严重？”

“就不那么严重，咱也要有所准备，以免措手不及。”

他又跟如夫人说："你家住在河南，马上转移到河南老家，不得有误！"

又跟小妾说："你是扬州人，你转移到扬州去，不得有误！切记，府里的东西一概不要，全留到这儿。大家大车小辆这一搬家，太惹人耳目，万一要锦衣卫和东厂的人查之，对我们大大不利！你们表面上就是串亲，多多带金银细软。我为官这些年，多少也有点积蓄，就这点金银细软，也够你们下辈子用的。桌椅板凳等一概舍弃。听没听见？"

"我等明白。"

他回头又跟几个儿子说："人不孝有三，无后为大，眼见你们长大成人，为父也就放了心了。你们哥儿几个好自为之，多多地读书，好好地做人，千万不要惹是生非，保护你的母亲们，逃命去吧！我、我……"

杨镐说到伤心之处，是泪流满面。全家人全跪下了，他大儿子杨文就说："爹！您想得太多了，有那么严重吗？小小的努尔哈赤，他还反了天了！"

"你说错了，你还年轻不懂事，有许多许多道理，我没必要跟你说，仅仅给你打个比方而已。现在大明的江山，就好比上了岁数多病的老人差不多少，已经到了晚年了，不可医治了！说没死，也就是一年一年往前推着看，说不定哪阵儿一口气上不来，就吹灯拔蜡，你懂吗？形势逼迫我们不得不如此。我说的话，你要牢记在心。"

"爹，我们知道了。"

唉，这杨镐真是有心人，这家伙站得高看得远，把后事"啪啪啪"全安排了。全家人正在这儿谈私房话的时候，有人砸门，"咚咚咚咚！"

"谁呀？"

"我！"

杨镐一听，是大舅哥。

"什么事啊？"

"外边来人拜会，请您出来一趟。"

"我没说吗？谢绝一切客人，不见不见！"

"这人来了三次了，说有急事，非见您不可。"

"他是谁呀？"

"他是您的好朋友，杜松杜将军，还有刘挺刘将军！"

"深夜了，他们来干什么？好吧！把他们让进客厅稍候，我马上就出去！"

杨镐就知道有急事："算了，咱这会就开到这儿吧，你们要做到心中有数，一半天我还不走呢，有什么事，咱再商议。"

他赶紧更换衣服到前厅，再一看，杜松将军、刘挺将军都站起来："大帅！"

经略使就是大帅。这杨镐一抱拳："哎哟！二位将军久候了！对不起对不起，请坐请坐！"

杜松和刘挺跟杨镐私交都不错，不然他俩能来吗？三个人坐定之后，杨镐就问："二位将军有事吗？"

杜松先说话了："大哥，我这样称呼您，您不介意吧？"

"你我自家弟兄，这又不是在朝堂之上，越随便越好！你我本来就是弟兄。"

"好！大哥，今日阅兵的事情，您还记得吗？"

"当然记得。"

"我真替您犯愁！我瞅您一个劲儿地皱眉，长吁短叹，我这心里也不是滋味。咱们看得出来，全国调集的军队是长短不齐，老弱病残，就这样的军队怎么能打得了胜仗？因此连夜来求见大帅，想一万全之策！"

第四十一回

排后事明军挺进辽东
击后金杨镐分兵派将

杜松和刘挺，两位总兵官连夜拜会杨镐。三个人见面之后，分宾主落座。这杜松一笑："大哥，我们哥俩儿今晚上来特向您祝贺，恭贺大哥荣升辽东经略使！"

杨镐听完了苦笑了一下："二位贤弟，都是自家人，何必客套？有什么值得祝贺的？这是挨刀的差事啊！我打奉命那天开始，也做了思想准备了。此番赶奔辽东，恐怕是有去无回呀！"

他这一说，这俩总兵官也颇有同感。刘挺往前凑了凑："大哥，我们哥俩儿今天晚上来，有件事情跟您探讨。"

"什么事，说吧！"

"今天白天阅兵，您也看见那个形势了，太叫人堵心了，真应了那句话，老的上不去能行马，小的拉不开宝雕弓。现在是器械不全，人头不齐，粮饷不继，兵无斗志，七长八短，乌烟瘴气。像这种军队，开赴辽东能打得了胜仗吗？因此我们十分堵心。大哥，难道您没有同感吗？"

"哈哈！我又不是瞎子，老实说，我比你还堵心呢！到了现在，我这气还没顺过来。"

杜松就说："大哥，刚才我们哥俩儿边走边商量，我们打算请求大哥转奏陛下，能否容期缓限？"

"噢？什么意思？"

"我们是说，仗是要打的，但是这么仓促，对我军不利呀！我们哥俩儿以为皇上恩准之后，给我们一段时间休整。从这十万军队当中，选拔优秀者经过严格训练，用不着这么多人，有五万人足矣。兵书说得好，将在谋不在勇，兵不在多只在精呀。"

"说得有道理，那么你的意思，容期缓限，得多长时间？"

"这个时间短了恐怕不行，从现在开始，至少也得训练一年！"

“哼！笑话！二位贤弟呀，你们说的简直太笑话了，荒唐之极呀。你看看眼前这形势，努尔哈赤都快打到咱鼻子底下了，你知道这一年的时间耽误多少事？恐怕过了一年，你我能不能还坐到这屋里，都在两说着。再者一说，皇上都急了，三令五申，就在短短的几天当中，催了我有六七次了。我要恳请皇上容期缓限，我顿时就得掉脑袋，此事是做不到的！”

“那大哥既然做不到，我们现在就得出兵？”

“那是自然，这个不容改变了！”

“哎呀！照这么一说，这回是凶多吉少啊！”

“二位贤弟不要发牢骚，时也运也命也，咱们尽人事，听天命吧！但愿老天爷保佑，但愿天子洪福齐天，咱们能创造奇迹。万一你我弟兄同心协力，备不住就打垮努尔哈赤。先不要悲观好吗？我求求你们二位了，你们这种情绪千万别带到军中去。军中人，上行下效啊，一看你们低头耷拉脑袋，恐怕军心就涣散了。”

“那怎么能呢？您放心吧，我们只是在您面前说。”

“二位回去歇着吧，按原计划行事。”

“好吧！”

临分手的时候，杨镐紧走两步把他们撵上：“二位贤弟，家里都安排了吗？”

“家里？”

“对！家里得进行安排呀。”

“哎哟！仓促之间还没有安排。”

“那就算了，忙里抽闲，给家里写封信，要叫他们做好充分的思想准备呀，不说了不说了，明天见，明天见！”

杨镐那意思说什么呢？我都开完家庭会议了，你们也得留点儿后手。咱是自家弟兄，这事不要说得太白了。光棍一点就透，其实两位将军心里倍儿清楚。就这样，光阴似箭，一转眼到了第二天，杨镐又开始到阅兵场前去阅兵，准备出发以前的那些琐碎的工作。将近十万人，那事也多得是，尤其是得等着粮饷，打仗打的是钱，国库不拨银子，那怎么能行呢？枪械现在也不全。另外还等什么？得从全国各地抽调来的三百门大炮。那大炮又沉又笨，运转困难，就得等着。等啊等啊！眼看就到了二月中旬。万历皇帝着急，三令五申：“出发没出发？怎么样了？”

杨镐一看皇上翻了脸，不敢再耽搁，虽然一点没齐备，七长八不短，也决定干脆到东北再说。杨镐下令，二月十七开始祭旗出发。您还真别说，没打仗呢，队伍比较争气。前头是骑兵，中间是步兵，后边是炮兵，再后头是辎重，旗幡招展，人喊马嘶是浩浩荡荡。

杨镐跟家人告别之后，满身的戎装，腰悬宝剑，供着圣旨和尚方天子剑，开城门是直奔东北。这大军过三河、冀县、北戴河、秦皇岛，就来到山海关。当然不是一天的行程了。出了山海关，眼前就是辽阔的辽西大地，一望无际。

您说，隔着一道万里长城，两个世界，关内人口密集，一出关就显得十分空旷，气候截然不同。关内似乎也暖和得多，这一出关，风也硬，天气也寒冷，杨镐在马上不住地打冷战："啊！好冷的天气！都说东北冷，是一点儿都不假呀！"

他传下令去："告诉三军弟兄，多加衣服，千万别得病，千万别感冒！"

这样一站一站又往前走，单说这一天，来到辽阳，按照当时的算法，叫里七外八，一千五百里地。这一千五百里地，他们走了将近半个月，到了辽阳是人困马乏。那位说为什么到辽阳？原来，在当时辽阳可了不得！那是东三省有名的重镇名城。东北的政治、军事、文化、经济的中心，都在辽阳。辽阳城就是又高又厚，非常宏伟，大明朝在此设有重兵，辽东巡抚布政使，司道衙门，都设在辽阳，所以杨镐的大军先到这儿来。巡抚大人，私官两面的人列队迎接，热闹了将近一天，把杨镐接进行辕。

杨镐无心在辽阳住，他的目标是沈阳，因为沈阳交通便利，地理位置比辽阳还重要，他要在沈阳坐镇指挥。在辽阳跟地方官见了面，交代交代工作，需要哪些东西，什么地方需要地方官支援的，全做了交代。第二天起身，浩浩荡荡又开进沈阳城。当时的沈阳比辽阳小一点儿，但由于地理位置重要，在此也设有重兵，这里一共有四个总兵官。杨镐进城之后，就在总兵衙门立下行辕。您说这么远来了，长期奔波，应当歇歇吧？杨镐歇不了，头天晚上睡一觉，第二天就召开军事会议。这次军事会议开得是相当保密，周围五步一岗，十步一哨，是戒备森严。

再看帅厅之上，灯火明亮。那位说晚上开会？不，白天。白天怎么还灯火明亮？闹了半天，沈阳是个大阴天，就好像人沉着那大脸蛋子差不多少，白天屋里都得点灯。杨镐全身披挂，是中间而坐，头顶上供着尚方天子剑、皇王圣旨，参加这个会的都是领兵的将官，他们是杜松、刘挺、刘玉杰、马林、麻严、贺世贤，等等，另外还有朝鲜派来的援军一万三千人，两个带兵官，一个叫李守哲，一个叫安平道，两个人也参加会议了。叶赫也派来代表，是布杨古，还有援军副将及部下，因此大厅里头压压喳喳，是座无虚席，官职小一点儿的都站到院里头。

杨镐居中坐下之后，往两旁看了看，不精神也得精神，这叫强打精神，把腰板直了一直，清清嗓音：“中军官！”

“在！”

“点名！”

“是！”

“啪啪啪”一点名，点到谁头上，都得答应一声。

“报告大帅，人全到齐了！”

“各位将军，兄弟今天主持这个会议，旁的先不说，大家辛苦了！”

众人“哗”全站起来：“大帅辛苦！”

“请坐！请坐！我不想多说，眼前的形势，大家心里头是清清楚楚，皇上三令五申，命令我等迅速剿灭努尔哈赤及其同党。兄弟此次出关，是下定决心，不达目的是绝不罢休！希望各个将军，人人奋勇当先，不要畏刀避箭呐！皇上等着我们的消息，老百姓仰着头等我们的喜讯，各位呀！我们要大功告成！往上能报君恩，往下能安黎庶，责任重大，绝不可掉以轻心！”

大厅里头鸦雀无声，人们瞪着眼睛看着统帅。几句开场白说过之后，杨镐吩咐一声：“来呀！把地图挂上！”

巨幅的地图“唰啦”悬挂起来了，众人的眼光全盯着地图。这杨镐好像个说明员，手里拿着长竹竿，指指点点：“各位呀，我已经命人画了这张地图，非常准确，大家注意观看啊！我现在就分兵派将，大家听好了！”

谁干什么？谁干什么？大伙儿心里还没数呢，大帅一说，全都竖耳朵听着。

“这第一路，杜松、刘玉杰二位将军听令！”

“在！”

两人赶忙站起来，由于身披着铁甲，那铁叶子“哗啦哗啦”直响。

“二位将军，我命你二人，统大兵三万，从沈阳出抚顺关，沿浑河左岸，入素子河谷，直抵赫图阿拉城！”

“遵命！”

“第二路，马林、麻严二位将军听令！”

“在！”

两个人赶忙站起来。

“二位将军，你们的部下人马不足一万，不过没关系。这不是叶赫的大头领也到了？我命金台石、布杨古配合你们，大兵也有三万余人，从开原铁岭方面出三岔河，入素子河，直抵赫图阿拉城！”

“明白！”

杨镐接着又说：“李如柏、贺世贤二位将军听令！”

“在！”

“二位将军，我命你二人率大兵三万，沿太子河，出清河城，从亚古关，入赫图阿拉城！记住了吗？”

“记住了！明白！”

杨镐接着又说：“刘挺将军听令！”

“在！”

“刘挺啊，你手下人马也不多，但是我把朝鲜兵交给你，合二为一。你的部队从宽甸一路出发，过童家江一带，直抵赫图阿拉城，不得有误！”

“遵令！”

“啪啪啪！”四路大军全派好了，东西南北四路。杨镐接着说：“我们这叫分路合击，我想弹丸之地的赫图阿拉城，顾前顾不了后，顾左顾不了右，只要我弟兄同心协力，一战可定也！”

这些人会打溜须，“哗”全站起来，“万岁万岁万万岁！万岁万岁万万岁！”

这一喊，大家情绪高涨，杨镐让大家重新归坐：“好好好！各位呀，现在说实在的，粮饷还没有跟上来，但是燃眉之急吗。尔等放心，由我坐镇在沈阳，左右呼应，做你们强有力的支持者。你们尽管放心出战，需要什么东西，本帅自然供给！大家听明白了吗？”

“听明白了！”

“大帅，什么时候开兵见仗？”

“三月初一就出发，四路大兵齐头并进！”

“明白！”

这会就这么结束了。说三月初一出发，您说倒霉不倒霉？二月二十九这天，大雪就开始下，下了一晚上，到三月初一，连门都推不开！外边的积雪有二三尺厚，那个北风“嗷嗷”的，跟鬼叫差不多少！那风把人的脸皮都能撕裂！这一夜晚间，是滴水成冰。别看到了开春了，您别忘了这句话，春冷冻死牛！东北的天气就这么怪，比冬天还冷！寒气压地，冻得嘎巴嘎巴直响。那士兵出去解手，要行方便，甚至都得拿根棍。干吗呀，边方便，边扑棱，不价就冻成棍儿了！就那么厉害！哎呀，这个雪是鹅毛大雪，对面都不见人，这带兵官等人一看，就紧锁双眉，来找杨镐：“大帅，天公不作美，能不能暂缓几日？”

“不行！一会儿也不能缓！就是下刀子也得按时出兵！”

“是！”

四路人马就冒着这样的大雪，开始出兵了。杨镐怎么调动军队，咱暂且不提，返回头说努尔哈赤。这努尔哈赤一直保持头脑清醒。打了几个胜仗，就不知道东西南北了，那能行吗？自从占了清河、打下抚顺，连着几个大捷，努尔哈赤以及他手下的贝勒等人兴高采烈。努尔哈赤自然是高兴，但是他清楚，明朝能善罢甘休吗？它肯定得报复，大仗还在后头！得抓紧时间，做充分准备。因此在这一年多的时间里头，他是抓紧练兵，粮饷让它备得足足的。另外那铁匠炉，日夜不停打造刀枪器皿和盔甲。现在努尔哈赤开始练习军阵，准备着重兵和轻兵。何为重兵？重兵都顶铁盔，披铁甲，里面都带铁掩心，甚至那靴子包头都是铁的！骑的那战马都戴着蒙面具。您说他数万人马，得需要多少甲胄？因此把铁匠师傅可忙坏了！上千个铁匠炉，是日夜不停打造盔甲，打造兵刃，这叫重兵，防止对方的火炮和弓箭。还有轻兵，轻骑兵，一色是牛皮盔牛皮甲，相比之下轻巧多了，斩马刀、双手带，外带套马杆子。再有一支军兵，专门管射箭的，每日操练射箭，就准备大战一场！

第四十二回

英明汗集中迎击
太监军临场误事

在努尔哈赤积极准备的同时，他召集李永芳，开了几次秘密会议，他交给李永芳一个特殊的任务，叫他在汉人当中挑选一大批精明强干的人，化装成士农工商，打入到沈阳和北京内部，刺探军情。换句新词，派大批的间谍。汉人你别看多，汉奸也多！干这事都挺内行。因此李永芳经过选拔之后，派出几百人去，这几百人化装改扮到了沈阳、辽阳、锦州、山海关，一直到北京，在大街小巷，酒饭茶肆打探消息，甚至有的钻进了要害部门。你说这间谍厉害不厉害？通过什么手段，咱不必细说。你别看努尔哈赤坐镇赫图阿拉城，对大明朝分兵派将，一举一动，是了如指掌，清清楚楚。

噢，万历皇帝召开御前会议了，委杨镐为四路军马的大元帅辽东经略使。噢，大兵已经到了辽阳，到了沈阳了，他们想兵分四路，吞并我赫图阿拉城，这两天就要出发了。沈阳离着赫图阿拉城也不太远，只要两天的路程就可以到达，因此事态紧急了。

这天晚上，努尔哈赤睡了个香觉，鼾声震耳，等第二天起来，倍儿精神。梳洗已毕，披挂整齐，升坐大殿。五大臣、四大贝勒、文武官员全都聚集一堂，他们开会比咱们中原内部开会简单得多，大家也随便，在地上盘腿一坐，找个旮旯往那儿一蹲，都可以，不拘形式。努尔哈赤一看费英东、额亦都、何和礼、扈尔汉、安费扬古五大臣到了，再往这边看代善、阿敏、莽古尔泰、皇太极到了，再看李永芳、范文程等人也全都到了："各位，今天咱们开个会，大仗就在眼前呐！诸位一展身手的机会又来了！"

"哗！"

众人是鼓掌喝彩。您看这情绪，这些人就盼着打仗，一个个是摩拳擦掌，跃跃欲试啊！打仗这玩意儿有好处，真发大财呀！时间长了不打仗，手心脚心都痒痒，听大汗这一宣布，人心鼓舞啊！努尔哈赤把双手一张："低声！不要喧哗！各位听说了吗？现在明军——我们的对手，四路大军奔赫图阿拉城来了，看这个架势，想一口把咱的都城给吞掉，笑话！咱们建州以及赫图阿拉城就是一块钢，它啃不动，它一使劲，把它牙给崩掉！”

“哗！”

大伙儿全乐了，努尔哈赤说：“他们声称四十七万大军，这叫吓唬人。实质上他们的兵力不超过十五万人，我们家底是多少？六万军兵，他们是十五万。从表面上来看，似乎是敌强我弱，实则不然。我已经了解清楚，他们是从各地抽调的人马，长短不齐，真正能打的，也不超过三万人，剩下都是乌合之众。但是咱也不能掉以轻心，我的战术是，任你几路来，我只一路去！大家明白我的意思吗？”

有很多人听不懂，直着眼听着。

“不明白我再解释解释。他不是四路大军分东西南北，要攻打咱的赫图阿拉城吗？咱不必被假象所吓倒，咱们就是集中兵力，打他的一路。我已经分析了，他这四路人马，西路是主路，领兵的是杜松、刘玉杰，统率着三万精兵，这是至关重要的。我说我们要集中兵力，先对付他的西路军，只要把它吃掉，他是全线溃退！当然了，我们要各个击破，大家说好吗？”

“大汗圣明！”

“既然同意，就这样决定了！敌人快打到家门口了，各位听我的令箭！阿敏听令！”

阿敏没想到，头支令派他头上，阿敏赶紧站起来：“大汗！”

“阿敏呢，我给你军兵五百人，埋伏在南面，对付明军的南路大军。”

阿敏一听，真好像冷水泼头：给我多少军队？五百太少点！五百人够垫马蹄子的吗？大汗不是开玩笑吗？他满脸莫名其妙。努尔哈赤一笑：“阿敏呐，不必担心！我为什么派你守南面？你看看南面的地势，全是高山密林，你把这五百人藏在密林高山之中，放倒树木，多设路障、多挖陷坑，另外在大山之中多布旌旗，以为疑兵。阿敏呐，你知道是五百人，我也知道是五百人，可是我们的敌人不知道这个数目。到时候他不知道有多少军队，他就不敢贸然进兵。而且你占地利的便宜，以少就可以胜多，你只要把明军给牵制住，你就算立了大功一件！等我倒开手了，我转到他屁股后头，再把他吃掉！”

“明白了！”

阿敏这才明白怎么回事，兴高采烈领了令了。努尔哈赤再说：“皇太极、代善听令！”

“在！”

“你们跟着我，我要御驾亲征，对付这西路。无论如何，要集中兵力先把他给吃掉！懂吗？”

“明白！”

“其他人暂为留守待命。”

“懂了！”

这努尔哈赤真是横茬子，六十岁的人不甘寂寞。第二天，他亲率六旗人马，浩浩荡荡开赴萨尔浒山。

返回头，咱们再说明朝的军队，西路大军的领兵官是杜松、刘玉杰，他们这三万军队可谓是精兵，比那些军队都强得多，再有火炮一百门。而且这杜松贪功心切，恨不能一口吃个胖子，心说：我这西路军抢先占领有利地形，跟这些鞑子一见面，我狠狠地揍！给死难的弟兄报仇！

他安着这么一颗心，日夜兼程，比其他三路都快，先到了抚顺附近的萨尔浒山。萨尔浒是历史上有名的大战区，他先看了看地势，大山险要，易守而难攻，山的前面是一条河，就是浑河。现在天气寒冷，河面结得那冰冻得还挺结实，因此没费劲，他们渡过浑河。来到萨尔浒山山下，杜松看了看：“来！传我的命令，在山上安营，占领有利地势！”

“是！”

“在山上安营？”

刘玉杰一听，直拨棱脑袋：“将军且慢！”

“什么事？”

“将军，这山上安营当然也有利，居高临下，战斗方便，以上势下，有取胜的把握。但是您想过没有？在山上安营，一是吃水成问题，几万大军得吃多少水？另外物资转运困难呐。如果我们都登了山了，让敌人把山头一给包围，断去我们的粮道，形势危急！”

杜松看了看刘玉杰，两个人虽然都是总兵官，平级，他是正，刘玉杰是副，所以刘玉杰的提议不能不考虑。

“那将军你说怎么办？”

“我说咱分兵，你领着一万人马在山上驻守，我领着一万人沿河布防，咱们互为声援，这样运转也比较方便。还有件事，往前二十里地叫象牙关，有满鞑子在那儿驻守，我看派一支精兵先把他吃掉，以鼓舞我大军的士气！”

“行！这主意不错，那咱就军队分成三股。就这么办！来呀！传我的令箭，分兵上山！”

按照刘玉杰的建议，明军把一万大兵扎到浑河的岸边，一万大兵登了山了，另一万大兵开赴象牙关。他们紧锣密鼓忙活了有一天，刚安定下来，努尔哈赤领兵就到了。努尔哈赤在浑河的对岸，离浑河五里安营扎寨，互相都能看见旗号。

这杜松把刘玉杰请上山来，跟他说："将军，老鞑子已经兜屁股到了！你说什么时候是战机？咱什么时候出战合适？"

"将军呐，咱们远路而来，人困马乏。我的意思，现在不利于出战，大军应当休息休息，咱占着有利的地形，咱怕什么？三天之后，寻找有利时机，再出战不迟！"

"说得有道理！弟兄们的确是太累了，那您就把守好浑河。"

"我明白！有什么事，我及时禀报将军。"

他们就三天没出战，本来计划挺好，第三天的晚上出了变化了。有个监军叫刘仁，从沈阳赶到萨尔浒山。这刘仁是干吗的？是太监，大内的高手，是万历皇帝手下的爪牙，要提起刘公公来，无人不知，无人不晓。大明朝的军官都知道，你惹得起谁也惹不起太监。况这刘仁身为监军之职，前来监视你们来了。

"我代表皇上来看着你们！"

杜松没办法，列队迎接，把监军刘仁接进中军宝帐。你看刘仁这副德行，那嘴撇得跟八万差不多少！小脸阴沉着，在正座坐下之后就说："我奉皇上的圣旨，助将军一臂之力！"

"欢迎欢迎！刘公公，您从沈阳来？"

"对！我马不停蹄赶来。我说杜将军，我有一事不明，当面领教！"

"公公有话请讲！"

"我看你把大营都安排好了，外边布了不少的鹿角，挖了战壕，你准备长期在这儿守萨尔浒山吗？"

"不是这意思，大兵刚到，我们准备准备就要开战。"

"我看这样不像！我说杜将军，恕我直言，皇上在紫禁城，连眼睛都闭不上，时刻等着前线的消息。我说咱们几十万大军，一天得吃多少粮食？得耗费多少粮饷？利在速战！你可好，四平八稳在这儿一安营，什么事都没了，这一来，是否有负圣恩呢？"

杜松心里说话：妈的！你算什么东西？你懂军事吗？但又没有办法，你看不起他不行，明朝就信任太监，文武百官都靠边站，太监在皇上面前说一句话，说给你准上就准上，要不怎么叫监军？杜松一肚子不愿意，还得赔着笑脸："公公，您不来呀，我们准备也要开战，我们要寻找有利的战机。"

"我看现在随时随地都是战机！还等什么？杜将军，我提议应当马上出战！"

“是是是，那明日咱就出战。公公好好休息休息。”

“那行了，我等你的喜讯啊！”

这小子白话了一顿，下去休息去了。杜松气得鼓鼓的，把刘玉杰给请来了：“刘将军，不能再等了，催命鬼来了！”

“我听说了，这个刘仁可不是个东西！”

“这小子挑了理了，嫌咱慢了，我看咱不能再等了，应当主动出击！”

“行，明日拂晓，我就过河出击，就这么定了！”

两位将军碰完头，分手了，刘玉杰回到自己的行辕，这就部署，明日过河开战。没说吗？天公不作美，前些日子接连刮大北风，冰冻三尺，是滴水成冰，就这天晚上风头就变了，刮大南风，超过那北风，天气突然转暖，这气温相差有十五度到二十度。这一夜之间，浑河解冻了，你说怪事不怪事？冻得那么厚的冰，“嘎巴嘎巴”，全都开了。哎呀！天冷时候他们过河挺容易，踩着冰就过来了。现在这一解冻，没法过河了。哎呀，刘玉杰一看，仗怎么打？也没有船，也不能现编筏子，这么宽的浑河，怎么能过得去呀？马上请示杜松：“您看天气变化了，还得给我们点儿时间搭浮桥、扎筏子、找船只，才能渡过浑河呀！不价我们飞不过去。”

杜松一听也是，把刘仁请来，跟刘仁商议。刘仁一听，把小脸一沉：“什、什么？哎呀！我真没想到啊！你们真能找借口啊！噢，河解冻了。解冻也得给我过！难道说夏天就不打仗了？那河上不冻冰就没法开战了？你们怎么净是借口呢？我说杜将军，要照这样下去，皇上怪罪下来我可没有办法！”

“这，这，好吧！”

杜松又下了一道命令，告诉刘玉杰：“解冻也得渡河，按原计划行事！”

官大一级压死人呢！刘玉杰没有办法，只好下达命令，强渡浑河。他这一万人，这河怎么个过法？幸好现在不是汛期，就是解冻了，那河水也不太深，最深的地方齐腰，最浅的地方没脚脖子。但是您别忘了，东北它冷啊！三月刚出头，那水都扎骨头那么凉！这当兵的可倒了霉了！牵着战马，扛着行李，拿着刀枪，一万来人“扑腾扑通、扑腾扑通”。

一里多宽的河面，好不容易到了对岸了，叫风这一吹，靴子都结冰！南风它也冻冰。当兵的是叫苦不迭呀！一个个是抖如筛糠，先把靴子跟鞋脱了，往外倒水，湿衣服把它拧干，上牙打下牙。刘玉杰好不容易过了河了：“弟兄们，准备投入战斗！鞑子兵就在眼前，不能歇着！不能歇着！”

正在乱七八糟的时候，可坏了！就听见战鼓如雷。

“冲啊！杀呀！”

努尔哈赤亲率六旗精兵冲上来了。原来要按照代善和皇太极的意思，早就进兵了，被努尔哈赤给拦住了。努尔哈赤说：“别着急，他们呢，比咱着急得多，咱就稳稳当当地观看他的变化。他不到河这边来，我们也不过河那面去，咱来个以逸待劳！肯定他先沉不住气，他要打咱们，咱在河岸准备好了，一举可定也！”

大伙儿一听有道理，一个个摩拳擦掌，就等这一天。唉！机会来了，有人禀报努尔哈赤明军正在蹚水渡河呢，努尔哈赤登在高坡，打凉棚眺望：“哈哈，机会来了，给我出战！”

第四十三回

萨尔浒后金告捷
北路军叶赫胆裂

按照努尔哈赤的计划，左翼皇太极、右翼代善，努尔哈赤指挥军兵从正面三路发起进攻。努尔哈赤严令："一举全歼！不要俘虏，全要死口的！冲啊！"

金兵好像下了山的猛虎相似！这三路兵，张开血盆大口，奔明军就下了家伙了！您想，这明军迈步都困难，兵无斗志！一看，啊！可坏了！一个个是魂不附体，仓促之间，拿起刀枪应战，那能打得了胜仗？就见那金兵的骑兵往来这一冲，地下就是一片死尸，明军是哭爹喊娘，惨叫声不绝于耳。单说指挥官刘玉杰，刘玉杰一看："呀呀呀！镇定！不要慌！随着我往外冲！弟兄们打呀！"

刘玉杰嗓子都喊破了，没有用，控制不住局面。刘玉杰心里说：杜松啊杜松！我就死，到阴曹地府我也得找你算账！你为什么逼着弟兄们渡河？难道说你是敌人的奸细不成！

咱们前文书说了，这事不怪杜松，怪只怪那个监军刘仁。这刘仁是个太监，您就记住，大明朝倒霉就倒在太监身上！你别看这个太监，跟正常人不太一样，他那心也有区别。这明朝的皇帝个顶个地都信任宦官，他觉得宦官跟他们全住在紫禁城里，耳鬓厮磨，最效忠于他，不管什么事，他都打发宦官去做。他觉得外臣不可信任，最著名的东厂、西厂、锦衣卫，那都是由宦官组成的特务组织，直接对皇帝负责。文武大臣，不管你多高的身份、多高的地位，只要你稍微有点儿所谓的不轨行为，皇上随时随地都掌握着，他赋予宦官先斩后奏的权力，无论你立过多么大的功劳、有过多么高的爵位，你不如太监。就拿打仗来说，这太监刘仁他会打仗吗？他不会，但是受皇命，身为监军，他比那总兵官和带兵官高着一级，他们什么事都得征得刘仁的同意。刘仁说打就得打，刘仁说降就得降，你就是指挥官，干着急不敢得罪他。今天就是这么回事。

杜松领兵多年，不懂得什么叫有利，什么叫没利吗？但是没办法，拗不过刘仁。这小子是个催命鬼。

"冲啊！必须打！必须打！皇上等信儿呢！你们干吗迟迟不进兵？你们安的什么心？"

"嗷嗷"刘仁直叫，把这杜松逼得实在没辙了，违心地下了攻击令。结果怎么样？就得了这么个结果！一万左右人，眼瞅着这一过浑河，不到一小时半个时辰的工夫，全部被金兵消灭。你看吧，浑河的岸边、水里头、树林里头，到处都是死尸，那明军死得太惨了！横七竖八，是横躺竖卧。带兵官总兵刘玉杰一看，左冲冲不出去，右冲冲不出去，他大吼一声："万岁！臣不能为国尽忠了！"

拔出宝剑来，"噗"抹了脖子了。你看带兵武官不就这样吗？平时不打仗，养尊处优，到战争的时候，你再贪生怕死，你算干吗吃的？刘玉杰心里也清楚，打了败仗回去也没个好！皇上降旨，也得要我的命，不如为国尽忠，所以他自寻短见了。

他一死，群龙无首，努尔哈赤高兴啊："赶紧渡河！"

人家渡河不用搭浮桥，踩着明军的尸体，顺利地渡过了浑河，围攻了萨尔浒山。

另一路皇太极和代善，领兵五千，把其他的明军也全消灭了，最后把这个山围了个里八层外八层。努尔哈赤降旨："力攻萨尔浒山！一举全收，给我乘胜进攻！冲啊！"

"哗！"

现在杜松孤立无援，三万人死了两万，剩下一万人了，哎呀！杜松是叫苦不迭呀！他问刘仁："监军大人，这，这可怎么办？就因为听你的话呀，我们没得好果子吃！"

刘仁到了现在也发傻了，透过空隙往萨尔浒山下一看，漫山遍野全是金军，吓得他魂不附体："唉！杜、杜、杜将军，你说怎么办？"

"监军大人，咱也只好突围了，闯出去的命大，闯不出去，就算交待了！"

"那赶紧突围！快突围！不突围就得死在这山上！粮食水都没有！"

杜松没办法，指挥这一万多人往山下冲，两军又展开激烈的争斗。那打仗就这么回事。两军相遇勇者胜，你不杀我，我得杀你，虽然平常谁也不认识谁，谁跟谁也没有仇，但到战场上就是仇敌，各为自己的国家效命。

"杀啊！"

"冲啊！"

明军想好了，冲不出去就是死路一条。金军也想好了，让他们跑了，大汗肯定得怪罪。这场惨烈的战斗又进行了将近一个时辰。杜松是左冲右冲，也冲不出去，正在着急的时候，也不知从哪儿射来一支箭。

"吱！"

“噗！”

正射他太阳穴上，三棱透甲锥，弓力还挺强，一下射了个透亮。杜松连吭都没吭，“噗丘”，摔于马下，被金兵的骑兵踏为肉泥。那刘仁想跑也跑不了了，被金兵一顿乱箭，射成了刺猬。

咱这么说，西路大军三万挂零，是全部报销！从战斗开始到结束，不超过三个时辰，打得是干净利落呀！皇太极赶紧提马到大汗马前：“父汗，西路军被我们消灭了！”

“哈哈，好！打得好！马上叫队伍集合，马不停蹄随我来！”

“干吗呀？”

“明军四路大军，这刚消灭一路，还有三路呢！趁热打铁，这一下全消灭！”

努尔哈赤的指挥是英明的，再看他引着得胜之兵是“嗷嗷”直喊，直奔北路大军就来了。这北路大军咱说了，指挥官叫马林，副指挥叫麻严，率兵不到两万人。因为兵力孤单，杨镐命令叶赫兵一万来人，跟他合二为一，加上叶赫兵，也三万挂零，实力比较雄厚。这马林他们稍微地晚来了半天，说齐头并进，不可能一刀切的那么整齐，他迟到有半天多的时间。大军正往前开进的时候，流星探马向他禀报：“报告马将军，形势不妙！”

“吁！慢慢说，怎么形势不妙？”

“他、他，杜松杜将军，刘玉杰刘将军全军覆没了！”

“啊？你待怎讲？”

“全军覆没了！被努尔哈赤全部消灭在萨尔浒山！”

“啊！”

顿时马林就呆了，他不相信自己的耳朵，又派人详细侦察。结果六路侦察兵都向他禀报，确实不假。马林顿时就冒了汗了，他心说：三万多大军，就这么眨眼的工夫，就被消灭了。莫非这金人都是神？他们怎么那么厉害？哎呀！我跟西路军齐头并进，现在他完了！我等于孤军深入。这、这怎么办呢？

他正在犹豫之间，流星探马又向他禀报：“报将军！努尔哈赤指挥金兵迎头赶上来了，要跟我军决战！”

“啊！”

马林回头一看，附近有块高地，他拨转马头上高坡，打凉棚往对面观看。可不是！就见八旗兵是旗幡招展，分左右，两路夹击，以最快的速度奔他扑来了。怎么办？想回师，已然来不及了，打算找个有利的地形，都没有那时间！因为敌人来得太快了！作为指挥官马林吩咐一声：“就地设防！准备战斗！”

这就是战场。您还真别说，马林有两下子，排兵布阵、攻杀战守、斗引埋伏都懂。他身经百战，虽然心里头紧张，但是他毕竟是三军的统帅。他吩咐一声，就在原地摆了一座牛头阵。

那位说什么叫牛头阵？并非像牛脑袋，就跟那牛头往下一低，拿犄角顶人那意思差不多少。他把两支骑兵摆到最前面，这个骑兵是经过严格训练的，手提马刀，一队骑兵是一千人，两队是两千人，叫敢死队。骑兵的后头一排，全都是炮兵，这个明朝占点优势，有大炮，火器也多。金人就不行，他还不懂得怎么使用。所以一排排的大炮排好了，大炮队伍之后，又是骑兵，骑兵后头是弓箭手，弓箭手后头又是炮兵，最中央的核心就是马林和麻严。他们率领亲兵卫队一千人，守住阵心。马林也冒汗了，别看天气那么冷，他回头问麻严："麻将军，叶赫军兵现在何处？"

"叶赫兵离着我们还有十里。"

"他们怎么迟迟还不到呢？"

"哎呀！动作太缓慢了，还没赶上来，也许咱的部队走得太快了。"

"传我的命令，叫叶赫兵迅速合拢快赶上来！"

"是！我马上派人送信！"

三万多人分成两队了，叶赫兵一万来人还没到，就马林领着一万多人，摆了牛头大阵。刚把阵摆好了，努尔哈赤的大兵就到了。努尔哈赤一看：哎呀！明军在面前严阵以待，摆的是什么阵法？我得看看。马上降旨："大军停止前进。"

"嗻！"

全站住了。努尔哈赤居高临下仔细观瞧："皇太极，我考考你，你说我们的敌人摆的是什么阵？"

"父汗，如果我没猜错的话，好像是牛头阵的阵法。"

"对！说得一点都不错呀！看来这马林颇懂战术，这牛头阵是易守而难攻，要想把他们吃掉，得付出巨大的代价！"

"父汗，休长他人的锐气，灭自己的威风！小小的牛头阵有什么了不起？儿不才，请令要攻打他的牛头阵！"

"好！那我先问问你，你怎样个打法？"

"父汗，我观察了，从正面攻击代价太大。我发现他东北方向有个空缺，防守薄弱，我从东北方向突入。"

"行！光你一路军还不能成功，代善呢？"

"在！"

"你领三千重铁骑，配合皇太极，左右进攻，他打东北，你打西北，两路夹击！切记，冲进大阵之后，你们是往来交叉冲突，把他的牛头阵给搅乱，我从正面发起进攻，咱们三路大军一战可定也！”

“遵旨！”

两个人下去做好准备。紧跟着三通鼓响起，“呜呜呜呜！”

“冲啊！”

再看皇太极和代善，都想在父汗的面前争功，都想露露脸，因此冲锋起来是倍加勇敢。那皇太极真不善，把蒙面具往下一拉，吩咐一声：“随我冲啊！”

他的三千铁骑跟旋风一样，直奔明军的牛头阵。马林呢，在高处看得清清的：“东北方向注意！开炮！”

“咚咚咚！”

明军就开了炮了。神仙难躲一溜烟，虽然那炮笨，在当时来说那有神力，一炮崩出去，百十人就交待了。这下金兵可吃了亏了，再看那骑兵纷纷从战马上摔下去，胳膊、大腿飞上了天，战马一倒就一片。尽管如此，皇太极豁出去了，是身先士卒。

“冲！给我冲！”

冒着炮火继续往前进攻。尽管在他身边那些将士不断地倒下去，皇太极如同没看见一样，突然觉得腿上钻心地疼了一下。腿上受伤了，也照样往前冲，只要有三寸气在，我就得进攻！就这么勇敢！

与此同时，代善的重骑兵从西北方向也冲进来了，马林一看不好：“防守西部！开炮！开炮！”

“咚咚咚！”

这就打乱了套了！结果金兵付出很少的代价，不到一千人，其他的人冲进牛头阵。按照努尔哈赤交代的左右插花、纵横交错，把马林的阵给搅乱了。等这一短兵相接，明军就吃亏了。单对单，个对个，兵对兵，将对将，明军不是金军的对手，那金军一个个身强力壮，手中拿着大刀和巨斧，打起仗来十分勇敢！那大斧子一挥“喊哧咔嚓！”

“啊！”

“噗！”

杀得明军是四散奔逃啊。努尔哈赤一看，行！达到目的了，把龙旗一展：“随我冲！”

主力部队从正面就压下来，一个冲锋，把牛头阵就打哗啦了。马林一看，大势已去了，回头就问：“叶赫兵离着还多远？”

“回总兵大人，叶赫兵离咱们不到二里地！”

“快叫他们靠拢！”

“回将军，靠拢不了了！因为离着不到二里，他们一看大势不好，咱们被金军包围了，叶赫兵就跑了！”

“啊？好个金台石、布杨谷！我要活着，我找你们算账！”

本来人数就不多，叶赫兵跑了，就剩他们孤立无援了。周围那些卫队一听，什么？叶赫一万多人都跑了，那咱怎么办？顿时是人心涣散！

第四十四回

经略使损兵折将
明神宗一夜白头

要说这叶赫部真不是东西！这次明朝降旨，让他配合着去打努尔哈赤，他们勉勉强强凑了一万多人，跟着来了。结果一见大势不好，撒腿就跑，也不管马林和麻严了。这打仗，就怕配合失当，这就配合得不好，全盘计划全落空了。

返回来说，如果说按照马林的指挥，摆下牛头大阵，能把金兵全都吸引过来，叶赫兵全力以赴，在外头一包抄，努尔哈赤是腹背受敌，处于被动！可事情适得其反，叶赫兵跑了，现在剩马林，是孤军被困。马林一听，完了完了！可是作为封疆大吏，作为武将，有死而已，这就叫大将军宁死阵前，不死阵后！

“冲啊！弟兄们给我顶住！打呀！”

不到半个时辰，北路军全部被金兵消灭，马林、麻严死在乱军之中，这一股被金兵给消灭了。努尔哈赤得着报告之后，是非常高兴，指挥得胜之兵，转过头来直奔南路。

“继续给我冲！”

这明朝的南路最高指挥官就是刘挺，跟杨镐是好哥儿们，他领着大兵从南路来。这条道是最难走不过，崇山峻岭，全是原始森林。他不熟悉地理，因此他的军队走得比较缓慢，等到大山这儿，就只能慢慢摸索着往里进。有人向他说：“过了这架山就是赫图阿拉城。”

那个年月，通信设备几乎没有，就靠着流星探马来回送消息，所以西路军、北路军被消灭的事，刘挺一无所知。他还在这儿挺着呢，不过刘挺发现，这漫山遍野全插的是旗号，他心里纳闷，这金兵有多少？难道说这座大山都被他们控制了不成？之后他明白了：噢！这是努尔哈赤耍的花招，布下的疑兵，越是这样，他就越防守空虚！我估计没有重兵。

因此他把心放下了，吩咐一声：“加速前进！”

他的后边是朝鲜军队，他跟朝鲜军队配合着。朝鲜兵有一万三千多人，属于殿后的，就这样，两路人马进了大山了。没说地理不熟啊，左转转不出去，右转转不出去，刚一愣，金兵就出现了，“啪啪啪！”就放冷箭。

“在那面呢。”

你这一追，他没影了，钻进大山。正这时候，后队遭到袭击。

“在这儿呢。”

大军一掉头，又没影了，他们就在里头捉迷藏，是左转右转，也转不出去大山，正好转到盆地这地方，这对明军是极其不利。此时努尔哈赤引得胜之兵，兜着屁股杀了上来。这明军的后一部分是朝鲜兵，一万三千多人，这朝鲜兵怎么说也是客情，跟明军以及指挥官想的不一样，动作比较缓慢，也抱着试探性的心理进攻，所以跟明军保持一定的距离，能相差不到二里地。正好金兵这一来了，把他们截为两段。代善向努尔哈赤禀报：“父汗，这是朝鲜兵！”

“噢？他们也想帮虎吃食？”

“正是！是明朝请来帮忙的。”

“好了，先把他们吃掉！”

“哗！”

八旗军兵过来把朝鲜兵给包围了，这朝鲜兵更不能打仗，尤其他们那心也没在这上头，领兵带队的都统一看，被八旗兵给包围了，有点傻眼。刚一接触，两个统兵官就打出白旗去了：“投降！不打不打！”

努尔哈赤叫皇太极过去交涉。见着皇太极，两位朝鲜统帅从马上跳下来，一翻译说：“我们是被逼无奈，我们不想出兵，但得罪不起明朝，只好违心地出了兵了。你看我们是真打吗？我们在明军的后面，请贵军宽恕！”

皇太极明白怎么回事了，回去跟努尔哈赤一商议，努尔哈赤降旨：“可以原谅，可以不打，但有一个条件，必须投降！不放下武器，不投降，全部消灭！”

皇太极跟朝鲜方领兵官一交涉，领兵官还真好说话，把佩刀、佩剑摘了，双手高高举起，同意投降，放下武器。一万三千多朝鲜兵，“哗！”把武器全放下了，努尔哈赤没费劲，就收编了一万多朝鲜兵。哎呀！努尔哈赤这高兴就甭提了。送到嘴边的肥肉，吃得这个顺心！然后又集中兵力，兜着明军的屁股，也进了大山。刘挺的军兵不熟悉地理，正在里边瞎撞。但努尔哈赤是本地人，闭着眼睛，都知道哪儿挨哪儿，您说明军能打得了胜仗吗？就刘挺这一万来人，没到一个时辰，被八旗的军兵彻底消灭，刘挺等七名将官是全部壮烈牺牲！四路大军至此，有三路军全被人家消灭了，还剩下东路军的李如柏、贺世贤。

这东路军动作极其缓慢，这跟领兵官李如柏有直接的关系。原来这个李如柏是个贪生怕死、畏刀避箭之辈，比其他的人都狡猾，因此他的东路大军是动作迟缓，人家一天比方说走一百里，他顶多走五十里，他迟迟不前的意思是什么呢？李如柏早就盘算好了，再多一倍军队，也不是八旗军队的对手，为了保存实力，所以他慢慢地往前挪。您还真别说，他算对了！那三路大军不出几天，全部被消灭，就剩下他这一路。他一听说那三路全完了，他更害怕了，马上命人到沈阳告急，禀报四路军总指挥杨镐。

杨镐当时正喝水呢！一听这消息，“啪嚓”水杯落地，摔个粉碎，能有三分钟没喘上气来。等缓过劲儿来，杨镐一琢磨：这怎么向皇上交代？这……”

“报！李如柏李总兵现在身处绝境，请求指示！”

“李如柏的部队还保存着呢？他们还没投入战斗？传我的令箭！撤！让他们撤回来，保存实力。”

李如柏狡猾呀，还对了！接着撤退的命令，跟大赦令差不多少，李如柏长出了一口气，没等投入战斗，拉着三万来人沿着太子河、清城一带，退回沈阳，等见着杨镐，他是无中生有，夸大其词，把那三路军怎么败的，怎么个经过“啪啪啪”讲述一遍，其实他也没到战场，他也听别人说的。杨镐晃了晃头：“李将军、贺将军，下面休息去吧！”

但杨镐又一琢磨：坏了，努尔哈赤能完得了吗？肯定要引得胜之兵，攻打沈阳和辽阳，万一这座大城再失陷了，我就是死路一条啊！这可如何是好？他马上传令，在沈阳、辽阳一带是严加布防，随时随地等候着跟努尔哈赤开战，一面修下本章，向朝廷告急。

也不知道怎么搞的，跟杨镐想得正相反，努尔哈赤没有领得胜之兵继续进攻，而是引得胜之兵回了赫图阿拉城。干什么？他要休整部队。努尔哈赤心里头清楚，是，萨尔浒一战露了大脸，引得胜之兵进击是对的。但他深感兵力、兵源、器械、粮草都有点儿亏，现在还不是打大仗的时候，应当修整一个阶段，以利再战，因此下令撤兵。萨尔浒之战在历史上有名，充分显示了努尔哈赤是天才的军事家，都是在他指挥下，才取得如此辉煌的战果。这一仗打完了，努尔哈赤这心“扑通”，放下了，如果说原来心里没底，不敢碰明朝这个庞然大物，现在他改变了看法。努尔哈赤心说话：别着急，等我养精蓄锐之后，倒开手，我再继续打仗。看来明朝没什么了不起，这天下迟早是爱新觉罗的天下。

努尔哈赤回兵，需要整顿，也因为他家里有点儿问题。你看，咱说书是单一的，说战场就是战场，他家里的事情没工夫交代，努尔哈赤深感有后顾之忧啊，需要倒出手来，整顿内部。另外他还有个顾虑，现在直接跟明朝动手，不是不可能，他也不怕，但是他屁股后头的朝鲜，是他心腹之患。这次虽然俘虏了一万三千多朝鲜兵，这些兵也表示愿意投降，但毕竟朝鲜国还没有态度。我在前头打着，一旦朝鲜在我屁股后头摸上来，对我是极其不利。另外还有蒙古兵，这个蒙古兵跟明朝关系也不错，蒙古各旗也经常出兵，帮着明朝军队作战，这也是自己心腹大患，因此得倒出手来，把这关系都摆平，然后全心致志地、一个心眼地，跟明朝再打，这是他撤兵的主要原因。他下一步的目标，就是沈阳和辽阳。

单说明朝的万历皇帝，这个万历是个昏君，但是人这一辈子，你得分阶段来看。这万历帝刚登基的时候，不失为一个明主，很有作为，他从小就聪明，继承了帝位之后，大刀阔斧进行改革，明政府的确有点儿中兴的意思。可是之后他变了，贪图安逸，贪图享受，有二十年他没临朝，就在那后宫里，跟太监、宫女、嫔妃在那儿起哄，您说这国家好得了吗？最近这两年，他有点儿清醒了，也搭着有点儿老了，身体多病，折腾不动了，有时候这万历自己就想：恐怕我这条命不长久了，我一旦这口气上不来，谁继承我的皇位？我在九泉之下，见着列祖列宗，如何交代？难道说我就这么走了不成吗？别价，老天爷睁眼，让我多活几年，我把我这江山巩固了之后，我再死，我也就瞑目了。

自从他派杨镐挂了帅印总督兵马跟努尔哈赤开战，连日来他是坐卧不宁，没事他就问："前方战事如何？"

老这么打探着，杨镐的本章到了，告急的文书落到龙书案。万历皇帝刚要用晚膳，听说辽东的边报到了。

"拿来拿来！"

他颤抖着双手，把杨镐的本章展开一看，没等看完呢，眼睛往上一翻，人事不省！哎呀！消息传开了，文武大臣，三宫六院慌作一团，让御医赶紧给调治，扎了针灸，吃了药，到掌灯以后了，万历皇帝才清醒过来。

"咳！来人呢！"

"陛下善保龙体！"

"把杨镐的本章再给我读一遍，慢慢地读！"

"陛下您龙体欠安，还是好好休息休息，待康复之后，您再处理不迟。"

"不！不！快读！"

他在那龙榻上躺着，有大臣手托着本章，一字一句全都念了，万历皇帝眯缝着眼听着。听来听去，把眼睁大了："啊？如此说来，辽东的战场大败了？"

"是的陛下，杨镐告急，恳请朝廷速派援兵。"

"失败得太惨了！也太快了！几十万大军就毁于一旦了不成？我上哪儿调兵去？我上哪儿找将去？真真急死朕也！"

又昏过去了，又好一通抢救。到了第二天天亮，万历帝又明白过来，好悬没死了。再看，就这一天一夜的时间，万历帝胡子、眉毛、头发都白了，这回真动了心了。人呢，得真动心。说伍子胥过昭关，一宿愁白了头，这事不新鲜。万历不傻呀，他是痛苦万般，等清醒过来之后，先吃了点儿药，觉得有点儿上不来气，一坐起来，头有点儿发沉。哎呀！实在是起不来了。但是他没忘了这个事："宣方从哲来见我！"

"是！"

"大学士方从哲晋见！"

方从哲是大学士，身份跟丞相差不多少。方从哲就在殿外候着，再看文武百官，紧锁双眉，感觉着皇上要够呛了。其实万历皇帝年纪不大，还不到六十呢，他是自己糟践的，他不拿自己当回事，太糜烂了！太奢侈了！所以才有今天的地步，方从哲心里清清楚楚。正这时候，旨意宣他，他马上来到里面，跪倒在龙榻之前："臣方从哲叩见陛下！"

第四十五回

大学士力荐能人
经略使丢城失地

明万历皇帝朱翊钧病倒了，病得还真不轻。什么原因？两个，第一个，他身子掏空了，虽然不到六十岁，但他自己糟蹋他自己。他在位一共是四十八年，将近半个世纪。这半个世纪也不算短，打开历史看一看，唐宋元明清，四百多个皇帝，万历在位的时间名列前茅。有的皇上，做不了几年就完蛋了，他做了将近半个世纪。但这个朱翊钧是不管不顾，想怎么折腾，就怎么折腾，挥霍无度、淫乱无度，把自己糟践完了，吃什么大补的药，恐怕都无济于事。另外一个呢，辽东的战事屡屡失利，这一次萨尔浒之战，折损明兵明将十几万人，他能不心疼吗？急火攻心，他病躺下了。文武大臣，朝廷的命官一百多号在这儿等消息，恐怕皇上万里有个一，一口气上不来，这江山社稷依靠谁？谁来继承他的皇位？这不都是大事吗？就是方从哲方大学士领衔，跪倒在龙榻旁，哎呀！心都提到嗓子眼了。没想到朱翊钧还没咽这口气，缓过来了。他问这方从哲："爱卿啊！难道说咱大明的江山就这样结束了吗？我死不瞑目！朕不甘心呐！"

方从哲多会来事。就这种形势下，还念喜歌呢："陛下请放宽心，大明江山二百多年了，有深厚的基础，民心所向，即使有些困难和不顺心的事，也是暂时的。只要陛下龙体康泰，振兴大明不成问题呀！陛下千万宽心！"

唉，同样的话，哪怕是假的，他说出来就这么好听，就这么顺耳。万历帝点了点头："啊！好啊！但愿如此啊！方卿家，你说当今之计，可怎么好？这努尔哈赤甚是猖狂，得寸进尺，不把他给剿除了，朕闭不上眼呐！现在辽东大败，你看什么人能扭转这个局势？"

"唉，陛下，臣斗胆保举一人，可当此任。"

"说说看，谁？"

"此人乃湖北江夏人氏，叫熊廷弼。"

"朕好像没什么印象。"

"陛下您忘了？数年前熊廷弼出任过辽东巡抚史，此人颇具才干，对辽东的风土人情，各种方面都有经验，叫他去，万无一失！而且此人文武兼备，那是国家的栋梁！”

“噢？他现在何处？”

“他回到老家种地去了。”

“为什么？”

嘿！方从哲心里说话：你是真想不起来，还是打糊涂语呀？叫你给罢了官了！你怎么忘得这么干净啊。

“唉！”

等了一会儿，万历帝好像想起来了：“噢噢！熊廷弼，有这么个人，有这么个人。既然如此，方爱卿，你即刻代朕拟旨，宣熊廷弼急速进京，我要委以重任！”

“是！陛下，臣马上就去办！”

方从哲退下去了，百官在门口听信呢，方从哲把两只大手一晃：“没事，各位大人尽管放心，陛下平安无事！”

“噢，那就好！”

百官散去，您还真别说，这个万历帝还真禁活。当时犯病的时候，看着很危险，经过一晚上的休息，到第二天没事了，因此一切恢复了正常。

书说简短，熊廷弼接旨之后，不敢耽搁，兼程进京。到了北京城了，住在金亭馆驿之中，方从哲还亲自来看他。方从哲一见着熊廷弼就说：“恭喜老兄，贺喜老兄！皇上召见你，要委以重任！”

熊廷弼心里倍儿明白：“多谢老大人从中提携！”

“谈不上，你是国之栋梁！咱们都是同朝为官，我呢，有几句心里话敬告老兄。”

熊廷弼点了点头：“大人明示！”

“熊大人呢，你文武兼备，自不必说。但是为人处世这方面，你欠点儿火候，你性情暴烈，过于刚直。老兄，这可不行，官场如战场，什么人没有？在一定的时候，要控制自己的情绪呀，不然的话，重蹈覆辙，恐怕你白费力，还落不了好！”

方从哲说的真是掏心窝子的话。这个熊廷弼是历史名人，您要到山海关去旅游，您看一看，有熊廷弼的塑像。打开历史看一看，也有他这一号，他是了不起的大将军，此人颇具才干，但是方从哲所说不假，他过于刚直，动不动就发火，动不动就犯脾气，嘴茬子还不饶人。因此得罪了不少同僚，叫御史弹劾了数次，鸡蛋里头挑骨头。因此皇上一怒，把他罢了官了，回到湖北江夏，种地去了。其实熊廷弼就种地也不错，但他具有爱国热心，每天摇头叹息，英雄没有用武之地，我犯了什么错？我把官丢了，我恨朝廷不公平！我恨这皇上不公正。唉，这次机会来了，奉调进京。方从哲来看他，就是担心他的脾气，所以一见面，提出这个事来了。熊廷弼心里清楚，不住地点头："多谢大人提示，我尽量改也就是了。"

"噢，那我就放心了，先休息两日，皇上准备召见你。"

"多谢大人。"

书说简短，两天之后，万历皇帝在勤政殿召见了熊廷弼，熊廷弼跪倒在地，往上叩头，"臣叩拜皇上，万岁万岁万万岁！"

万历帝强打精神，睁开眼睛往下看着。熊廷弼是个高大的身材，就在那儿跪着，比一般的人也矮不了多少。

"熊爱卿平身！"

"谢陛下！"

熊廷弼规规矩矩站在一旁，低着头。

"熊爱卿啊，过去的事情就过去了吧！你明白朕的意思吗？"

熊廷弼明白，皇上这一句话，是知道自己受了委屈，安慰自己，他怎么能不清楚呢？因此没言语。

"辽东形势实在危急，朕打算拜托爱卿到辽东督师，挽救残局，朕把希望寄托到爱卿身上，你可愿意？"

"陛下，臣肝脑涂地，万死不辞！"

"好！有你这句话，朕就放心了。总而言之，言而总之，辽东就交给你了！朕加封你为辽东经略使，挂兵部尚书衔，赏尚方天子剑一口，有先斩后奏之权。到辽东，你尽可便宜行事！"

"谢主隆恩！"

熊廷弼再次跪倒谢恩，这家伙权力大了！一句话，把东北、辽吉黑三省，加上蒙古一大片全交给他了。他便宜行事，想怎么办就怎么办，你看怎么好，你就怎么办。那皇上给了这种特权了，又赏了尚方天子剑，你代表我，扶正祛邪。你看这权力有多大？因此熊廷弼深受感动了。皇上又安慰了几句，熊廷弼这才退出紫禁城，回到金亭馆驿。

没过两天，走马上任，文武百官先后前来祝贺。今儿个这个请客，明儿个那个请客。熊廷弼心里想：嘿嘿！人在世，花在时啊！我在家种地的时候，没一个人去看我，他们也没想到我能东山再起呀！咳！这事也不奇怪，人就是这样，都是锦上添花，很少雪里送炭呐！这就是演戏。因此熊廷弼也演戏，见着谁都龇牙，见着谁都问好。

折腾那么几天，皇上旨意下来了，催促熊廷弼急速出关，熊廷弼做好了一切准备，带着二十名亲兵卫队，有人给抱着尚方天子剑和上任的文凭大印，离开北京是赶奔辽东。一出了山海关，熊廷弼一看，跟当年大不相同。满目的荒凉，你往大道上一看，全是难民，这个难民队伍一眼望不到头啊！扶老携幼，推车担担，是哭爹喊娘，让人看着那么痛心。熊大人心里头一翻个儿，放缓了速度又往前走了一程，大双阳岔路口，路边有个茶摊。他从马上跳下来，示意手下人在这儿休息片刻，手下人赶紧警卫好了，过来跟茶摊掌柜的说："我们大人要喝水，有好茶叶给泡上一壶！"

"唉！"

卖水的给泡了壶茶，熊大人坐下之后干什么？他要了解民情。他看着道上正好来个推车的，是个四十多岁的中年人，肩膀子都漏了，光着两只脚丫，满面的尘垢，车上有个老太太和俩孩子，大包小包的，就跟讨饭的人差不多少。这人推车到茶棚这儿，也推不动了，直起腰来长出了几口气，看了看卖水的，吧嗒吧嗒嘴，那意思想喝水，大概还没钱。熊廷弼看在眼里，打发手下人："去！把那推车的男子唤到我面前来。"

"唉！"

手下人过去了："唉！这老兄，来来来！你过来！"

那推车的一看，这都是当差的："我的妈！我，我犯什么法了？"

有点儿害怕。

"我、我……"

"别害怕，看见没？那面坐的是我们熊大人，大人找你问话。放心吧，你什么法也没犯。"

熊大人是谁？这主还不知道，他把这小车子停在路旁，用手背擦了擦脑门子上的汗，提心吊胆地来到熊廷弼近前："您、您找我？"

"噢！来来，坐下吧！"

"不不不，我不坐。"

"坐下吧，坐下好讲话！"

让了半天，这主才坐下，熊廷弼把一碗水递过去了："渴了吧？喝点儿水！"

"这、这、您的水，我怎么能喝？"

"我请客，喝点儿水总是可以的。喝吧。"

"多谢大人！"

这位真渴透了，一口气喝了三碗，喝完了，心里这个痛快劲儿甭提了！连连称谢。

“坐下，我问你点儿事，你要如实地跟我说。”

“大人您问啥？”

“你哪里的人氏？”

“我是铁岭人。”

“铁岭到这儿不近，你上哪儿去这是？”

“逃难呢！大人，铁岭丢了，我家也毁了，房子没了，地也没了，我咋活呀？没有办法，往关内逃难呐。”

“关内还有什么人？”

“我还有个妹妹，嫁到河北了，我去找找看。要找着了，比什么全强，一旦要找不着，背井离乡，我就得靠着讨饭为生。”

“我且问你，这铁岭什么时候丢的？”

“算起来不超过六天。”

“那铁岭的官军到哪里去了？”

“他……我……大人，您让我说真话还是说假话？”

“自然说真话！”

“咳！那当官的怕死透了，鞑子兵还离着老远呢，当官的全跑了。要说那铁岭，城墙也高，沟壕也深，好几万大兵，见着鞑子兵，是望影而逃啊，谁管老百姓的死活？眼睁睁瞅着交给了老鞑子了。咳！这年月，当兵的不像当兵的，当官的不像当官的！”

“原来如此！好吧，来人，给他五两银子。”

唉，这位还得了五两银子，千恩万谢地推着车走了。熊廷弼就在这儿访问了七八伙人，也有从开原来的，一问，开原也丢了。哎呀！熊廷弼可坐不住了，心说：我动身之时，铁岭、开原全没丢，这么几天的时间，就发生这么大的变化，以这个速度来推算，这努尔哈赤很快就打到山海关了。这可不是儿戏，听老百姓反映之后，熊廷弼那火腾腾地往上升，心说话：这些当官的都贪生怕死，这次我带着尚方天子剑，我首先要整顿军纪！这不整顿怎么得了？国家养活你们干什么呢？你们就吃饭，就享受，到国家用你们的时候，你们就贪生怕死！这样的人，不杀不足以平民愤！熊廷弼这一路上，那火大了！因此加紧登程。

书说简短，这一天就来到辽阳，现在这辽阳和沈阳，以及附近的大小城寨，还属于明朝，其他的全被后金给占领了。这一到辽阳，原来的经略使杨镐打了败仗了，最近把铁岭、开原全丢了，他自知后果严重，但是没有人接替他，他也不敢走。他一听，新任的经略使来了，列队迎接。

熊廷弼什么也没说，等接管了大权之后，头一项任务，就要视边。什么叫视边？视察边防，带着随员先到了抚顺，到了开原、铁岭。那位说不都丢了吗？

是丢了，当时的后金每占一座城池，不在这儿待着，把东西全拉到赫图阿拉去，把城给扒了，放把火一烧，他走人了，所以这些城市全变成了废墟，老百姓都跑了，简直是处处空城啊。到了铁岭一带，熊廷弼看了看，又往前走，又到了抚顺关，一看抚顺，也是满目疮痍啊。熊廷弼视察了几天，又返回到辽阳，心说：还按照我的老主意办，整顿军纪！

头一个把杨镐请上来，杨镐那小脸，瘦得狗舌头一条，两眼深陷，见着熊廷弼，他也没词了，交割了大权之后，往旁边一坐，是一语皆无。熊廷弼跟他说："杨大人，我离京之时，皇上口头说了，我接替你，你马上回京复命，你可以起身了。"

"是是是！今后就仰仗熊大人了，兄弟即刻就登程！"

杨镐说完了，耷拉着脑袋，回到府里，把东西收拾好了，夹着个尾巴，回了北京了。头天到北京，第二天锦衣卫就来人了："你是杨镐？"

"啊！"

"对不起！"

"咔吧！"

铐子给铐上了，送进大牢。那皇上的火大了！你给我毁了十几万军队，你还有脸回来见朕？我必须严加惩处！

第四十六回

熊廷弼整顿辽东
魏忠贤篡权乱政

万历皇帝要判杨镐死刑，但是杨镐人缘不错，交了不少朋友，在官场会使手腕，替他说话的人不少。特别是他结交了权贵阉党的头子，叫魏忠贤，那还了得？这魏忠贤能左右皇上。他说一句话，比皇上说话都顶用。杨镐早就铺好路，花了钱了，所以这魏忠贤哪能坐视不管呢？在万历皇帝面前一个劲替他说好话。比方说："人有失手，马有漏蹄，老虎也有打盹的时候，这事不能全怪他。万岁爷，高抬贵手，放他一条生路吧。现在国家空虚，缺少良将，留着他早晚还有用。"

万历听了，死罪把他饶过，活罪不免，把官职一撸到底，是贬家为民，让他回了河南了。杨镐算捡了一条性命，如果没人替他说话，他的下场就太惨了！按下他咱不说，单说熊廷弼。熊廷弼是新官上任三把火，到了辽阳之后，按照他的计划行事，是雷厉风行，大肆整顿。首先抓军纪。他一查这名单，临阵脱逃的，贪生怕死的，全给揪出来了！副将以下，参将、游击九个人，全给砍了头了。因为他有权力，有尚方天子剑，你们临阵脱逃，对得起谁？必须杀一儆百！

"咔嚓！"

"咔嚓！"

"咔嚓！"

把脑袋全剁下来，挂在九边示众，让那些官兵看看，这就是贪生怕死的下场！这一招果然起作用，当官的一个个是提心吊胆，这不但惩治了这些贪生怕死官员，同时也整顿了衙门。当时一片混乱，贪污的受贿的比比皆是。熊廷弼一了解情况，当兵的半年没官饷，那当兵的那点儿银子就够可怜的了，连饷钱都不给！就都逼得没辙了，怎么办呢？就出去抢，所以老百姓就说，官就是匪，匪就是官，你说造成这个印象好得了吗？得惩治贪官。要想整彻底，是不可能了，抓那个倒霉的，又揪出二十几号来，公布了他们的罪状，让军民全知道，为什么揪他们？然后绑到辽阳市口，开刀问斩，把他们侵吞的那些巨款全都起赃，起出来，补了军饷，给老百姓发了补贴。何为补贴？就是吃不上饭的，拨给你一定的粮食；穿不上衣服的，给你送几件衣服。老百姓谁不高兴啊？不到几个月的光景，辽东一带就稳定下来，人的心里升腾起希望来了。人人都说，熊大人来了，看来我们有了仰仗和依靠！

熊廷弼做了一整套计划，想要修复抚顺城、铁岭城、开原城，使这些城市恢复原来的面貌。他是重在守，不在攻，现在没力量打后金，后金力量太强大了！但是我守，还是可以的。起码来说，不让你再越过边界。做好了计划，熊廷弼马上拜本上奏。万历皇帝接过本章一看，熊廷弼写的是条条是道，要求国库给拨帑银二百万两，要求军队增加到二十万，要骡马九万匹，要粮食多少石，等等。

一开始，这万历皇上也紧皱眉呀！如此巨大的数目，从哪里来呀？最后一想：舍不得孩子套不得狼，你又叫他戍边，你又把辽东交给他了，你还不给他人，你还不给他钱，那不等于管姑子要孩子吗？好吧，他想方设法筹措，满足熊廷弼的要求。这点就算不错了。

熊廷弼有了军队了，有了银子了，要风得风，要雨得雨，正好一展抱负，把他浑身的能量全都释放出来，看来辽东是大有希望了。

这件事就传到努尔哈赤耳朵里，努尔哈赤睡不着觉了：熊廷弼，不就那熊蛮子吗？我早听说过此人。没想到这腐败的明朝还居然有这样的擎天柱，我不可以轻举妄动！因此他按兵不动，没敢发动进攻。皇太极等人还不服气呢："父汗，为什么不进兵？辽阳、沈阳近在咫尺，我八旗健儿一到，都是咱的了！"

"嗨！你们懂得什么？熊廷弼非其他人可比，咱们要等待时机，按兵不动，利用这个机会抓紧练兵。"

这给了熊廷弼以喘息的机会，正是他大展宏图、施展抱负的时候，辽东正在大有希望的紧要关头，北京又出变化了，万历皇帝朱翊钧死了，享年是五十八岁，还没到六十。他这一死，这个震动可不小！太子朱常洛继了位了，即光宗皇帝。这光宗一继位，想要振兴一下，你说这个倒霉蛋！没到一个月，光宗皇帝也死了！他爹坐了四十八年，他坐了不到一个月，您说这个相差得差多少？

说到这儿，咱多少交代几句，这个朱常洛死后叫光宗，那是追封，但这朱常洛从小就不得烟儿抽。他妈姓王，是普通的一个宫女。据史料上记载，这万历皇帝十八岁那年，有一天喝多了，神志不清，在后宫里头乱窜。其实他三宫六院七十二嫔妃，要什么女人没有啊？可偏巧这天由这个朱常洛他娘——王氏这姑娘负责服侍皇上洗脚。让热水一烫，万历皇帝觉得晕乎乎，挺舒服，醉眼乜斜，就把这王姑娘给抱在怀里，当时就给宠幸了。其实这王氏长得相貌平平，挺窝囊一个人，谁也没想到，王氏怀孕了。这事让老太后知道了，老太后心说：怀孕是好事，多个龙子龙孙还不好？哪怕生个闺女也行。

就把这王氏找到她的宫里去了，一看呐，长得一般，但不管怎么说，跟皇上有这个缘分。让御医一号脉，五个月的身孕了。第二天，她把皇上叫到她的殿里，跟儿子谈心，问起这件事来："你是把那姓王的姑娘宠幸了吗？"

"没有！没的事！"

"没有？她可怀孕了，那怀的可是龙种！"

"绝无此事！"

"有没有此事？查一查吧！"

有没有底案呢？皇宫里跟着祖训，有起居注，起居注就是皇上每天住到哪个宫里头？宠幸了哪个妃子？什么时辰？记得清清楚楚。把起居注拿来一查："某年某月某日，你看有没有这事？"

万历皇帝没词了："啊，哎呀！我当时喝多了，我一时糊涂。"

"唉！看来你们俩是缘分啊！你应当加封她个头衔啊！普通的宫女，好说而不好听。"

万历皇帝没办法，掐着鼻子，加封这王氏为恭妃，恭敬的恭。唉，有了名分了，果然给生了小子，就是这个朱常洛。老太后特别高兴，得，小子，男尊女卑呀！这个大明朝又有继承人了！皇宫大内还隆重祝贺。唯独这万历皇帝不太高兴，为什么呢？他对这个恭妃，从心眼子往外，不喜欢，他最喜欢是郑贵妃。几年之后，朱常洛长到七岁，郑贵妃又给生了个小子，叫朱常洵，子以母贵，一看是小子，万历皇帝格外的高兴！因此对郑贵妃更加地喜爱，就打算废长立幼，把这朱常洛给废了，立这小儿子朱常洵为继承人。就为了这件事，朝廷内外乱作一团！正直的大臣认为：皇上这种做法不可取，违背祖宗的家训，如果说嫡生，是皇后生的，那可以。你看这个朱常洵，是贵妃生的，不够那个等级！怎么能废长立幼呢？

因此，左一本右一本，右一本左一本，建议皇上立太子就立朱常洛，不应当立朱常洵。郑贵妃不高兴了，郑贵妃心想：我儿子要继了位，那我就是响当当的太后！我儿子不继位，我算怎么回事？她不甘心失败，联合太监魏忠贤等人，奋起反扑，因此朝臣跟后宫就形成了尖锐的对立。这万历皇帝就夹到当中，举棋不定了，将来我的继承人究竟是谁？迟迟他也没拍板。这个朱常洛虽然贵为长子，不得烟儿抽，就是以后长大成人了，皇上连见都不见他。有时候逢年过节了，爷儿俩见一面，朱常洛打算套套近乎，往他爹跟前一凑，朱翊钧把脑袋一拨棱："去去去！读书去！"

就受这种冷落。因此，这朱常洛从小就得了病了，年纪轻轻的，三日两头是卧床不起。这么多年来，现在年近四十岁了，还没有继承皇位，因此是忧郁不堪！再说这万历皇帝，迟迟不立太子，也不是那么回事，到底听谁的？文武百官说得有道理，不能废长立幼，那不合乎老祖宗的规矩，最后他一狠心，拍了板了，当殿宣布：东宫首爵殿下朱常洛！尽管他心里不喜欢，也只好违心地立了常洛了。

哎呀，朱常洛心说：我盼到四十岁，才盼到东宫殿下这个头衔。好啊！我爹呀，总算良心发现了。

那么他最喜爱的小儿子朱常洵怎么办呢？封为福王，派往河南，省得他们兄弟相争。这下得罪了郑贵妃和阉党。郑贵妃他们一看，希望落空了，儿子没继承皇位，叫苦不迭呀。万历四十八年的七月，万历皇帝死了，结束了他的一生，自然朱常洛继位。这朱常洛经常闹病，本来身体就不好，继承皇位当然是好事，由于兴奋过度，不到一个月就死了，这就是历史上的光宗。他死了怎么办？就得他儿子继承，他儿子朱由校就继承了皇位，这就是历史上的明熹宗。

您说没到几个月的时间，跟走马灯一样，老皇上死了，新皇上登基，新皇上没一个月死了，又来个新皇上，熹宗又登基了，这就是历史上的天启皇帝。朝廷这么一折腾，哪儿还有心思管外面的事？就乱了套了！新皇上一登基，那趋炎附势之人就往上忽悠，给新皇上打溜须。这个天启皇帝是历史上头一个罪人，大明朝倒霉就倒在他身上！为什么呢？他宠信阉党，魏忠贤常青不倒啊！他极尽溜须拍马之能事，在皇上面前是说一不二。大臣们一看，噢！太监照样掌权，魏忠贤得罪不起呀！给魏忠贤打溜须，什么好东西都往内宫里送。魏忠贤是一手遮天！

有人把这个信送到边关，禀报了熊廷弼，熊廷弼一听，嘿嘿！乱套了！送信的人提示："大人，您想要坐稳这把椅子，稳稳地当这辽东经略使，最主要的，您得打溜须啊！现在魏忠贤掌权，你多多地送礼，打他的溜须。不价这事麻烦呢！"

熊廷弼又犯了犟劲了，熊廷弼心说：我干吗？我是当将官的，我的任务就是戍边，我干吗打他的溜须？他不就是阉党吗？比正常人还少点儿什么，我对这样的人一向就瞧不起！因此熊廷弼不理不问。

这魏忠贤收那礼物都有标签，谁送的，送多少。"吧吧吧"一查，没有辽东经略使熊廷弼的名字，他就怀恨在心：好你个熊廷弼！你还能大过我去吗？都打我的溜须，唯独你例外。你怎么那么盛气凌人？我掐掐你的肩，我收拾收拾你！

魏忠贤得空儿，在天启皇帝面前告了熊廷弼一状，告状得有理由，他说："你看，这熊廷弼去了快一年了，一次仗都没打，他是按兵不动。二十来万军队，每一年得废多少粮饷？这可好！努尔哈赤倒开手了，又养兵又养马，这不给敌人喘气的机会吗？这样的人怎么能用呢？"

天启皇帝一听："有道理，对对对。"

马上降旨，罢了熊廷弼的官。您说这熊廷弼倒霉不倒霉？刚要抱负，得这么个结果。熊廷弼一看，一声冷笑，爱怎么地怎么地，我也无能为力，干脆回湖北江夏县，还接茬种地得了！

他又回到家乡去了，好在没蹲监坐狱。那么熊廷弼走了，那辽东的事交给谁呢？这天启皇帝问魏忠贤，魏忠贤说："我看袁应泰可当此任。"

"袁应泰是谁？"

"袁应泰也是国家的栋梁，让他接替熊廷弼。"

"好了！你说了算！你看谁合适，就派谁去！"

派了袁应泰赶奔辽东。这袁应泰人也不错，但他是个文官，根本不懂军事，到了辽阳之后，全推倒重来，凡是熊廷弼做过的，他不做，做半截的就废除，他有他的治理办法。哎哟，他这一接管不要紧，整个辽东又乱了套了！刚刚稳定下来的形势为之一变！

这消息就传到努尔哈赤那儿，努尔哈赤一拍桌子："哈哈！各位，真是天助我也！这熊蛮子真是厉害，提到他的名，我脑袋都疼！现在他掉蛋了，大明朝又派来个不懂军事的袁应泰！嘿嘿！这就是把沈阳、辽阳交给咱们喽！感谢老天呢！"

这金国的军兵和将士一听，又要打仗了，打沈阳、打辽阳，乐得直蹦！一个个是摩拳擦掌。再看努尔哈赤，择吉日，祭大旗，号召八旗军兵："一鼓作气拿下沈阳、辽阳，整个辽东辽西地区，就是咱们大金的天下了！"

大伙儿一听，是争前恐后，要当先锋官。努尔哈赤往下看了一看，选谁做先锋呢？代善？皇太极？扈尔汉？费扬古？最后他选中了皇太极。

第四十七回

魏忠贤罢黜熊廷弼
皇太极猛攻凤集堡

努尔哈赤在赫图阿拉城密切注视着明朝的动向。明朝的一举一动，一言一行，他是了如指掌！现在明朝不管是街头巷尾，乃至官府，甚至宫廷内部，都有努尔哈赤的奸细。努尔哈赤听说万历皇帝死了，万历的儿子光宗继位没几天也死了，万历的孙子又继位，就是这天启皇帝。哎呀！他心里头高兴，就希望明朝内部乱套，频繁更换皇帝，换了一个又一个，一个将军一支令，肯定有重大的变化。

果不其然，原来使他最头疼的熊廷弼，辽东经略使被撤职查办，又换了个袁应泰坐镇辽东，努尔哈赤高兴了：天助我也！这个袁应泰是个书呆子，他哪懂军事？老天给了我这个机会！我是焉能错过！

就在后金天命六年，明朝的天启元年，公元一六二一年二月二十一，努尔哈赤召集御前会议，当众宣布，又要打大仗，要把沈阳、辽阳全都夺过来，辽东、辽西的天下，就是我们大金国的了！

这一回努尔哈赤决定御驾亲征，前部正印先行官派了皇太极，同时努尔哈赤公布了七恨。这七恨是什么东西？就是恨大明朝，说明我为什么要发兵？我是有道理的，一二三四五六七，有理有据，这些内容咱不必说。反正没理找理的地方也有，说的真的地方也有，总之搁谁听了之后，都认为出兵有道理。第二天努尔哈赤御驾亲征，发动倾国之兵，所有的力量全都集中起来，这支队伍浩浩荡荡，足有二三十万！过去有那么一句话，女真兵不能过万，过万则天下无敌！这话说得千真万确。人到一万，无边无沿，这次出动了二三十万大军，您想这个力量谁能抵挡得住？

咱还要交代清楚，就在这一阶段，努尔哈赤并非按兵不动，他做了许许多多的工作。第一，整顿内部。你看咱们说书，光说打仗这些事，很多细节咱都没说，也顾不过来。人上一百形形色色，这内部的人七长八不短，有夺权的；有搞小动作的；有贪赃枉法的；还有偷偷勾串大明朝，想要颠覆金国的，这些事情一点儿都不奇怪。努尔哈赤看得清清楚楚，不把这个摆平了，就是指挥战斗也不放心！怎么摆平？可以说是血腥整顿，血腥镇压，不这样人他奓刺！这是一件事。另外还有几件事，他一琢磨：这个朝鲜是块心病，离着这建州赫图阿拉是比较近。这个朝鲜国历来是大明的附属国，萨尔浒之战，朝鲜出兵一万多帮着大明打大金。这次我要倾全国之力对付大明，后院着火怎么办？难道我指挥大军先打朝鲜？把朝鲜摆平了，然后调回头再跟大明朝干？但他一盘算：那样一来，要消耗多少人力物力？得不偿失！不如采取和平攻势。萨尔浒之战，他抓住的朝鲜官兵一万多人，一个没杀，优待俘虏，这些人派上用场了。他派使者到了朝鲜，见着朝鲜李姓国王，跟他进行交涉，说："你的人，我们如数给你送回来，一个都不伤害。不求别的，就是表示友好，互不侵犯，你不打我，我也不打你。但有个条件，你不能协助大明朝。如果你协助大明朝，我对你不客气！"那朝鲜国当时非常软弱，必须得找个靠山，靠山就是大明朝。但是现在明朝腐败透顶，靠不住了，朝鲜人心里都有数，他们惹不起这努尔哈赤，所以朝鲜国王就同意了，双方派特使，签订了互不侵犯条约，签字画押，这个后顾之忧彻底免除了。

还有蒙古，这蒙古也是偏袒大明朝，受了大明朝的好处了，明朝一出兵，它也跟着摇旗呐喊。萨尔浒之战，据努尔哈赤查知，蒙古也派了三万军队，想协助明军对付自己，因为动作比较迟缓，晚来了一步，等蒙古兵到了，萨尔浒之战也结束了，明朝的四路大军全退了，死的死，伤的伤。就这么的，蒙古人才回去了。每当想到这件事情，努尔哈赤睡不着觉啊！怎么办？我是调集大兵把蒙古征服了呢？还是采取其他的办法？

后来他想到：跟朝鲜达成协议了，跟蒙古为什么不能如此呢？他就采取联姻的办法，这招果然有效。把我的格格，我的公主，嫁给你们，把你们的格格、公主我们娶过来，采取联姻的办法，果然把蒙古人也给摆平了，也达成了互不侵犯条约。还有一路，就是叶赫，本来这叶赫也是女真人，事到如今，跟建州女真是水火不相容！叶赫一直也站在明朝的一边，这是心腹大患。努尔哈赤一想：对付叶赫，不能采取和，这招肯定不管用，就得武力解决！因此他抽了空儿，带了五万大兵，是御驾亲征，激战了三十天，踏平了叶赫！把金台石、布杨谷，及叶赫的人，几乎是斩尽诛绝！连小孩都不放过，我给你灭了种，我叫你报复！

所以说努尔哈赤一直也没闲着，没说他这一生打了四十四年仗，很少在家里过安稳的日子。这不，又动员大兵几十万，要跟大明开战！

闲言少叙，书接正文。皇太极的先锋部队奔哪儿？先奔沈阳四十里外的凤集堡，这是明朝设有重兵的地方，凤集堡离沈阳四十里，离辽阳九十里地，军事要塞！为什么奔这儿来呢？一是，得把这个钉子起掉；二也是试探性进攻，很长时间跟明军没接触了，明军的实力究竟如何？得试验试验。因此皇太极率领三万骑兵，来到凤集堡。离城三里安营扎寨，皇太极心说话了：我父汗对我一百个信任，把千斤重担给了我了，我是必须得胜，不能失败！

另外皇太极还有个钩钩心，他发现父汗最近一个时期身体不像过去。六十多岁的人了，可以说，有今天没明天，一旦父汗一口气上不来，谁接他的班？我们弟兄十六人，能不能排到我头上很难说。我的上边还有代善，按理说，哥哥理应当继承皇位，我的弟兄们也一个赛着一个，现在看不出谁是接班人，因此我得好好表现表现！每战必胜，让父汗对我另眼看待，我就有希望。安营扎寨之后，看了地形，在第二天饱餐战饭是引兵出战，就到了东关外了，讨敌骂阵。

单说明朝这方面，凤集堡有两位主将，都是总兵，一个叫朱万良，一个叫江壁，你别看明朝那么腐败，不等于每个人都腐败无能，这俩人都是猛将，奉命在这儿驻守，也盼着跟金国的军队干一仗，发泄发泄心里怒气。尤其这朱万良，是个好战的，一看，嗬！金国兵开到凤集堡城下了！他就跟江壁说："我说贤弟，金国人送到咱嘴边上来了，我想要引兵出战，你看怎样？"

江壁说："行啊！大哥，您出战，我看家。您要觉得不行，您坐镇，我开战！"

"不不！我今天就出战，你把城池保护好了啊！"

"我明白！"

江壁坐镇，朱万良是引兵出战。这朱万良是一员猛将，胯下马，掌中车轱辘大斧子，今年是四十二岁，久经战阵，杀人无数，打仗对他来说，跟吃蜜果和糖瓜差不多少！到了两军阵前，把队伍一字排开，他这马往前多探出几丈远去，"吁"，双手平端大斧子，伸长身躯往对面观看。他一看，倒吸了一口冷气，这金国的军队太长气了！一个个都是彪形大汉，看年岁都在二十岁左右，二十五岁往里，一个个金盔金甲，银盔银甲、铜盔铜甲、铁盔铁甲、牛皮盔牛皮甲，掌中是长矛大刀利刃，那些马也是膘满肉肥，整整齐齐，跟刀裁斧剁的一般，旌旗招展。在旗角下一员大将，他一看这个人，人高马大，岁数不怎么大，离着远点看不清楚，因此他高声喊喝："呔！对面金国的鞑子，报名再战！"

"鞑子"是一种贬义的称呼，等于骂人一样。他张嘴能有好的吗？皇太极往对面瞅瞅，嗬！这员大将跟半截子黑塔相似，队伍也比较整齐。

噢，问我叫什么名？皇太极刚想答话，在他旁边，是他的副手，降将李永芳，这李永芳很受努尔哈赤的重用，每次打硬仗都带着他，李永芳一看，认识，这不朱万良——我磕头的把兄弟？

"四贝勒，不用您跟他答话，我想过去劝说劝说，您看怎样？"

“也好，咱做到仁至义尽，实在不行，动武也不迟。”

“是是，我就是这个意思。”

李永芳轻撒战马，“踏踏踏”，来到两军阵，一抬腿“咯愣”，把大枪挂上，这回马头对马头，大将对大将，看得十分真切。相距不到十米了，李永芳一抱拳：“对面是万良兄吗？你还认识我吗？”

“哼！”

朱万良一看，过来个鞑子，等仔细看，这人面熟啊！噢！认出来了：“李永芳！嗬！你还活着！”

上下打量打量，就见李永芳明盔亮甲，梳着一条大辫子，整个的装束全变了，那脸盘也见大，眼睛也见小。朱万良不见李永芳还则罢了，一见着他，恨得牙根都痒痒！用鼻子里哼了一声，是一万个瞧不起：“哼！我说怎么这么臭？一股臭气熏人呢！如果我没看错的话，你是软骨头李永芳吧！”

“我说大哥，别这么说话！正是小弟！”

“呸！李永芳，卖主求荣之辈！你就为了贪图功名富贵，吃口饱饭，你把祖宗都忘了！我正想吃尔之肉，喝尔之血！你还有脸跟我说话，跟我称兄论弟？你闭住你的臭嘴！你再要这么说，我骂你八辈的祖宗！”

这李永芳一点儿都没着急，为什么呢？司空见惯！大仗小仗，经常跟明朝的将官接触，有的是软骨头，有的就像这朱万良，张嘴就骂祖宗，什么难听说什么，所以锻炼出来了。李永芳冷笑一声：“大哥，你骂我这情有可原，因为什么？您只知其一，不晓其二。我李永芳是那种人吗？就为了吃口饱饭，我就认贼作父，怎么可能呢？我说大哥，您听我说两句，您再骂我的祖宗、翻脸动手，都可以，小弟奉陪！只是我想问问你，你替谁卖命？啊！替大明朝的皇上。那么你算一算，大明朝这些皇上，哪个是块好饼？都是无道昏君！听信谗言，不纳忠言，皂白都不分！四六都不懂！到头来，你白为他死，白为他效命！你落个一场空！这一点，小弟看得清清楚楚。有道是大将保明主，俊鸟登高枝儿，人往高处走，水往低处流啊！是不是这个意思？努尔哈赤虽然是大金的人，跟咱们不同族，但是那是明君！拿我来说，我是个降将，却对我非常非常信赖，我跟他干事，我心里头痛快。再者一说，天下乃人人之天下，非一人一姓之天下，怎么的大明朝就永远是大明朝？这皇上都得老朱家做，换个别的姓氏就不行？女真人就不能做皇上？不是有那么句话，有德者居之，无德者失之。唉，我不想多说了，你看，现在兵临城下，将至壕边，四贝勒让我过来好好跟你谈谈。如果大哥识时务，你倒戈投降，我把你引见给四贝勒。你看一看，在这边干你心顺不顺？功名富贵照样有，还受重用！给这样人卖命有多好？我说大哥你……”

“别说了！闭住你的臭嘴！李永芳，我姓朱的活着是大明朝的人，死了是大明朝的鬼！我岂能跟你走一条路！拿命来！”

说着抡斧子就砍。李永芳刚想还手，四贝勒在后头就看见了，虽然有些话，他听不太懂，但是糊了半片的，也明白是什么意思。他一看对面的来将，“呖啦哇啦”，吹胡子瞪眼睛，就知道话不投机。皇太极是火撞顶梁门，把大刀摘下来，“嗽！”这一嗓子，催开宝马良驹是直奔朱万良。李永芳一看：完了！没说通！只好拨马回归本队，到后头观战。这皇太极并不答话，抡刀就砍，朱万良举斧子招架，二马盘桓，就斗在一处，杀了个天昏地暗。

皇太极一边打着，一边心里头想：罢了！这家伙真有两下子，真是一员猛将！跟这样人伸手，这玩意儿过瘾！但是光过瘾不行，我得要他的命，走马取过凤集堡！

第四十八回

后金军走马凤集堡
英明汗兵发沈阳城

皇太极大战朱万良，两个人打了二十多个回合，未分胜负。皇太极心里头有点儿着急呀！心说：我的父汗不久便到了，在他没到之前，最好我走马取过凤集堡，向他老人家红旗报捷，他得多高兴！遇上这么个缠磨头，这家伙还真有两下子！看来我凭这口刀，万难取胜！

眼珠一转，计上心头，虚晃一刀，是拨马便走。那意思，力不从心，想要败退。这朱万良好斗，也没看出这里头有毛病来，拍马抡斧子在后头就追："骚鞑子拿命来！"

"踏踏踏！"

朱万良这马也快得跟闪电一样，在后头是紧追不舍。皇太极眼睛往后一看，心里高兴了，一抬腿，"咯愣"，把大刀挂上了，取弓摘箭，纫满弦扣，一回身喊了一声："着！"

"啪吱！"

三棱透甲锥，这箭射得这个准劲就甭提了！朱万良抡斧子光顾追了，一看对方一回身，就知道要使用暗器。再想躲，来不及了！弓箭这玩意儿太厉害了！大将军不怕千军，就怕寸铁，就因为它速度快！现在躲枪子，你更躲不了了。说我多快的身法，我垫步拧腰能上房、我是剑客、我是剑仙，你也躲不过子弹去！那弓箭虽然说没有子弹和枪那么厉害，但是那玩意儿在古代来讲，也是最厉害不过的。它速度快。

朱万良一眨么眼的工夫，这支箭正好射脑门子上，"咔嚓！"这一下把颅骨给射穿，一仰壳，"噗丘"，从马上是栽于马下。皇太极一看得了手了，把马圈回来，摘下大刀，"咔嚓！"一刀把人头砍落。军兵往上一闯，把朱万良的人头高高举起，挑到枪尖上："啊！大明的主将完了，你们投降吧！"

李永芳一看，机会来了，可嗓子就在后头喊："弟兄们！明军弟兄们！降吧！不要再替大明玩命了！你们是死路一条，投降吧！优待俘虏！"

李永芳这么一喊，一部分士兵抹头就往回跑。皇太极引得胜之兵兜着屁股就追。如果说守城的总兵官江壁能紧闭城门、挑起吊桥，凭着城上的火炮，真能抵挡一阵。如果他坚持到沈阳来援兵了，那么金国的军队就腹背受敌，他或许能打胜仗。但是这姓江的江壁是个软骨头，他在城楼上观战，一看朱万良死了，金军铺天盖地冲上来了，把他胆都吓裂了！我的姥姥！这金兵这么厉害！我能抵挡得住吗？干脆，三十六计，走为上策！因此下了一道命令："撤！放弃此镇！"

金兵从东门杀进来，他从西门跑了，双手把这凤集堡让给金兵了。皇太极都没想到："嘿！刚才瞅着有点儿困难，现在看来是一帆风顺！"

走马取过凤集堡，紧跟着红旗报捷。努尔哈赤离着凤集堡还有二十来里地，得着这个消息之后，是非常高兴，重赏皇太极和李永芳。一个时辰之后，皇太极进驻了凤集堡。一看，这地方不大，就是屯兵之所，但是那仓库里的东西极其丰富，枪刀兵器、战车是应有尽有，努尔哈赤全都收装包圆，一声令下："大军在此休息两日！"

两天过后了，也就是三月初十，努尔哈赤集中所有的兵力，是围攻沈阳城。二三十万人铺天盖地，浩浩荡荡就到了沈阳城下了。在古代的时候，这沈阳啊，就是军事要塞，从地位上仅次于辽阳，它可以说也是辽阳的屏障。如果沈阳丢了，辽阳就完了，因此明朝在此设有重兵，一共有五名总兵官。为首的此人姓贺，叫贺世贤。贺世贤也是一员虎将，他早就做好防范了，按照上级的要求，也是熊廷弼上一次坐镇辽东经略时候的部署，他在沈阳的城外挖了五道深壕，每隔一箭地，就是一道深壕，宽三丈，深两丈，那壕底都削的竹签子和硬木头桩子，尖都朝上，掉下去就串蛤蟆！一道挨着一道，壕与壕的中间设有炮兵，另外还有火铳军。那阵，火铳就是粗筒的大枪，就好像后来那大抬杆差不多！前头一个扛着的，后头一个点火的，"咕咚！"像老洋炮差不多少，这一下子也能崩倒一大片！隔五步就是一杆火铳，因此把这个沈阳守得密如蛛网，风雨不透！这总兵官贺世贤早就做好防范了。他已经得着报告了：金军走马取过凤集堡，他也知道那个总兵叫江壁的领兵败逃了，没敢到沈阳，直接奔辽阳去了，他恨得牙根都痒痒，心说：好好好！江壁呀江壁！你个怕死鬼！倒霉倒你身上了！等将来打了胜仗，再找你算账！

这时候有人向他禀报："将军，金军来了！把沈阳包围了个风雨不透。您看看！"

"随我来！"

上哪儿去？登城巡视。贺世贤到了东关上，在箭楼下打凉棚一瞅，可不是？这金兵铺天盖地，嗷嗷直喊。其他的几位副手，尤世功、马文魁、李勇、邱海山，这几个总兵面有难色："将军，这金兵来了有多少？"

“看这样，无边无沿能有几十万！怎么，你害怕了？”

“不不不，我是说金兵人多势众，咱们得加以防范！”

“这就对了！怕什么？我这沈阳是固若金汤、铜帮铁底，咱们城里的守军有八万之多！如果交起手来，各路援兵是纷纷而至，我们里应外合，可破这些鞑子！怕什么？”

您还真别说，当家人沉得住气，底下的心也都稳定了。再看贺世贤，围着沈阳城巡视了一圈，满意地点点头，在城楼上密密麻麻都是民兵，那火炮一门挨着一门，都是巨型火炮，黑糊糊的炮口对准金兵。贺世贤走到一处，宣布：“弟兄们，大战在即，抖擞精神！立功者赏，畏刀避箭者罚！”

“明白！”

正在这时他的副将叫陈策的紧走几步到得近前，这陈策叫天不怕，他说：“将军，我想请令出战！”

“噢！好样的！说一说，你为什么出战？”

“将军，这金军打了胜仗了，看这意思，势不可当。我迎头给他泼一瓢凉水，杀杀他的锐气！叫他知道沈阳的守军不是好惹的！因此我请令出战！”

“哎呀！现在宜守不宜攻啊！你领兵出战，合适吗？”

“将军，此言差矣！难道说我们就困守孤城不成吗？理应当给这些鞑子兵迎头痛击！让他知道知道沈阳人的厉害！”

“壮哉壮哉！好！陈将军听令！”

“在！”

“我给你骑兵五千，你一定要打胜仗，听见没听见？”

“得令！”

这陈策真不含糊，个儿不怎么高，五短身材，车轴汉子，今年正好三十岁，日照中天的时候。再看他从城楼上下来，上了战马，手提大刀，带了五千骑兵，从东关放下吊桥，绞起千斤闸板，“吱呀呀！”城门开放，跟一股彪风一样，他就杀出城去。

话分两头，单说努尔哈赤御驾亲征。他知道打沈阳是一个大硬仗，这块骨头太难啃了。沈阳的得失，关乎全局，因此他捏一把汗，不敢轻易地派兵派将。他要仔细地观察。

现在努尔哈赤没骑马，因为身体不怎么太好，他坐着龙车来的。这龙车大得都出了号了，一百二十四马拉着，十二个大车轱辘，非常非常结实，在车上搭起三层楼来，头一层是开会的地方，能坐三十人，二一层是他睡觉休息的地方，第三层顶上是平台，就是指挥楼，他可以居高临下，观看战场的形势。车上这楼都是硬木板搭建，恐怕有失，木板外头一层一层都包着生牛皮，冬暖夏凉。

此刻努尔哈赤正在三层上瞭望台观战，沈阳的情况他看得是清清楚楚。另外呢，努尔哈赤胸前还挂着个宝贝——单筒的望远镜，明朝那时候就有望远镜了，那倍数肯定赶不上现在的望远镜，但是比肉眼也要强得多。这望远镜谁给他的？李永芳。这是李永芳当年不惜重金，在战场上收买的，听说这是红毛国制作的，李永芳爱如珍宝，为了打努尔哈赤的溜须，投降之后，便把这千里眼就赠给大汗，因此努尔哈赤也非常高兴，每次都挂在胸前，这次也不例外。

努尔哈赤透过单筒的望远镜打量沈阳城，不住地吸冷气，哎呀！他发现沈阳名不虚传，真是固若金汤！头一个，沈阳城城池高大，不同于其他城池是土城，这是砖城，而且那基础都是巨大的条石，十分坚固，城门也高大。再往城楼上一看，密密麻麻，全是明朝的守军，黑乎乎的大炮对准城外。努尔哈赤心说：看来这是一场大硬仗！我不定得付出多大的代价！强攻不是上策。哎呀，怎么办呢？最好是把城里的兵引到城外来打，我们善于野战，把他有生力量逐个消灭，再攻城就好办了。

他说得一点儿都不假，因为这金兵善于在草原上打仗，在旷野荒郊开战，骑兵往来驰骋，如鱼得水，攻城得需要重火器，金兵偏偏这块是缺门，他们不懂得使用这重火器。缴获了不少大炮，怎么使唤？却不明白。就即使学会了，也缺少火药。

努尔哈赤看罢之后，有点儿堵心，正这么个时候，突然东城门开放了，明军杀出城来了。他赶忙举起望远镜来一看，为首的一匹大黑马，马鞍桥上端坐一员大将，个儿不怎么高，黑黪黪的面皮，奓胡须，铁盔铁甲，手舞大铁刀，一看就知道是一员虎将。看看后边没有步兵，一色都是骑兵，大概能有五六千人，努尔哈赤心里高兴：嘿！想什么来什么！就盼着你们出兵，就怕你们不出兵。出来了就把他们吃掉！

他一回头，代善、皇太极、阿敏等人都在两旁站着呢。

"代善！"

"在！"

"你马上引兵出战！阿敏！"

"在！"

"你领着三千骑兵在旁边观战。代善呢，最好把这出城的明军全都吃掉，一个不能叫他们回去，消灭他们有生力量。你就假装打败仗，引他们奔西北方向，我把道路敞开，离着沈阳城是越远，越便于咱们把他们吃掉！"

"明白！"

代善下了指挥车，上了战马，带着本部的骑兵五千人，迎了上去，阿敏带领三千骑兵，按计划在旁边观战。

单说代善，到了两军阵前，也不答话，舞动大刀就杀入战团。有什么话好讲的？两军相遇，仇深似海，兵对兵，是将对将。

“冲啊！”

“杀呀！”

这边大将陈策，这家伙还真凶猛！把掌中铁刀抡开，碰着就死，挨着就亡，真好像到了瓜地一样！这大刀舞动开了，跟削瓜切菜相似！

金兵倒了霉了！一眨眼就倒下一大片。陈策如入无人之境，正杀得兴起，迎面正好遇上代善。他也不知道这是谁呀，反正你敢来，我就跟你来！两个人双刀并举，是搅作一团，这真是兵对兵，将对将，双方一万骑兵就搅在一起了，杀得是天昏地暗。代善打着打着，一想：不行啊！父汗交代得清楚，让我败啊，把敌军引到远处去，把他们吃掉，我怎么忘了这茬儿了？想到这儿，他虚晃一刀，拨马就走，故意还喊了几声：“对方太勇猛了！不要吃亏了！撤！撤！”

“哗！”

一声令下，金兵撤了。陈策一看，眼睛都放亮光啊！啊！老鞑子就这两下子？我听人说，你们是打胜不打败，越打胜，你们越胜，人来疯。一打败了，一发不可收拾！这回你们知道沈阳人的厉害了，我看你们往哪儿撤！

“弟兄们！杀敌报国的机会来了，别让老鞑子跑了！给死难的弟兄报仇！随我冲啊！”

“冲啊！”

这五千骑兵兜着屁股就追上去了。代善是跑了一程又一程，一直把这陈策引出去十五里地，远离了沈阳城了。这陈策追着追着心说：这要追到哪儿去？回头看了看，脑门有点儿发凉。哎呀！我中了计了！他这是不是诱敌之策？要把我引到哪儿去？不行！我不能远离我的家呀！吩咐一声：“收兵。”

刚一抹身，为时已晚，阿敏领着三千铁骑给断后了，后头横插了一下，把归路给截断了。代善领兵抹回头来，是两路夹击。努尔哈赤在指挥楼上看得清清的！

“皇太极！”

“在！”

“再加上三千骑兵你领着，一定把对方吃掉！”

“是！”

皇太极领三千骑兵，也加入战团，金兵将近一万人，明军才五千。刚才就死伤了不少，现在剩下的不足四千人，那哪儿是人家的对手？哎呀！这陈策心中火烧一样！恨不能撕开个口子，突围出去回到沈阳。他越这么想，越回不去，金兵是越杀越多，最后累得他是筋疲力尽，一个没留神，叫阿敏一铁枪刺穿了后心，挑落马下。主将一死，是旗倒兵散，这些人就好像没娘的孩子差不多，东闯出不去，西闯出不去。代善下令："全部消灭，一个活口的也不要！"

这一句话可要了命了！成了屠宰场！再看金兵，几匹战马追住一个明军，以多为胜，这明军干去挨打！也就是一个时辰，几千军兵无一生存，全给消灭了！当然，战马人家得保留。努尔哈赤得着消息，喜上眉梢："哈哈！来呀！全力以赴给我攻打沈阳！"

第四十九回

引蛇出洞明军损主力
釜底抽薪后金攻坚城

后金天命六年三月初十，八旗兵攻占凤集堡，接下来又占领了虎皮驿和沈阳县三个地方，大获全胜，得的战利品堆积如山，把努尔哈赤乐得是前仰后合呀！原来他想得没这么顺利，没想到这沈阳也没什么了不起！虽然没拿下来，但是发现明军不堪一击。努尔哈赤是信心十足，休息了两日，就在天命六年三月十二，大军浩浩荡荡开到沈阳城下，至此拉开了激烈战争的序幕。这场争夺杀得是血雨腥风啊！

为了这场战争，努尔哈赤早就叫人选好了地点，在沈阳大东门外七里，浑河北岸扎下木城，设好了金顶黄罗帐，这努尔哈赤稍微吃了点儿东西，骑上快马，率领众人开始巡查沈阳城。那位说还巡查什么呢？不调查清楚了吗？不，这就是努尔哈赤用兵的一大特点，他一生谨慎。要照常理说，现在的八旗兵攻必取，战必克，所向披靡，几乎没打过败仗。任何人到这个时候，都得麻痹大意，但是努尔哈赤则不然。在最后的关头还要亲自巡视。

等围着沈阳这一转圈，他眉头皱了起来，沈阳不愧是辽东重镇，有完整的防御体系。外边的战壕是一道挨着一道，鹿角密布，而且里边清一色黑乎乎的炮口，对准城外。再往城头上观看，密麻麻全是守军，严阵以待。努尔哈赤心里盘算：我的部队善打野战，在广阔的草原、在辽阔的平原，我的骑兵是往来驰骋，如入无人之境！但这攻坚战，我们不行，但这场战就是攻坚战，明军在城里，我们在城外，要想得沈阳，势必得登城把这城拿下来！明军防守如此严密，这得付出多大的代价呀？就死多少人，能不能拿下来，这玩意儿还在两说着！

因此他心里头没底，回到黄罗宝帐，把别人全打发出去，剩下他自己苦思冥想。想了足有一个时辰，外头五大臣、四大贝勒等不及了，就叫代善到里边去看看。代善仗着胆子，仗着自己长子的身份，迈步进了金顶黄罗帐，先给父汗倒了杯茶，然后垂手站立在身后。努尔哈赤连眼皮都没撩，他也没敢惊动。等了挺长时间，好不容易看努尔哈赤往椅子上一靠，他这才敢说话：“父汗，您准备怎样一个打法？大家都听令呢！”

“代善哪！你说怎么个打法？”

“哎，父汗，我说得不一定对。现在兵临城下将至壕边，我们有几十万大兵，攻城的器械早都准备好了。您一声令下，咱们就强攻呗！还有什么客气？”

“代善，就冲你这么一说，你叫我不放心！起码来说，我这个统帅就不能让你当。”

代善一听，坏了！冲父汗这两句话，说明对自已不信任，他还满怀信心，等着将来有一天父汗不在了，由他继承王位，冲这句话，他心凉半截，脸腾地红了：“这、这请父汗示下。”

“代善，为将之道，讲的是付出最少的代价，取得最大的战果呀！你说是也不是？跟做买卖一样，拿的本钱虽然不多，但得有赚头。眼前就是沈阳城，我为什么领你们巡视？也叫你们看一看，沈阳是城高壕深，兵强马壮，而且事先做了充分的准备。你说攻坚，我们得付出多少代价？我们有多少门火炮？面对坚城，谈何容易？唉，就你这句话说出来，如果你是统帅，盲目地下令攻城，得死多少人！你负责不负责呀，大军减了锐气，往后就没法收拾了啊！”

“喲！”

代善脸红得跟关公差不多少，脑筋都蹦起来：“父汗圣明，说得极是！但是儿不明白，不攻坚，怎么能拿下沈阳城来？”

“是啊！这正是要开动脑筋的地方。为父方才想过，怎么把明军引出城来？在旷野把它消灭。哪怕消灭一部分，也减轻了咱的负担，你说呢？”

“噢！这倒是个好主意，但是明军怎么能听咱的呢？咱着急盼它出城，它就不出城，那咱怎么办？”

“那得靠咱们想办法。方才我想好了，赶紧把大家叫进来听令。”

“是！”

代善觉得这个扫兴啊！心说：旁人不来，推我为代表来，这可好，惹父汗不痛快！他到外边召集这些文武大员一同走进金顶黄罗帐，一看努尔哈赤，跟刚才的情绪不一样了，两眼放光，往虎皮金交椅上一靠：“尔等听令！”

“在！”

“阿敏、扈尔汗听令！”

“在！”

“我命你二人率领五万大军，沿着千山、鞍山，一路直奔山海关！”

俩人一听，傻了：“请问大汗，难道说放弃沈阳、辽阳不打了？”

“哈哈！兵书云：兵不厌诈呀！你们头脑太简单了！这叫声东击西之法。你们放出风去，让沈阳的守将听明白了，说我们放弃辽阳、沈阳不打了，要直取山海关，碰他的老巢！那时他肯定派兵救援，那不就把他们引出城了？接下来，就看咱的了，在旷野把他们消灭！”

“嘿！还得说大汗英明！这点子我们怎么想不出来呢？”

二将高高兴兴，领令出营，在教军场点五万大军，人喊马嘶，这城上都看得清清的，调转头，奔鞍山，走千山一路，要奔山海关。而且放出风来：沈阳太难打了，辽阳也太难打了，大汗决定不打了，决定要先打山海关，然后开进北京城，返回头来再打辽沈！

“哗！”

大兵就动开了，同时努尔哈赤命代善、皇太极点精兵三万，埋伏在浑河两岸一带，一旦明军出了城了，别碰。等它走远了，把后路掐断，到那时阿敏返回头来往回杀，让明军腹背受敌，把它一口吞掉！

众将闻听，高高兴兴准备去了。这明军果然就上了当了，因为这一招太厉害了。沈阳城一共有五个总兵在这儿守着，主将贺世贤，接下来那几个总兵，尤世功、马文魁、李勇、邱海山，他们手下掌管着九万大兵。知道努尔哈赤得来，因此把兵全集中到城里，层层设防，严阵以待，沈阳城粮食堆积如山，吃一年都吃不完！同时贺世贤把老百姓中精壮的都赶上城头，配合军兵在这儿守城。唉，一看金兵来了，他们准备接战，没想到金兵没动静，紧跟着旗一动，掉头走了。

唉？这怎么回事？赶紧派骑兵侦察，时间不长，骑兵返回：“报将军，大事不好了！这鞑子兵放弃攻打沈阳和辽阳，调转头奔山海关，他们声言要直捣北京！”

“啊？”

五总兵一听，傻眼了，马上开了个碰头会。一旦他们得逞了，把山海关攻下来，要奔了北京，就惊了圣驾了！皇上一怒，咱还活得了吗？怎么办？怎么办？白准备了！贺世贤这人挺厉害，头脑比较清醒：“慢着！莫非此中有诈？”

“将军，诈在何处？”

“他会不会声东击西？”

“有这可能。那万里有一不是声东击西，那、那不就毁了吗？”

“我看这样吧，尤世功尤将军！”

“在！”

“马文魁马将军！”

“在！”

“你们二位辛苦辛苦，我给你们五万大军，急速出城追赶鞑子兵，就在大临河一带，把他们消灭。如果是真，不能让他们得逞！”

“是！”

“是！”

两位大将领了令之后到教军场点大兵五万，大部分是骑兵，开开城门，“哗！”杀出来了。贺世贤、李勇、邱海山在这儿守沈阳城，做两手准备。

单说总兵官尤世功，率领几万大军，大部分是骑兵，以最快的速度在后头追赶八旗兵。等追出二十几里地，他一看，这两边都是平原，前边是鞑子兵，怎么鞑子兵的速度减缓了呢？什么原因？再往前追，又追出有五里，离沈阳就有二十五里地了。突然发现，前面的金兵不走了，相反，返回身来，摆下了一座方阵。两翼被骑兵截住，对面大旗高挑，两员大将并马而出，正是阿敏和扈尔汗。就见这两员大将跟金甲天神相似，正乐呢：“嘿嘿！你们中了计了！我们这一招叫引蛇出洞，谢谢你们送了我们二十几里！”

哎呀！尤世功一听，知道上当了，吩咐一声：“撤兵！”

想回沈阳城，那能走得了吗？刚一拨转马头，就听屁股后头炮号连天，紧跟着八旗兵出动了，左有代善、右有皇太极，就掐断了归路！现在这五万明军整个叫人家给包围了！接下来我还用细说？这是一场空前惨烈的决战！尤世功一看被包围了：“我们上了当了！”眼珠子都红了，“弟兄们，为国报效的时机到了！老鞑子没什么了不起！跟他们拼了！给死去的弟兄报仇雪恨！冲啊！”

“冲啊！跟他们拼了！”

“哗！”

双方是十万大军，就展开了一场惨烈的混战。咱不必细说，这明军的骑兵根本不是金军的对手！因为什么？人家以骑兵著称，训练马匹都有特殊的办法。咱举个小例子说，后金的骑兵那马，可以六天不吃草料，照样驰骋，马训练得都到这地步，人叫它怎么地，它怎么地，是吃苦耐劳。明军的战马不行，所谓人是铁，饭是钢，一顿不吃饿得慌，这战马也不例外！到时候不饮，到时候不吃东西，一点儿劲也没有！而且在战斗当中，也没有人家八旗兵跑得快，体力也不如人家。这一打了肉搏仗，明军顿时就“哗啦”了，叫人打得四散奔逃！但是往哪儿跑？无路可去，就得拼命！杀到东边往西跑，杀到南边往北跑，越来这圈越小，越来越小，是越来越小。

经过半天激烈的战斗，五万明军是无一生还！全给杀了！再看这二十五里地的战场，到处都是尸体。那后金兵就不死吗？当然也不是，这后金兵也死了八九千人。人到一万，无边无沿，死了好几万人，那一眼望不到头。皇太极、代善命人打扫战场，得了那么多的器械，是得胜回营，向大汗禀报。

这噩耗就传到沈阳城里，贺世贤一听：“啊！怕什么来什么，我们上了当了！”

守军一共才九万来人，这一下死伤了大半，剩下三万来人守城，心里顿时感觉到恐慌。这努尔哈赤太难对付了！要知现在，何必当初？我派五万兵干什么？我派出一万就行！但又一想：世上没有后悔的药，后那悔有什么用？只好死守沈阳城。

努尔哈赤得着报告之后，非常高兴，别看死伤了将近一万人，有点儿心疼，但是战果是辉煌的！重赏众将后，继续攻打沈阳城。努尔哈赤披挂整齐，亲自指挥。在第二天早晨饱餐了战饭之后，这金兵就开到壕边，努尔哈赤吩咐："来呀！抬石运土，把壕沟给我垫平！"

架不住人多，一人一口袋、一人一筐，陆续不断老这么垫，您说那还有垫不平的吗？垫平了几道壕沟，这金兵顺着壕沟，是直贴近沈阳城。贺世贤亲自登城指挥："打！开炮！开弓放箭！打！"

"咚咚咚咚！"

明军这大炮可厉害，这不是他们自己造的，是从葡萄牙国重金买来的，那阵儿中国生产不了这样的大炮。这炮射程又远，威力又大，炮叫的声音不分个数，跟打雷一样！

"呜呜！"

金兵是一片一片倒下去。努尔哈赤眼珠子都红了："不准退缩！进攻！冲啊！"

"啪啪啪啪！"

明军放的那弓箭跟下雨没什么区别！就这一上午，金军损失惨重，城根下头，壕沟旁边，那死尸是堆积如山！努尔哈赤在后头指挥，汗也淌下来了："停止进攻，就地打扫战场！吃饭。"

"哗！"

金兵撤下去了，这贺世贤在城楼上往下看了看："哼！努尔哈赤，想占我的沈阳，没门！跟你们拼到底！只要有我三寸气在，想占沈阳啊，你们做梦！噢，不打了，你们喘喘气，我们也喘喘气！"

他吩咐部下，把饭菜端到城楼上，我就在这儿吃，在这儿喝，把大炮都给我擦干净，弓箭准备好了，肯定他们吃完饭还得进攻！果不其然，一个时辰之后，八旗兵又发起进攻，嗷嗷喊着，就冲到城下。他们依然采取老办法，干什么？挖城。用的玩意儿叫盾车，上头打的像大伞，那盖用硬木板搭成，包着铁皮，外头包着生牛皮，一般的弓箭根本不能刺穿！这当兵的都躲到下头，许多人举着，掩护这些金兵。一下到了城下，上头乒乓乒乓往下砸着，他们毫不理会，抡起锹镐、锤子、錾子，想把沈阳城掏个窟窿，从这儿进去。这盾车一上来就几百辆！这军兵一上来就上千人，抡大锤，"叮叮当当，叮叮当当"。

这贺世贤在城上就看明白了：啊！盗洞啊！嘿！想得便宜！我这沈阳城的基石都是条石的，你根本盗不动啊！利用这个机会："来人！往下给我扔火球，扔火罐，把他们烧死！"

第五十回

贺世贤火攻挫敌
恶叛徒投降献城

这下八旗兵可吃了亏了，烧得嗷嗷直叫！水火不留情啊！盾车也着了。努尔哈赤在后头指挥，一看不行："撤！"

又撤下去了，连五大臣、四大贝勒都紧锁双眉，一个个是咬牙切齿，沈阳城就在面前，瞪眼打不下来，又死了好几千人，能不心疼吗？大家请示努尔哈赤："大汗，怎么办？不行，这种战法还是不行啊！再想把明军引出来是不可能了，吃一回亏，能上第二回当吗？既然这样的话，怎么能消灭他的有生力量呢？"

"唉，还用老办法！"

努尔哈赤一回头，把降将李永芳叫过来了："永芳啊！"

"在！"

"你跟守沈阳的主将贺世贤认识不认识？"

"回大汗，太认识了！同殿称臣，我们俩都是同科的武进士出身，要这么说，我们还算同窗的好友。"

"噢！这样吧，你再试一试。明日先不打，最好劝说贺世贤献城，你看好吗？"

"回大汗的话，这个贺世贤原来就个别，这人把黑脸蛋子往下一沉，六亲不认，恐怕打不动他的心！"

"试试看，好吗？"

"是，我试试看。"

第二天一早，饱餐战饭之后，再看李永芳，带着偏副将二十名随从，从大部队里边出来，过了壕，离着沈阳东城就不远了。他扯开嗓子就喊："弟兄们，不要误会！我不是攻城的！我要求见你家主将贺将军，我要见贺世贤！"

守城的明军探头往下看了看，果然就二十来人，一听，噢，要见我们总兵官，有人给贺世贤送信。贺世贤正在小西门视察呢，一听，返回东城，手扶垛口，长身往下看了看，一开始没认出来，辨认了半天，噢！闹了半天，这个贪生怕死鬼见我！贺世贤把身子探出一块来："下面什么人呢？"

"啊！哎呀，世贤兄，不认识小弟了？我是李永芳啊。"

"谁？"

"李永芳啊！你的同窗好友！"

"你想干什么？有话说吧。"

"我想要啊，啊、啊……"

"我听不清楚，你到近前来！"

李永芳一想：近前来到了弓箭射程之内，你下了毒手怎么办？他不敢，哎呀，喊吧，真费劲！

"世贤兄，我派个代表，你能不能允许他进城代表我跟你谈谈？"

"唉！这话听清了。"

贺世贤考虑了一下："可以，你派谁？"

"我派许千总，许千总也是咱汉人，代表我的意思，见您面谈。"

"让他上城吧。"

城门不开，用筐给系上去。往筐里一坐，上头一绞辘辘把，这许千总就到了城上了，这回离着近了，贺世贤利用这个空隙，搬了把椅子往城楼上一坐，众将在身后环立。

再说这个许千总，一看这个贺世贤，那真跟灶王爷一样。您想，人不摘盔不卸甲，不洗脸不漱口，经过几天的鏖战，得什么样？光剩了白牙大白眼珠子，那脸上熏得都是黑的，真叫人望而生畏呀！这许千总"扑通"就跪下了："贺大人在上，我给贺大人磕头！"

"起来吧，你叫什么名啊？"

"我叫许代，原来的时候我是个千总，所以大伙儿都管我叫许千总。"

"你现在干什么呢？"

"我现在官拜牛录额真，我跟李永芳李将军一块，归顺了大金国了。"

"这一说你是降将了？"

"谈不到，混饭吃呗，没办法的事。"

"李永芳叫你见我，谈什么？"

"是这样的，将军呢，你比我聪明得多，不必我说废话。有道是，识时务者为俊杰，拿鸡蛋不要往石头上碰，您放眼往城外看看，全是大金的军兵，有数十万之多！英明汗势必要拿下沈阳城，不拿下来，他绝不能收兵！我们深知沈阳是座孤城，就把将军你累死，你也守不住。英明汗有好生之德，不愿意这样打下去，因此决定劝降将军，将军只要您一句话，让金兵进了城，您有好处！大汗非常欢迎，凭您的威望，凭您的武艺，凭您的才干，何愁不居显官？好不好，到那会儿沈阳还归你管，你照样吃香的喝辣的，就是扶保大金而已。大金朝绝不会亏待将军，比您现在保大明朝胜强万倍！将军，我的来意就是这么回事，一切一切，请将军立刻答复。”

“噢！劝降我！”

“正是！虽然话不太好听，识时务者为俊杰，将军不要钻牛角尖！”

“嘿嘿，是吗？说得不错。我且问你，李永芳现在当什么官？”

“哎哟！我家老爷现在飞黄腾达了！保了大金之后，大汗对他十分重用，他现在不仅是驸马爷，而且是重要将领之一！修了豪宅，使奴唤婢，家里有金山银山，在大汗面前说一不二，可受重视了！如果将军你能过来，我想您也不在我家主人之下！”

“挺好！许千总，现在咱达成协议。”

“啊？这么说你愿意了？”

“是啊！但是有个前提，我管你借一样东西。”

“管我借东西？借什么？”

“我要你的脑袋！来人！把这小子给我砍了！”

有个副将一听，赶紧过来了：“总兵大人，两国相争，不斩来使。”

“胡说！分什么来使，这小子是满嘴喷粪，跑这儿诱降来了！不杀不足以平民愤！为了表示我的决心，砍了砍了！”

“咔嚓”，脑袋砍下来，这贺世贤拎着许千总的辫子，在城楼上高高举起，叫李永芳答话：“李永芳在吗？”

李永芳正在城下听信呢，是提心吊胆，心里盘算着：这个事能不能成功？悬乎！据我所知，贺世贤这家伙六亲不认，到时候万一钻了牛角尖，这许千总白去一趟！结果，事情跟他想得还不太一样，情况要严重得多！城楼上一喊话，李永芳扬起头来看了看：“啊，世贤兄啊，怎么样？”

“李永芳，我给你个满意的答复，你接货！”

贺世贤抡圆了，“吱！”利用这惯性，把许千总血淋淋的人头抛下来了。

李永芳不看则可，一看就知道完了。

“你！你！”

第三个“你”字还没等说出来，贺世贤吩咐一声：“对准这个败类开枪放炮！”

李永芳一看不好，拨马便跑，幸亏他跑得及时，肩头上还叫箭给擦了一下，鲜血直流，疼得他直皱眉，败归本队。见着努尔哈赤：“大汗，不管用，贺世贤这小子油盐不进！”

“退在一旁，疗伤去吧。”

众人看着努尔哈赤，既然劝降不成，下一步怎么办？努尔哈赤盘算了片刻："来呀！文的不行，还得动武的！马上开始给我攻城！"

"是！"

"等一等！"

努尔哈赤站到高处，当众宣布："众位，攻打沈阳要付出巨大的代价，死的也可能是你，也可能是他，也可能是我，我希望你们这回一鼓作气就拿下沈阳！如果没有这个决心和信心，要贪生怕死的话，你们先杀了我！任何人只准前进，不准后退，要后退一步，休怪我翻脸无情！"

这话说绝了，进不了沈阳城，你们就把我杀了。这是大汗呢！他就是皇帝，他说话就是旨意，三军众将士十分动容，热血沸腾，嗷嗷直喊："大汗放心！这回不管付出多大的代价，一定拿下沈阳城！冲啊！"

"冲啊！"

又开始激烈的攻坚战！死的那个人咱就不必细说了！前边死了的，后边马上就跟上去，几个冲锋就冲到城下，城上一个劲儿地开炮。

后来那炮打到什么程度？那大炮的炮膛都热了！一热了，炮弹打不出去，一离开炮口就掉蛋。

"啪嗒！"

失去作用了。再想使用，就得叫它炮身凉了。您想这激战，等凉了得什么时候？这八旗兵就利用这个空隙，一看大炮哑巴了，"攻啊！"竖起云梯，往城上猛爬。倒下一片，又上来一片，倒下一片，又上来一片，终于在西北城角，金军爬到城上了！

"我们登上城了！"

就在城楼上，跟明军展开了肉搏。贺世贤一听，马上领人赶到增援，经过反复地拉锯，最后把登上城的金军全部消灭，金军"哗！"又败退下来。

努尔哈赤急得连晚饭都没吃，一个劲儿地跺脚，一个劲儿地拍桌子："难道这次进攻沈阳以失败而告终？我就这么收兵撤队了？这回去以后，肯定士气大大低落，再想拿沈阳，谈何容易呀，那得等到何年何月呀？不行！不能退兵，明天还得继续攻城！反正城里头人也不多，一旦我们的人进去一部分，来个中心开花，这事就好办得多了！"

努尔哈赤睡不着觉，城里的人也睡不着觉。该着沈阳丢！该着这贺世贤倒霉！您别忘了，这乱套当中，什么人都有！有一部分下级军官，因为这个贺世贤杀那个许千总的时候，他们也在场。晚上了不打了，这帮人凑在一起："哥哥，兄弟啊，你说这沈阳能保得住不？"

"够呛！"

"我看也够呛。"

"我说也够呛，看来这老鞑子不拿下沈阳绝不能撤兵，人家的大兵是源源不断，死伤了没有关系。咱可不行！孤城一座，死一个少一个。"

"是啊是啊，那怎么办？咱家里头上有老下有小，咱活这一辈子图什么？不就是吃饭吗？管保谁呢？能吃饭就行！"

"是啊！照这样下去，咱再守城你我都活不了。你说应该怎么办？"

"我说呀，要不你们就出卖我，要不我就大胆向你们交底。"

"说吧！到了现在，有什么顾忌的？"

"我说呀，咱们投降！"

"啊？投降大金？"

"啊？投降，那怎么个投降法？咱也出不了城啊！"

"是啊！我看西关防守薄弱，咱们弟兄凑到一起，把西关的吊桥给它放下来，放金军入城，咱不就献了城了？咱就有了功了。"

"这可冒险呢！这叫贺总兵知道了，咱活得了？"

"嘿！干吗叫他知道？说干咱就得干，夜长梦多，迟则生变，同意的跟我来，不同意的拉倒！"

他们这伙人当中还有不少蒙古人，也有在城里住的女真人，凑齐了二百多号，各拿刀枪。这天的晚上，沈阳格外黑，对面不见人，伸手不见五指，这二百来人偷偷摸到西关。再说守城的军兵，累得东倒西歪，连续的战斗都把人累坏了，抱着刀枪正在那打瞌睡呢。这二百来人摸到了，不容分说，举起家伙胡砍乱扎啊！

"你们干什么？你们疯了，咱是自己人！"

"什么自己人！"

"快！快上城开关！快开关！"

说话之间，有人登上城楼，一绞千斤闸板，下边的人把大锁砸掉，把城门给开开。有的就喊上了："啊！金军听着！我们献城了，快进城吧！"

金兵一想：有这事？急忙禀报努尔哈赤。努尔哈赤正发愁呢，听见这种变化，眼睛就一亮："这是真的？预防此中有诈！"

皇太极说："父汗呐，不管它有诈没诈，咱进城再说！来人，随我来！"

"哗！"

金军就冲进小西门。就这变化，贺世贤一点儿都不知情！贺世贤可没睡觉，回到帅府，正召开紧急的军事会议，想插空部署一下。他知道努尔哈赤不能善罢甘休，正开会的时候，听城里乱套了。

"哎，快看看怎么回事？"

一会儿有人跑进来："报将军！大事不好！西门丢了，金军进了城了！"

"啊？上马给我抬鞭！"

披挂整齐，上马抄鞭，刚到十字街一看，金兵正可篓子往城里灌！这秩序没法稳定，老百姓是哭爹叫娘。贺世贤吩咐一声："给我堵住！把他们打出城去！"

这叫痴心妄想！在城内又展开激烈的混战。天光逐渐地亮了，喊杀声逐渐地稀了，日头刚刚升起，战斗停止了。明军是无一幸免，就那街道上、胡同里全是死尸，什么模样的都有！贺世贤身中数处箭伤，被人家生擒活拿，金军占领了整个沈阳城。天到中午，皇太极、代善等人，列队迎接大汗进城。嘿呀，努尔哈赤可高兴了，吃了槟榔顺气丸了！雄赳赳气昂昂，领大兵开进沈阳，就住在将军府。各路人马纷纷前来报功，抓的那个俘虏那太多了！得的那个战利品自不必说。

正在这时候，皇太极过来了："父汗，我们把我们的对头冤家贺世贤给逮住了。"

"把他逮住了？太好了！来来来！把他推上来，我要亲自审问！"

第五十一回

贺世贤不屈殉国
杜大鹏百密一疏

话说这贺世贤，耷拉着一条腿，被架上来。他左腿受伤，折成了三截，浑身是血，满脸熏得黢黑黢黑的。努尔哈赤往下看了看：“哼！你是贺世贤贺总兵？”

贺世贤狠狠瞪他一眼，把脑袋一歪，没言语。

“我说贺世贤呐，别看咱是两国的仇敌，我对你很欣赏，你不愧是大明的忠臣。我记得汉人有几句话，叫什么忠臣孝子人人敬，佞党奸贼留骂名，忠臣人人都敬佩，我也不例外。现在还有最后的机会，愿意投降吗？愿意投降，马上治伤，我不会亏待于你。李永芳就是榜样！”

“呸！少说废话！我生是大明朝的臣，我死是大明朝的鬼！你把我杀了，你再说，我骂你的祖宗！”

皇太极、代善等人拽出刀剑就要动手，努尔哈赤把大手一扬：“慢！贺世贤呐，看来叫你投降是不可能了，好！我就满足你的心愿。来人，送他归天吧！”

一句话，把贺世贤杀了。但努尔哈赤还不错，随后又下令把贺世贤的尸体装殓起来厚葬，他发自内心对这忠臣很欣赏。通过这个事，也让满营的众将，手下的臣属看一看：“你们对我忠心，我不会亏待你们！”

贺世贤一死，守沈阳的明军是彻底完了。努尔哈赤是一声令下，在沈阳休息五天，得休整休整，死的人太多了。这队伍啊，也需重新编排。他忙里抽闲，围这沈阳城里城外又转了那么几圈，他就爱上这座城市了。努尔哈赤心里想：我要把赫图阿拉城迁这儿来，那有多好？这比我的新京强得太多太多了。他心里这么想的，跟大家可没说。本来过去打仗，他们是走一处毁一处，毁完就走，不管是铁岭、开原，还是抚顺，占领之后，把东西拉走，把城给扒了，再一把大火给烧毁。现在随着金朝势力越来越大，他也得争城占地了！不能走一处，弃一处。所以努尔哈赤马上决定，沈阳城必须得占领！

“代善呢？”

“儿在！”

“我把沈阳就交给你了，你领着你的两红旗在此把守，一切后事任你安排！”

“是，儿臣遵命！”

沈阳就保护住了。另外咱还得说一句话，这努尔哈赤也被胜利冲昏了头脑，他原来所占的城市，所抓的俘虏汉民居多，那时候他颁布政令：汉民只要你规规矩矩投降，听我的话，保留你们的风俗习惯，也不用剃头，也不用换衣服。可是现在不同了，随着他的势力越来越大，地盘越来越大，人口越来越多，他就一意孤行，颁了一道命令：所有的人，只要是大金朝版图的，必须剃发易服。这作为头一条表示你发自内心归顺我了。如果不剃发，不留辫子，不更换满族的衣服，杀无赦！

就这道政令，引起汉民的不满呐！您想，这汉民从古至今就束发，把那头发拢到顶上，拿簪子一别。穿的那衣服跟那满洲人，就是女真人截然不同，你非叫他剃了头发，那就跟要他的命、骂他的祖宗一样，你不答应就杀你！表面上不敢反对，发自内心是强烈的不满，那么以后闹事，就不奇怪了。

闲言少叙，书归正文，努尔哈赤的大兵在这休整了五天，然后集中精锐兵马，是开赴辽阳。努尔哈赤心想：再把辽阳拿下来，辽东大片土地就归我一统了。然后再进兵辽西，打进山海关！

想到这儿，他是无比的兴奋。他知道，这辽阳是最后一座大城池，恐怕不是轻易能拿得下来。因为当时的辽阳是东北头一个大城市，是三省的经济、军事、文化、政治的中心。这座大城市经过多年的修建，比沈阳大着好几倍！那当然不是现在呀，现在沈阳要比辽阳大着多少倍，这是随着时代变化的结果。就在当时来说，辽阳是了不起的一座大城市，城墙又高又厚，护城河是一道挨着一道，战壕是一道挨着一道，把辽阳围得跟铁桶相似！特别是离着辽阳不远，有一架大山叫守山，这守山上构筑了坚固的工事，跟辽阳形成犄角之势，互相声援。努尔哈赤一看，这要强攻的话，得死多少人？恐怕我这几十万人都得命丧于此啊！不行！不能强攻，但也不可能随便诱降，看来明朝的守将大部分都挺顽固，再找第二个李永芳，难呢！诱降也不是上策。究竟怎么个打法？是先打辽阳？是先打守山？或者是齐头并进呢？他左右摇摆不定，愁得是唉声叹气。

第二天的晚上，所有的武将摩拳擦掌，就等待努尔哈赤的命令。究竟怎么个打法？大汗迟迟不下令，众人急得什么似的！努尔哈赤把自己关到金顶黄罗帐，面对着地图，想啊想啊。正这么个时候，随军的军师范文程笑呵呵从外头进来了：“大汗，您还没休息呢？”

“噢！范先生，来！坐坐坐！看你这表情，有什么喜讯？”

“正是！大汗呐，我派人侦察掌握点儿情况，供大汗参考。”

“说说看，什么情报？”

“唉，是这样的。以臣的意思，咱们先打守山。您看这守山雄伟高大，如果我们攻占了守山，居高临下再打辽阳，要方便得多！我还听说，守山上有巨型大炮五十门，倘若我们要全都夺过来，可以往辽阳城里发炮，就助长了咱的威力了，您说是不？”

“那怎么能把守山拿下来呢？”

“是啊！臣就为这事来的。守山明主将叫杜大鹏，也是个总兵官，他呢，是袁应泰磕头的好弟兄，袁应泰对他是十分重视，此人文武兼备，十分了得，堪称一员虎将，所以袁应泰把兵权交给他了。他直接统率着三万大军，几乎全是精锐。”

说到这儿，努尔哈赤不爱听了：“范先生，要照你这么一说，守山更不好打了？”

“大汗，我话还没说完，他们有一个空子咱可以钻，是这么回事……”

一开始啊，努尔哈赤不爱听，听着听着，脸上带出乐模样来了：“噢，原来是这么回事！”

“是啊！大汗，您看看您怎么调动军队？这个仗怎么个打法？”

“好！真是天赐良机呀！”

那位说你说的什么玩意儿？乱七八糟，范文程跟努尔哈赤说的是什么呢？怎么能有空可钻呢？

说书的一张嘴表不了两家事，返回头，咱再说这个杜大鹏。他跟辽东经略史袁应泰的确是磕头的把兄弟，同殿称臣多少年的交情了。袁应泰这个人也挺古板，非常的谨慎，自从出任之后，他就坐镇在辽阳，每天就考虑着：努尔哈赤肯定早晚得打辽阳，我怎么能守得住呢？他天天在这儿命人修筑工事，因此辽阳、守山形成了一个完整的防御体系。现在努尔哈赤一打沈阳，他害了怕了，马上收缩兵力，集中到守山和城里，能有十三多万守军，严阵以待。但这袁应泰多少对军事上也通点儿路，他深知守山的地理位置是相当相当重要，谁占领了守山谁占上风。叫谁去呢？就派杜大鹏去了。

开始，杜大鹏有点儿为难，紧嘬牙花，袁应泰就问他：“大哥，您有什么要求，您尽管说。”

“咳！兄弟，我这点儿事你还不清楚吗？还用我说吗？”

噢！袁应泰明白了。因为他俩交情不错嘛，多少年了，杜大鹏喜欢什么？厌恶什么？他清清楚楚。你看，人无完人，这杜大鹏那么勇猛的一员大将，就是好色，离不开女人。因此在他身边这女人不少。其中他最宠爱的，除了他的夫人之外，还有两个小妾，一个叫玉观音，一个叫赛西施，他走哪儿，这几个女人就得跟到哪儿。这一次呢，袁应泰叫他守守山，那是前敌呀！不允许带家眷，所以这杜大鹏直嘬牙花，这话没法说。

袁应泰就明白了，嘿！心说：真是老没出息！算了，干脆就破例得了！

"我说老兄，您是不是惦记家属？"

"唉！兄弟，知我者兄弟也，你说我要上守山，家眷我都得带着。"

"大哥，我不反对你带呀，但这些女人跟着您，会不会有影响啊？万里有个一，这家眷就拖累你的后腿！"

"那也比搁到城里强！我走到哪儿，我把她们带到哪儿，我眼里瞅着我放心！"

"好了！那你就带去吧！"

所以这杜大鹏把家眷带到守山，没开仗的时候，家里头闹不和了。他的正印夫人给他生俩儿子，一个叫杜天林，一个叫杜天成，一个是副将，一个是游击将军。两个儿子也成家立业了，家眷全没跟着，跟着他爹他们到了守山了，每天就修建着防御工事。这哥俩儿就跟他爹说："父亲大人，这、这、这是前敌要塞，要打起来，空前惨烈，那努尔哈赤是好惹的吗？您说您带着我姨她们在山顶上一待，万里有个一怎么办呢？这不是万全之策！"

"那你们的意思呢？"

"我们的意思，最好把这俩姨放在安全地带，就几天不见面，能怎么样啊？等战事结束了，比方说我们把努尔哈赤打退了，再把我姨她们接来。你说在军营之中，多有不便。"

一开始，杜大鹏听不进去，后来吧嗒吧嗒滋味，俩儿子说的不是没有道理，如果拧着俩儿子，心里头他也别扭。咳！一琢磨：也行！那把俩心上人放到哪儿去呢？经过人联络，放到千山里头，那有一座庙，叫镏金庵，不错，那地方又肃静又隐秘，所以他派了五十名亲信，把这俩妾送到镏金庵去了。这种事对外人是极端保密的，没打仗之前，就这位杜大鹏，抽空就到千山去住两天，跟俩妾高兴高兴，然后再返回。现在不行了，努尔哈赤的大兵从沈阳开出来了，沈阳这一丢，人心惶惶，杜大鹏也不敢私离防地了，所以多少天没见着了。他每天都惦记这两个妾，这个事让范文程知道了。

没说吗？通过间谍的工作，没有不知道的事情。范文程把这个事，如实地跟努尔哈赤一说，努尔哈赤马上有主意了：好！那我就派一支军兵，神不知鬼不觉，到千山的镏金庵，把杜大鹏这俩妾抓俘虏！然后把她们绑到两军阵前，到守山山下，我叫杜大鹏看看。你要不要你这小妾？不要了，我就就地把她们砍了头！你要心疼，肯定引兵下山来救。只要你离开守山，我就能把你吃掉！要把杜大鹏给消灭了，守山不战而自得呀！这真是千载难逢的好机会！

因此努尔哈赤重赏了范文程："范先生，这有十分的把握吗？"

"十二分的把握！"

"行了！"

那这个事叫谁去完成呢？他把阿敏叫进来了，把多尔衮叫进来了。多尔衮现在还小呢！但是也跟着军队转战南北，人家满族的习惯，就这手好，不放在家里头娇生惯养。父亲出战，儿子都骑着马，跟着出征，让他们在实践中去锻炼。别看多尔衮岁数不大，说身经百战有点儿过分，但什么世面都见过。这阿敏、多尔衮两个人来了："参见父汗！"

"免了！交给你们个特殊的任务。你们带轻骑三千，跟向导到千山去一趟，要这么这么办，抓了俘虏之后，不准伤害，速报我知，千万不要走漏风声。"

"得令！"

两个人领着三千铁骑，绕道离开战场，赶奔千山。路不太远，有向导在头前指路，半夜二更天左右，就到了镏金庵。多尔衮他们一看，镏金庵这地方真不错，人间仙境。这千山一座山头挨着一座山头，风光秀丽极了。镏金庵坐落在山沟里边，小庙不是那么大。看来事先他们一点都没有察觉，阿敏一声令下："把镏金庵给包围了！"

没费劲，是破门而入，把里边尼姑给抓住了。尼姑一看，吓得体如筛糠："啊！"

"别害怕，我问你一件事，那个杜大鹏的两个妾，玉观音、赛西施在这儿没？"

"没、没、没有。"

"再说！"

"有。"

"到底有没有？"

"到底到底有，就在后面居住。"

"闪退一旁！"

到后头把这俩美人给逮住了。这美人就是花，一点儿反抗能力没有，一看着建州兵，吓得都动不了地方，一句话说不出来。也没捆她们，连身边的老妈、丫鬟二十一人，都抓了俘虏。外头车都准备好了，怕那些尼姑走漏消息，干脆一勺烩，大尼姑、小尼姑九个，也全抓了俘虏，运送到前敌大营，一刀一枪都没费。

这个事，守山的人一点儿也不知道。

第五十二回

引总兵英明汗得手
守辽阳袁应泰力尽

俗话说，人有失手，马有漏蹄，战争年月，什么事都可能发生。智者千虑，必有一失。这杜大鹏啊，就没算计好，听他儿子话，把俩爱妾送到千山镏金庵。结果怎么样？叫人家抓了俘虏了。

努尔哈赤一听这个绰号，赛西施、玉观音，肯定长得不错。

“带上来我看看！”

俩女人都没脉了，根本就站不住，一个劲儿地哆嗦，就坐到地上了。两旁人过来拽，努尔哈赤一摆手。他欠身离座，围着这俩女人转了一圈，提鼻子一闻，香水味刺鼻孔，仔细端详端详，怪不得这个杜大鹏魂不守舍呐！的确人样子出众啊！我有十六个媳妇儿，我这十六个媳妇儿当中，几乎没有赶上她们的。嘿嘿！

他心怎么想的，咱不必细说。努尔哈赤看罢多时，转身归座，吩咐手下人把她们带下去：“该吃就吃，该喝就喝，劝她们别哭啊，我有用。”

手下人领令照办。等到第二天，努尔哈赤就研究出一套完整的作战计划，吩咐一声，擂鼓聚将，“啪啪啪”，分兵派将。而后他御驾亲临，在守山下讨敌骂阵。有人就禀报给杜大鹏，这杜大鹏这两天眼睛都熬红了，听说沈阳丢了，八九万人全交待了，作为边关的主将，他也动了心了。他哭了半夜，因为死去那些人都跟他关系不错，他下决心要给死者报仇雪恨。他又担心防御工事有漏洞，日夜不停在这儿检查，直到万无一失，他才放了心。他心说：我要把努尔哈赤给击退了，我呀，先到千山镏金庵把我俩心肝宝贝接回来。她俩都胆小，不定多害怕！

他正想着，有人向他禀报：“报将军，努尔哈赤在山下讨战！”

“噢？送到门上来了，我看看。”

他上了城堡，往下一看。好家伙！漫山遍野，都是金国的军队。但是他心里有底，毫不惧怕。往阵前看了看，龙旗招展，光那战马一溜，能有一百匹。为首的一匹大黑马，黄罗伞下罩定一人，黄马褂、帅字金盔、大叶黄金甲、手提着御鞭，他一看就知道，努尔哈赤！说话肯定听不见，就见对面，比比画画，比比画画。

正在这时，努尔哈赤也发现城头之上出现人影了："噢！杜大鹏肯定露了面了，叫他看个清楚！皇太极，按计划行事！"

"得令！来！把车赶出来！"

"轱辘轱辘轱辘！"

这车上装的正是玉观音、赛西施，没捆她们，有人架着。皇太极把马往前一提，离着前面也近了，也看得清楚了："站住站住，就这儿！唉，杜大鹏在吗？我要见杜大鹏啊！叫他跟我答话！"

这回听清楚了，哎哟，杜大鹏揉揉眼睛一看，赶车干什么？车上好像有女人，怎么带女人打仗啊？谁呀？眨眼之间，看清楚了，一瞅是玉观音、赛西施，心肝宝贝，他差点儿没休克了。啊！莫非我在做梦不成？这怎么搞的？马上他明白了，走漏了消息，人家先下手，把俩心爱的人抓了俘虏了，这下要他的命了！他就觉得脖子冒凉风，"唰唰唰"，浑身冒凉气，不知如何是好。

皇太极看在眼里头，高兴："啊！杜大鹏！你听着！这两个人你都认识吧？你要不要她们啊？要的话，我成人之美，你亲自领人，下来接来吧，把你的心肝宝贝接回去吧！要不要了，你也说句痛快话，我就把她们切开晾着！"

一说到这儿，再看刀斧手，"仓啷啷"，把鬼头刀都举过头顶，说吓人，那说死就死！玉观音、赛西施一句话都说不出来，光呜呜地哭了。皇太极看看她们："别哭，你们想活吗？要想活，就跟杜大鹏答话，叫他下山来救你们。听没听见？"

事到现在，不敢说也得说了，这赛西施说话了："老爷！是我们姐儿俩呀！老爷！快些救我们！要不价，保不住命了！"

玉观音也哭："老爷！快来救我们呢！"

就说了这句话，泣不成声。这一哭，杜大鹏没脉了："哎呀，这、这、这……"

杜天林、杜天成赶紧上来了："爹！千万别上当啊！您，您可得长住心眼啊！这明明是老鞑子的一计！他们攻打咱守山，打不上来，故意把咱们引出去，在平原上把咱们吃掉，这是他们惯用的手法。据我们哥儿俩所知，老鞑子攻坚没本事，就是平原打仗有两下子。爹！忍痛割爱吧，别要我这俩姨了，这多耽误事！"

"胡说八道！你们是搬着不疼的牙了，我焉有不要之理！"

"您、您打算怎么样？你真想领兵下山去救她们？不等您到近前，我俩姨命就保不住了！明明是个当，您为什么非上？"

“少说废话！带马抬刀！”

脑袋一热，控制不住情绪了。杜大鹏是三军主将，谁敢不听？再看马匹牵过，杜大鹏飞身上马，手抄大刀，带了五千人，呐喊一声：“开寨门！”

从守山上冲下来。

“杀呀！”

皇太极一看：我父汗是真高啊！这叫引蛇出洞，果然绾个套，你就往里钻。妥了，守山是我们的了！他把掌中兵器一晃，代替军令，“哗！”八旗兵往下一撤，把车也赶走了。那能留下吗？这杜大鹏在马上看得清清楚楚的：“不要把我的爱妾带走！爱妾，稍候片刻，为夫来了啊！呀呀！快快快！”

他这不管不顾，一鼓作气追出五里去，最后连车影也没看着！这阵儿杜大鹏脑袋逐渐凉快了。他一琢磨：我上当了，我俩儿子说得有道理。刚才我是忠言逆耳，但是这事轮到谁头上，谁也控制不住情绪，我也不是圣人，我是凡夫俗子啊。

他正胡思乱想，就听见那个炮，“咚咚咚咚！”

“杀呀！别让杜大鹏跑了！”

“哗！”

金兵像潮水一样，从四面八方聚拢在一起，把杜大鹏困在当中。杜大鹏才五千多人，人家多少万呢。让这骑兵左拉右拽，纵横交错这一冲击，没到十分钟，杜大鹏的人就哗啦了！可叹这杜大鹏，俩妾也没救成，被乱箭穿身而死，射成刺猬了。皇太极引得胜之兵，按照他父汗的计划，开始对守山猛攻。杜天林、杜天成一听：“完了！爹呀，你悔不听你儿子的话呀，得了今天的结果！看来我们就得死守守山了！”

那哪儿守得住？你别看跟他爹抬杠行，要讲能力，差多了！让皇太极领兵两个冲锋，攻上山顶，杜天林、杜天成全死在乱军之中。铜帮铁底的守山不到一天就落入金兵之手。皇太极等人登上山顶，五十门大炮，全都归他们了，完好无损，炮弹、火药全都现成的。嘿！把皇太极给乐的，马上命红旗报捷。

努尔哈赤一高兴，也登上山顶，居高临下，辽阳城就在脚下。

“哈哈！辽阳啊辽阳啊，用不了两天，我就到城里去睡大觉了。太好了！传我的令，祝贺！”

努尔哈赤一想：这战争太残酷了，也太枯燥了，除了打仗就是打仗，净跟死人打交道了。现在这么大的胜利，得怎么庆贺庆贺？唉，赛西施、玉观音不错呀！哈哈，干脆今天晚上我也高兴高兴！

他叫范文程下去安排，范文程一笑，下去安排去了。心说：在什么地方？守山上有一座小庙，这小庙是山神庙，把山神爷给请走了，把小庙收拾得干干净净的，作为临时的洞房，全都安排好了。让这赛西施、玉观音换上华丽的衣服，有人帮着给擦点儿粉，描描眉，给戴了几朵花。一看这俩女人，形同木偶，一句话都不说，怎么摆弄怎么是。

范文程见努尔哈赤交令，努尔哈赤大喜，这酒也喝不大离儿了，觉得今天得高兴。结果消息传来，全都落空了！你看这玉观音、赛西施，话是不多，但很节烈！两个人怎么的了？双双是撞头而死。努尔哈赤等一进屋，一瞅傻眼了："啊！"

他的酒劲也清醒了，好惨烈！没想到两个弱小的女人还这么烈性啊！真叫人可亲可敬啊！

"来呀！收尸，就埋在守山。"

就把这座庙，不叫山神庙了，改成双烈祠。为什么？努尔哈赤很敬重这样的人，你认为她们只图吃喝玩乐，想错了！这女子当中，节烈的女性不在少数，这是后话，不必细说。努尔哈赤很扫兴，把那股火全撒在辽阳了。第二天马上升帐，集中全力，是攻打辽阳。

"进了辽阳之后，大伙儿放心！我给放三天假，你们随便！"

这可了得？放三天假，随便，什么意思？任何人不受约束，抢金银，你能抢多少抢多少！玩女人，你能玩多少玩多少！杀人，你能杀多少就杀多少！全都不管！这是激励将士最好的一个手段。当官的也好，当兵的也好，听到这道命令之后，乐得直蹦啊，恨不能一下把辽阳打破。

于是一场惨烈的大战又拉开了序幕，辽阳的主将就是袁应泰，参军叫张权，他们得着报告了，守山失守了。哎呀，袁应泰就觉得心里头没底了，等战斗一开始，守山上架的那个大炮，一个劲儿往城里头猛轰。当然这距离比较远，那炮到这儿，没多大的杀伤力，但是起到了鼓舞金军的作用。炮是战争之神呢！炮声一响，当兵的那受刺激，因此打起仗来，是倍加勇敢。再看金军抬石运土，把辽阳城外的战壕全都垫平了，壕沟填平，这人可篓子往城墙底下灌！然后就竖起云梯来，一个劲儿往上爬。

"冲啊！"

袁应泰在东门指挥："给我打！狠狠打！"

因为辽阳事先做了充分的准备，守城的器械非常完善，灰瓶炮子，滚木礌石，火枪火罐，应有尽有。金兵想爬到城上去，谈何容易？袁应泰在这儿亲自指挥着，城头上是矢石如雨。

再看那金兵，死了一层又一层，死了一层又一层，努尔哈赤连发动六起进攻，全都以失败而告终。那人死了有多少，不必细说，死尸摞起来，比城墙还要高！护城河的水全染红了！人蹬着尸体往上拥，结果还攻不上去。

努尔哈赤眼睛都红了："我就不信拿不下辽阳来，这回攻坚一定得成功！调集部队，拂晓之后再给我进攻！"

咱说过了，那大炮跟现在那炮不太一样，放几炮之后，炮膛热了，里面都红了，炮弹也打不出去。就即使打出去，出门就掉蛋了，一点儿作用也没有，需要等炮身凉了之后，重新发射。这不得有个间隙？金兵就利用这个空隙，舍生忘死往上攻，最后终于有一部分登上城楼。

"我们登上城了！"

袁应泰一看："把他们打下去！打下去！"

就在城墙上头，展开了肉搏战。袁应泰也豁出去了，亲自挥舞宝剑，把登上城的金兵砍倒了无数，又把金兵给击退了，重新控制了城头。咱说得多容易？实质上那战场上太惨烈了！努尔哈赤一看，到嘴的肥肉，还没等吃呢，又吐出去了。

"皇太极，组织部队！继续给我进攻！"

"父汗，死的人太多了！弟兄们太辛苦了！是不是叫大家喘喘气？"

"不行！给我进攻！"

"父汗，您这样的话会冷了弟兄的心呢，大家太累了，您看看，死了多少人了。"

"好吧！听你的！休息一个时辰，接茬给我进攻！"

一声令下，金兵退了。

"哗！"

累得都要了命了！这一退下来，有的躺到地上动不了了，有的张着大嘴，呼呼直喘粗气。一个时辰就是两个小时，出现了暂时的安定。守城的明军也利用这个空隙换防，那东西使用得也差不多了。缺少弓箭，往城头上搬，缺少石块，往城上运，袁应泰亲自指挥着。

刚准备得不大离儿，就听见炮号连天，金军又展开第九次进攻。这次的进攻更加猛烈，看得出，努尔哈赤下了决心了，这次拿不下辽阳来，绝不收兵！袁应泰嗓子都喊裂了："守住！给我打！狠狠地给我打！"

城上的大炮一色全掉蛋了。

"报告将军！不好办了，大炮失灵了！"

“给我放！失灵了，失灵也放！”

你说这不发疯了吗？结果有一门大炮爆炸，不但放不出去，开了后门了。

“咣唧”一声，是天崩地裂！那火球崩到城里去了。该着倒霉，这城下头是草料场，这大火球一掉到上头，“呜！”一下大火着起来。这还不说，旁边是火药库。为了运输方便，临时修了几间火药库，炮弹、炸药都在这存着，随时都可以往城上搬。这大火一着，引燃了火药库。这可要了命了！

“呜呜”一声巨响，几乎是天崩地裂一般！光明军自己人，就崩死了上千人。守城的军兵不知道怎么回事：“怎么后院着火了？跑啊！”

人心浮动，这辽阳怎么能守得住？

第五十三回

破辽阳经略使殉职
安亲信魏忠贤误国

守城的军兵也往下跑，老百姓更是哭爹喊娘，袁应泰不管发什么命令，也没人听了。

“站住！不要乱！都回来！”

谁回来？指挥失灵了，八旗军兵就利用这个空隙，在云梯上像飞一样！

“嗖嗖嗖！”

就登上城头，在城上又展开激烈的肉搏战。最后袁应泰一看不行了，带着亲兵卫队退守到东关镇远楼。大势已去了，这阵儿金兵已经进了城了，他光守个城楼有什么用？巷战还在进行。袁应泰心里头一凉：完了完了！我这十三万大军是彻底交待了，我回到北京见皇上，我怎么解释？我对我的父老怎么解释？

这时候按察使张权拎着宝剑从外边进来了：“大帅，辽阳保不住了！我们现在手下有点儿人，趁此机会赶紧突围吧！”

“张大人，突围之后上哪儿去？”

“回京搬兵去！”

“晚了！晚了！咱们的皇上是什么人？你不清楚？我们把辽阳丢了，把沈阳丢了，把辽东全丢了，还有脸回去搬兵？原来本帅发过誓，城在我在，城不在我亡啊！到了为国尽忠的时候了，我宁死不做俘虏啊！张大人，我拜托你了，你愿意突围，你赶紧快走，别管我了！”

“大帅，以大局为重！千万……”

“别说了！别说了！我意已决，你赶紧给我走！”

张权没办法，哭着离开镇远楼，这脚步刚迈到门槛外头，就听后头“扑通”一声，回头一看，袁应泰是横剑自杀，也算有点儿骨气。这阵儿还在打着，张权一想：别把尸体落到金兵手里头！他赶紧命手下人，把镇远楼放了把火，给点着了。

这边张权领兵想突围，哪那么容易？还没等下城呢，金兵就到了，一下把张权抓了俘虏。就在二十五这天傍黑的时候，战斗结束，努尔哈赤引得胜之兵是开进辽阳。这回努尔哈赤有点儿控制不住自己的情绪了，因为死伤的人太多了！他太恨明朝的守军了！他下了一道命令："凡是当官的，一律砍头！投降也不行，给死难的弟兄报仇！"

大开杀戒，杀了多少人？沿街都是尸体。努尔哈赤这心多少宽松一些，连那张权也做了刀下鬼。辽阳一破，光当官的，被杀就将近五百多人，剩下极少一部分突围出去了，往山海关跑，这些人算捡了命了！

沈阳、辽阳全丢了，努尔哈赤引得胜之兵继续进攻。他没往西边打，就在这辽东一带打，为的是把整个辽东全都占领。接下来鞍山、海州、耀州、盖州、锦州、宽甸、艾扬等七十多座城池全落入金人之手。咱就这么说得了，努尔哈赤达到目的了，没到一个月的时间便统一整个辽东，声势浩大！大金的人是欢欣鼓舞，努尔哈赤马上决定把国都从赫图阿拉城迁到辽阳，他心里想着：下一步再迁到沈阳。大家一致同意，也迁了都了，努尔哈赤这边忙着处理一些善后事宜。

辽东大地这一丢，特别是辽阳、沈阳这一丢，北京震动了！人心惶惶，觉都睡不着了！那个难民夜以继日，可篓子往京城里头灌。老百姓一看，完了！这、这、这大金怎么这么厉害？莫非说，还要攻打北京不成？

不说老百姓这样，咱单说天启皇帝朱由校，这明朝倒霉呀，倒他身上了。外头乱成一锅粥了，他什么也不知道！他干吗呢？在御花园搭了案子，他脱了衣服，穿着个坎肩，爹着两条臂正在这做木匠活，正刨那板子呢。

"咔哧咔哧咔哧！"

在他的身旁站着不少的太监，条案上摆着锛凿斧锯。那位说他怎么还干木匠活儿？爱好历史的，您打开历史看看，这天启皇帝，最大的爱好就是做木工活儿。他最崇拜的就是鲁班，从小他就爱干这个。当了皇帝了，他加了个更字！在这御花园搭了几个棚子，天天不理政事，就在这儿做木工活儿。但是他还真是手艺不错！不仅是刨拉在行，而且雕刻方面也占着一绝，做的木工活儿，雕的那个花，栩栩如生！他还能配色，做了很多的工艺品，什么牌楼，小型的宫殿、庙宇，做完之后，他自己欣赏，如果他不是皇帝，肯定是特级的木工！

但他毕竟是皇帝，不务正业呀！他把军国大事全交给太监魏忠贤了。为什么魏忠贤手中权力那么大？人们私下里议论他，就好比是太上皇。这魏忠贤野心勃勃，老嫌自己的权力小，现在控制着皇上，掌握朝纲，说一不二。有点儿什么事，魏忠贤跟天启帝一叨咕，天启帝一拨棱脑袋："我干活儿呢，你看着办吧，怎么办都行。"

你看，这就把权力下放了。单说这天，天启帝兴致勃勃正在这儿刨木板子的时候，就听月亮门那儿一阵大乱，他紧皱双眉："怎么回事啊？"

"回万岁爷，尚书刘一景有急事求见！"

"刘一景？不见不见，没看我忙着呢吗？"

"他三番五次闯宫，说有特大的事情，非要见陛下不可！"

"没事净给我添腻味！让他进来吧。"

礼部尚书刘一景从外边跑进来，刘一景六十多岁了，本来这人长得就瘦，那脸狗舌头一条，胡子都撅撅着。这一回，他两个眼睛都哭肿了，从外头踉踉跄跄跑来，到了天启皇帝的身旁是"扑通"跪倒，未曾说话，放声痛哭："咳！陛下呀！"

天启皇帝扭过脸来看了看他："刘一景，你疯了，你哭什么？"

"启奏陛下！辽东丢了！"

"啊？你、你说什么？什么？"

"回陛下，沈阳、辽阳七十多城，都叫大金的人给占领了！辽东已经不属咱们大明朝了！"

这天启皇帝一听这话，有点儿犯傻了，手里头还拎着刨子呢，哆嗦成一个儿了："这、这，你说的是真的？"

"陛下，这么大的事情，臣怎敢胡言乱语！"

天启皇帝一听是真的，"咣当"，把刨子扔了，一屁股坐到地上，脸色焦黄，张着嘴，直着眼睛，跟傻了一样！刘一景一看："陛下、陛下，您怎么了？"

"咳！辽东丢了！辽东丢了！它怎么可能呢？爱卿啊，我那十几万大军，全被大金的人消灭了？哎呀！辽东丢了，那接下来就是辽西，辽西要再丢了就打到山海关了！"

刘一景赶紧往上叩头："陛下所说极是！如果到了山海关，咱北京危急啊！山海关离咱京城，也就是七百里，那大金的骑兵，两天就能到城下！陛下，这等大事，您速拿决策！"

"我、我能怎么地？我又不会骑马打仗。这、这，爱卿啊，你说应该怎么办？"

刘一景说："陛下呀，现在虽然事态严重，还没到不可收拾的地步。我们调兵遣将还来得及，如果派能干之人，还能一鼓作气收复辽东！"

"能吗？那可敢情好。那你、你说谁能干？快点儿说说看！"

"唉陛下，臣斗胆保举一人，我又怕陛下不肯重用。"

"说吧，只要他能收复辽东就行！只要他能挡住金兵，别打到山海关和北京就行！他是谁？"

“回陛下，您忘了？此人姓熊，叫熊廷弼呀！过去是辽东经略使，被陛下给革职了。”

“啊！噢，想起来了，又是熊廷弼。这熊廷弼不是犯法了吗？有人告他十七条大罪，朕法外开恩，没问他的罪，这、这、这样的人怎么能再用呢？”

“哎呀！陛下呀！恕臣直言，那都是妄告不实之词！熊廷弼为官正直，向无过错，那是诬陷呢陛下！如果有一条能坐实了，他能活到现在吗？请陛下法外再开天恩！给熊廷弼一个立功的机会。我看要阻挡金兵，非他莫属！”

“有道理，有道理呀！特殊情况就得特殊对待。这样吧，爱卿啊，赶紧替朕拟旨，宣熊廷弼进京，朕要见见他。”

“陛下，熊廷弼两次被罢官，人都丢尽了，您要想用他，是否特殊恩典一些？”

“我怎么恩典？”

“派一特使，好好安慰，让他的家乡老百姓也知道知道，熊廷弼没有犯错。这样，他心能平复，才能专心致志为国效劳。”

“噢！说得也对，好吧，这些事情你们去安排吧，让熊廷弼即刻进北京来，朕要见他，有话交代！”

“遵旨！”

刘一景走了，这回这天启皇帝心再宽，也没工夫再干木匠活儿了。他告诉太监：“收拾起来！收拾起来！”

他坐到勤政殿，是唉声叹气。下午的时候，大太监魏忠贤从外边进来了：“参见陛下！万岁爷可好？”

“你来了，你怎么才来？”

“啊，我处理东厂的事情太忙了。最近京师混乱，我恐怕奸细混入，所以忙得不可开交，正查问这些事情。”

“啊！你是够辛苦的。”

这天启皇帝最偏袒这魏忠贤了，魏忠贤说什么听什么。魏忠贤往前走了两步：“万岁爷，你可知道辽东的事情？”

“刚才听说了，刘一景全盘都告诉我了。沈阳、辽阳全丢了，七十多城全丢了，袁应泰也死了。”

“正是！陛下呀，当务之急应当速派大兵啊！您是怎么想的？”

“我跟刘一景商量过了，起用熊廷弼。我已叫他拟旨，叫熊廷弼进京，我还授他显官，叫他领兵去收复辽东。”

魏忠贤一听，心里不痛快，心说：刘一景这个老糟头子！你倒先行了一步，又举荐熊廷弼。熊廷弼是个轴子！谁都买我的账，就他不买我的账！谁都给我送礼，就他不给我送礼。我寻思整他一家伙，没把他整死，这回皇上又起用他。

心里头别扭，但是皇上决定的事情，他不好推翻。稍微一打沉，天启皇帝看出来了："有什么话你说吧！"

"万岁爷，熊廷弼的确是个将才，不过叫他一个人支撑，我有点儿放心不下。最好再派一个能干之人到辽东，作为他的助手，收复辽东还有希望。"

"啊！你说，你推荐谁？"

"臣推荐王华真。"

"王华真？没听说过，他干吗的？"

"陛下，你真善忘啊！王华真是右千度御史。"

"噢！想起来了，想起来有这么个人，他能行？"

"此人文武双全，肯定能收复辽东！"

"等等，我想想啊。我已经诏熊廷弼，答应给他显官，又出来个王华真，这、这麻烦事。我看这样吧，熊廷弼为主、王华真为副，让他俩密切配合，有事磋商，共同收复辽东，你以为如何？"

"陛下所说极是！"

"好了！既然你没说的，这事就定下来，让王华真来见我！"

"是！"

"行行！不见不见了，你安排安排就行！我这阵心烦意乱，委他做辽东巡抚，你看怎么样？封疆大吏，有一定的大权，让他镇守广宁。"

"多谢陛下！"

"你替我拟旨，马上照办，越快越好！"

"是！"

魏忠贤下去了，心里高兴啊！为什么？他在皇上面前推荐的王华真是他的同党，他的亲信。魏忠贤把党羽安插到各个部门，都掌握大权，这王华真也不例外！前两天，他给魏忠贤送了雪花白银四十万两，魏忠贤大喜，要不价怎么能推荐王华真呢？魏忠贤下去之后，先派人把王华真给找到他的府里。王华真来了，见着魏忠贤深深地施礼："师父！"

唉，他管魏忠贤还叫师父，你别看这个太监，高高在上！魏忠贤一摆手："罢了，坐下吧！华真。"

"是！"

"刚才我见过皇上了。"

"皇上怎么说？"

"皇上打算重用你，任命你为辽东巡抚，去收复辽东，你看怎样？"

"唉！没问题！师父你放心得了，我不能给你丢脸！但不知给我多少万军队？”

“哎呀！现在兵源枯竭，你说现在连年征战，死了多少人！现在在京城能调动的，不超过十三万人马。”

“那你都给我得了！我尽数率领他们出关，尽快收复辽东。师父啊，您放心，我呀，给您争光，我绝不能叫您失望！”

“华真呐，你的确得好好干一把，你要干出成绩来，我在皇上面前重重保举于你，将来大学士的头衔非你莫属！”

“真得谢谢恩师！谢谢恩师！我现在就告辞，回去收拾收拾，即刻点兵赶奔辽东！”

“慢着！华真，还有件事跟你交代清楚。”

“您说。”

“这次不是你一个人说了算，还有个熊廷弼呀！”

“啊？他干吗？”

“皇上已经降旨了，任命熊廷弼为辽东经略使，官阶在你之上，有什么事情你得听熊廷弼的，你二人磋商。”

“师父，这、这、我怎么能听他的呢？他算个什么东西！”

您听听，就这一句话，就是将帅不和！

第五十四回

王华真分散布联营
罗总兵死守西平堡

王华真一听，还有熊廷弼，他从心眼往外那么烦。因为什么？熊廷弼太正直了，一团的正气，根本不买他们的账！魏忠贤那么大的权力，熊廷弼也不睬他。所以作为他们这一党，都恨熊廷弼。

王华真紧皱双眉："师父，那你说，他比我大，我处处听他的，我心里头别扭！收复辽东，我恐怕心里没底了。"

"唉！华真，表面上是这样，你不会不听他的吗？十三万大军我全交给你了，你有绝对的指挥权，出了事情我给你兜着！你怕什么？"

"恩师啊！有您这句话我放心了，好了，就按您的话办，我即刻出京！"

就这样，王华真点兵出山海关，赶奔辽东，是坐镇广宁。他走了不到俩月，熊廷弼奉旨进京。因为熊廷弼远在湖北江夏县，在农村种地呢！做梦也没想到，皇上又起用他。他本来不想来，但又一想：抗旨不遵，掉头之罪！因此违心地奉旨进了京了。等他进了京，刘一景赶紧见皇上说明。天启皇帝真不善，就在勤政殿单独召见了熊廷弼。熊廷弼跪倒一见驾，天启皇帝感觉有点儿内疚，很不自然："唉！爱卿，免礼赐坐！"

"谢陛下！"

"熊爱卿啊，过去有些人嚼舌头根子，告你这，告你那。朕听信了谗言，也没弄清怎么回事，就把你革了职，你心里头没怪朕吧？"

熊廷弼能不怪皇上吗？知道他是个昏君，但是嘴可不敢这么说："陛下！臣怎么敢呢？"

"那就好！不怪我就好啊！爱卿，辽东丢了，千斤重担还得由你来挑！我委你为辽东经略使，兵部尚书衔，尚方天子剑一口，可以便宜行事，全权指挥辽东的战事！出兵山海关，要确保京师的安全，你可愿意？"

"臣遵旨！谢恩！"

"好啊！今天留下你吃顿饭，朕陪着你！"

这天启皇帝一时真是破了例了，陪着熊廷弼吃了顿饭，这就了不得呀，往熊廷弼脸上贴金。你有多大的委屈，冲这顿饭，也没了！然后天启皇帝降旨，给熊廷弼三天的假期，安排安排，即刻出京。熊廷弼谢恩离开紫禁城，这回这脸露足了，熊廷弼高兴，暗下决心，要效忠皇帝，效忠大明。

三天时间转眼即过，他只能凑齐五千轻兵，无兵可调，这个经略就是大帅，就带着五千人。临行这一天，百官送行，非常风光！熊廷弼离开了北京，直接赶奔山海关。一路之上，放眼一看，大道上，那难民是成群结队，络绎不绝。当好官的，要了解老百姓的疾苦，他是边走边了解情况，边走边问。一看，那老百姓太苦了，每过一座城池，他必定告诉地方官："开始放粥放粮，救济老百姓，这年月老百姓是最苦不过了！"

熊廷弼一站一站往前走。单说这天，来到山海关。住在离山海关不远的人，对这儿的情况比较了解，咱中国那么大，没到过山海关的，大有人在，那是中国第一座雄关，号称天下第一关。一面靠着老龙头，一面靠着九门口，形势险要，是易守而难攻！修得相当雄伟，后来到戚继光，又继续修，因此形成最大的防御体系。可是后来不打仗了，好像这座雄关失去了作用，年久失修啊，箭楼已经有一半倒塌了，城墙出现多处豁口，满目疮痍。

来到山海关，熊廷弼这心里非常的酸楚，头一件事，就是召集工匠，重修山海关，抓紧时间把这座雄关恢复起来。他把行辕扎在山海关，他怎么想的就怎么做的。那召集工匠不有的是？还有那些难民，本来也没活儿可干，把他们集中起来："你们在这儿干活儿，管你们吃，给你们开工钱。"

难民求之不得呀，这一说报名，人有的是！熊廷弼一概收留。现在不怕人多，那老百姓一听有饭吃，有活儿干，那乐不得的，因此上万人都报名参加了，熊廷弼给他们全安排了。这就是当官你得会当，用人你得会用。熊廷弼关心老百姓的疾苦，这对国家，对老百姓都有好处，一举双得，人心畅快。这难民一看熊廷弼出任辽东经略使，又燃起希望！谁乐意做难民？谁愿意背井离乡跑到关内？自幼生长在辽东，热爱家乡，就盼着大明的军队收复了家乡，好回去。因此干起活儿来格外地卖力！一天等于三天那么干！熊廷弼一看，这稳住阵脚了，住了没有几天，赶紧离开山海关，赶奔广宁视察。

广宁谁在这儿呢？王华真呐！王华真先熊廷弼三个月到的广宁，等熊廷弼这一来，有人给王华真送信，说："熊经略到了，到前线视察。"

王华真把嘴一撇，往椅子上一靠："哼！我这儿的防务用他来视察吗？岂有此理呀！"

中军、幕僚一大帮在旁边站着。这幕僚有一个明白事的，赶紧说话："大人呐！不管怎么说，熊大人奉旨而来，那是皇上任命的辽东经略使，比你的官阶大着一级。他来视察，您能不理吗？”

“可也是啊！大面得交代过去。大开辕门迎接！”

王华真捏着鼻子来接熊廷弼，熊廷弼知道这王华真的来历，知道他有后台，但以大局为重，不挑这些细节。见着面，跟没事人差不多少：“王大人辛苦了！”

“哎哟！大帅辛苦，大帅辛苦！”

说着把熊廷弼让进行辕，二人分宾主落座。当然，熊廷弼得坐正座，王华真在侧座相陪。谈了几句话，熊廷弼着急：“请问王大人，您手下掌握着十三万大军，您是怎么布置的？”

“啊，大帅何必着急呢？吃完饭睡一觉，休息休息，养足了精神，卑职再向您汇报。”

“不不！不要这么客气，现在有时间，不着急吃饭歇着。我急于要了解情况。”

“那好吧！把地图挂上。”

巨型地图挂上了，王华真把中军官叫进来了，叫他代表自己做说明。中军官手指着地图，向熊廷弼汇报：“大帅请过目，地图上画的这条河，叫辽河呀！它是辽东第一大河。以这条河为分界，河的东面叫辽东，河的西面叫辽西，现在辽东已被大金全盘占领，我们是隔河相持。他在河东，我们在河西，我家巡抚大人是这样部署的。您看着辽河的边上，有六座营盘，每座营盘是一万二千军队，沿河布防，像这西平堡、镇古、柳河、盘山，都建筑营垒，随时打击进犯之敌。我家巡抚大人坐镇广宁，从中调度，万无一失！”

熊廷弼眯缝着眼睛，盯着地图，一边听他说，一边心里盘算。等介绍完了，半天熊廷弼没说话。王华真摇头摆脑，自以为得意：“大帅，您看我布防的情况怎样啊？啊？大帅有何训示？”

“王大人，对于你布防的情况，我认为着不满意！”

“啊？大帅不满意？”

“正是！”

“为什么呢？卑职愿闻高论。”

这王华真嘴那么说，心里都骂祖宗，心说：熊蛮子！熊廷弼！你真能鸡蛋里挑骨头！我这布防，谁都得挑大拇指，你说不满意！我听听你说什么？那脸就不是好模样。熊廷弼也不理会他：“王大人，现在我们军队并不是太多，应当形成一个拳头，集中力量守住广宁，我看这是当务之急。你现在这一安排，有点儿分散了兵力。方才诚如你所说，一座大营一万二千人，六座大营就占去我军的三分之二，您认为这六座大营能挡得住大金的军队吗？努尔哈赤的军队善于野战，也善于各个击破。倘若他们渡过辽河，集中兵力打破我们一座营寨，那就全盘都牵动了，到那时候我们就被动了。广宁的兵力又不多，如何的守法？因此我认为不妥。尤其这辽河，跟长江不一样，河面比较窄，河流又不是那么狂，难以作为天险，请王大人三思！”

“它、这、我……不至于那么严重吧？我说熊大帅，您不要被金人吓破了胆！我就不相信，我建筑这么多营寨，个个固若金汤，就那么容易被他吃掉吗？”

“王大人，你再坚固，你想想你的营寨能比得上沈阳吗？能比得了辽阳吗？他们都能拿得下来，何况你小小的营寨呢？”

“嗬！要熊大帅这么一说，我守广宁也没意义，你守山海关也没意义了！那金兵所到之处，全都守不住，这岂有此理呀！”

这话越说越难听，两个人一见面，刚开始谈得挺好，后来谈僵了，闹得是脸红脖子粗。最后王华真说话了：“大帅，恕卑职万难从命！谁让你来晚了？我现在刚安排好了，如大帅所说，要重新布防，那也太被动了！大帅，我看就这么地吧！”

“王大人，难道说本帅我说话也不听吗？”

“唉，大帅正确的我听，不正确我自然不听。”

“那这样好不好？你还能给我多少军队？我带回山海关前去守城？”

“对不起大帅，我手下无兵可调！”

熊廷弼一听，什么？你掌握着十三万大军，我这大帅手底下就五千来人，这、这像话吗？调动点儿军队你都不给，你这是不合作！熊廷弼的脸气得跟猪肝一样：“王大人，你是无兵可调了？”

“对！万难从命！”

熊廷弼一甩袖子，离开广宁回到山海关，气得忿忿的！熊廷弼心里说：要知这样，何必当初？我不应该二次出山！我就在江夏种地多省心？这官不当了！没法当！

其实怪熊廷弼使性子吗？换成你，换成我，也不例外。名义上是大帅，辽东经略使，手底下管五千人，十几万大兵不听他的，这仗还有法打吗？而且那王华真什么也不是啊！熊廷弼心里清清楚楚，按他的安排，非败不可！因此一宿没睡觉，把辞呈写好了，派人即刻送到北京。

魏忠贤知道了，皇上没等过目，他先看了。他一看辞呈，心里高兴：熊廷弼呀！你早就应该辞职，省着挡道！他想把这个事马上奏明皇上，让皇上一批算了，都换成我自己的人那多好？但还没等启奏的时候，前敌出了变化了！

那努尔哈赤能等着吗？统一辽东之后啊，把一切事宜都做了安排，这就倒开手，带着八旗的精锐大兵，是直逼辽河，打来了！偏赶上今年雨水也小，辽河的水所剩无几，所以这金兵没费劲，就渡过辽河了，就像熊廷弼说的那样，他那营盘，别看一万二千人，没有战斗力！那当兵的大部分都是抓来的，在这儿混饭吃。一看金兵铺天盖地地来了，把胆都吓裂了。

"哗！"

皆作鸟兽散。当官的先跑，当兵的后跑，是四散奔逃！一座营盘丢了，牵动全局，那几个营盘是不战自溃，整个防线叫人家冲破了！一刀一枪都没费，努尔哈赤引得胜之兵，就到了西平堡。要说这几座大营之中，最有名的就是西平堡，它好像广宁前面的大门，把西平堡拿下来，广宁就在眼前。努尔哈赤心说：明军不堪一击，要这样，用不了许久我就到了北京了。

他有点儿骄傲了，没想到在西平堡遇上顽强的反抗。守西平堡的是明朝的副总兵，叫罗义贵。咱不能说明朝腐败，就每个人都腐败。也有好样的！像未来咱要说的袁崇焕，都响当当！可惜生不逢时啊！

闲言少叙，书归正文，单说这罗义贵，这个人今年三十四岁，正当年的时候，手下就管着三千军兵，小小的城堡。但是人家事先做了充分的准备了，灰瓶炮子、滚木礌石、火箭火炮，都准备得十分充分。而且罗义贵跟手下的将校达成协议，把城里的老百姓全都动员起来了，不管男的、女的、大人、孩子，一个个是摩拳擦掌，誓死保卫西平堡！老百姓也看出来了，落到金人手里就得为奴，那奴隶就是没尾巴的驴呀，任人宰割呀，这家乡说什么也不能放弃！这就叫同仇敌忾，众人一条心，黄土变成金。别看这地方不大，这块骨头一般的还啃不动！

再说努尔哈赤，掉以轻心了，打胜仗打惯了，辽阳、沈阳都不在话下，何况这弹丸之地？哎哟！可吃了亏了！他命皇太极领兵攻打西平堡，没想到这金兵刚一冲上来，被西平堡一顿火炮给轰下去了，死了将近一千人。第二次进攻，又被火炮给轰下来了，又死了一千多人。

咱这么说，小小的西平堡，打了三天没拿下来。光金兵，就损失了将近七八千人，尸骨堆积如山，鲜血流成河！努尔哈赤一听，大吃了一惊："啊！嗬！没想到！没想到！西平堡的主将是谁？"

李永芳赶紧说话："大汗呐，此人姓罗，叫罗义贵，有两下子，羊群里头冒出个骆驼来！"

"李永芳，还是用老招，明天停止进攻，你给我劝降，给他最后一个机会！"

"大汗，不是我抗旨不遵。这罗义贵这人，我了解，此人非常死性！恐怕……"

"试试看！别说恐怕！"

“唉！”

第二天，李永芳捏着鼻子来到西平堡西关下，抬起头来看看，这西平堡的小城墙，也就两丈来高。

“唉！别误会，我要求见罗将军！”

一会儿，罗义贵在城头上出现了，手扒城垛口往下看看：“你是何人？”

“李永芳啊，抚顺的游击将军。”

“你见我何事？从速讲来！”

第五十五回

失广宁王华真出丑
推责任熊廷弼替死

这李永芳自从投降之后，就干招降这活儿，你说发自内心，努尔哈赤喜欢他吗？不喜欢，就是利用他，拿他当条狗。凡是遇上麻烦了，就叫他出头露面。李永芳也不傻，唉，心说话了：我也不值钱了！混吃混喝，就这么凑合着吧！努尔哈赤指到哪儿，我得到哪儿，稍微打一磕巴，性命难保！这回李永芳心里头清清楚楚，罗义贵不是好谈弄的。

果然，到了西平堡城下，跟罗义贵这一见面，罗义贵在城头上是破口大骂，把李永芳的祖宗三代都给撅个底朝上："李永芳，你说你够个男人吗？你纯粹是一条夹尾巴的癞皮狗！你投靠了努尔哈赤，给人家当了帮凶，做了鹰犬！你还劝说别人跟你学，你真是恬不知耻！我骂你的八辈祖宗！我罗义贵官不大，但是我活着，是大明朝的忠臣，我死后变成厉鬼，我也跟你完不了！"

说着，抽弓搭箭，"吧"，就一箭。幸亏李永芳躲得及时，事先有所防范，这一箭贴着肩头过去了，把李永芳吓得鼻子尖直冒凉气，赶紧一拨马，回归本队："大汗，这种顽固不化的人没法劝说！"

"好！来人！给我强攻！"

真较上劲了，西平堡就三千人，哪能抵挡得住？两个时辰之后，终于被人家突破，八旗兵就杀进西平堡。努尔哈赤为了给死去的将士报仇，下了命令："不管男女老少，不管军民，一个不留！给我屠城！"

这家伙够狠的！连老百姓再当兵的加到一块，将近一万人，无一幸免！这城池里头全都是死尸了！正在这个时候，从广宁方向明军的援兵来了，可惜迟到了一步。怎么回事？西平堡离广宁就四十里地，这儿发生的事，广宁能不知道吗？辽东巡抚王华真一听，西平堡激战，他知道那儿人手太单，马上调动三万大军，叫三个总兵官，一个是孙德功，一个是刘曲，一个是齐丙忠，带着三万人马即刻支援！结果没到西平堡呢，西平堡已经丢了。这刘曲和齐丙忠一听，一个劲儿地嘬牙花："哎呀，迟到了一步！迟到了一步！"

这孙德功孙总兵就说："二位呀，我们已然来了，不跟金兵交交手，也没法回去交令。打吧！"

"打！"

就在西平堡城外，又展开了一场混战。三万明军得着信了："城里的男女老少，无一幸免。"

他们恨透了努尔哈赤，心说：你个混世的魔王！你个杀人的祖宗！不把你杀了，我们心里不平啊！要给死难的军民报仇！因此明军战斗起来倍加勇敢。

您别忘了，就怕家败出猴头！说个迷信话，大明朝的气数已尽，怎么的也扶植不了了！这话什么意思？怎么叫家败出猴头？就说这个总兵官孙德功，就是个内奸和特务。远在三个月之前，背着旁人不知道，他写封密信，派专人送到辽阳，交给李永芳。两个人达成了协议了，孙德功表示：你们多咱打到广宁一线，咱们里应外合，我献城。恳求大汗能赏我官职。

李永芳请示了努尔哈赤，努尔哈赤说："好！只要孙德功能做到这一点，我肯定重用！"

他们有协议呀，这个事外人全不知道，孙德功表面上还是明朝的总兵官，掌握着军权。叫这号人领兵打仗，能打得胜仗吗？这三万人本来作战很勇敢，如果总兵能够指挥得当，备不住就能把努尔哈赤给打败！可就在这关键的时候，孙德功心说：立功的机会来了！他冷不丁在马上就喊开了："不好了！我们被老鞑子包围了！四面八方全是金兵，打不了了！快撤呀！快撤呀！"

他这一咋呼，底下人不知道怎么回事："啊？我们被包围了？"一时军心浮动。

"哗！"

孙德功带头一跑，他手下那一万多人都跟着跑，把刘曲、齐丙忠给扔到这儿了。这两个人还不知道怎么回事呢！打着打着，一看军队撤下去了："哥哥、兄弟，怎么回事？"

"不知道啊！"

打仗就怕这手，关键的时候，思想上一溜号，军心一不稳，努尔哈赤乘势来个猛攻。可叹刘曲、齐丙忠，都死在乱军之中，两万多明军糊了八涂地上了西天！西平堡城外到处是死尸。

单说孙德功这小子，心都黑了！领着部属，一口气退到广宁，来见王华真交令。王华真这主帅是瘸子打围，坐着喊，他根本不懂什么军事，他是走门子到这儿来的。本来想做个辽东巡抚，打个胜仗，将来能升官，能做大学士。现在知道美梦完全破灭了，不像他想得那么简单。孙德功一见他就说："巡抚大人，坏了！我军失败了！西平堡丢了，我们去救援的三万多人，有两成都被人家给吃掉了！是我呀，事先得的消息，赶紧把弟兄们带回广宁啊！您看怎么办？”

“啊？哎呀！如此说，我这广宁危矣！”

“是啊！巡抚大人，您速速做良策！是战是撤，我们听您的！”

“你先下去休息。”

还没等这王华真拿定主意呢，努尔哈赤指挥的八旗大兵，“哗”，就包围了广宁，想跑都跑不了！王华真一晚上没睡好觉，等到天似亮似不亮的时候，正在行辕里头坐着，就听外头天崩地陷一般。

“杀呀！杀呀！”

“怎么回事？怎么回事？”

中军官跑进来：“报大人！大事不好，金兵进了城了！”

“怎么？莫非他们会飞？怎么进的我的广宁？”

“有人可能献了城了，把城门给开开了。金兵没费劲，就杀进城中！大人！快跑吧！晚一步跑不了了！”

“哎呀我的妈呀！”

王华真都没脉了！赶紧在辕门上了马，带着亲兵卫队五六百人，往北门突围。他还真不善，这条狗命没扔到广宁，终于杀开一条血路，趁着混乱，逃奔山海关。后边那追兵就上来了：“前头跑的是王华真！别让这狗跑了！追！”

王华真恨自己没多长两条腿。这要把我逮住，我还有个好？他拼命地往前边跑。正跑到半道上，迎面来了一支队伍。他一看，是不是把我截住了？

“对面的队伍是谁？”

“唉！报告大人，您放心吧，援兵来了！”

“哪来的援兵？”

“山海关的熊廷弼熊大人来支援咱来了！”

“哎呀！阿弥陀佛呀！”

两军会合在一起。熊廷弼一看，这王华真这德行太狼狈了，披头散发，头盔也跑掉了，靴子还跑丢了一只，那脸上黑一道，红一道的，不是被火烤的，就是受了伤。王华真一见熊廷弼，满心的惭愧：“大帅，我把广宁丢了。”

“咳！巡抚大人，当初我说什么来的？你部署的兵力不妥。我劝你收缩兵力，守住广宁，你就是不听！怎么样？叫人家各个击破了吧？”

“是啊是啊！这世上没有卖后悔药的，到了现在，说什么都晚了！”

熊廷弼说：“这样吧！我手下就五千来人，把守山海关，人数都不够用！哪有力量去参战呢？保着你，咱们退守山海关吧！”

“我、我听大帅的，咱合兵一处退守山海关。”

返回头再说广宁，那个降将孙德功抓紧机会，把头剃了，留上大辫，找来这满洲的衣服穿好了，领着他的部属，大开城门，在外头跪接努尔哈赤。努尔哈赤等进了广宁，心花怒放啊！心说话：明朝完了！净出这样当官的，还有个好吗？此乃天意也！

孙德功像狗一样，爬到马前，往上磕头带响："降将孙德功叩拜大汗！"

"平身！你叫孙德功？"

"正是！"

"你立下大功一件，本大汗绝不会亏待于你！"

"多谢大汗，臣全给您安排好了，您赶紧进城歇马！"

"头前带路！"

八旗兵占了广宁。

熊廷弼和王华真退回到山海关，这王华真晚上睡不着觉。一琢磨：这事没完呢！虽然逃出龙潭，也逃不出虎穴去！向皇上怎么交代？我把广宁丢了，十三万大军就这么交待了。那皇上一瞪眼，不得把我剐了？咳！为今之计，我得先回北京，找我师父魏忠贤去！让他替我多说点好话，或许能把命保住。

当天晚上，他来个不辞而别，领着心腹人开城，跑回北京去了。见着魏忠贤，哭拜于地："师父救我，师父救我呀！"

"嗨！想不到，想不到啊！"

魏忠贤也大吃一惊："华真呐，听说打了败仗了，彻底地玩完了！"

"在返回的路上我才得知，闹了半天，是那个孙德功做了内奸，把我们给出卖了，要没有他，能败得这么惨吗？"

"哎呀！华真呐，这事不好办了！"

"啊？怎么说？"

"皇上这两天，天天催问前敌的情况。你打了败仗，见着皇上如何交代？"

"是啊！因此我连夜跑回来，恳请师父救我一救！"

魏忠贤两个贼眼转了转："华真呐，还有补救的办法。"

"您说！"

"把责任全推给熊廷弼。你编套词，把这次作战失败的原因，总结几条，全推给姓熊的，让他担当责任！我再说几句好话，能保住你的人头，顶多降级使用。"

"哎呀！师父啊，您是我重生父母，再造的爹娘！感谢老师！编词那不有的是，这个我能做到！"

"好，你下去做准备吧。"

要不说这个人缺德呀，这王华真就把这良心夹在胳肢窝，胡编八造，胡说八道，捏造了罪状十五条，把战败的责任全推给了熊廷弼。说："熊廷弼指挥失灵，用人不当，孙德功就是他的部下，他信赖孙德功才有今日之败，等等。"

您想这么大的事，皇上能不知道吗？第二天早朝，天启皇帝朱由校先说话了："前敌情况如何呀？"

魏忠贤出班："万岁爷，情况不妙，广宁失守！"

"啊？啊？你再说一遍！"

"前线打了败仗，广宁也丢了！"

"这、这怎么搞的？我那十三万大军。"

"十三万大军，除了有一部分跑回来了，基本上阵亡了！"

"这，这怪事了，熊廷弼、王华真哪里去了？他们怎么指挥的？"

"陛下，王华真回来了，已经向我详细陈述了情况。修下本章，请我主龙目御览！"

"拿来我看！"

都是捏造的事实，交给天启皇帝。天启皇帝看了那么几条："可恼！可恼啊！熊廷弼呀，我再次起用你，不咎既往，赏给你那么多高贵的头衔。你理应忠君报国呀，你使朕深感失望，这打败的罪责，你是逃不了了！魏忠贤，传朕的旨意，马上派锦衣卫赶奔山海关，把熊廷弼立拘锁带！"

这熊廷弼做了替罪羊，那古代那忠臣被陷害的太多太多！那岳飞咱不必细说，多少忠臣都惨遭奸人的毒手！熊廷弼也是其中之一。他在山海关，得知王华真失踪了，他就预感到不妙。心说：他干吗不辞而别呀？他、他打的什么主意？他还没想到，王华真想要害他，正这儿部署城防，防止努尔哈赤领兵攻打山海关呢。他认认真真正想对策呢，锦衣卫来了。锦衣卫因为穿那衣服花哨，花枝招展，盘龙绣凤的，故而有这个称号，他们直接对皇上负责，就是皇上亲自领导的刽子手。这帮小子比秃尾巴狗还横！到这儿不容分说，把熊廷弼五花大绑捆上了，打囚车装木笼，送回北京。

天启皇帝得着信了，本来他想亲自问问，怎么回事？魏忠贤怕说漏了，从中挡横："陛下，像这种人，还用您亲自问吗？把他交给我审讯就是！"

"行，这事交你负责了！"

魏忠贤一听：熊廷弼，你落到我手里了，你肯定活不成啊，我叫你跸！你不是眼里没我吗？你不是不给我送礼吗？别人全打我的溜须，你不是刚正不阿吗？好啊！你这孙猴子到底没逃出我的掌心！

您说落他手还有好吗？严刑拷问，那熊廷弼都冤死了！一开始，尽量分辩不是自己的责任，但是架不住酷刑！最后屈打成招，逐条地签了字，画了押。那位说那骨头太软了！软？你试试！据记载，岳飞有什么罪？秦桧讲话了，莫须有，没有罪。但是怎么样？在审问岳飞的时候，岳飞一开始，也是不认账，后来挺不过严刑酷法呀！违心地招认了。岳飞骨头软吗？任何人在酷刑面前也不得不如此。那个罪遭不了！

签字画押了，呈报天启皇帝，天启一看："噢，都招认了！把他给我杀了！把熊廷弼马上给我斩首，不准收尸，在北京城暴尸三日！再把他的狗头拿到九边示众！"

您听听有多惨？往往忠臣都是这个下场。熊廷弼死了，大明朝下一步应该怎么办？

第五十六回

孙承宗督师蓟辽
袁崇焕振兴宁远

俗话说，自古忠臣多磨难，熊廷弼抱屈含冤，被斩首了，暴尸三日，把人头还拿到九边示众。意思是说，打了败仗，就这结果！其实一点儿好作用也没起！人心里痛，明白，倒起了反作用。熊廷弼死了怎么办？这烂摊子谁来收拾？天启皇帝那么酷爱木匠活儿，也没心干了，天天发愁。这努尔哈赤引得胜之兵要打到山海关怎么办？谁守山海关最后一道防线？山海关丢了，八旗军长驱直入，就到了北京城下，奈何？奈何？

他召开御前会议，想对策。这些大臣们你看看我，我看看你，除了唉声叹气，是一筹莫展，都玩这个劲儿。

天启皇帝往左右看看："你们倒说话呀！国难当头，尔等缄口不语，是何道理？说呀！谁去守山海关？"

他正在着急的时候，班部之中跪倒一位老臣，往上叩头："万岁不必担惊，老臣不才，愿意镇守山海关！"

因为谁都不言语，这一嗓子特别洪亮，使天启满朝文武为之一惊。朱由校抻长了脖子、瞪大眼睛观看，一瞅谁呀？正是新上任的兵部尚书大学士孙承宗孙大学士。这老头儿平常不说话，因为什么？因为魏忠贤当道，说了也不管用，所以就装哑巴。没想到今儿个挺身而出，使天启皇帝为之动容："老爱卿，站起来回话。"

"谢主隆恩！"

"孙爱卿，刚才你说什么？你想领兵镇守山海关？"

"正是！我愿替主分忧！"

"好样的！朕深为感动啊！老爱卿，你说一说，你怎样个守法？"

"陛下，我是一个文官，对武事不太懂，靠我一个人还不行。我想举荐一人，不知陛下能否用他？"

"说！谁？凡是能保住大明江山者，我破格提拔录用！"

“回陛下，此人姓袁，叫袁崇焕，字元素，乃广东东莞人氏。后来他移居到广西滕县，在万历四十七年考中武进士，还做过福建邵武的知县。现在在兵部，身为主事。”

“噢！还真没听说过，官太小了，怎么？这袁崇焕是个人才？”

“陛下！袁崇焕此人抱负极大，他有一颗报国之心，如果使用此人，可保住山海关，击退努尔哈赤。臣不才，以人头担保！”

“别说了！老爱卿，冲你这一句话，朕相信。这样吧，破格录用，加封袁崇焕为右千都御史，在老爱卿的领导下，主管辽东的军务，你看如何啊？他要立了功，我还要破格提拔！”

“谢主隆恩！”

皇上一拍板，马上雷厉风行，动作起来！孙承宗这老头一算计，这日子太紧张了！即刻调动府里的家人，能有一千多人。当天晚上，又把袁崇焕找进府中。袁崇焕不知道发生什么事了，他只是六品官，朝堂上议论的大事，没有资格参加。等来到孙府之后，孙承宗非常高兴：“这回你有出头之日了！”

“老人家，此话怎讲？”

“皇上已经破格任命你为右千都御史，主抓辽东的战事。英雄出于乱世，你可以一展抱负了！”

“多谢老大人提携！”

“不必谢了。是骡子是马，咱牵出来遛遛！明日你就随老夫走马上任！”

“是！”

第二天，孙承宗带着袁崇焕、心腹家丁一千多人，先行赶赴山海关。到了山海关他一看，这个破劲儿就甭提了。就这还是防御体系呀？城墙倒了好几块，那城头都塌了！这要是金兵大举进攻，肯定无济于事！袁崇焕心里头也着急，为今之计，马上招民夫，修整城垣。其实熊廷弼之前干了很多很多工作了，已经修得不大离儿了，他们再来加把劲，防御体系就能完善了。

袁崇焕建议，从各地抽调巨炮，架到城楼上，叫大炮发挥力量。那一门炮得顶多少军兵！孙承宗是完全支持。那位说，努尔哈赤怎么不趁热打铁呀？已经把广宁给占了，继续进兵，不就到了山海关？

是啊，说得倒挺简单，努尔哈赤也是这么想的，但是事与愿违。怎么解释？努尔哈赤本想引得胜之兵，一鼓作气把山海关拿下来，那没有问题。作为军事指挥家，都得这么做。但是广宁刚刚占领，噩耗传来，他的后院开了锅了！朝鲜国王撕毁跟他的和平协议，要出兵抄赫图阿拉城，真假不知道。警报传来了。另外跟他合作的蒙古族，有三个盟闹事了，偏袒大明，也要出兵抄他的后路。第三个原因，他占领了那么多的城池，特别是沈阳、辽阳，那女真人能有几个？大部分都是汉人。如果一开始，按照努尔哈赤的计划，善待汉人，尊重他们的民族习惯，尊重他们的人格，还能安抚民心。可后来随着战争节节胜利，努尔哈赤脑袋一热，把之前的规矩全变化了。凡是占一个城市，头一道命令必须剃发易衣，都得梳辫子，另外抓的这些汉人都做奴隶，不管男女老少，分配给各旗，女的女奴，男的男奴，失去劳动力的，一律杀无赦！太残忍了，就引起广大汉民的不满，纷纷暴动起义。他领着大兵在头前打，后院开了锅了！这努尔哈赤不傻呀，一分析这个情况，觉得非常严重，就应那句话了：我棋胜不顾家了！我在头前打着，后边家丢了，我不白折腾了？不行！得收住风头！

因此他传旨，把广宁各地抢劫一空，带着数万奴隶，返回辽阳。他要把主要的精力投放到巩固根据地这方面来。那是三天两天就能办完的事？对外蒙古、朝鲜，他得摆平，对内那些暴动的人怎么对付？因此他是煞费苦心！

另外，努尔哈赤高瞻远瞩，早就相中了沈阳了。因此，返回辽阳不久，他下旨意了，迁都到沈阳。就为这事，引起众大臣不满。五大臣、四大贝勒、执掌兵权那些人全反对，支持他的只有范文程。那些人的理由是什么呢？你看，辽阳这么大的城，不在这儿占着，干吗迁都？再者一说，当时决定在辽阳建都，我们已经破土动工了，把祖陵都迁到辽阳来了。好，你这一句话要迁都，又都得挪窝儿，那不前功尽弃了嘛？辽阳比沈阳差什么呢？

努尔哈赤挨个找他们谈话："辽阳跟沈阳没法比！这沈阳地理位置太重要了！那地方要放弃了，实在可惜。如果在沈阳建都，进可以攻，退可以守，左右逢源呐！又有浑河，又有大凌河、小凌河，又有辽河守卫，天然屏障，因此非迁都不可！"

大臣拗不过他，只好迁都了。祖陵怎么办？也可以留到辽阳，也可以迁往到沈阳，这算不了什么。临走的时候，把辽阳几乎所有的庙宇全扒了，砖瓦木料，源源不断运往沈阳。沈阳的城还要重修。

您看，我打小在沈阳长大的，沈阳那座城，八门八观，虽然不是太大，但是相当坚固雄伟气派。后来扒了，现在不复存在了，光剩了一个角楼。在当时，努尔哈赤建造沈阳城，倾注心血，那个工程太大了！还得修造皇宫呢，沈阳的皇宫就是那时候修建的。从规模上讲，远不如北京故宫。我盘算一下，能有北京故宫的六分之一，可是在当时来说，努尔哈赤能有这么一座京城，能有这么一座规模宏大的宫殿，已经相当相当不错了！

但这些事需要时日，那不是吹气，头天动工，第二天就完工。三天两早上就完工，那不可能！就在沈阳修建皇宫的时候，努尔哈赤已经把各路的矛盾全都解决了，朝鲜摆平了，蒙古摆平了，汉民的暴动血腥镇压，压下去了。他心里头盘算着：现在行了！我可以趁热打铁，兵发山海关。就因为努尔哈赤回辽东处理善后，中间有几年的空当，唉，明朝又缓过气来了。

前文书咱说了，孙承宗自告奋勇，带着袁崇焕来到山海关。这袁崇焕真是好样的！讨令，自己带一部分人，要出山海关视察。孙承宗同意了，袁崇焕离开山海关，到了辽西大地。他一看，过去的广宁，残垣断壁！再往前走，又到了宁远，也是残垣断壁，一片荒凉。

他考察了两个来月，他发现这宁远是最主要的一个战略要地。城没了，应当重建，这好像通往山海关的咽喉要道！要在这儿一堵，鞑子兵肯定进不了山海关。他画了一张草图，然后回到山海关，面见孙承宗，把这个事情说了一遍。好啊！孙承宗是全力以赴地支持！您可听明白了，修建一座城堡，那可不是吹气，那得拿钱来！孙承宗就四外化缘，管朝廷要钱，管户部要款，另外动员本地的士绅财主，是有钱的出钱，是有力的出力。打仗打的就是钱，没钱什么也玩不转！

过了将近半年，这款源源不断筹集起来了，交给袁崇焕。袁崇焕找人设计了图纸，是重建宁远城。这建城那么容易吗？有钱了也得有时间，光这座小城，日夜兼程动工建了三年，终于工程告竣。这宁远，就是现在辽宁省兴城。您要疗养去，有兴城疗养院，小城修得不错，相当坚固。

按照袁崇焕设计的，分内城外城，还带罗城的，城门挺多。比方说外城丢了，还可以守内城。内城丢了，可以把敌人引进罗城和外城，来个关门打狗。这叫三环套月的宁远城，易守而难攻。

等工程告竣之后，孙承宗亲自到这儿来剪彩，围着宁远城转了几圈，是赞不绝口："好！太好了！这座城池能挡住金兵百万！袁崇焕算立了大功了！"

袁崇焕一手抓建城，一手组建军队。现在明朝那军队不堪一击。没兵怎么打仗？因此就来个就地招兵。他有个方针，以辽宁人治辽宁，这招高！因为什么呢？那难民成百上千往关内跑，背井离乡，把祖坟都扔了！那人都哭："我们上哪儿去？进了关，俩眼一摸黑，上哪儿安身立命去？祖坟都扔到辽东了，什么时候能回得去？"

这是大家最关心的，其中不乏青壮之士。因此袁崇焕亲自主持招兵，向大家说明道理："你要参了军了，管你吃、管你穿，你有了营生了。将来抗击金兵，把金兵打败了，你能返回故土，一举双得！"

人们一听，有这种好事！唉，从思想上解决问题了，因此要求参军的人非常踊跃。这三年的工夫，袁崇焕招募了将近三万军队，全都是精兵！他抓紧时间，日夜操练，教大伙是攻杀战守，斗引埋伏，现在可以说是兵强马壮。孙承宗是非常非常的高兴！

唉，正在高兴的这节骨眼儿，又出岔头了！那位说，出什么岔头儿？明朝的朝中发生动乱，两党发生激烈的党争，就是阉党和东林党。阉党以魏忠贤为首，就是那帮太监，为了争权。东林党大部分是正直之士，跟阉党斗争，把皇上架到当中。最后还是阉党占了上风，捕杀东林党人，不管是谁，只要你不顺从我，瞅着不顺眼，你就是东林党！这位脑袋就得搬家。您说恐怖不恐怖？他们对外打金人，打不了，自己斗争，可有两下子，花样不断翻新！咱说过，这个孙承宗也是正人君子，不买阉党的账，我凭的是本事，因此不走魏忠贤的门路。把魏忠贤恨得牙根都痒痒！心说：装不开你了，我收拾收拾你！

暗中给孙承宗下了个绊子，诬陷他是东林党人。那浑蛋的皇上，就听魏忠贤的，不问青红皂白，把孙承宗从山海关给逮回来了，最后将他削职为民，总算把脑袋保住了。

老头子离开山海关的时候，就情知不妙啊！特为此，找袁崇焕谈了一次话。孙承宗是老泪纵横啊！

"崇焕呐，我这一回京，估计回不来了！咱俩合作得太短了！三年刚挂零，没处够！我也知道我的命运，肯定小人对我得下毒手。我也豁出去了，我还能活几个七十岁？希望你能好自为之，以大局为重！"

这袁崇焕也不买太监的账，气得鼓鼓的，但是主宰不了朝中的命运，只好给孙承宗送行，他说："您老放心！我肩负着重担，我肯定为国尽忠！我不管它什么党，只要保大明朝，我宁愿死！"

孙承宗被革职了，就剩下袁崇焕。皇上又派来个浑蛋，叫高第，作为辽东经略使，接替了孙承宗。这高第也是太监一党，阉党的人，根本就不懂军事！到了山海关之后，胡乱指挥。一看，招这么些兵干什么？设立这么些关卡干什么？最好是防守山海关呐，你上关外来浪费这么多的兵力有什么用？都给我撤进山海关！您说要命不要命？孙承宗和袁崇焕这几年布置的完整体系，是惨遭破坏！

第五十七回

袁崇焕大捷宁远
英明汗托孤代善

腐败无能的高第出任了辽东经略使，这位根本也不懂军事。他是走门子来的，想在这儿站一站，而后回到北京好升官。他就没看看眼前什么形势？能不能达到目的？一个将军一支令，他上任之后马上下达命令，把山海关外围的军事据点全给撤了！他要收缩兵力，守卫山海关。把袁崇焕给气得五脏冒火！据理力争，他争不过人家，人家官比他大得多得多！但是袁崇焕有自己的想法：谁撤我也不撤！

为此，跟高第两个人发生争吵。高第说他：“我是元帅！兵随将令，草随风，我下达的命令你不执行，你找死吗？”

袁崇焕冷笑一声：“你要下达的命令对，我肯定执行。你下达的命令不对，我肯定不执行！谁爱撤兵，谁撤！我辛辛苦苦修建的宁远城，我是寸步不离！我要与这座城池共存亡！”

“好好好！行，袁崇焕，有你的！你不是不撤吗？后果自负！”

别人全撤了，就袁崇焕坚守阵地不撤。正在这个节骨眼儿上，努尔哈赤是引兵来到！

努尔哈赤回到辽阳，办了许许多多的大事，摆平了朝鲜，摆平了蒙古，镇压了汉人暴动和起义，好不容易全给压服了。另外，还完成一件大事，从辽阳迁都到沈阳。沈阳改了名就叫盛京，过去两座都城那是老城，这是新城。努尔哈赤的根据地必须得巩固，他临从辽阳撤退的时候，把辽阳的庙宇宫殿全扒了，砖瓦木料源源不断运到沈阳，在沈阳修了皇宫，就是现在的沈阳故宫，修得相当不错。

皇宫修好了，沈阳城八门八关得重建，加高加厚，这些事不都得浪费时日吗？可努尔哈赤干这些事的时候，他没闲着，他派许多的间谍，打入明朝的内部，到北京、到山海关刺探军情。因此，明朝的动向，他了如指掌。后来他听说孙承宗坐镇山海关，又出来个袁崇焕，他有点儿犯怵。

努尔哈赤知道孙承宗这人颇有名气，是个干将，看来是我的硬对头。此人不次于熊廷弼，我要审慎行事！至于这个袁崇焕何许人也，没听说过，莫非是又冒出来的新人？后来他又一想：咳！管你姓袁还是姓赵！明朝要完了，所用的人肯定是酒囊饭袋！他也没往心里头去，因此在天命十一年正月十四，也就是明朝天启六年正月前，他率领八旗劲旅十几万人，是开赴宁远城。

这块是嗓子眼儿，飞都飞不过去！等离着宁远城不远了，他是安营扎寨。努尔哈赤信心十足：就这小城，我一走一过，就趟平了！

第二天，饱餐战饭，擂鼓聚将。五大臣、四大贝勒，所有的旗主，一个个盔明甲亮，列立两厢。努尔哈赤把胸脯一腆，往左右看了看："各位！咱们休息了几年，又开始征战了！眼前就是宁远城，把这钉子拔掉了，咱不费劲，就直捣山海关！各位以为高兴不？"

"大汗，我们太高兴了！"

"好！我给你们一天的时间，把宁远给我拔掉，你们有信心不？"

"有！"

"好吧！代善听令！我给你一万精兵，你负责把宁远城给我拿下。有把握吗？"

"有！"

"好了！下帐去吧！"

代善嘴撇撇着，往外走的时候，李永芳在后头跟着。代善回头看了看他："李将军有事？"

"大贝勒，您先留步，有几句话我要讲在当面。"

"说吧！什么事？"

"您可不要小看这宁远，这儿的主将叫袁崇焕，后起之秀，十分了得！您单看看宁远城这个形势，您心里就有数了。"

"哈哈，怎么？袁崇焕？你叫明朝这些饭桶吓破了胆了？我大金兵，攻必取，战必克，你就瞧好吧！掌灯之后，我请你在城里吃酒！出发！"

金军出发了，前头是重兵，后头是轻兵。

"哗！"

铺天盖地，直奔宁远的东门。您说怪事不？城里头一点儿动静都没有。这代善也纳闷：怎么都是木头人？都死绝了？唉，他这心就放下了，照样往前进攻。眼看到了壕沟的边上了，突然宁远城城头上是竖起刀枪，一声炮号响。

"咚！噔！"

伏兵四起。袁崇焕站立城头，是亲自指挥。把红旗往下一落："开炮！"

"咚咚咚咚！"

这顿大炮揍得！闹了半天，城上有十一门葡萄牙制造的红衣大炮，这大炮这一叫唤，可要了命了！什么重兵，什么轻兵，一打就一大片！胳膊腿都升了天了！

“哗！”

这金兵像潮水一样就退下去。代善也吓蒙了：“好厉害！好厉害！”

好在他没受伤，又组织第二次进攻，又叫一顿大炮给揳回来！这一天，他组织了六次进攻，他这一万人，就剩下八百多人，战场上全是尸体。代善觉得没脸见他父汗呐！怎么好？又遇上李永芳了。李永芳就说：“大贝勒，怎么样？我给你提示你不听，尝到厉害了吧？”

“哎呀！厉害厉害！”

也得见父汗，把这个事一说，努尔哈赤眼睛当时立起来了：“这么厉害？我倒不服气！明天皇太极组织一万人，接茬给我进攻！”

“是！”

简短说，皇太极攻打了一天，到掌灯之前，这一万来人大部分都交待了，又被明军击退。如是者，攻了六次，金军是损兵折将。努尔哈赤眼珠子都立起来了：“好你个袁崇焕！我跟你绝不罢休！我非拿下宁远城不可！”

最后一次进攻，努尔哈赤亲自指挥战斗。八旗兵战斗起来十分勇敢，是前赴后继！终于把外城给攻破了。明军“哗！”撤到内城里头去。

努尔哈赤一瞅，城门开了，心中高兴，引得胜之兵进了宁远的外城。他没想到，这是一计！袁崇焕故意放弃了外城，给他下绊子。等他们一进城，袁崇焕下令：“关城！放千斤闸！”

把努尔哈赤等人关进了外城，这叫关门打狗！这袁崇焕站在内城的城头上：“开炮！开弓放箭！”

“咚咚咚咚咚咚！”

这下八旗兵可吃了大亏了！周围是城墙，城门关得噔噔的，想要跑，跑不了！哪儿跑？长翅膀都飞不出去！叫这顿炮给擂的！当然，有时候明军那炮打高了，把外城打了个大豁口。金兵一看，行了，顺这豁口拼命往外跑。

单说努尔哈赤，一个没留神，叫这炮给震得从马上“扑通”摔下去。六十八岁的老头子，那摔下去能轻得了？他身披着两层重甲，“吭哧！”这一下就失去了知觉。

他的亲兵卫队一看：“大汗！大汗！”用身体把努尔哈赤给护住。大家舍生忘死，从外城这个豁口逃出宁远城。代善一看不行了：“撤！快撤快撤！”

“哗！”

金兵又撤下去了，至此，攻打宁远宣告失败。袁崇焕坚守宁远城，这一下就成了名了！

不说旁人，单说努尔哈赤，回到营房之中，是人事不省。一大帮御医给号脉，给扎针灸，一个个是摇头叹息。这人事不省可怎么办？哎呀！皇太极也傻了，代善也傻了。大家一商量：干脆撤兵吧！撤吧！

“哗！”

金兵从宁远退兵，留下好几万条生命，这是第一次打了个大败仗。努尔哈赤受了重伤了，怎么办呢？只好返回沈阳城。这一来显着这道就太远了，这坐车太颠簸了，也不舒服，怎么办呢？坐船吧！船舒服，但速度慢一点儿。努尔哈赤在船上五天五夜呀！这才忽忽悠悠明白过来。

“咳！我在什么地方？”

“啊，大汗，您在船上。”

“噢，宁远怎么样了？”

“我们没拿下来，大败而归！”

“什么意思？”

努尔哈赤恨得牙根都痒痒！说不出话来，心里清楚：袁崇焕！无名的小辈！我是终日打燕叫燕鹐了眼睛！大河大江我过了多少！可偏在小河沟里翻了船了！我一世英名付诸东流啊！袁崇焕啊！等我养好伤，我还要会你一会！

又迷糊过去了。又两天，把眼睛睁开，代善正在他身旁呢：“父汗，你已经昏迷了六七天了，都把我们吓死了！”

“你是谁呀？”

“我是您儿子代善。”

“皇太极在哪里？”

“皇太极引兵断后，收拾残局呢！”

“噢，离盛京还有多远？”

“大概还有几天的路程，望父汗善保龙体！”

“传我的命令，叫阿巴亥速来见我！”

“噢！是！”

阿巴亥是大汗的宠妃，努尔哈赤十六个媳妇儿，和他感情最好的就是阿巴亥。代善不敢迟疑，马上派人骑快马赶奔盛京，去请阿巴亥。这阿巴亥一听说大汗受了重伤了，吓得没脉了！也骑着快马赶到船上。等下了马进了船舱一看，她就哭了，一瞅，这努尔哈赤太惨了！整个人都脱了相了！出征的时候何等威风，回来成这样了，瘦得一把骨头差不多少，两眼深陷。

“大汗，我是阿巴亥！大汗，您睁睁眼睛，我来看您来了！”

“啊，阿巴亥呀！”

“是啊！”

“我不行了。”

“呀！大汗，你怎么说这样的话呀？大汗龙体肯定没事，您且活着呢，能超过一百岁！”

努尔哈赤冷笑了一声，勉强睁大眼睛，拉着阿巴亥的手：“阿巴亥，你从十三岁进宫就服侍于我，你我算感情最亲密的。你为我生下俩儿子，一个多尔衮，一个多铎，我感谢你呀！在离别之际，我有件事情要向你交代。”

“大汗，您说。”

“我死之后，我的王位就让多尔衮来继承。”

口头他是这么说的。

“您再说一遍？”

“多尔衮继承我的位置。”

“多谢大汗！”

“唉，还谁在跟前？”

“大贝勒代善在舱外头候旨呢！”

“让他进来。”

代善进来了，泣不成声：“父汗，您有什么事情？”

“代善呐！你哥哥褚英死了，你就算我的长子。按理说呢，我应当把我的位置让给你。但是你为人过于宽厚，难以执掌全局啊！方才我跟大妃阿巴亥交代了，我死之后，我的位置由多尔衮继承。”

“是！我听明白了。”

“你可以做个见证人。”

“父汗，是不是您手书诏书，有据可凭？”

“我写不了了，只能口述。”

为啥？他右手这胳膊折成了三截，笔都拿不起来！肿那么粗，怎么写？就得口头说。光跟阿巴亥，那空口无凭，所以叫代善做个证人。

“代善，我想立多尔衮继承我的皇位。可惜多尔衮太年少了，他太小了，难以执掌大权，我让你做摄政王，辅佐多尔衮，你们要好自为之！我相信你能善待他们母子。”

“父汗，您别说了！父汗放心，你有龙归沧海的那一天，儿一定按您说的办！”

“咳！这我就放心了。”

努尔哈赤他还想要说，但是翻肠搅肚的难受，他这后背疽疮爆裂了。这疽疮就是一种恶性的毒疮，他长一身这玩意儿，自从闹病之后，这疽疮日甚一日，御医下药治不好。所以努尔哈赤就知道：我心里不痛快，再加上搭背疮这一闹，我肯定是活不成了！所以留下了遗嘱。

那位说他早干嘛来着？怎么没早立储？因为他没想到自己死得那么快，别看快七十了，他觉得自己还且活呢！没想到事出意外。十六个儿子给谁合适？他最喜爱的就是多尔衮，因为多尔衮子以母贵，他母亲是最受宠的大妃阿巴亥。

他们正在屋里谈的这工夫，就听岸上战马嘶鸣，还不是一匹，紧跟着，有人顺着跳板登上龙舟，一挑帘进来了。代善吓了一跳，一看，谁？风尘仆仆，正是四贝勒皇太极。再往皇太极身后一看，好嘛！两黄旗的军兵，一个挨一个，把两岸全给封锁了。而且皇太极带了一大帮亲兵卫队，手握刀剑，气势汹汹。

代善一看，就知不妙啊！他知道皇太极有野心。这皇太极进来，看了一眼："父汗他老人家怎么样？老人家说没说什么？"

这阵儿努尔哈赤还清醒，一看皇太极这个样子，死了！终年六十八岁，这事糊了八涂扔到这儿了。

人性的变化
（代后记）

这部书的前几回从神话里截取了女真族也就是今天的满族的起源，这一点在许多民族的文化里具有共通性。总的来说，这部评书就像一幅绚丽的画卷，展现了努尔哈赤金戈铁马、有功有过的一生：从努尔哈赤小时候被父亲厌弃，含辛茹苦带着弟弟谋生，到以十三副遗甲起家，再到统一建州女真，纵横东北，然后是兄弟反目，父子失和，最后被袁崇焕击伤而死。

读先生的《努尔哈赤》，有一点感触很强烈，就是在写努尔哈赤辉煌的人生同时，塑造了一批个性鲜明的人物。

比如说本部书的主角之一，努尔哈赤的亲弟弟舒尔哈奇，早期他和努尔哈赤一样，被父亲记恨，赶出家门到深山谋生，和努尔哈赤同甘共苦。努尔哈赤起兵时，舒尔哈奇就是努尔哈赤的左膀右臂。到了后期，两个人却反目成仇，努尔哈赤将其囚禁，最终舒尔哈奇死于狱中。

为什么二人关系会有如此大的变化？如果干脆戏说一个故事，两个人当时翻脸，这个变化可能就显得比较生硬。本部书中，两人刚开始时心往一处想，劲往一处使。等到后来，努尔哈赤大败叶赫部，却出人意料地被明军偷袭。从此两个人开始结怨，但是考虑到手足之情，努尔哈赤不忍动手。再往后，舒尔哈奇大修府邸，豢养死士，双方矛盾进一步升级。努尔哈赤最终下了决心，处置了舒尔哈奇。如此步步铺垫，使人感觉很顺畅，到最终舒尔哈奇死了，人们的感觉是：努尔哈赤为势所迫，不得不这样做。

在这部书中，比较典型的人物还有皇太极和明朝降将李永芳。

皇太极一出世，屡立战功，野心慢慢膨胀，这个过程在书中也体现得很明显。降将李永芳刚开始宁死不屈，后来屈从于努尔哈赤的手腕，再到后来给后金效力，其矛盾心理也刻画得细腻真实。

正是这些有血有肉的鲜活人物，构成了这样一部近乎于真实历史、却又颇具艺术美感的评书。

此外，本书对于历史疑案的处理也很有特色。在先生的所有评书中，对于这些历史谜题从来都是采取比较审慎的态度。具体到本书，历史谜题主要有两个：一、舒尔哈奇到底是被努尔哈赤所杀，还是在狱中愤懑而死？二、努尔哈赤到底是被袁崇焕炮火击伤，伤重而死，还是发病而死？

在这些问题上，先生基本上是采取其中一种说法的同时，并不否定别的意见。比如说，关于舒尔哈奇之死，先生采纳了他愤懑而死的说法，同时说明："还有一种说法，努尔哈赤把他二弟找来之后，哥俩儿闹翻了，努尔哈赤马上命人把他推出去砍了。究竟哪种说法是真的，我们不得而知，但是舒尔哈奇死在努尔哈赤手里这是真的。"

而在努尔哈赤之死的问题上，先生两说兼述，所以在评书中，努尔哈赤的死因是：炮伤加搭背疮。

单田芳弟子　肖璞韬